AF304098

Sanja Kellath ist das Pseudonym einer deutschen Autorin, die mit ihrer Familie im beschaulichen Schwabenland lebt. Schon früh entdeckte sie ihre Freude und Leidenschaft an Büchern und am Schreiben. Neben Romance liegen ihr auch Thriller und Fantasy am Herzen.

Sanja Kellath

THE

DEAL

VERHEIRATET
MIT DEM MILLIONÄR

Erstausgabe August 2023

Copyright © 2023 dp Verlag, ein Imprint der
dp DIGITAL PUBLISHERS GmbH
Made in Stuttgart with ♥
Alle Rechte vorbehalten

The Marriage Deal

ISBN 978-3-98778-579-5
E-Book-ISBN 978-3-98778-497-2

Covergestaltung: Anne Gebhardt
Umschlaggestaltung: ARTC.ore Design
Unter Verwendung von Abbildungen von
shutterstock.com: © Nejron Photo
stock.adobe.com: © beatrice prève, © oxinoxi
Lektorat: Astrid Rahlfs
Satz: dp DIGITAL PUBLISHERS GmbH
Druck und Bindung: Books on Demand GmbH, Norderstedt

Für meine Familie.

*Und für all diejenigen,
die nie aufgehört haben zu kämpfen.*

Für ihre Liebe.

Für ihre Träume.

Für sich selbst und für andere.

1. Caitlyn

»Komm schon, Lyn«, bettelte Anna. »Lass uns am Freitag zusammen in den neuen Club gehen!«

Sie sah mich mit ihren großen schwarzen Augen erwartungsvoll an und verzog ihre Lippen zu einem Schmollmund.

»Bitte bitte!«

Das tat Anna ständig, wenn sie etwas wollte. Schmollmund und Klimperaugen. Funktionierte bei mir immer. Okay, fast immer. Aber ehrlich, ich konnte meiner besten Freundin selten etwas abschlagen. Bei dem drolligen Anblick prustete ich los.

Heute hatte sie sich früher aus dem Büro stehlen können und war in die Coffeebar gekommen, um mir Gesellschaft zu leisten. Jetzt ging sie mir wegen Freitagabend auf die Nerven. Innerlich musste ich grinsen. Seit vier Wochen versuchte sie, mich zurück ins Londoner Nachtleben zu zerren. Bisher erfolglos. Aber ich konnte nicht ewig nein sagen. Vor Kurzem hatte ein neuer Club in der Stadt eröffnet, das *Seven Nights*, und Anna wollte da unbedingt hin. Tja, und weil Anna eben Anna war, sollte ich sie begleiten. Ich konnte darauf verzichten. Für meinen Geschmack waren in den angesagten Clubs dieser Stadt meistens zu viele Menschen und es war viel zu laut. Und dieser würde dahingehend sicher auch keine Ausnahme machen.

»Nächste Woche. Versprochen.« Ich stupste ihre Nase mit meinem Finger an und lachte. »Ich habe echt keine Lust und diesen Freitag auch keine Zeit, weil ich noch ein paar Bestellungen aufgeben muss. Außerdem wartet noch ganz viel lästiger Bürokram auf mich.«

»Nein, dieses Mal funktionieren deine Ausreden nicht. Du kannst mich nicht immer vertrösten. So wird das nichts mit zurück ins Leben kommen!«

»Ich muss auch nicht diese Woche zurück ins Leben kommen, es reicht auch nächste Woche oder nächsten Monat«, gab ich lachend zurück und zwinkerte ihr belustigt zu.

Und ich habe echt keine Lust, in einen Club zu gehen, fügte ich gedanklich hinzu.

»Das kannst du nicht machen. Ich brauche doch einen Aufpasser!«, entgegnete Anna gespielt empört.

Anna war eine Lebefrau. Immer auf der Suche nach dem nächsten Kick, immer etwas Verrücktes im Kopf. Ich dagegen war die Bodenständige, die Vernünftige. Das war in unserer Freundschaft schon immer so gewesen und würde sich wahrscheinlich auch nie ändern. Während Anna die Nächte durchgetanzt, sich einen Cocktail nach dem anderen gegönnt hatte und am nächsten Morgen im eigenen oder in einem fremden Bett mit Kopfschmerzen aufgewacht war, hatte ich fürs Studium pauken müssen und war selten ausgegangen. Oft genug hatte ich sie nach einer solchen Nacht irgendwo abgeholt, ihr Kopfschmerztabletten gekauft und sie ins Bett gepackt. Aber das hatte ich gern getan. Im Gegenzug stand sie mir immer zur Seite, weinte mit mir und baute mich auf, wenn das Leben wieder einmal eine Bitch war. Mittlerweile war Anna ruhiger geworden, nicht mehr nur die Partymaus.

»Ich sag es dir immer wieder gerne: Du musst deinem Leben etwas mehr Pep geben«, belehrte mich Anna.

Ja, da hatte sie sicherlich recht. Leider fehlte mir momentan der Nerv dazu. Mir war eher nach einem guten Buch oder einem Serienmarathon auf der Couch. Oder, noch besser, einer ausgiebigen warmen Dusche. Kurz schloss ich die Augen. Was würde ich für ein Entspannungsbad geben. Aber leider besaß ich keine Badewanne.

»Nicht diesen Freitag, okay?«

»Das Leben ist zu kurz, um freitagabends Schreibarbeiten zu erledigen«, konterte sie.

Ich sah sie belustigt an. Das Leben war zu kurz. Das stimmte. Nur war ich schon so weit, mich unter die Leute zu mischen? Ein klares Nein.

Die Trennung von Elliot war ein paar Monate her; zu kurz, um wirklich darüber hinweg zu sein und zu lang, um im Warte- oder Trauermodus zu verbleiben. Irgendwie musste ich Anna zustimmen. Warum eigentlich nicht? Warum keinen Spaß haben?

»Ich überlege es mir«, gab ich klein bei.

Anna jauchzte und klatschte kurz in die Hände. »Super, gebongt!«

»Ich hab gesagt, ich *überlege* es mir!«

»Ja, ja. Wir wissen beide, dass das schon so gut wie ein Ja ist.«

Die Tür zur Coffeebar öffnete sich und einer meiner neuen Stammkunden betrat mit zwei weiteren Anzugträgern den Gastraum. Seit einigen Wochen kam er regelmäßig her. Meistens allein und am liebsten schien er an einem der begehrten Fensterplätze zu sitzen. Dort arbeitete er dann an seinem Laptop oder las in irgendwelchen Akten. Manchmal kam er in Begleitung von anderen Geschäftsmännern, niemals jedoch mit einer Frau.

Seine dunkelbraunen Locken sahen stets etwas verstrubbelt aus. Eine dunkle Strähne ließ sich nicht bändigen und fiel ihm immer wieder ins Gesicht. Er war groß und – soweit man das unter seinem Anzug erahnen konnte – mit einem muskulösen, athletischen Körper gesegnet. Sein markantes Kinn und seine sinnlichen Lippen machten ihn zu einem Augenschmaus, dem wahrscheinlich die wenigsten Frauen widerstehen konnten. Das angehende Grau in seinem akkurat gestutzten, gepflegten Bart ließ ihn maskulin und erhaben erscheinen. Er war ein verdammt begehrenswertes, faszinierendes Exemplar der männlichen Welt und entsprach ganz meinem Typ, zu dem ich mich hingezogen fühlen könnte.

Die Betonung lag auf dem Wörtchen *könnte*.

Denn erstens hätte man einen solchen Mann nie für sich alleine. Zweitens hatte er diesen Hang für Designeranzüge und teure Uhren, die überhaupt nicht zu meinen lässigen Outfits passten und mich neben ihm wie Aschenbrödel aussehen lassen würden. Tja, und drittens umgab ihn diese unglaubliche Ausstrahlung von Macht, Dominanz und altem Geld. Genau Letzteres schüchterte mich mehr ein, als dass es mich anzog.

Schon allein wenn er den Raum betrat, zog er alle Blicke auf sich und die Aufmerksamkeit galt ihm allein.

Frauen machten keinen Hehl daraus, dass sie ihn attraktiv und sexy fanden und er absolut in ihr Beuteschema passte. Ihm lag die Welt zu Füßen, und das wusste er. Aber ich hatte bisher noch nie bemerkt, dass er auf solche Avancen eingegangen wäre, geschweige denn das Lächeln irgendeiner Frau erwidert hätte.

Sein Blick suchte meinen, während er zusammen mit den beiden anderen Männern einen der leeren Tische in einer Nische ansteuerte.

»Hey, dein sexy aussehender Typ ist wieder da!« Anna lächelte mich spitzbübisch an und schielte zu dem Tisch der Anzugträger hinüber.

»Nicht *mein* sexy aussehender Typ«, verbesserte ich sie, »sondern *ein* gut aussehender Geschäftsmann.«

Meine beste Freundin rollte mit den Augen. »Pah, gut aussehend. Sexy von oben bis unten. Ein echtes Sahneschnittchen!«

Mein Blick wanderte wieder zu dem Mann. Dieser hob im gleichen Augenblick drei Finger und nickte mir kurz zu. Ich wusste sofort, was er mir damit sagen wollte: dreimal *Black Pearl*. Sein Standardgetränk.

Auf meiner Karte fand man nicht nur die gängigen Getränke wie Kaffee, Espresso, Latte macchiato und so weiter, sondern auch eine kleine, aber feine Auswahl an unterschiedlichen Kaffeebohnen, die mit ihren einzigartigen Aromen punkteten. Dafür hatte ich ihnen, entsprechend ihrer Geschmacksrichtungen, Fantasienamen gegeben. *Black Pearl* war ein starker, dunkler Espresso, den oft Männer bevorzugten.

Das war mein neues Geschäftsmodell und unterschied mich von den anderen Cafés. Mein Zulieferer war eine private Kaffeerösterei, die mit kleinen Plantagen zusammenarbeitete und faire Preise zahlte. Bei mir wurden die Bohnen frisch gemahlen und verarbeitet. Zwar wartete der Kunde ein wenig länger auf seine Bestellung, bekam dafür aber ein unvergessliches Geschmackserlebnis. Und meine Gäste schätzten das. Schnelle Coffee to go bekam man an jeder Ecke, aber exquisiten Genuss nur bei mir in der Coffeebar *Moccachino*.

Ich bediente die Kaffeemühle und ließ drei Espressi aus meinem Siebträger in die Tassen laufen, dazu stellte ich jeweils ein Glas Wasser. Zügig brachte ich das Tablett mit den Getränken zu seinem Tisch. Mein Stammkunde sprach mit seinen Begleitern, verfolgte aber jede meiner Bewegungen.

Seine Augen waren dunkel und erinnerten an Bitterschokolade mit hellen goldenen Sprenkeln darin. Augen, die man nicht so schnell vergaß. Sein Blick ging mir unter die Haut, ließ meinen Puls höherschlagen. Er bedankte sich mit seiner tiefen Baritonstimme und Gänsehaut breitete sich auf meinen Armen aus. Verdammt, diese Wirkung hatte er jedes Mal auf mich. In seiner Nähe veränderte sich die Luft. Sie war mit Energie geladen, nur darauf wartend, dass ein Funke flog, der alles in Brand steckte.

An der Theke wartete bereits Anna mit einem wissenden Lächeln.

»Den solltest du dir krallen.«

»Quatsch! Solche Typen interessieren sich nur für sich selbst, nicht für andere.«

»Komm schon, Lyn. Immer wenn er hier ist, lässt er dich nicht aus den Augen.«

»Blödsinn. Und wenn schon, er ist nicht mein Typ.«

»Nicht dein Typ?! Wem willst du das erzählen? Deiner Großmutter? Der ist so was von heiß, heißer geht's nicht!«

»Ja, würde er in Jeans und T-Shirt hier hereinspazieren, dann könnten wir vielleicht darüber reden.« Ich deutete kurz mit dem Kopf in seine Richtung.

Unsere Blicke trafen sich erneut. Mein Herz machte einen Sprung. Es fing unweigerlich an, schneller zu schlagen und meine Worte Lügen zu strafen. Ich konnte die Röte auf meiner Wange spüren und schaute verlegen weg.

»Süße, der will dich, keine Frage.«

»Ja, flachgelegt, für eine Nacht. Am nächsten Tag erwacht man mit einem faden Beigeschmack und allein. Womöglich noch mit einem Geldschein auf dem Nachttisch. Nein, danke. Kein Bedarf.«

»Komm schon. Und wenn nur für eine Nacht. Würde sich lohnen und du würdest mal wieder richtig auf deine Kosten kommen. Der Mann strahlt puren Sex-Appeal aus.«

»Genau, und alle Frauen, dich eingeschlossen, sind ihm verfallen.«

»Nur leider hat er keine Augen für mich, sondern nur für dich.«

»Hör auf. Er spielt in einer anderen Liga. Andere Welt, anderes Universum.«

»Wie du meinst.« Enttäuscht lehnte Anna sich zu mir herüber und schaute mich fragend und gleichzeitig bittend an. »Also, gehen wir jetzt am Freitag zusammen aus?«

»Ich hab gesagt, dass ich es mir überlege.«

»Komm schon.« Sie klimperte wieder mit ihren Augen.

»Okay …« Ich ließ mich erweichen. Vielleicht sollte ich doch mehr das Leben genießen und mir weniger Gedanken über Dinge machen, die ich sowieso nicht ändern kann.

»Super, dann sehen wir uns spätestens am Freitag. Versprochen. Ich hol dich ab.«

Anna drückte mir einen flüchtigen Kuss auf die Wange und stolzierte in ihren mörderisch hohen High Heels zur Tür hinaus. Jedes Mal fragte ich mich, wie sie damit laufen konnte, ohne sich die Füße zu brechen. Ihr hellbeiges Kostüm verlieh ihrer bronzefarbenen Haut einen eleganten Touch. Ihre schwarzen glatten Haare reichten ihr weit über den Rücken und dank der dunklen Augen konnte sie ihre spanischen Wurzeln nicht verleugnen. Im Gegenteil zu mir, mit meinen blonden Haaren und den blauen Augen, war sie eine exotische Schönheit.

An der Tür drehte sie sich nochmals zu mir um und winkte mir zu. »Adios, Lyn, bis dann!«

Sie war eine meiner ältesten und treuesten Freundinnen. Wir hatten uns in der Grundschule kennengelernt und waren seither durch dick und dünn gegangen. Anna war auch diejenige gewesen, die mir nach dem Unfall meiner Eltern nicht von der Seite gewichen war und mich wieder aufgerichtet hatte. Ich blickte ihr hinterher, und ein warmes Gefühl überkam mich. Sie war die beste Freundin, die man sich wünschen konnte.

Ich schnappte mir ein Tablett, drehte meine Runde, nahm weitere Bestellungen auf und säuberte die leer gewordenen Tische. Als ich an dem Tisch der Männer vorbeiging, fragte ich, ob alles in Ordnung wäre oder ob sie noch etwas bräuchten.

»Was für einen Espresso können Sie uns denn noch empfehlen?«, fragte mein Stammkunde. Seine Augen fixierten mich unergründlich und geheimnisvoll. Ich umklammerte mein Tablett, damit keiner meine zitternden Hände bemerkte. Wie konnte mich ein Mann nur so aus der Fassung bringen?

»Schon mal den *Black Panther* probiert?«, fragte ich freundlich. »Exzellenter Espresso, nussig, mit einer kräftigen dunklen Note und einem Hauch von Schokolade.«

»Gut, bringen Sie uns drei davon.«

Genau das war der Grund, warum ich diese Art von Männern von mir fernhielt. Sie baten nicht um etwas, sie befahlen oder nahmen sich, was sie wollten. Ich war aber der Meinung, dass Partner auf Augenhöhe agieren müssten, damit eine Beziehung auf Dauer funktionieren konnte. Ein Ungleichgewicht stellte alles auf eine harte Probe, und meistens verlor einer dabei. Und ich wollte nicht weiter auf der Seite der Verlierer stehen. Das hatte ich mir fest vorgenommen. Vor allem nach der Sache mit meinem Ex-Freund Elliot.

Vor ein paar Jahren hatten wir uns kennengelernt. Er war Sportler und der typische Mädchenschwarm. Aber er wollte nicht irgendwen, er wollte mich. Ich liebte ihn, beziehungsweise dachte, er wäre die Liebe meines Lebens. Ja, ich hatte mir sogar eine Zukunft mit ihm vorgestellt. Bis vor wenigen Monaten, als er mit einer anderen im Bett gelandet war und mir aus heiterem Himmel mitgeteilt hatte, dass er mich zwar lieben würde, aber das Leben noch mal in vollen Zügen genießen möchte, bevor er sich für immer bindet. Kurz gefasst, er wollte sich die Hörner abstoßen. Blöd, dass ich ihm dabei im Weg stand. Für mich zerbrach ein Traum. Aber das Leben ging weiter und Anna hatte recht, wenn sie mich von der Couch holte.

Ich schaute hinüber zu dem Tisch meines Stammkunden. Mit der Zeit hatte ich mich an die unterschiedlichen Eigenarten gewöhnt, die meine Gäste mitbrachten. Ich konnte damit umgehen und hatte gelernt, auch mit schwierigen Kunden klarzukommen. Dennoch bereitete mir dieser besondere Stammgast Kopfzerbrechen. Jedes Mal, wenn er mich ansah, flatterte es in meinem Magen, und wenn er unfreundlich seine Bestellung aufgab, versetzte es mir einen Stich. Wieso traf mich seine unwirsche Art so? Bei anderen stand ich locker drüber, lächelte und dachte mir meinen Teil. Bei ihm schien das leider nicht zu funktionieren. Wahrscheinlich, weil mein Herz gegen mich arbeitete und somit ein mieser Verräter war.

Bei diesem überaus attraktiven Mann jedoch schrie meine Libido *Nimm mich* und mein Verstand *lauf, so schnell du kannst.* Und was tat mein Herz?

Kaum war der letzte Gast gegangen, schaute ich mich um. Ich liebte mein Café, mein kleines Reich. Zwar lag es ein wenig versteckt am Rande des Geschäfts- und Bankenviertels, aber wer es finden wollte, fand es. Ich hatte viele Stammkunden, und einige der Touristen verirrten sich auch nach Feierabend oder an den Wochenenden zu mir. Ich konnte mich nicht beschweren. Es war klein, fein und vor allem meins – auch wenn es nur gepachtet war. Ich hatte das Erbe meiner Eltern und viel Arbeit hier hineingesteckt, um den ehemaligen Traum meiner Mutter mit meinem zu kombinieren und mir eine kleine Oase zu schaffen: Zwei Stilrichtungen trafen aufeinander. Die Holztische und die Lederbänke verliehen dem Raum eine Eleganz, während die farbigen Dekoartikel und bunten Lampen einen frechen Touch einbrachten.

Ich ließ die letzten beiden Kaffees aus der Maschine und füllte sie in die Coffee to go-Becher. Einen schwarz wie die Nacht, den anderen mit viel Zucker und Milch. Auf den Deckel von Letzterem schrieb ich ein fettes T und zeichnete noch einen Smiley dazu. Aus dem Kühlschrank schnappte ich mir die letzten beiden belegten Baguettes und schloss anschließend hinter mir ab.

Es war Ende September. Die Tage wurden merklich kürzer und die Nächte kühler. Die Straßen waren dunkel, nur die Laternen spendeten dürftiges Licht. Zu dieser Jahreszeit, vor allem wenn es anfing zu stürmen und zu regnen, waren abends nicht mehr ganz so viele Menschen unterwegs wie im Sommer. Ich machte mich auf den Weg zu meiner kleinen Mietwohnung und nahm dabei einen Umweg in Kauf. Die beiden Kaffeebecher wärmten mir die Finger, und ich hielt Ausschau. Zwei Straßen weiter fand ich die Gesuchten. Harry, der alte Obdachlose, der sich über seinen Einkaufswagen voll mit seinen Habseligkeiten beugte, und T., die Punkerin, die daneben lässig an einer Hauswand lehnte, wie immer mit einem Zahnstocher im Mundwinkel.

»Heute bissl spät«, begrüßte mich T. in ihrer kühlen, distanzierten Art. Trotzdem huschte der Ansatz eines

Lächelns über ihre Mundwinkel, bevor sie wieder die Maske der Coolness auflegte. Mit ihren blauen Haaren, die sie auf einer Seite ihres Kopfes abrasiert hatte, und den Nasen- und Ohrsteckern machte sie einen verwegenen Eindruck. Harry dagegen war der typische Obdachlose, am Rande der Gesellschaft. Seine Gesichtszüge, gezeichnet vom Alkohol und dem Leben auf der Straße, wurden von seinem immer mürrischen Charakter und viel zu großen Klamotten ergänzt.

»Schwarz?«, fragte Harry grummelnd und griff rasch nach dem Becher.

»Wie immer schwarz für dich und mit Zucker und Milch für T.«

»Und mit Smiley«, grinste sie mich an.

»Für dich doch immer«, scherzte ich und angelte die beiden Baguettes aus meiner Tasche.

»Hier. Dachte, ihr mögt das. Für mich wäre es zu viel.«

Man musste aufpassen, was man sagte, denn obwohl sie auf der Straße lebten, waren sie stolz. Zwar nahm ich oft irgendetwas zum Essen mit, vor allem wenn etwas vom Tag übrig geblieben war, sei es Kuchen, Obst oder ein belegtes Brötchen. Ich achtete aber darauf, dass sie es nicht als Almosen ansahen, eher als nette Geste. Die Gratwanderung dazwischen war manchmal schwierig.

»Was ist drauf?«, fragte Harry und fummelte an der Frischhaltefolie herum.

»Salami.«

»Jep, Salami ist gut.«

»Sonst alles okay?«, fragte ich vorsichtig.

Harry schaute mich mürrisch an und biss in sein Baguette. Ich wusste nicht, ob er je im Leben mal gelacht hatte, aber irgendwie konnte ich mir das nicht vorstellen.

»Wir kommen zurecht«, war die knappe Antwort von T.

»Na dann will ich mal los. Wir sehen uns.«

Ich wollte mich gerade umdrehen, da griff die schmale Hand von T. nach meinem Ärmel.

»Er braucht ein paar Medikamente«, flüsterte sie mir zu, »seine Füße sind wieder offen, und er will nicht zur Sozialstation gehen.«

»Okay, wie viel brauchst du?«

»Keine Ahnung, dreißig?« Sie sah mich nicht direkt an, das tat sie nie. Ihr Blick schweifte unruhig in der Gegend umher. Wieder kramte ich in meiner Tasche, suchte nach meinem Geldbeutel und reichte ihr zwanzig Pfund.

»Mehr geht leider nicht«, sagte ich entschuldigend.

T. steckte sich das Geld in die zerfledderte Hose und nickte mir zu. Dass sie damit wirklich die Medikamente und nicht Zigaretten oder Alkohol kaufte, konnte ich nur hoffen. Ich kannte die beiden erst seit einem Jahr. Ich hatte nie gefragt, wie sie auf der Straße gelandet waren, aber das ging mich auch nichts an. Wenn man hier lebte, ganz weit unten, juckte es sowieso keinen. Hier, zwischen diesen luxuriösen Gebäuden, kam die Schere zwischen Arm und Reich erst richtig zur Geltung. Auf der einen Seite die Gewinner, auf der anderen die Verlierer. Dazwischen blieb oft kein Platz für Menschlichkeit. Es war traurig, aber die bittere Wahrheit.

2. Alexander

Ich stand an dem großen Fenster meines Büros und starrte auf die Stadt unter mir. Ein Lichtermeer in der Dunkelheit. Ich liebte diesen Anblick bei Tag und Nacht.

Ein zartes Klopfen riss mich aus meinen Gedanken. Meine Assistentin steckte ihren Kopf zur Tür herein.

»Samantha?«

»Alexander, Sie haben Besuch.«

»Wen?«

»Stephen Brown.«

»Soll hereinkommen.« Ich sah kurz auf die Uhr und stellte fest, dass es schon kurz vor acht war.

»Samantha, Sie können dann Feierabend machen. Wir sehen uns morgen früh.«

»Okay. Danke, Alexander. Bis morgen dann.«

Stephen, unser Immobilienberater, betrat sichtlich nervös mein Büro. Sein Gesichtsausdruck ließ darauf schließen, dass er lieber auf eine Beerdigung gegangen wäre als zu mir. Ich konnte es ihm nicht verdenken. Ich mochte ihn nicht und zeigte ihm das bei jeder Gelegenheit deutlich. Er hatte schon meinen Vater beraten, und das war der einzige Grund, warum ich seine Dienste überhaupt in Anspruch nahm. Aber nicht mehr lange, denn bei seinem nächsten Fehler oder Versagen würde ich ihn hochkant rausschmeißen, egal welche Verbindung er zu meiner Familie hatte.

Vorsichtig ließ er sich auf dem Stuhl nieder, auf den ich deutete, während ich stehen blieb. Es amüsierte mich, ihm zu zeigen, wo sein Platz war. Ein deutliches Zeichen meiner Dominanz. Voller Unbehagen rutschte er auf dem Sitz hin und her. Wie ein kleiner Schuljunge vor dem Direktor. Dabei war er um einige Jahre älter wie ich. Aber im Geschäftsleben waren nur wenige Dinge bedeutsam: Erfolg, Macht und Geld. Und da war ich ihm eben weit überlegen.

»Stephen, was ist der Grund Ihres Besuches?«, fragte ich mit einem kalten Lächeln.

»Alexander, es geht nochmals um diese Immobilie, das Penthouse, das ich für Sie erwerben soll.« Er schluckte merklich.

»Haben Sie es endlich gekauft?«

Bei meiner Frage sackte er noch mehr in sich zusammen. Angespannt rückte er seine Brille zurecht.

»Nein.«

»NEIN?« Ich spuckte das Wort förmlich aus. Verhasste Worte – wenn sie an mich gerichtet waren. Im Gegensatz dazu mochte ich sie, wenn ich selbst sie jemandem entgegenbrachte. Aber niemals umgekehrt. Ich bekam immer, was ich wollte und begehrte. Und seit Wochen bemühte ich mich um dieses Penthouse, beziehungsweise Stephen. Es war nur eine winzig kleine Aufgabe. Wo war da das Problem?

»Ich habe wirklich alles probiert, aber der andere Käufer war schneller und ...«

»Und was?«, spie ich ihm entgegen.

Meine Geduld war am Ende. Er hatte einen verdammten Kauf zu tätigen, eine von mir gewünschte Immobilie zu erwerben. Und dieser kleine Versager scheiterte!

Stephen zuckte unter meinem Wutausbruch zusammen. Ich ballte die Fäuste, mich beherrschend, um sie nicht auf den Tisch zu donnern.

»Ich habe wirklich alles probiert ...« Er schwitzte und fummelte nervös an seinem Anzug herum. Er sollte auch verdammt nervös sein.

»Haben Sie das?« Meine Stimme war eisig und ruhig.

Die Temperatur im Raum fiel merklich. Ein ganz schlechtes Zeichen. Jeder, der mich kannte, würde jetzt seine Beine in die Hand nehmen und schleunigst aus meinem Büro verschwinden. Stephen erstarrte und schien den Ernst seiner Lage noch nicht richtig einzuschätzen. Anstatt zu fliehen, rutschte er weiter wie ein kleiner Junge auf dem Stuhl hin und her, und das machte mich noch rasender vor Wut.

»Ich will, dass Sie das bis Mittwoch geregelt haben. Bieten Sie mehr Geld. Finden Sie eine schmutzige Angelegenheit, die Sie gegen den potenziellen Käufer oder den Verkäufer verwenden können. Egal was, aber tun Sie etwas. Am Mittwoch ist dieses Penthouse verkauft. An mich. Verstanden?«

Eingeschüchtert stand er auf und verließ wie ein geprügelter Hund mein Büro.

»Ach ... und noch etwas, Stephen ...«

In der Tür drehte er sich um, und ich konnte in seinen Gesichtszügen neben Furcht noch etwas anderes entdecken. Verachtung. Gut, sollte er mich ruhig verachten, aber noch bezahlte ich sein Gehalt. Noch.

»Sollten Sie scheitern«, drohte ich ihm, »können Sie sich einen neuen Job suchen.«

Er nickte stillschweigend, mit Schweißperlen auf der Stirn.

Mit einem Klicken schloss sich die Tür, und ich war mit meinem Missmut allein. Dieses Penthouse war genau das, wonach ich schon seit einer gefühlten Ewigkeit gesucht hatte: perfekte Lage, tolle Aussicht und genau die richtige Größe. Blöd nur, dass der Verkäufer bereits mit einem anderen den Vorvertrag abgeschlossen hatte und davon nicht zurücktreten wollte. Einerseits wegen der möglichen Vertragsstrafe, die ich aber übernommen hätte. Anderseits kannten sich Makler und Käufer wohl auch privat. Aber das war nicht meine Sorge. Mein Problem war, dass ich dieses Penthouse haben wollte und es mir kein anderer vor der Nase wegschnappen sollte.

Mit einer ruckartigen Bewegung fegte ich einen Ordner und meinen Kaffeebecher vom Tisch. Letzterer knallte gegen die Wand und zerschellte. Immer noch erbost, sammelte ich die Scherben ein und pfefferte sie in den Mülleimer.

Die nächste Stunde verbrachte ich mit Telefonieren und Abarbeiten liegengebliebener Fälle. Das Klingeln meines Handys durchbrach die Stille. Genervt nahm ich das Telefonat an. Meine Mutter. Sicherlich wollte sie mich an unser Treffen am Wochenende erinnern.

»Mutter.«

»Alexander, Liebster, ich wollte mich noch mal kurz wegen Sonntag melden«, flötete sie mir ins Ohr. Ich hatte so gar keine Lust auf ihre Pläne und stand kurz davor, abzusagen.

»Mutter, ich werde am Sonntag ...«

»Nein, Alexander, keine Ausreden. Diesen Sonntag wirst du dir Zeit für uns nehmen. Außerdem habe ich auch Chloé eingeladen.«

Innerlich stöhnte ich auf. Nicht sie! Sie war meine Ex-Freundin und hing immer noch an mir wie eine Klette. Und noch schlimmer: Meine Mutter liebte sie. Beide wollten nicht wahrhaben, dass Schluss war. Wenn man es genau nahm, dann war das zwischen uns auch nie wirklich etwas Ernstes gewesen. Auf jeden Fall nicht von meiner Seite her. Wir hatten uns in der Öffentlichkeit sehen lassen und waren miteinander ins Bett gegangen. Aber ich fand uns nicht wirklich kompatibel. Auf keiner Ebene. Schon gar nicht auf der sexuellen. Der Reiz war schnell verflogen, und mittlerweile ging sie mir nur noch auf die Nerven. Aber weder meine Mutter noch Chloé wollten das einsehen. Immer wieder kam sie damit an, dass wir doch so ein tolles Paar gewesen wären und heiraten sollten. Sie meinte, dass Chloé mit ihren adeligen Vorfahren genau in unsere Familie passte und mich eine entsprechende Ehe in den Adelsstand beförderte – ganz nach dem Geschmack meiner Eltern. Obendrein vergötterte Chloé mich und wäre damit die perfekte Ehefrau. Dabei vergötterte sie nichts so sehr wie sich selbst und Geld. Selten hatte ich eine Person kennengelernt, die so von sich eingenommen war wie sie.

Meine Eltern waren der festen Ansicht, dass ich mit meinen dreiunddreißig Jahren endlich sesshaft werden sollte. Natürlich nur mit einer guten Partie aus ihren

Kreisen, bestenfalls einer Adligen. Und ich sollte Erben in die Welt setzen, natürlich vorrangig einen Jungen. Als Erstgeborener wäre das meine Pflicht, so ihr Wortlaut. Meine Geschwister dagegen konnten sich gemütlich zurücklehnen.

Außerdem gab es da noch eine Kleinigkeit, die sie gerne als Druckmittel benutzten. Wir lebten in einer traditionellen Familienhierarchie. Als ältester Sohn hatte ich demzufolge die Pflicht, das Familienimperium in die nächste Generation zu führen, den Fortbestand der Familie zu gewährleisten, und nicht die Freiheit der Wahl, mein Leben so zu gestalten, wie ich wollte. Es war zum Kotzen. Das Imperium meines verstorbenen Großvaters, das ich seit Jahren alleine führte und dessen Größe und Gewinn ich in den letzten drei Jahren verdoppelt hatte, würde dieses Jahr komplett an mich gehen. Allerdings gab es in den ursprünglichen Dokumenten eine bescheidene kleine Klausel, die mir schwer im Magen lag. Die Überschreibung der Anteile an den nächsten Moore-Sprössling würde nur dann stattfinden, wenn dieser verheiratet war. Mein Vater hatte nie wirklich Interesse an der Firma seines Vaters gehabt und diese nur widerwillig geführt, solange ich studierte. Kaum hatte ich meinen Abschluss in der Tasche, war er nur noch auf den Golfplätzen oder auf Reisen anzutreffen. Die Geschäfte interessierten ihn seither nur insoweit, als dass das Geld weiterhin schön auf sein Bankkonto floss. Dass ich rund um die Uhr schuftete, kaum eine Nacht durchschlief und Freizeit ein Fremdwort war, wurde als gegeben hingenommen.

Und was machten meine Geschwister? Meine Schwester Katharina hatte Kunst in Paris studiert und tingelte jetzt in der Weltgeschichte umher. Richtig gearbeitet hatte sie noch nie. Wozu auch, wenn ich ihr doch monatlich einen nicht zu verachtenden Betrag aufs Konto überwies? Sie war eben das Nesthäkchen, gerade siebenundzwanzig Jahre alt und von Beruf Tochter. Auch wenn sie keinen reichen Mann heiraten würde, brauchte sie sich niemals Sorgen um Geld zu machen.

Und mein Bruder Vincent scherte sich einen Dreck um die Familie. Mit seinen dreißig Jahren war er drei Jahre jünger als ich und machte sein eigenes Ding. Nachdem klar gewesen war, dass er das Familienunternehmen nicht übertragen bekommen würde, hatte er sich kurzerhand von uns gelöst und seine eigene Firma aufgebaut. Ich bewunderte ihn dafür. Im Gegenzug hasste er mich. Wenn er wüsste, was ich für einen Tausch mit ihm alles täte, dann würde er vielleicht … egal, in unserer Familie ging man nicht herzlich miteinander um. Hatte man noch nie getan. Ein glückliches Familienleben stellte ich mir anders vor. Man hatte zu funktionieren. Meine Kindheit war durch wechselnde Angestellte und die Abwesenheit meiner Eltern geprägt gewesen.

»Wie oft muss ich dir das noch sagen? Zwischen Chloé und mir ist es aus.«

»Alexander, ihr könnt euch doch wieder verabreden. Alles andere ergibt sich ganz von allein.«

»Mutter!«

»Tu mir den Gefallen.«

»Gut, ich komm am Sonntag, aber vergiss das mit Chloé und mir.«

Klar, sie konnten mir vorschreiben, dass ich verheiratet sein musste, um die Firmenanteile überschrieben zu bekommen. Aber mit wem, das würde ich mir nicht sagen lassen. Sie würden schon sehen …

Bei dem Gedanken, eine Ehefrau wählen zu müssen, tauchte plötzlich das Bild der zierlichen Barista vor meinem inneren Auge auf. Seit Wochen ging sie mir nicht mehr aus dem Kopf. Egal was ich versuchte. Selbst meine Lieblings-Edel-Escort-Dame schaffte es nicht, mir die Zeit so zu vertreiben, dass ich diese süße Kleine aus dem Coffeeshop vergessen konnte. Keine Chance. Aber ich verstand nicht, wieso. Sie passte eigentlich so gar nicht in mein übliches Beuteschema. Mein bevorzugter Typ Frau war groß, brünett und puppenhaft. Etwas, woran man sich eine Nacht ergötzte und am nächsten Morgen keinen weiteren Gedanken an den Namen verschwenden musste. Sie dagegen war eher eine natürliche Schönheit mit einem gewissen Etwas. Keine Ahnung warum, aber genau das zog mich bei ihr magisch an. Ihre seidigen langen Haare, ihre sanften Gesichtszüge mit den vollen Lippen und den blauen Augen, die an kühles Gletscherwasser erinnerten. Nicht nur ihre zarte Lebendigkeit sprach mich an, sondern auch ihre liebreizende Art. Jederzeit ein Lächeln auf den Lippen. Ich sollte mich von ihr fernhalten, bevor mein Monster sie verschlingen konnte. Denn am Ende würde ich ihr nur wehtun. Aber leider kam da das egoistische Arschloch in mir zum Vorschein, und das wollte Caitlyn. Unbedingt.

Ich öffnete die Schublade meines Schreibtisches, und mein Blick fiel auf die Akte darin. Ich hatte meine Ver-

bindungen genutzt, und nun standen alle Informatio-
nen, die wir über Caitlyn Phillips gefunden hatten, fein
säuberlich in der grauen unscheinbaren Mappe. Wer
hätte das gedacht, aber es steckte weit mehr hinter der
Fassade der kleinen süßen Blondine, als es nach außen
hin den Anschein hatte ...

3. Caitlyn

Am nächsten Morgen schloss ich wie immer um sieben Uhr die Tür zur Coffeebar auf. Meine Handtasche verstaute ich in einer Schublade unter dem Tresen und schaltete sogleich den Siebträger ein. Hinter mir ertönte die Türklingel. Neugierig drehte ich mich um, um zu sehen, wer zu dieser Uhrzeit bereits nach Kaffee lechzte.

Drei Männer standen in der Tür und blickten sich um. Etwas an der Art und Weise, wie sie sich umsahen, ließ meine Nackenhaare hochstehen. Alle drei waren eher düstere Gestalten. Groß, muskulös – fast schon bullig – und von einer furchteinflößenden Aura umgeben. Ich hatte sie noch nie hier gesehen. Sie passten so gar nicht in diese Gegend, eher zum Bahnhofs- oder Rotlichtmilieu. Einer der Männer starrte mich schamlos an.

»Was kann ich für Sie tun?« Ich versuchte, meiner Stimme einen festen Klang zu geben. Zwar zitterten mir leicht die Knie, aber das mussten die drei ja nicht sofort bemerken.

Während einer von ihnen sich vor der Tür postierte, kam der, der mich so kühn angestarrt hatte, direkt auf mich zu. Ohne auf meine Frage zu antworten, ging er um den Tresen herum und stellte sich vor mich hin. Er überragte mich locker um einen Kopf und seine kurz geschorenen Haare brachten sein kantiges Gesicht und die stechend grau-blauen Augen zur Geltung. Wenn er mich einschüchtern wollte, dann hatte er das geschafft. Jetzt zitterten mir nicht nur die Knie, sondern auch meine Hände. Mein Magen krampfte sich vor Angst und Panik zusammen. Gegen drei von diesen Muskelpaketen hatte ich null Chance.

»Entschuldigung, aber ...« Ich machte eilig einen Schritt zurück und stieß an die Kante der Küchenarbeitsplatte. Eine Fluchtmöglichkeit gab es nicht. Automatisch krallten sich meine Hände in die Tischkante.

»W... was wollen Sie von mir?« Ich konnte das Beben in meiner Stimme nicht mehr unterbinden.

Der Mann musterte mich von unten bis oben und zog amüsiert eine Augenbraue hoch. Kalter Schweiß rann meinen Rücken herunter, und ich umklammerte noch verzweifelter die Kante. Natürlich konnte er meine Angst sehen, und das amüsierte ihn offenbar. Wenn sie mich ausrauben wollten, dann bitte. Viel war nicht in der Kasse und mich wegen der paar hundert Pfund in Gefahr zu bringen, fiele mir nicht im Traum ein. Aber wenn das eine andere Art von Überfall wäre, dann ...

»Sind Sie Caitlyn Phillips?« Der Mann beugte sich zu mir herunter und sah mich mit zusammengekniffenen Augen erwartungsvoll an.

»Wer will das wissen?« Ich reckte mein Kinn nach oben. In diesem Fall sicher nicht das Schlaueste, aber tief in mir wollte ich nicht vollkommen kampflos aufgeben, obwohl er mir eine Heidenangst einflößte.

»Das tut nichts zur Sache. Antworte einfach«, befahl er kalt.

»Ja, ich bin Caitlyn Phillips.«

»Gut, dann haben wir jetzt ein kleines Gespräch.« Er bewegte sich keinen Millimeter, sondern stand mit verschränkten Armen vor mir und grinste mich anmaßend und gierig an. »Wann hattest du das letzte Mal mit deinem Bruder Kontakt?«

»Mit meinem Bruder?« Ich verstand die Frage nicht. Was hatte mein Bruder mit den Männern zu tun?

»Ja, Reece Phillips, deinem Bruder«, antwortete er mir frostig.

»Schon eine ganze Weile nicht mehr«, gab ich ehrlich zu. Das war eine vage Zeitangabe, aber das letzte Telefonat war bestimmt schon ein paar Monate her. Reece war noch nie der fürsorgliche große Bruder gewesen, der sich um mich gekümmert oder nach meinem Wohlbefinden gefragt hatte. Er lebte sein Leben und ich meins.

»Tja, dann wirst du jetzt versuchen, ihn zu erreichen.«

Ich sah ihn nervös an. Mein Zögern schien ihm nicht zu gefallen. Seine Miene verfinsterte sich noch einen Deut mehr.

»Ich meine es ernst. Also ruf ihn an. Sofort!«

Eilig zog ich mein Handy aus der Hosentasche. Zum Entsperren brauchte ich drei Anläufe, weil meine Finger nicht aufhören wollten zu zittern. Scheiße, in was war ich hier geraten?

Endlich konnte ich auf die Kontaktseite tippen, scrollte zu Reece und drückte auf seine Nummer. Bevor es überhaupt zum Klingeln kommen konnte, riss mir der Mann das Handy aus der Hand und hielt es sich ans Ohr. Nach einer Weile knallte er es verärgert auf die Platte.

»Dachte ich es mir. Auch nur die Mailbox.«

Ich begriff das alles nicht. Der Typ kam noch näher an mich heran. Eine Mischung aus herbem Eigengeruch und Aftershave drang zu mir. Ich wagte nicht, einen Mucks von mir zu geben. Die Miene meines Gegenübers war bedrohlich, und die Verärgerung stand ihm ins Gesicht geschrieben.

Ich schrie erschrocken auf, als er mich im Nacken packte und zu sich zog, während sein Daumen auf meiner Kehle ruhte. Ein Zeichen seiner Macht. Eine Warnung, eine Drohung. Ich blickte in seine grauen Augen, und mein Herz pochte wie wild. Geschockt hielt ich den Atem an.

»Du wirst deinen Bruder anrufen und ihm sagen, dass er sich bei Ivan melden soll. Verstanden?!«

Sein fester Druck ließ nicht zu, dass ich hätte nicken können.

»Sollte er das nicht tun, wird das für dich sehr unangenehm und für mich ... nun ja ...« Anzüglich sah er mich an. »Ich spiele gerne. Aber wenn es ums Geld geht, um viel Geld, dann ausschließlich nach meinen Regeln. Das könnte dir und diesem netten Café nicht gut bekommen.«

Ich schluckte schwer.

Er blickte mir nochmals in die Augen und ließ mich dann los. Seine Drohung war bei mir angekommen. Deutlich.

»Wäre doch schade um so eine kleine Schönheit. Findet ihr nicht auch?« Er wandte sich an die beiden anderen Kerle.

Ich folgte seinem Blick. Die anderen starrten schweigend zu mir, und ein eisiger Schauer lief mir über den Rücken.

»Du hast eine Woche Zeit. Falls dein Bruder sich bis dahin nicht bei mir gemeldet hat, komme ich wieder und glaub mir, das willst du nicht!«

»Ich kann nicht versichern, dass ich ihn erreiche«, wisperte ich kraftlos, »er taucht öfter mal für eine Weile unter und ist nicht zu erreichen.«

Ich wusste auch nicht, warum ich das sagte. Vielleicht, weil ich tief im Inneren jetzt schon wusste, dass ich keinen Erfolg haben würde. Weder heute noch in den nächsten Tagen. Wenn er wirklich Ärger mit diesen Russen hatte, dann war er nicht so blöd und behielt sein Handy und wartete darauf, gefunden zu werden. Er würde sich ein neues kaufen, mit einer neuen Nummer, und untertauchen.

»Das solltest du aber. Ansonsten zahlst du für seine Dummheit. Keiner hintergeht mich.«

Erschrocken starrte ich ihn an, erkannte, dass jedes Wort seiner Warnung hundertprozentig ernst gemeint war.

»Ich bin nicht für seine Schulden verantwortlich!«, kam es mir über die Lippen, bevor ich es verhindern konnte. Neben der Angst flammte Wut in mir hoch.

»Doch das bist du. Ab heute!«

»Einen Scheiß bin ich!« Kaum hatte ich meine Gedanken laut ausgesprochen, verdunkelte sich der Blick meines Gegenübers, und erneut schlossen sich seine Hände um meine Kehle. Fest, tödlich. Sein massiger Körper fixierte mich an der Arbeitsplatte.

»Reece hat das Kleingedruckte nicht gelesen. Jeder, der ihn nett anlächelt, hängt da mit drin. Du als seine Schwester stehst ganz oben auf der Liste. Also ja, du bist für seinen Scheiß verantwortlich«, knurrte er mir leise zu. »Und denk gar nicht daran, jemandem zu erzählen, dass wir hier waren. Kein Sterbenswort, zu keiner Menschenseele. Verstanden?!«

»Wie viel Geld schuldet er euch?«

Eigentlich war ich mir ziemlich sicher, dass ich das nicht wirklich wissen wollte, aber wenn ich Reece nicht erreichte – was ziemlich wahrscheinlich war – dann sollte ich wenigstens eine Ahnung davon haben, für was ich aufkommen sollte.

»Zweihundertfünfzigtausend Pfund.«

Scheiße. Scheiße. Scheiße. Wie konnte sich Reece so viel Geld von solch düsteren Gestalten leihen?

»Du weißt, was du zu tun hast!«

Ich spürte die Härte, die dieser Mann ausstrahlte, und nickte. Nicht auszumalen, was er mit mir oder meinem Bruder anstellen würde, sollte ich seiner Anweisung nicht Folge leisten. In was hatte sich Reece da nur verwickeln lassen?

»Eine Woche, keinen Tag länger. Und glaub mir, wir finden dich, so wie wir auch diesen kleinen Mistkerl finden werden.«

Mit diesen Worten gab er mich frei und machte ein Zeichen in Richtung seiner Männer.

Kaum dass sie das Café verlassen hatten, sackte ich zusammen. Mein Körper zitterte unkontrolliert, und mein Puls raste. Die Drohung der russischen Schläger hing in der Luft. Für einen kurzen Moment dachte ich darüber nach, die Polizei oder Anna anzurufen. Aber was war, wenn er seine Äußerung umsetzte? Ich wollte meine Freundin auf keinen Fall in Gefahr bringen. Ich musste Reece erreichen!

Ich rappelte mich auf und schnappte mir mein Handy. Wieder wählte ich seine Nummer – ohne Erfolg. Es sprang nur die Mailbox an.

»Reece, bitte ruf mich an. Hier waren gerade drei Russen, einer heißt Ivan, und sie drohen mir. Bitte ruf mich an, wenn du das abhörst.« Furcht und Ärger wechselten sich ab und beherrschten meine Stimmung.

Die nächsten Stunden verbrachte ich wie in Trance. Immer wieder versuchte ich, meinen Bruder zu erreichen, sprach duzende Nachrichten auf seine Mobilbox und rief alle mir bekannten Freunde von ihm an. Aber keiner konnte mir helfen. Reece war wie vom Erdboden verschluckt.

Am Abend saß ich auf Annas Couch, schlürfte Tee und schaute mit ihr einen Thriller auf Netflix an.

»Was ist los, Lyn?«

Ich entzog mich ihrem Blick und unterdrückte die aufsteigenden Tränen, aber es fiel mir schwer. Anna kannte mich zu gut, konnte in mir lesen wie in einem offenen Buch. Für sie war es nicht schwer, zu erkennen, dass etwas nicht stimmte. Dennoch durfte ich sie nicht in die Sache hineinziehen und in Gefahr bringen. Sie konnte mir sowieso nicht helfen. Auch sie verfügte nicht über so viel Geld. Das wusste ich.

»Hatte nur einen saublöden Tag.«

»Du hattest schon öfters einen blöden Tag, aber noch nie warst du so durch den Wind. Du siehst aus wie eine Maus in der Falle.«

»Wie eine Maus in der Falle?«

»Du weißt, was ich meine. Also spuck's aus.« Anna kniff die Augen zusammen. Das tat sie gerne, wenn sie mir zeigen wollte, dass ich ihren Spürsinn nicht unterschätzen sollte. Entweder, ich gab ihr ein paar Brocken, die sie zufriedenstellten, oder ich lief Gefahr, dass sie weiter bohrte und mehr herausfand, als gut war. Ich musste mir irgendetwas einfallen lassen.

»Nichts Wichtiges. War einfach nicht mein Tag«, log ich.

»Ist es wegen Elliot?« Anna schaute mich fragend an.

»Ja, auch. Keine Ahnung. Manchmal fühl ich mich einfach einsam.« Das war noch nicht einmal gelogen.

Außer Anna hatte ich keinen mehr, der mir so richtig nahestand. Meine Eltern waren tot. Reece lebte sein Leben irgendwo in der Weltgeschichte. Mal hier, mal dort, niemals länger an einen Ort gebunden. Und nach dem Studium waren meine Freunde in alle Himmelsrichtungen gezogen, hatten Familien gegründet, oder man hatte sich einfach auseinandergelebt. Geblieben war einzig und allein Anna.

Ich hoffte, dass Reece nicht in noch größeren Schwierigkeiten steckte, als ich annahm. Mit diesen Russen war wirklich nicht zu spaßen. Aber in der Gegenwart von Anna würde ich ihn mit keinem Wort erwähnen. Sie hatte ihre eigene Vergangenheit mit meinem Bruder. Sie waren einst ein Paar gewesen – vor dem Unfall. Danach war das Leben für niemanden mehr so wie früher. Es war eine schwere Zeit. Außerdem ging jeder mit Trauer anders um. Reece hatte jeden von sich gestoßen, war nicht mehr bereit, andere Menschen an sich heranzulassen. Der Gerichtsverhandlung hatte er nur sporadisch beigewohnt, und danach hatte er beschlossen, England den Rücken zu kehren. Vermutlich war er enttäuscht gewesen, dass wieder einmal Geld vor Recht stand. Ich konnte es ihm nicht verdenken. Auch ich war wütend darüber gewesen, dass der betrunkene Autofahrer, der zwei Menschen auf dem Gewissen hatte, nur mit einer Bewährungsstrafe davongekommen war, weil er reicher und mächtiger gewesen war und sich einfach die besseren Anwälte hatte leisten können. Aber so war das Leben. Nicht immer fair. Was in der Nacht ihrer Trennung wirklich zwischen Anna und Reece passiert war, wussten bis heute nur die beiden. Anna schwieg sich aus, und ich akzeptierte das.

»Morgen gehen wir zusammen in den Club, und ich will kein Nein, keine Ausreden oder sonst was hören«, stellte Anna klar und goss mir noch einen Tee ein. Von der Teekanne in ihren Händen blickte sie schelmisch zu mir hoch. »Oder brauchst du etwas Stärkeres? Rum vielleicht? Das wärmt von innen und hebt die Stimmung.«

Kichernd schüttelte ich den Kopf. »Nein, der Tee ist schon Balsam genug.«

»Sagt die Barista mit dem Café«, neckte mich Anna. »Also bleibt es bei morgen Abend?«

»Wenn du keine andere Begleitung findest ...«, entgegnete ich.

»Nö, du oder keine.«

»Du bist so eine ... «

»... beste Freundin.«

»Best friends forever.« Und ich meinte jedes Wort exakt so.

4. Alexander

Die letzten Meter sprintete ich zum Club.

Meinen McLaren hatte ich auf dem benachbarten Parkplatz abgestellt, mit dem Service einer Rund-um-die-Uhr-Bewachung. In dieser Gegend unabdingbar. Ein kurzer Blick auf meine Uhr sagte mir, dass ich mich verspäten würde. Ich hasste es, zu spät zu kommen. Aber manchmal kam eben etwas Wichtiges, grundsätzlich das Geschäft betreffend, dazwischen, und selten konnte das warten. So auch heute. Ein Abschluss, der längst in trockenen Tüchern hätte sein sollen, hatte noch einer endgültigen Prüfung und meiner Unterschrift bedurft.

Es war Freitagnacht, und vor dem Club hatte sich bereits eine lange Schlange gebildet. Ich suchte nach der Gestalt meines Freundes und entdeckte Connor schlussendlich weiter vorne – fast schon am Eingang. Schlauer Bursche. Nutzte meine Verspätung zum Anstellen. Ich drängelte mich an den Wartenden vorbei, erntete empörte Kommentare und Blicke, welche an mir jedoch eiskalt abprallten.

»Hab schon gedacht, du kommst nicht mehr«, begrüßte Connor mich gespielt genervt.

»Kann dich ja nicht mit den Mädels allein lassen«, frotzelte ich.

»Was hat dich diesmal aufgehalten?«

»Die Arbeit. Was sonst?«

Connor nickte verständnisvoll. Er kannte mich und wusste, dass mein Job an erster Stelle stand.

Der Türsteher ließ uns durch. Wie zu erwarten, war das *Seven Nights* brechend voll. Wir kämpften uns durch die Menge hindurch in Richtung der lang gezogenen Bar, die mit ihrer dezenten, eleganten Beleuchtung hervorstach und einladend wirkte.

Vier Barkeeper standen hinter dem Tresen und veranstalteten aus dem Mixen der Getränke eine Show. Ich bestellte für Connor einen *Old-Fashioned* und für mich einen *Whiskey on the rocks*. Mein Freund hatte sich einen freien Barhocker gekrallt und begutachtete die Gäste. Oder besser gesagt: Er hielt Ausschau nach Frauen. Ich gesellte mich zu ihm und lehnte mich an die Bar. Meinen Anzug hatte ich gegen eine schwarze Jeans und ein gleichfarbiges Hemd eingetauscht, während Connor wie immer ein Poloshirt über seiner beigen Hose trug. Das Publikum im *Seven Nights* war bunt gemischt. Das gefiel mir, es war eine Abwechslung zu unseren Abenden an den Bars gehobener Hotels oder Privatclubs.

»Der Club hat was«, stellte Connor erfreut fest.

»Ja, bisschen voll, bisschen laut. Aber ansonsten ...« Ich grinste ihn an und schüttelte nur den Kopf.

»Du wirst echt alt, Mann. Hier tobt das Leben, und du sehnst dich nach einer leeren, einsamen Hotelbar.«

»Ruhig ist das Wort, welches ich wählen würde.«

»Alexander, schau dich um. Sieh dir die attraktiven Frauen an. Da, wo du sein willst, findest du nur alte

Knacker, die nicht wissen, wo sie hinsollen, oder Weiber, die nach solchen Typen Ausschau halten.«

»Alte Knacker«, brummte ich und nahm einen kleinen Schluck meines Whiskeys.

»Genau, und wir sind im besten Alter. Also schau dich um. Jackpot! Wunderschöne Frauen. Genau unser Beuteschema. Genau unsere Altersklasse.«

Ich schaute mich um. Tatsächlich waren einige attraktive Frauen hier. Leider ließen die mich dennoch irgendwie kalt. Keine von ihnen reizte mich, denn mir geisterte eine spezielle im Kopf herum.

»Unsere Altersklasse?« Ich grinste ihn an und deutete auf eine Gruppe von Mädels, die aussahen, als wären sie gestern erst volljährig geworden.

»Na ja, die vielleicht nicht, wobei so ein junges Ding zur Abwechslung auch mal ganz nett wäre. Aber so ab Mitte zwanzig, wie die da drüben.«

»Du meinst, für uns alte Knacker wäre Mitte zwanzig genau das Richtige?«

»Genau. Jung, dynamisch, formbar und voller Leben!« Connor wurde ernst. »Und keine verwöhnten Gören aus der Hautevolee.«

»Warum so abwertend?«, fragte ich ihn amüsiert. »Du verkehrst immerhin auch in solchen Kreisen.«

Wir hielten uns beide hauptsächlich in höheren Kreisen auf. Das ergab sich automatisch durch unsere Familien, die dieser High Society entsprangen.

»Das ist ja das Problem. Wir verkehren *nur* in diesen Kreisen. Nenn mir da mal eine Einzige, die es wert wäre, das Singleleben aufzugeben.«

»Keine Ahnung, ich hab nicht vor, mein Singledasein zu beenden.«

»Alexander, du weißt, dass du die Forderungen deiner Eltern bald nicht mehr ignorieren kannst«, prophezeite Connor mir mit ernster Miene.

Ja, das wusste ich, und es bereitete mir zunehmend Kopfschmerzen. Spätestens Sonntag würde das Thema wieder auf den Tisch kommen.

»Erinnere mich nicht daran. Das hat meine Mutter heute schon gemacht.«

»Wieder die alte Leier?«

Ich nickte und ließ den Whiskey meine Kehle heruntergleiten. »Solange ich kann, werde ich der Spielverderber bleiben.«

»Du kennst deine Mutter! Wenn die sich was in den Kopf gesetzt hat, dann hält sie keiner mehr davon ab.«

»Ja, aber hier habe ich auch noch ein Wörtchen mitzureden«, knurrte ich verstimmt. Ich begutachtete die Anwesenden an den Stehtischen und auf der Tanzfläche.

»Ich könnte wetten, dass du am Wochenende die nächste Kandidatin präsentiert bekommst. Lass raten.«

»Mach dir keine Mühe, die Kandidatin steht bereits fest!« Missmutig leerte ich mein Glas und knallte es auf den Tresen.

»Wer soll es dieses Mal sein?« Amüsiert und neugierig grinste Connor mich an.

»Chloé.« Allein der Gedanke an diese Person machte mich fertig. Eine biestige Langweilerin in einer tollen Verpackung. Mehr gab es dazu nicht zu sagen.

»Chloé?! Oh Gott. Soll ich dich entführen?«, fragte er scherzhaft. »Ich hab es damals schon nicht verstanden. Du und Chloé. Na ja, das, was sie gut kann, ist hammermäßig aussehen und nerven.«

Ich murrte verstimmt und ließ meinen Blick weiter über die anderen Gäste gleiten. Dann sah ich sie. Direkt in meinem Blickfeld! Caitlyn, die süße blonde Barista aus meinem Lieblingscafé. Und neben ihr ihre schwarzhaarige Freundin, die ich auch schon öfter dort gesehen hatte. Meine Augen hefteten sich an die Blondine. Seit unserer ersten Begegnung hatte sie sich fest in meinen Gedanken verankert und wollte sich nicht mehr vertreiben lassen. In ihrer Bluejeans und der schlichten weißen Bluse sah sie verdammt sexy aus. Ihre blonden Haare fielen lockig über ihre Schultern.

Sie tanzte auf der Tanzfläche und wirkte, als blendete sie alles um sich herum aus. Zusammen mit ihrer Freundin rockten sie zur Musik, und ihre Bewegungen waren sinnlich und ungezwungen. Man merkte ihr an, dass sie sich der Musik völlig hingab, sich leiten ließ und abschaltete.

Es war purer Zufall oder besser gesagt ein plötzlich eintretender Platzregen gewesen, der mich in dieses kleine Café hatte flüchten lassen. Seither ging ich regelmäßig dorthin. Natürlich nicht nur, weil es dort einen hervorragenden Espresso gab, sondern weil ich vom ersten Moment an wusste, dass ich sie haben wollte. Mein Freund in meiner Hose bekam schon bei dem Gedanken an sie ein Eigenleben und presste sich schmerzhaft dagegen. Er wollte sie auch. Unbedingt. Bedingungslos. Willig. Unter mir. Jetzt stand sie nur ein paar Meter von mir entfernt in der Mitte der Tanzfläche, und in mir loderte das Feuer der Begierde.

Anscheinend ging es nicht nur mir so. Die beiden Frauen zogen die Blicke der Männer magisch an, und das Irritierende daran war, dass sie es noch nicht einmal zu bemerken schienen. Einige von ihnen machten es so plump, dass es schon fast peinlich für den Rest der Männerwelt war. Sie zogen die beiden förmlich mit ihren Augen aus, gafften lüstern und in ihren Mienen stand die pure Gier. Armselig. Niveaulos.

Die beiden Frauen tanzten und lachten miteinander. Als die Musik wechselte, verließen sie die Tanzfläche. Ich konnte meine Augen nicht von ihnen abwenden.

Zwei Typen näherten sich ihnen. Etwas an ihrer Art alarmierte mich. Sie starrten Caitlyn und ihre Freundin mit einem hungrigen Ausdruck an. Diese beiden Gesellen waren Raubtiere auf der Jagd, das konnte ich meilenweit wittern. Und ich wusste, wer die Beute sein sollte, und das gefiel mir überhaupt nicht.

Ich beobachtete, wie der größere der beiden Caitlyn zu nahe kam und ihr dann auch noch mit seiner klobigen Hand an den Arsch griff. Die andere hatte er um ihr Handgelenk geschlossen. Hilfesuchend schaute sie zu ihrer Freundin, die aber von seinem Freund geschickt von ihr abgedrängt wurde. Der Typ ging echt zu weit. Caitlyn versuchte ihn abzuwehren, doch er drückte sie enger an sich und rieb seine Mitte an ihr. Ihre Miene verzog sich voller Ekel und Verzweiflung. Wie von selbst ballten sich meine Fäuste, und ich musste tief durchatmen, um nicht sofort loszustürmen.

»Hey Mann, ich wollte dich nicht verärgern, oder was ist los?« Connor sah mich entsetzt an. Mein Gesichtsausdruck musste meinen Zorn deutlich wiedergeben. Leider konnte mein Freund den wahren Grund nicht erahnen. Sein Blick folgte meinem und blieb auch auf den beiden Freundinnen hängen, die immer noch versuchten, die Typen abzuwehren.

»Wer ist das? Ist sie der Grund, warum du gerade aussiehst, als würdest du jemanden kastrieren wollen?« Amüsiert beobachtete Connor die Frauen. »Hat eine von ihnen dich abserviert? Schwarz oder blond?«

Ein Tumult entstand, weil meine Barista sich augenscheinlich gegen ihn zur Wehr setzte.

Connor verstummte, als ihm klar wurde, was vor unseren Augen gerade geschah. »Was für Arschlöcher.« Sein Gesichtsausdruck wurde hart, und seine Augen verengten sich.

Ohne ein Wort zu sagen, ging ich in ihre Richtung. Mein Beschützerinstinkt war geweckt worden. Caitlyn Phillips gehörte mir. Kein anderer, schon gar keiner von diesen Flachwichsern, hatte sie in dieser Art und Weise anzufassen!

»Alexander, warte!«, schrie Connor mir hinterher.

Aber ich ignorierte ihn. Mein Blick war fest auf mein Ziel gerichtet. Fokussiert, jemanden meine Faust schmecken zu lassen.

»Lassen Sie mich einfach los«, forderte Caitlyn den aufdringlichen Kerl mit ruhiger, aber bestimmender Stimme auf.

»Komm schon, Schätzchen«, säuselte dieser und hielt weiterhin ihren Oberarm fest umklammert. »Lass uns Spaß miteinander haben.« Er zog sie wieder zu sich heran und befummelte grob ihren Hintern. »Zier dich nicht so.«

Eine unbeschreibliche Rage überkam mich. Niemand fasste an, was ich begehrte, was ich zu meinem machen wollte.

Connor war mir gefolgt und hatte sich hinter mich gestellt. Er beäugte die Situation neugierig. Ich konnte seine warnende Hand auf meinem Oberarm spüren. Er kannte mich zu gut, hatte bereits einige meiner Wutausbrüche miterlebt und wusste, dass ich kurz davor stand, auszurasten.

»Nimm deine Griffel von mir, sonst setzt es was!«, drohte Caitlyn dem Mistkerl nun, und das verursachte bei mir glatt ein Lächeln im Gesicht. Sie war echt megasüß, wenn sie ihre Krallen zeigte. Außerdem bewunderte ich ihren Mut.

Caitlyns Freundin stand hilflos daneben und konnte nichts tun, weil der massige Körper des Freundes sie abschirmte und von ihrer Freundin fernhielt. Hilfesuchend sah sie sich um, als ihr Blick mich traf. Sie hatte mich erkannt, und ein erleichterter Ausdruck erreichte ihre Augen. Ihre Lippen formten ein stummes *hilf Caitlyn bitte!* Dieser Bitte kam ich liebend gern nach und kam noch ein Stück näher.

»Hast du was an den Ohren?«, knurrte ich mit tiefer, warnender Stimme, die normalerweise jeden einschüchterte. »Sie hat gesagt, du sollst deine dreckigen Finger von ihr nehmen.«

Der Typ drehte sich zu mir um und grinste hämisch. »Sonst was?«

»Das willst du nicht wissen«, raunzte ich ihn an. Abgesehen davon, dass ich ihn überragte, sollten ihm mein muskulöser Oberkörper und die geballten Fäuste Warnung genug sein.

»Was geht dich die Kleine an?«

Der Kerl hatte echt Mumm oder nichts in der Birne. Ich stand kurz vorm Explodieren. Er musste achtgeben, sich nicht gleich mit gebrochenem Nasenbein und Kiefer auf dem Boden wiederzufinden. Aber weil ich Caitlyn nicht verschrecken wollte, versuchte ich ruhig zu bleiben.

Tief durchatmen.

»Sie gehört zu mir, also mach die Fliege!«

Connor hatte sich neben die Schwarzhaarige gestellt und deutlich gemacht, dass er ebenfalls zu mir gehörte.

Caitlyn drehte sich zu mir um. Verwirrung, gepaart mit Erkennen, stand in ihrem Gesicht. Ein Strahlen erhellte ihre blauen Augen und ließ meinen Schwanz steinhart werden. Jetzt war es ausgesprochen und besiegelt. Sie würde mir gehören, musste mir gehören. Sie wusste es nur noch nicht.

»Sie ist ohne Begleitung gekommen«, protestierte der Kerl mit zu Schlitzen verengten Augen. Herausfordernd sah er mich an. Gleich würde er meine Faust schmecken.

»Und? Hat das was zu bedeuten?«

»Schon möglich.«

»Lass sie los, oder ich werde ungemütlich!«

»Willst du hier den Helden spielen?« Er baute sich vor mir auf. Demonstrativ. Provozierend. Zu seinem Glück tauchten in dem Moment drei Türsteher auf, sonst hätte ich ihm doch noch eine verpasst.

»Wir denken, Sie verlassen jetzt sofort den Club.« Die Türsteher positionierten sich vor dem Arschloch und sahen ihn auffordernd an.

»Echt jetzt. Die Tussi ist doch den Ärger nicht wert!« Mit den Worten gab er Caitlyn einen Schubs, der sie direkt in meine Arme beförderte.

Der Duft von Zitrusfrucht, gemischt mit einer blumigen Note, drang in meine Nase. Ihr Duft. Dankbar sah sie mich an. Ich sollte sie loslassen, konnte es aber nicht. Zu sehr genoss ich ihre Wärme, ihren Geruch. Sie zitterte am ganzen Körper. Ohne dass ich darüber nachdachte, nahm ich sie in die Arme und strich ihr beruhigend über den Rücken.

»Alles gut bei dir?«

»Ja, danke«, hauchte sie.

»Oh Gott, danke für die Rettung«, bedankte sich nun auch ihre Freundin.

Connors Grinsen ging einmal quer über sein Gesicht.

»Das war purer Egoismus.«

»Egoismus?« Caitlyns Augen funkelten.

»Wer soll mir sonst am Montag meinen Kaffee machen?«

»Das ist natürlich ein wichtiger Grund. Elementar wichtig.« Sie grinste mich an.

»Ich glaube, wir brauchen alle einen Drink«, schlug Connor vor.

»Ja, gute Idee«, antwortete die Schwarzhaarige.

Caitlyn nickt nur und lächelte mich zaghaft an.

Fuck. Ich hatte echt ein Problem. Ein ernsthaftes Problem.

5. Caitlyn

Seine Hand lag heiß in meinem Rücken, während er mich durch die Menschenmenge zur Bar dirigierte.

Sie gehört zu mir! Seine Worte hallten in meinem Kopf wider.

Der Typ von vorhin hatte mir Angst eingejagt. Seit diese Russen bei mir aufgetaucht waren, lagen meine Nerven blank. Jedes Geräusch, jeder fremde Typ, der mich schief anschaute, versetzte mich in Panik. Ich war heute nur wegen Anna mitgekommen. Daheim hätte ich wahrscheinlich auch nicht ruhig sitzen können, und an Schlaf war auch nicht zu denken.

Und jetzt passierte mir das hier auf der Tanzfläche: Ein aufdringlicher Kerl, der seine Finger nicht bei sich halten konnte. Die Tatsache, dass ich ihn – mitten in einem Club – nicht hatte abschütteln können, wühlte mich innerlich auf. Es war nicht das erste Mal, dass ich von fremden Männern angemacht worden war, aber dieser Typ war echt widerlich und aggressiv gewesen. Oftmals stand man als Frau alleine da. Die anderen schauten einen nur fassungslos an oder gar weg. Selten fand jemand den Mut, einzuschreiten.

Heute war es passiert. Heute hatte das jemand getan. Jemand, von dem ich es nicht erwartet hätte, dass er sich für andere einsetzte.

Sie gehört zu mir! Wieso taten mir diese Worte so gut? Ich mochte ihn doch gar nicht. Ich fand ihn arrogant, unfreundlich und gebieterisch. Warum fühlte sich seine Hand in meinem Rücken so vertraut an? Weshalb fühlte ich mich bei ihm, einem Fremden, so sicher? Und verdammt noch mal, wie konnte es sein, dass ich mich danach sehnte, dass seine Worte der Wahrheit entsprachen? Endlich wieder zu jemandem zu gehören? Teil von einem Ganzen zu sein?

»Alles gut bei dir?«, riss mich seine dunkle Stimme aus meinen Gedanken.

»Ja, alles gut. Bin nur etwas ...«

Erwartungsvoll, dass ich meinen Satz vollendete, blickte er mich an, und ich verlor mich in diesen dunklen Augen.

»Etwas ... was?«, hakte er nach.

»Nichts, alles gut. Bin nur überrascht, Sie in diesem Club anzutreffen.«

»Alexander. Nenn mich Alexander.« Sein Lächeln brachte mein Herz zum Stolpern. »Jetzt, wo ich dein Leben gerettet habe, hört sich das *Sie* so unpassend an.« Sein Hauch von Spott ließ mein Herz hüpfen.

»Ja, okay«, flüsterte ich verwirrt, »ich bin Lyn, eigentlich Caitlyn, aber alle nennen mich nur Lyn.«

»Caitlyn, schöner Name. Gefällt mir«, raunte er mir ins Ohr. Sein Atem streifte meine Haut, und sein intensiver Geruch nach einem teuren Aftershave kroch mir in die Nase. Ein Duft, der alles andere als unangenehm war. Männlich, heiß und absolut anziehend.

Er führte mich abseits an einen freien Platz an die Bar. Anna und sein Freund folgten uns.

»Connor, darf ich dir Caitlyn vorstellen?«

»Lyn«, korrigierte ich ihn automatisch. Ich war schon immer Lyn gewesen, als Kind, als Teenager und als Erwachsene ebenfalls. Keiner meiner Freunde nannte mich Caitlyn, und meine Eltern hatten es nur dann getan, wenn sie sauer auf mich gewesen waren.

»Caitlyn, die Barista aus meinem Lieblingscafé«, redete er, unbeeindruckt von meiner Namenskorrektur, weiter.

Kurz überlegte ich, ob ich ihn darauf hinweisen sollte, dass ich nicht nur die Barista, sondern auch die Geschäftsführerin war. Ich beschloss aber, es zu lassen.

»Hallo, Connor, das ist Anna, und ich bin Lyn.« Auch wenn Caitlyn aus dem Mund von Alexander irgendwie sexy klang, ärgerte ich mich über seine Ignoranz.

Der Mann neben Alexander wirkte so ganz anders. Er hatte dunkelblonde Haare und lebensfrohe grau-blaue Augen. Der gepflegte Dreitagebart konnte die zwei Grübchen in seiner Wange nicht überdecken, und er lachte mich spitzbübisch an. Beide Männer waren sehr attraktiv. Aber während Connor der Schalk aus den Augen blitzte, umgab Alexander eine geheimnisvolle Aura, die mich magisch anzog.

»Ich hab schon so einiges über dein Café und den exzellenten Espresso gehört.«

»Du warst noch nie bei uns?«

»Nein, zu meiner Schande muss ich gestehen, dass ich es noch nicht geschafft habe, und Alex hat mich noch nie mitgenommen. Aber das hole ich bald nach.« Connor zwinkerte mir zu.

Ich mochte ihn auf Anhieb. Er war nett, natürlich und offen. Keinesfalls so arrogant wie die anderen Männer, die Alexander bisher mit ins Café gebracht hatte.

Alexander bestellte beim Barkeeper und reichte mir dann ein Glas mit einer bernsteinfarbenen Flüssigkeit. Ich sah skeptisch auf das Getränk. Das sah nicht nur nach einem Hochprozentigen aus, sondern roch auch danach.

»Das kannst du jetzt vertragen«, grinste er mich an.

»Was ist das?«, fragte ich unsicher.

»Whiskey.«

»Oh nein, danke.«

Ich wollte ihm das Glas zurückreichen, aber er drückte es mir wieder in die Hand.

»Ich habe so etwas noch nie getrunken.«

»Es gibt für alles ein erstes Mal. Also runter damit.« Er beobachtete mich und meine Reaktion.

Normalerweise trank ich kaum Alkohol. Mal einen Wein oder einen Cocktail, aber Whiskey?

»Das ist zu stark für mich. Ehrlich«, erklärte ich energisch und reichte ihm das Glas erneut.

»Aber deine Nerven können es vertragen.« Er verzog eine Augenbraue nach oben. Seine dunklen Augen funkelten mich vielsagend an. Mit einem Nicken deutete er auf meine Hand. Die zitterte, und mein Griff um das Glas wirkte verkrampft. Irgendwie hatte ich das Gefühl, dass er ein Nein nicht akzeptierte.

»Vielen Dank nochmals für die Hilfe und den Drink.« Ich sah hilfesuchend zu Anna, die aber mit Connor in ein Gespräch vertieft war. »Aber ich glaube, ich werde jetzt lieber nach Hause gehen.«

Seit dieser Sache mit den Russen stand ich gerade dauerhaft unter enormem Druck. Und jetzt auch noch der Vorfall auf der Tanzfläche – das hatte mir den Rest gegeben. Ich war müde und ausgepowert. Und einfach nur noch bettreif.

»Der Abend hat doch gerade erst angefangen.« Das tiefe dunkle Timbre seiner Stimme ging mir durch Mark und Bein.

»Warum? Was ist?«, wollte nun auch Anna wissen.

»Ich hab' gerade gesagt, dass ich nach Hause gehen sollte«, erklärte ich ihr.

Die schüttelte entrüstet den Kopf. »Komm schon, Lyn.«

»Ich hatte echt 'ne bescheidene Woche ...«

»Du willst dir doch von ein paar Vollpfosten nicht den Abend verderben lassen!«

»Ja ... nein ...«

»Siehst du, Caitlyn, deine Freundin ist der gleichen Meinung wie ich.« Wieder durchbohrten mich Alexanders Blicke. »Nimm einen Schluck, das hilft.«

Drei Augenpaare sahen mich erwartungsvoll an. Zögerlich hob ich das Glas an die Lippen und nahm einen klitzekleinen Schluck. Gott, war das Zeug scharf. Brennend rann es mir die Kehle herunter. Igitt! Angewidert schüttelte ich mich, während sich ein warmes Gefühl in meinem Magen ausbreitete.

»Oh Gott, wie eklig!« Ich reichte Alexander das Glas und verzog das Gesicht. Keine zehn Pferde würden mich dazu bringen, noch einen weiteren Schluck von diesem Höllenzeug zu nehmen.

»Gratulation zu deinem ersten Whiskey!« Er lachte mich an. »Der erste Schluck ist immer etwas ... gewöhnungsbedürftig.«

Seine Stimme brachte mein Blut in Wallung. Nicht gut. Gar nicht gut.

»Der zweite geht, und ab dem dritten wird es besser.«

»Da spricht der Experte«, vermutete ich.

Er lehnte sich ganz nahe zu mir. Als er mir die nächsten Worte ins Ohr flüsterte, waren seine Lippen nur Millimeter von meiner Wange entfernt, und ich konnte seine Wärme und seinen Atem spüren. »Ja, und ein Genussmensch.«

»Ich genieße auch«, hauchte ich ihm zu. »Guter Kaffee, gutes Essen oder eine gute Praline. Whiskey wird wohl nicht dazu gehören.«

»Du hattest eine schlechte Woche?«, fragte er mich, und ich war mir nicht sicher, ob das Flattern in meinem Magen vom Whiskey oder von ihm kam.

»Ja, so kann man das sagen.«

Allein der Gedanke an die unzähligen missglückten Anrufversuche und die schlaflosen Nächte brachte mich zurück in die Realität. Ich sollte nicht hier sein, sondern nach einer Lösung suchen.

»Was war los?«

»Oh, das Übliche eben. Nichts von Belang«, log ich.

Alexander lehnte sich zurück, und sein Arm streifte meinen. Diese einfache Berührung hinterließ eine prickelnde Spur auf meiner Haut. Überrascht sah ich hinunter. Er folgte meinem Blick. Als könnte er meine Gedanken lesen, legte er seine Hand locker auf meinen Unterarm, während sein Daumen wie natürlich Kreise darauf vollführte und Millionen elektrische Funken durch meinen Körper jagte. Seine Augen suchten meine, und ich konnte nicht anders, ich versank in ihnen.

»Was möchtest du, Caitlyn?«

Was möchte ich? Spontan würden mir ganz viele Sachen einfallen, aber ich ging davon aus, dass er nur nach meinem Getränkewunsch fragte. Ich unterdrückte ein Kichern, konnte aber die Hitze auf meiner Wange nicht ignorieren. Vielleicht sollte ich mich an Annas Rat halten und es einfach ausprobieren – selbst wenn es nur für eine Nacht wäre. Wann hatte ich das letzte Mal Sex, richtig guten Sex, gehabt? Aber mit einem Stammkunden? Warum nicht? Ich war alt genug, brauchte niemandem Rechenschaft abzulegen und ...

»Caitlyn?«, riss er mich aus meinen Gedanken.

»Coke«, kam es von mir wie aus der Pistole geschossen.

Alexander drehte sich zum Barkeeper um und gab eine Bestellung auf. Diese Verschnaufpause brachte mich zurück auf den Boden der Tatsachen. Dennoch konnte ich nicht verhindern, seine großen schönen Hände anzustarren und seine muskulösen, mit Adern durchzogenen Unterarme zu bewundern. Wie würden die sich anfühlen? War er – wie im Leben – dominant, herrisch, oder hatte er eine versteckte zarte Seite? War ich jetzt von allen guten Geistern verlassen? Hatte ich derzeit nicht genug Probleme? Ich schüttelte die Vorstellung, mit diesem Mann intim zu werden, ab. Mein Blick ging zu Anna, die so unbekümmert mit Connor flirtete.

Alexander hatte mittlerweile die Getränke bekommen und reichte mir meins. Wir unterhielten uns über alles Mögliche. Er wirkte gelöst, locker, nicht so mürrisch und steif wie immer im Café. Es fiel mir leicht, mit ihm zu reden, und die Zeit schien dahinzufliegen.

Irgendwann überkam mich dennoch die Müdigkeit, und ich sehnte mich nach meinem Bett. Ich lehnte mich zu Anna und flüsterte ihr ins Ohr: »Können wir gehen? Ich bin echt fertig.«

»Ich würde gerne noch bleiben, wenn es dir nichts ausmacht«, gab Anna zu.

»Nein, kein Problem. Ich nehm mir einfach ein Taxi.«

»Taxi?«, erklang nun wieder Alexanders Stimme neben mir. »Um diese Uhrzeit wird es schwer werden, eins zu bekommen. Aber ich kann dich auch gerne mitnehmen.«

»Danke, aber ich möchte echt keine Umstände machen.«

»Machst du nicht.« Er winkte ab.

»Kannst du überhaupt noch fahren?«, fragte ich und schaute auf sein Whiskeyglas, in dem nur noch die Eiswürfel schwammen und das neben meinem noch halbvollem stand.

»Das hier ...«, Alexander hob sein geleertes Glas hoch, »... war heute das erste und letzte. Also ja, ich bin noch fähig, zu fahren.« Er zwinkerte mir zu.

»Connor, ich würde es auch packen und nehme Caitlyn mit.« Ich wollte erneut ablehnen, hatte aber das Gefühl, dass Alexander nicht darüber diskutieren würde. Er schien es definitiv gewohnt zu sein, dass jeder in seinem Umfeld das tat, was er wollte. Gut. Konnte ich mir wenigstens das Taxigeld sparen.

»Wie du meinst, Alex. Sollen wir hierbleiben oder woanders hingehen?«, fragte Connor an Anna gerichtet. Seine Augen hingen an ihr.

Ich unterdrückte ein Grinsen. Ja, Anna hatte so eine Wirkung auf Männer. Ihre fröhliche, lockere Art, gemischt mit ihrem spanischen Temperament, zog alle in ihren Bann. Komisch, dass sie dennoch noch nicht den richtigen Partner für sich gefunden hatte. Auswahl hatte sie zur Genüge.

Kurz darauf stand ich vor seinem schwarzen McLaren und ließ mir die Tür aufhalten. Wie bereits im Café wurde mir der Klassenunterschied zwischen uns erneut schmerzhaft bewusst. Während ich noch nicht einmal ein Auto besaß, fuhr er einen schnittigen Sportwagen der Preisklasse *Träum-weiter-Caitlyn*. Fast schon andächtig ließ ich mich auf dem Ledersitz nieder. Alles in dem Auto roch nach Geld und Glamour. Alexander ließ sich auf den Fahrersitz fallen und startete den Motor.

»Wohin soll es gehen?«

Ich nannte ihm meine Adresse. Kurz war ich geneigt, eine falsche anzugeben, aber das fand ich dann zu kindisch. Meine Wohngegend war nicht die beste, aber bei Weitem auch nicht die schlechteste, und das Hochhaus sah sogar noch gepflegt aus.

Seine Anwesenheit brachte meine Haut zum Prickeln. Die Hitze, die sein muskulöser Körper verströmte, ließ mich ihn verstohlen mustern. Er war wirklich extrem attraktiv. Erneut stellte ich mir vor, wie sich seine Hände auf meinem Körper, seine Lippen auf meinen, wohl anfühlen würden.

Sein Blick bohrte sich in meinen und – als hätte er meine Gedanken erraten – schlich sich ein merkwürdiges Grinsen auf seine Lippen. Seine braunen Augen wurden dunkler, und die goldenen Sprenkel schienen zu glühen. Meine Güte, der Mann war die pure Versuchung. Hitze stieg mir in die Wangen, und ich starrte verlegen aus dem Fenster.

Als das Auto vor meinem Wohnblock zum Stehen kam, hatten wir kaum ein Wort miteinander gesprochen, aber die Stille war nicht erdrückend oder unangenehm gewesen. Es war vielmehr so, als wären wir beide gedanklich in unseren eigenen Welten eingetaucht.

Gerade wollte ich die Hand zum Autogriff führen, da spürte ich seine Finger auf meinem Oberschenkel. Verwirrt schaute ich zu ihm. Seine rechte Hand ruhte derweil auf dem Lenkrad und gab den Blick auf die Uhr an seinem Handgelenk frei: eine *Royal Oak*. Selbst ich als Laie erkannte diesen puren Luxus an seinem typischen Design.

»Vielen Dank fürs Fahren und Retten.« Verlegen biss ich mir auf die Unterlippe.

Anstatt zu antworten, strich er mir eine verirrte Haarsträhne aus dem Gesicht. Seine Fingerknöchel steiften dabei meine Wange. Diese zarte Berührung lösten einen Tumult von Gefühlen und ein Feuer in meiner Mitte aus. Seine Finger strichen meinen Kieferknochen entlang und verharrten an meinem Kinn. Die Luft zwischen uns knisterte vor Spannung. Nicht das erste Mal.

»Caitlyn, ich ...« Er beugte sich zu mir vor. Nur noch wenige Zentimeter trennten seine Lippen von meinen. Wie würde er wohl küssen? Sanft oder wild? Und wie würde er schmecken? Ich schüttelte die Gedanken ab und ignorierte das Gefühl der Sehnsucht, das von mir Besitz ergriff.

Der McLaren, die Uhr, die Designer-Anzüge, seine ganze Ausstrahlung offenbarten, dass er in einer anderen Liga spielte als ich. Ich sollte so schnell wie möglich aus diesem Auto verschwinden und in meine Welt zurückkehren, bevor ich einen Fehler machte. Bevor es kein Zurück mehr gab.

»Ich muss ...« Meine Finger zogen am Türgriff, und ich flüchtete aus dem Auto. Kurz beugte ich mich doch noch einmal vor. »Danke, und vielleicht sehen wir uns am Montag.«

»Ja, vielleicht«, lachte er und bedachte mich mit einem Du-kannst-zwar-flüchten-aber-ich-bekomm-dich-trotzdem-Blick.

Ich schluckte, nickte und ging zur Haustür. Erst als diese hinter mir ins Schloss fiel, merkte ich, dass ich die Luft angehalten hatte und meine Knie weich wie Pudding waren.

6. Alexander

Schon bei der Fahrt zum Landsitz meiner Familie, der außerhalb von London lag und bereits seit Generationen zum Besitz der Familie Moore gehörte, ergriff mich eine innere Unruhe, die immer stärker wurde, je näher ich meinem Ziel kam.

Ich bog von der Hauptstraße ab und erreichte kurze Zeit später das geöffnete gusseiserne Tor mit dem Löwenemblem. Nachdem ich die Einfahrt passiert hatte, fuhr ich die mit Bäumen gesäumte Allee entlang, die direkt zum prachtvollen Herrenhaus führte.

Neben dem Haupthaus, welches sich in der Mitte des Landsitzes befand, gab es noch etliche Nebengebäude, die in der Vergangenheit und teilweise auch heute noch von den Familien des Personals bewohnt wurden. Außerdem verfügte das Anwesen über Stallungen mit weitläufigen Koppeln und eine Reithalle.

Früher war ich schon allein wegen meines Rappen gerne hergekommen, aber nach dessen Tod vor ein paar Jahren gab es nicht mehr viel, was mich hierherzog. Als meine Geschwister London dann auch noch verlassen hatten und meine Eltern versuchten, immer mehr Druck auf mich auszuüben, waren meine Besuche seltener geworden.

Das Mittagessen heute würde wieder so ein Aufeinandertreffen werden, bei dem meine Mutter ihre Vorstellungen kundtat und mein Vater ihr beipflichtete. Eliza Moore und Jacob Moore waren es nicht gewohnt, dass jemand ihre Entscheidungen hinterfragte oder sogar missachtete. Man hatte zu tun, was sie sagten. Nur leider war ich nicht der Typ Mann, der sich etwas vorschreiben ließ. War ich nie und würde ich nie werden. Ich war ein Alphatier, Leader und niemand, der Befehle von anderen entgegennahm. Das sorgte seit jeher für mächtigen Zündstoff.

Auch das Wissen, dass Chloé heute anwesend sein würde, machte dieses Treffen nicht erstrebenswerter – eher im Gegenteil. Ich musste mich zwingen, weiterzufahren und nicht umzudrehen. Aber Familie stand eben immer an erster Stelle, vor allem anderen, auch wenn mir das widerstrebte.

Ich brachte meinen McLaren neben dem Aufgang zum Stehen und rieb mir über die müden Augen. Die Begegnung am Freitag hatte mir zwei schlaflose Nächte beschert, und die hingen mir noch in den Knochen.

Ich war so kurz davor gewesen, Caitlyn zu küssen, sie zu schmecken, und wer weiß, wo der Abend noch geendet hätte, wäre sie nicht aus meinem Auto geflohen. Wortwörtlich. Wie ein verschrecktes Reh war sie weggerannt. Doch Raubtiere wie ich liebten die Jagd, und sie hatte diese unwissentlich eröffnet.

Selten, dass mir das passierte. Normalerweise flirteten die Frauen unverfroren mit mir, warfen sich mir an den Hals, und ich musste sie auf Abstand halten. Aber dieses süße Exemplar hatte sich mir doch glatt entzogen. Caitlyn war so ganz anders als die Frauen, die ich üblicherweise kennenlernte. Ein Blick auf meine Uhr, auf mein Auto, und die Nacht wäre bei den meisten Eroberungen gebongt gewesen. Nicht bei ihr. Sie hatte das scheinbar eher eingeschüchtert. Mein Reichtum, das Prestige zogen sie nicht an, sondern hielten sie von mir fern. Mein Ego hatte Lunte gerochen. Sie hatte mich abgewiesen, und jetzt ging es nicht mehr nur darum, sie zu bekommen, sondern um einen persönlichen Triumph.

Kaum dass ich den Fuß auf die Treppen gesetzt hatte, wurde die Tür auch schon von Edward geöffnet. Der Butler gehörte schon zum Inventar. Mit seinen achtundfünfzig Jahren stand er mittlerweile zwei Drittel seiner Lebenszeit bei uns im Dienst. Mit seiner besonnenen und loyalen Art war er aus dem Gutshaus nicht mehr wegzudenken. Selbst meine Mutter, die sonst jede Person unter ihrem Stand wie das Letzte behandelte, ging sehr respektvoll mit ihm um. Wahrscheinlich weil sie wusste, dass sie so einen Diamanten nie wieder finden würde. Hausmädchen, Gärtner und Stallburschen waren austauschbar und hielten es oft auch nicht lange unter ihren Fittichen aus, aber Edward war anders. Das horrende Gehalt und die zukünftigen zusätzlichen Pensionszahlungen gaben noch einen weiteren Anreiz.

»Alexander«, begrüßte er mich höflich. »Ihre Mutter erwartet Sie bereits.«

»Edward«, ich nickte ihm freundlich zu, »wie geht es Ihnen?«

»Bestens, danke der Nachfrage, und wie ist Ihr Befinden?«

»Ich kann nicht klagen, ein wenig müde, ein wenig überarbeitet.« Ich grinste ihn an. »Wie immer eben.«

»Miss Chloé ist gerade zu den Ställen gegangen und wollte nach den Fohlen sehen.«

»Okay. Meine Mutter ist im Salon?«

»Im Gartensalon. Der Herr Papa ist im Arbeitszimmer«, informierte er mich und ließ mich eintreten.

Ich durchschritt die Eingangshalle, um in den Gartensalon zu gelangen. Eigentlich sollte sich das hier doch wie nach Hause kommen anfühlen. Tat es aber nicht. Die monatlichen Sonntagstreffen waren mittlerweile zu einer Pflichtveranstaltung mutiert, nicht mehr und nicht weniger. Nichts, woran ich mich erfreuen konnte.

»Gehen Sie mir aus den Augen!«, hörte ich die schrille Stimme meiner Mutter, »wirklich, Sie sind das unfähigste Ding, das mir je untergekommen ist.«

Eine junge Frau mit hochrotem Gesicht huschte an mir vorbei. Ich hatte sie noch nie vorher gesehen, und vermutlich würde ich sie auch nicht wiedersehen, weil, sollte sie nicht selbst kündigen, meine Mutter das übernehmen würde.

»Mutter.« Meine Stimme hallte dunkel von den Wänden wider.

»Alexander.« Sie kam mir entgegen und hauchte mir zur Begrüßung einen Kuss auf die Wange. »Entschuldige, aber dieses unnütze Ding versteht es noch nicht einmal, einen Tisch ordentlich zu decken. Wenn man nicht alles selbst macht.« Sie zeigte theatralisch auf den runden Tisch, der meiner Meinung nach keine Wünsche übrig ließ und auf dem ich nichts Verwerfliches entdecken konnte. Aber meine Mutter wäre nicht meine Mutter, würde sie nicht immer noch einen Makel in einer fehlerlosen Welt finden.

»Du hättest dir nicht so viel Arbeit machen müssen. Ein einfaches Frühstück hätte es auch getan«, bemerkte ich und blickte zum Erkerfenster hinaus in den Garten.

»Wenn mein ältester Sohn einmal Zeit findet, dann ist das wohl das Geringste, was ich tun kann.«

»Wer kommt noch?« Ich deutete auf die Gedecke. Fünf an der Zahl.

»Chloé und Vincent.«

»Vincent?« Meinen Bruder hatte ich schon eine geraume Zeit nicht mehr gesehen. Waren es vier oder fünf Monate? »Was verschlägt ihn hierher?«

»Er fliegt nächsten Monat für ein paar Wochen nach New York.«

»New York.« Ich bekam nicht viel von seinen Geschäften mit, außer, dass es ganz gut zu laufen schien.

»Chloé ist zu den Pferden. Vielleicht kannst du sie holen?«

»Mutter. Wieso lädst du Chloé immer wieder ein?«, fragte ich genervt.

»Du und Chloé, ihr habt euch einfach auf dem falschen Fuß kennengelernt. Du solltest ihr noch eine Chance geben, außerdem wäre sie eine hervorragende Partie.«

»Ich werde Chloé sicher nie heiraten. Egal was für einen Titel sie innehat oder ob sie in deinen Augen eine hervorragende Partie ist.«

»Sag niemals nie.« Das Lächeln wirkte aufgesetzt. Bei meiner Mutter wirkte alles aufgesetzt. Angefangen von der perfekten Kurzhaarfrisur, über den exquisiten Hosenanzug bis hin zu den Schuhen und dem Schmuck. Alles war aufeinander abgestimmt und von hochpreisigen Designern. Ihr Stilberater machte einen guten Job, dennoch merkte ich erst heute so richtig, dass nichts davon natürlich aussah.

Mein dunkelbraunes Haar hatte ich von ihr geerbt, ebenso die dunklen Augen. Mein Bruder und meine Schwester hatten zwar auch die gleiche Haar- und Augenfarbe wie ich, aber ihre Gesichtszüge glichen eher denen unseres Vaters.

»Alexander!« Chloé kam hereingeschneit, warf sich mir an den Hals, umarmte mich wie ein Teenager und drückte mir einen langen Kuss auf die Wange.

Resolut schob ich sie von mir. »Chloé.«

Am liebsten hätte ich noch ein *Fass mich nicht an* hinterhergeschoben. Ich hasste es: Ihre Finger gehörten nicht auf meinem Körper. Ihre Berührungen, ihr Charme und alles an dieser Frau ließen mich kalt, mein Schwanz zuckte noch nicht einmal müde. Die wenigen Male, die wir miteinander in die Kiste gesprungen waren, waren bestenfalls nett gewesen. Nichts, was mir im Gedächtnis geblieben war oder nach einer Wiederholung schrie. Meine sexuellen Vorlieben waren mit Chloé nicht ansatzweise umsetzbar.

Kurz tauchte das Bild von Caitlyn in meinen Gedanken auf. Allein die zaghaften Berührungen im Club und im Auto hatten am Freitag dazu geführt, mein Verlangen, meinen Hunger nach ihr, zu wecken. Dazu dieses Knistern, als brannte die Luft zwischen uns.

Schlussendlich kam auch mein Vater. Er klopfte mir kurz auf die Schulter. Das genügte ihm als Begrüßung.

»Können wir dann essen?«, fragte er kühl. »Vincent hat mir gerade eine SMS geschickt, dass er sich verspätet.«

Mal sehen, ob aus der Verspätung nicht in zwei Stunden ein *Ich schaff es leider nicht mehr wird.* Das wäre typisch für ihn.

Wir waren beim Hauptgang angekommen, als meine Mutter das Gespräch, wie zu erwarten, auf die Überschreibung der Geschäftsanteile lenkte.

»Alexander, dein Vater wollte mit dir noch über das Geschäft reden.«

»Gerne«, entgegnete ich tonlos, »aber kann das bis nach dem Essen warten?«

»Natürlich«, pflichtete mein Vater mir bei. Er nahm ein Stück vom zarten Rinderfilet in den Mund und kaute genüsslich. Auch ich widmete mich wieder diesem exzellent zubereiteten Fleisch in einer Portweinsoße mit Herzoginkartoffeln und Prinzessbohnen.

»Vielleicht könnten wir danach noch zusammen ausreiten«, schlug Chloé vor und sah mich erwartungsvoll an.

»Ich werde nicht so lange hierbleiben können«, machte ich ihre Wünsche zunichte. »Ich muss noch ein paar Unterlagen durcharbeiten, die keinen Aufschub dulden.«

»Alexander, du musst auch mal ausspannen und Zeit mit deiner Familie verbringen«, tadelte mich meine Mutter. »Mach eine Pause. Sprich mit deinem Vater, danach gehe mit Chloé ausreiten und hab etwas Spaß!«

»Spaß und Arbeit lassen sich selten miteinander kombinieren, nicht in unserer Branche.«

Der Blick meiner Mutter sagte mehr als tausend Worte.

Auch Chloé sah mich an.

»Ich habe mir erlaubt, deiner Assistentin eine Nachricht zu schicken und ihr mitgeteilt, dass du heute und morgen nur telefonisch im Notfall erreichbar bist«, eröffnete mir meine Mutter.

Perplex starrte ich sie an. Ich brauchte ein paar Sekunden, um meine Sprache wiederzufinden.

»Du hast was?«, presste ich zwischen zusammengebissenen Zähnen wütend hervor.

»Du lobst sie immer in den Himmel, da wird sie ja wohl einmal ohne dich auskommen und entsprechend delegieren können.«

»Mutter!«, spie ich ihr entgegen. »An wen soll Samantha denn delegieren? Sie ist allein meine Assistentin und hat niemanden, an den sie Aufgaben weitergeben könnte!«

Mein Blut geriet in Wallung, nicht nur wegen der Dreistigkeit, sondern auch wegen der unausgesprochenen Worte ihrerseits. Meine Mutter mochte Samantha, meine beste und fähigste Assistentin, aus welchen Gründen auch immer, nicht und ließ keinen Moment aus, das kundzutun. Auf ihre subtile Art. Sie hinterfragte ihr Können, kritisierte sie, wo es nichts zu kritisieren gab und besaß die Frechheit, ihre Kompetenz anzuzweifeln.

»Alexander.« Chloé legte ihre Hand auf meinen Oberarm und drückte ihn sanft. »Eliza und Jacob wollen doch nur das Beste für dich.«

Ich starrte auf ihre perfekt manikürten Fingernägel. Die Wärme schien mich zu verbrennen und nicht zu besänftigen.

»Indem sie sich in meine Arbeit einmischen?«

»Nein, indem sie versuchen, dir ein paar freie Stunden zu gönnen.«

»Ich teile mir meine Stunden gerne selber ein. Ich bin kein kleines Kind mehr«, teilte ich frostig mit.

Wieder drückte sie meinen Arm, strich mit ihrem Daumen zärtliche Kreise darüber und brachte mich damit unbeabsichtigt noch mehr in Rage. Fast schon ruppig entzog ich ihr meinen Arm.

»Ich werde nach dem Essen und dem Gespräch mit Vater zurückfahren!«

»Alexander«, versuchte es meine Mutter vorwurfsvoll.

»Nein, Mutter. Wenn du willst, dass ich auch noch zum Nachtisch an diesem Tisch sitze, dann lass es jetzt!«

Mein Vater hatte die Diskussion die ganze Zeit über schweigend beobachtet. Das war so typisch für ihn und der Grund, warum er der Geschäftswelt so schnell den Rücken gekehrt hatte. Er war schwach und hasste Auseinandersetzungen. Aber in der Arbeitswelt gab es keine Geschäfte und keinen Erfolg ohne Debatten. Man musste ein Piranha sein, fressen, bevor einen die anderen fraßen. Das entsprach aber nicht seinem Naturell, denn er gehörte wahrlich zur ausweichend-vermeidenden Fraktion.

»Weil wir gerade davon sprechen ... Stephen hat mich vorgestern angerufen«, richtete mein Vater das Wort an mich, »gibt es da ein Problem?«

»Ja«, erwiderte ich unterkühlt. Dieser kleine Feigling hatte es doch glattweg gewagt, meinen Vater anzurufen, um sich zu beschweren. »Er macht einfach seinen Job nicht, beziehungsweise nicht so, wie er sollte.«

»Er war etwas ... sagen wir ... empört und besorgt.«

»Das sollte er auch sein. Er hatte einen Auftrag und er hat versagt. Ich habe ihm bis Mittwoch Zeit gegeben, es wieder geradezubiegen.« Mein Blick suchte den von meinem Vater.

Er zog nur die Augenbraue hoch, als er meine ernste Miene bemerkte. »Und wenn er das Problem bis Mittwoch nichtbeseitigt hat?«

»Dann werden der nächste und der übernächste Auftrag nicht an ihn gehen, sondern an jemanden, der weiß, wie er seine Arbeit zu machen hat. Dann ist er gefeuert«, antwortete ich ungeniert.

Nachdem Martha, unsere gute Fee im Hause und fast genauso lange bei uns wie Edward, den Nachtisch abgeräumt hatte, zogen mein Vater und ich uns ins Arbeitszimmer zurück. Wie zu erwarten, gesellte sich ein paar Minuten später auch meine Mutter dazu.

»Hör zu, Junge«, begann mein Vater letztendlich das unvermeidbare Gespräch. »Du machst einen guten Job, hast die Firma im Griff und ...«

Müde und genervt strich ich mir durch die Haare. Ich hatte die Firma nicht nur gut im Griff, sondern sie in den letzten Jahren durch harte Arbeit nach vorne gepusht. Die Zahlen und der eingefahrene Gewinn sprachen eine deutliche Sprache. Wir hatten noch nie so gut dagestanden.

»... es wird Zeit, sie dir komplett zu überschreiben.« Mein Vater stellte sich mit dem Rücken zum Fenster und stütze sich am Fensterbrett ab. Sein Blick ruhte auf mir. »Du kennst die Bedingungen hierfür.«

»Archaische Bedingungen«, grummelte ich und ließ sie meinen Unmut spüren.

»Wir haben Ende September. Du hast bis zum Jahreswechsel Zeit, zu heiraten, damit es noch dieses Jahr vertraglich geregelt werden kann.«

Eine Stille legte sich über den Raum, während die Wut in mir tobte.

»Abgesehen davon ...«, fing nun auch meine Mutter an, »... da du derzeit auch keine feste Freundin an deiner Seite hast, solltest du dich nach jemandem umsehen, der standesgemäß ist, weil ...«

»Blödsinn!«, unterbrach ich sie barsch. »Ich habe meine eigenen Anwälte diese bescheuerten Bedingungen prüfen lassen, und es steht nirgends geschrieben, welchem Stand die Braut angehören muss.«

»Aber es wäre von Vorteil, sie würde sich in unseren Kreisen bewegen können«, ließ sich meine Mutter nicht beirren, »und da kommt Chloé ins Spiel.«

»Vergiss es. Chloé wird nicht meine Ehefrau.«

»Sie wäre die beste Partie. Alter Landadel. Und sie will dich«, sprach meine Mutter Tatsachen an, die aber meine Meinung nicht ändern würden.

»Aber ich sie nicht!«

Nein, Chloé würde im Leben nicht meine Ehefrau werden. Wenn ich heiraten musste, dann jemanden, den ich mir aussuchte, nicht meine Eltern. Erneut kam mir Caitlyn in den Sinn. Sie konnte ich mir an meiner Seite vorstellen. Sie war unschuldig und doch so verführerisch. Sonst niemanden. Schon gar nicht Chloé.

»Ich werde die vertraglichen Konditionen erfüllen, aber zu meinen Bedingungen«, schnauzte ich meine Eltern an und stürmte aus dem Zimmer, vorbei an einer verschmäht dreinblickenden Chloé. Mir egal, sollte sie zurück auf den Boden der Tatsachen kommen. Ich hatte ihr nie Hoffnungen gemacht, und selbst wenn die Ehe nur auf dem Papier bestünde, wollte ich nicht im gleichen Haus wie sie wohnen. Dafür hatte ich ihre einnehmende, hinterhältige und hysterische Art schon zu oft erlebt. Im Büro war ich mitunter auch ein Arschloch, aber zu Hause wollte ich meine Ruhe.

7. Caitlyn

Seit Tagen versuchte ich Reece über alle mir bekannten Kanäle zu erreichen. Erfolglos. Mir rannte die Zeit davon, und allein der Gedanke an die drei bulligen Typen und die anberaumte Frist bescherte mir Kopfzerbrechen und Herzrasen.

Dass ich kaum eine Nacht geschlafen hatte, zeigte sich an den tiefen dunklen Ringen unter meinen Augen. Ich war fertig mit den Nerven und wütend auf meinen Bruder.

Wieso musste das immer mir passieren? Immer wenn ich glaubte, jetzt liefe es in meinem Leben endlich wieder geradlinig, musste jemand kommen und mir den Mittelfinger zeigen und alles über den Haufen werfen. Ich war es leid. Ich war es so verdammt leid.

Mit der Gewissheit im Nacken, dass Reece sich aus dem Staub gemacht hatte und die Russen nicht danach fragen würden, ob ich ihn zeitnah fand, sondern einfach ihr Geld einfordern würden, hatte ich keinen ernst zu nehmenden Spielraum.

Wo sollte ich zweihundertfünfzigtausend Pfund hernehmen? Nach dem Tod unserer Eltern hatte ich das Café übernommen, mit all den aufgestauten Rechnungen und der monatlichen Pacht. Mein ganzes Erspartes war in die Renovierung geflossen. Meine kleine Mietswohnung finanzierte ich mit den Einnahmen, aber viel blieb nicht übrig. Ich könnte mir einen Job suchen, aber dann müsste ich jemanden fürs Café einstellen und die Kosten mit einkalkulieren. Die letzten Nächte hatte ich mir nicht nur Gedanken darüber gemacht, wie ich das alles stemmen könnte, sondern auch einen Masterplan erstellt. Für was hatte ich schließlich europäisches Management und Technik an der Universität von Cambridge studiert?

Tja, und jetzt saß ich hier in dieser Bank und bettelte um einen Kredit. Aber die Chancen, diesen zu bekommen, schwanden minütlich.

»Miss Phillips ...« Der Banker sortierte mit einer Seelenruhe die von mir eingereichten Papiere zu einem Stapel und taxierte mich mit einem abschätzenden Blick. »Leider kann ich Ihnen den Kredit nicht bewilligen.«

Ich hatte es gewusst. Schon als ich ins Zimmer gerufen worden war und er mich mit dieser überheblichen und lüsternen Art von oben bis unten gemustert hatte, als wäre ich auf Jobsuche, der meinen Körper mit einbezog, war mir klar gewesen, dass ich hier nichts holen konnte. Frustriert wischte ich mir meine feuchten Hände an meiner Jeans ab. Das war nun die dritte Bank und die dritte Absage – allein heute. Ich war am Arsch, so was von.

»Wieso nicht?«, fragte ich leicht genervt.

Eigentlich war es egal weswegen, aber irgendwie wollte ich wenigstens wissen, was ich bei der nächsten Bank anders machen könnte. Abgesehen davon war da immer noch ein Quäntchen Hoffnung, dass ich ihn umstimmen konnte. Ich drückte meinen Rücken durch, straffte meine Schultern und versuchte, eine emotionslose Miene aufzusetzen.

»Sie sind fünfundzwanzig Jahre alt, und ihre Einkünfte aus dem Café sind, ich sage es mal freundlich, nicht ergiebig genug.« Er sah mich herablassend an. Ein aufgeblasener Mittfünfziger, dessen Anzug an den falschen Stellen zu eng saß, dessen Haare zu korrekt an seinem Kopf klebten und dessen Händedruck dem eines Fisches ähnelte. Kurz gesagt, ein ziemlich schmieriger Typ.

»Sie müssen mir doch in dem Punkt zustimmen, dass Ihre Einkünfte gerade mal mit Mühe und Not Ihre Fixkosten und die Pacht abdecken. Wie wollen Sie da einen Kredit in dieser Höhe abbezahlen?«

»Ich nehme noch einen anderen Job an.« Jetzt hörte man in meiner Stimme das Flehen heraus. Etwas, das ich hasste, aber mir blieb nichts anderes übrig.

»Tut mir leid, nichts zu machen. Die eingereichten Unterlagen zeigen mir, dass Sie Ahnung von Zahlen und der Finanzwelt haben, also wundert es mich, dass Sie meine Entscheidung hinterfragen.« Mit einer schwerfälligen Bewegung stand er auf und gab mir meine Unterlagen zurück. »Ich mache Ihnen einen Vorschlag, Miss Phillips. Wenn Sie einen neuen Job gefunden und die Probezeit überstanden haben, dann kommen Sie wieder und stellen die Kreditanfrage erneut.«

»Aber ich brauche das Geld jetzt!«

Er zuckte nur mit den Schultern und deutete auf die Tür. Das war sein Zeichen, dass es hier nichts mehr zu bereden gab.

Niedergeschlagen verließ ich die Bank und trat auf die Straße. Ich nahm einen tiefen Atemzug und konzentrierte mich darauf, bloß nicht auszuflippen und auf keinen Fall zusammenzubrechen. Das war meine letzte Chance, meine letzte Möglichkeit, das Unausweichliche abzuwenden. Tränen brannten in meinen Augen. Ich fischte mein Handy aus der Tasche und wählte zum gefühlt hundertsten Mal die Nummer von Reece. Wieder einmal ging nur die Ansage ran. Was hatte ich erwartet? Dass sich das Blatt plötzlich zu meinen Gunsten wendete und er abhob? Ich lachte bitter auf. Ein vorbeigehender Passant sah mich stirnrunzelnd an.

Wie viele Nachrichten ich ihm in den letzten Tagen hinterlassen hatte, konnte ich nicht mehr zählen. Er hatte nicht auf eine geantwortet.

Desillusion und Zorn machten sich in mir breit. Am liebsten hätte ich meinen Frust herausgebrüllt, aber die Menschen um mich herum hielten mich davon ab. Mein eigen Fleisch und Blut, das Letzte, was mir von meiner Familie geblieben war, hatte mich wortwörtlich den Wölfen zum Fraß vorgeworfen. Wie konnte er nur?

Mit einer möglichst ruhigen Stimme sprach ich ihm erneut aufs Band. »Ich habe mehr von dir erwartet, als mich ins offene Messer rennen zu lassen.« Mir zog es das Herz zusammen, als ich die nächsten Worte aussprach und mir richtig bewusst wurde, was ich da sagte. Aber ich meinte jedes einzelne davon ernst. »Deinetwegen verliere ich alles. Du bist ein Feigling und lässt mich mit diesem Abschaum allein. Lass dich nie wieder bei mir blicken! Nie wieder! Für mich bist du gestorben!« Um meinen Worten Taten folgen zu lassen, blockierte ich seine Nummer. Tränen rannen mir ungehindert über das Gesicht. Das Schlimme war nicht, dass er sich in Schwierigkeiten gebracht hatte, sondern dass er mich in seine Scheiße reingezogen und alleingelassen hatte.

Dank ihm würde ich jetzt mit großer Wahrscheinlichkeit das ehemalige Café unserer Mutter und damit einen Teil unserer Familiengeschichte verlieren.

Genau vor einer Woche waren die drei Russen dort aufgetaucht und hatten mir gedroht. Eine Woche, in der meine Welt plötzlich kopfstand. Der Gedanke, heute gar nicht zu öffnen, war mir zwar gekommen, ich hatte ihn aber gleich wieder verworfen. Was hätte das genützt? Wenn sie mich heute aufsuchen und nicht antreffen würden, dann halt morgen, übermorgen oder an irgendeinem anderen Tag. Mein letzter Funke Hoffnung bestand darin, dass sie gar nicht mehr auftauchen würden, weil Reece derweil seine Schulden beglichen oder sich das Ganze als Scherz oder Verwechslung herausgestellt hatte. Vielleicht konnte man mit ihnen reden? Vernünftig? Aber tief im Inneren wusste ich, dass das alles Unsinn war.

Bei jedem Läuten der Türklingel krampfte sich mein Magen zusammen, und jedes Mal hielt ich den Atem an, bis mir klar wurde, dass es nur ein gewöhnlicher Gast war und nicht die Geldeintreiber. Mittlerweile hatte ich aufgehört zu zählen, wie oft ich Bestellungen verwechselte oder falsch aufgeschrieben hatte oder wie viele Tassen zu Bruch gegangen waren. Es war eindeutig nicht mein Tag.

Am späten Nachmittag war ich nur noch ein nervliches Wrack. Nichts ging mehr. Ich würde heute einfach früher schließen, mich nach Hause schleppen und … ja, und was dann? Morgen von vorne anfangen zu hoffen.

Fünf Banken. Fünf Absagen. Übrig blieben windige Kredithaie oder das Café aufzugeben.

Plötzlich läutete die Türglocke erneut. Mit wackligen Knien sah ich zum Eingang. Für einen Moment schloss ich erleichtert die Augen. Es waren nicht die Geldeintreiber. Es war Alexander. Er war seit Freitag nicht wieder aufgetaucht. Immer wieder gingen mir die Szenen durch den Kopf, was er zu dem aufdringlichen Typen gesagt, wie er mich angesehen, angefasst und innerlich berührt hatte. Ich schalt mich dafür, enttäuscht gewesen zu sein, dass er nicht mehr aufgetaucht war, aber anderseits war ich auch froh, denn in meiner momentanen verzweifelten Verfassung wollte ich ihm nicht gegenüberstehen. Trotzdem hatte ich mir irgendwie ein Wiedersehen herbeigewünscht. Und jetzt stand er hier.

Mein Herz machte einen Satz. Hinter ihm tauchte Connor auf. Er winkte mir erfreut zu, während Alexander nur matt nickte. Nervös wische ich mir die feuchten Hände an meiner Jeans ab. Okay. Vergessen war dieser kurze magische Moment in seinem teuren Auto. Mr Iceman war wieder zurück.

Beide kamen zu mir. Der eine mit einem strahlenden Lächeln im Gesicht, der andere mit eiserner Miene. Unruhig strich ich mir eine Haarsträhne hinters Ohr, die sich aus meinem Zopf gelöst hatte.

»Hallo, ihr zwei.«

»Hallo«, grüßte Alexander mit verschlossener Miene.

»Hey, Caitlyn.« Connor lachte mich an. »Jetzt bin ich neugierig, was dein Espresso so hermacht.«

»Klar. Was wollt ihr denn trinken?«

»Für mich das Übliche.« Alexanders Augen fixierten mich. Er war wieder in der Rolle des Geschäftsmannes. Distanziert, unnahbar. Wäre der Freitagabend nicht gewesen, würde ich nie glauben, dass er anders sein könnte.

»Und ich lass mich überraschen. Bring mir einfach das, was ich mögen könnte.«

Ich lachte und schüttelte den Kopf. »Dazu müsste ich dich näher kennen. Magst du es klassisch oder bist du experimentierfreudig?«

»Klassisch.«

»Gut, da fällt mir spontan etwas ein.« Ich deutete auf den frei gewordenen Tisch am Fenster. »Ich bring euch gleich alles rüber.«

Ich sah ihnen nach, wie sie zu dem Tisch gingen, den Alexander bevorzugt wählte. Ich machte mich daran, die beiden Espressi herzurichten und brachte sie zu ihnen. Mein Herz klopfte wild, und meine Hände zitterten leicht, als ich die Tassen und die Wassergläser vor ihnen abstellte.

»Lasst es euch schmecken. Und wenn ihr noch was braucht, einfach melden.«

»Willst du dich nicht zu uns gesellen?«, fragte Connor und deutete auf den leeren Stuhl.

»Würde ich gerne, aber ihr seht, was heute los ist, und ich bin allein. Aber genießt erst mal euren Espresso. Später habe ich noch eine Neuheit, die ihr unbedingt ausprobieren müsst.« Ich lächelte beide entschuldigend an und machte mich wieder ans Arbeiten. Alexander schien mich die ganze Zeit zu beobachten, aber kein Lächeln stahl sich auf sein Gesicht. Immer wieder trafen sich unsere Blicke, und jedes Mal flatterte es in meinem Bauch. Er sollte nicht solche Gefühle in mir wecken.

Keine halbe Stunde später war das Chaos dann perfekt. Die Tür ging auf und die gleichen drei Russen wie vor einer Woche schlenderten herein. Vor Aufregung ließ ich fast die Tasse fallen, die ich gerade in die Spülmaschine hatte stellen wollen. Es wäre ja auch zu schön gewesen ...

Aufgewühlt starrte ich den Typen mit dem Namen Ivan an, wie er gemächlich auf mich zu schlenderte. Seine Kumpel folgten ihm und blickten sich im Gastraum um. Allein der kalte Blick von Ivan ließ mich erzittern. Ja, er machte mir Angst. Eine Scheißangst. Kaum dass er bei mir war, griff er nach meinem Oberarm und zerrte mich zu sich heran.

»Gibt es hier ein Büro? Wir wollen doch kein Aufsehen erregen, oder?«

Ich brachte keinen Ton heraus und nickte nur.

»Gut, dann wirst du mir das jetzt zeigen. Und keinen Ärger.« Sein Griff verstärkte sich. Morgen würde ich sicher einen blauen Fleck an der Stelle haben. Im Augenwinkel konnte ich sehen, dass Connor Alexander ansprach und beide in meine Richtung schauten. Ivan zerrte mich hinter dem Tresen hervor. Gleichzeitig sprang Alexander auf und eilte zu mir. Einer der beiden

Muskelprotze, der ihm in Größe und Statur glich, versperrte ihm den Weg, und der zweite sicherte das Ganze noch ab.

»Kein Grund zur Sorge«, sagte dieser zu Alexander, »die haben nur ein kleines Beziehungsproblem zu lösen.«

Dann versperrte mir Ivan die Sicht und drängte mich den Gang entlang zu dem hinteren Zimmer, das ich als Abstellraum und Büro nutzte. Er öffnete die Tür und drückte mich hinein. Als die Tür hinter ihm ins Schloss fiel, wich ich panisch vor ihm zurück. Ich atmete schwer, und das Zittern meiner Knie und Hände konnte ich nicht unterdrücken.

»Caitlyn, Caitlyn, was soll ich nur mit dir machen?«, sagte der Russe süffisant. »Dein Bruder hat sich bei mir nicht gemeldet. Hast du wenigstens gute Nachrichten für mich?«

Der Mann schüchterte mich dermaßen ein, dass ich nur ein gepresstes *Es tut mir leid* hervorbrachte.

»Das heißt?«

»Ich konnte ihn nicht erreichen«, sagte ich leise.

»Das ist gar nicht gut. Dann hast du jetzt ein mächtiges Problem, und die Schulden deines Bruders sind ab heute deine.«

»Ich habe damit nichts zu tun«, hauchte ich entsetzt.

»Das sehe ich aber ganz anders.« Ivan grinste mich anzüglich an. »Wie bereits vor einer Woche gesagt, hat dein Bruder sich viel Geld bei mir geliehen und nicht zurückbezahlt. Aus diesem Grund gehört dein kleiner Arsch jetzt mir.«

»Hören Sie zu, ich kann Reece nicht erreichen, aber ich ...«

»Psst, ich will nicht hören, was du gerade sagen wolltest. Fakt ist, dein verehrter Herr Bruder schuldet mir zweihundertfünfzigtausend Pfund, und die will ich zurück. Von dir, von ihm, egal von wem.«

»Ich hab nicht so viel Geld«, gab ich kleinlaut zu.

Er kam drohend näher. Ich wich weiter zurück, bis ich nicht mehr weiter konnte, weil mein Schreibtisch den Weg versperrte. Er war mir nahe, viel zu nahe. Mein Herz raste, und ein kalter Schauder lief mir den Rücken hinunter.

»Das ist mir ehrlich gesagt egal. Du bekommst genau zwei Wochen, um mir das Geld zurückzuzahlen.«

»Zwei Wochen? Wie soll ich das schaffen? Und wieso sollte ich Ihnen glauben, dass Reece das Geld wirklich von Ihnen geliehen hat?«, fragte ich trotzig. Woher ich den Mut zu dieser Frage nahm, wusste ich selbst nicht.

»Das solltest du aber«, antwortete Ivan kalt. »Aber ich habe es auch schriftlich.« Prompt zog er einen Zettel aus der Tasche und hielt ihn mir vor die Nase.

Unsicher griff ich danach. Als ich las, was darauf stand, wurde mir noch kälter, und mir drehte sich der Magen um. Reece hatte wirklich einen Kredit aufgenommen.

»So, und nun sprechen wir darüber, was passiert, wenn weder du noch dein Bruder zahlen«, erklärte er mir finster. Plötzlich griff er in meinen Nacken und zog mich nahe zu sich heran. Ich roch einen unangenehmen Duft von billigem Aftershave und kaltem Rauch.

»Dann lernst du uns von der richtig unangenehmen Seite kennen.« Seine Augen scannten meinen Körper ab. Er lächelte mich fies an. »Du hast zwei Wochen Zeit, das Geld aufzutreiben. Dann kommen wir wieder, und glaub mir, es wäre besser, du hast das Geld dann.«

»Zwei Wochen ...«, japste ich.

Wie sollte ich in zwei Wochen so viel Geld auftreiben?

Er strich mit seinen Fingerknöcheln über meine Wange.

»Wenn du lieb bist, dann gewähr ich dir vielleicht sogar noch eine weitere Woche Aufschub. *Krasota*.«

Ich wandte meinen Kopf, um seinen Fingern zu entkommen und schloss angewidert die Augen.

»Besser, du kümmerst dich um die Angelegenheit. Und ...« Er legte seine Hand unter mein Kinn und drückte es zu sich, damit ich ihn wieder ansehen musste. »... kein Wort zu niemandem. Keine Dummheiten. Sonst kommen wir, und dann wird es nicht schön für dich, glaub mir!«

Mit Tränen in den Augen nickte ich.

Er wandte sich von mir ab und verschwand.

Ich sank auf den Boden. Tränen rannen mir über die Wange. Was sollte ich bloß tun? Geschockt und verzweifelt vergrub ich mein Gesicht in den Händen.

Keine Ahnung, wie lange ich dagesessen und geheult hatte, aber ich musste zurück zu meinen Gästen. Ich konnte das Café unmöglich sich selbst überlassen. Ich schlich zur Toilette, wusch mir das Gesicht mit kaltem Wasser und richtete mein Haar. Ich war zu durcheinander, um mir Gedanken darüber zu machen, ob Gäste ohne zu zahlen gegangen waren.

Wie auf Autopilot geschaltet, ging ich nach vorne. Das Café war leer. Auch Alexander und Connor waren nicht mehr da. Einer von den beiden hatte einen Zwanziger unter die Espressotasse gelegt.

Enttäuschung machte sich in mir breit. Keine Ahnung, was ich erwartet hatte, aber ein leergefegtes Café gehörte wohl nicht dazu. Erneut sammelten sich Tränen in meinen Augen, und ich wischte sie fort. Heulen würde mich jetzt nicht weiterbringen.

Im Club hatte Alexander mich vor dem aufdringlichen Mann gerettet. Heute, wo ich wirklich eine starke Hand gebraucht hätte, war keiner da gewesen. Niemand hatte mir geholfen.

Ich war vollkommen alleine. Niemand stand mir zur Seite, und ich war mit der Situation überfordert. Ich nahm das Geld, welches einige Gäste unter ihre Tassen gelegt hatten, und ließ alles einfach so stehen. Ich wollte nur noch nach Hause, mich in meinem Bett verkriechen und heulen. Entmutigt schloss ich das Café hinter mir ab und flüchtete regelrecht.

8. Alexander

Es brodelte in mir. Keine Ahnung, warum mich das so sehr aufregte, dass Caitlyn anscheinend in einer Beziehung mit einem muskelbepackten Russen stand und ich davon nichts mitbekommen hatte. Ich konnte nicht einmal sagen, was mich mehr wurmte: ihr Beziehungsstatus oder meine Unwissenheit. Zorn pulsierte in meinen Adern, vermischt mit Eifersucht.

Connor hatte mich allein gelassen. Nachdem die Russen den Gästen nahegelegt hatten, das Café zu verlassen, weil es wegen eines familiären Notfalls heute früher geschlossen werden würde, waren auch Connor und ich gegangen. Den Ausdruck auf Caitlyns Gesicht hatte ich nicht so recht deuten können, weil ich zu weit weg gewesen war. Bevor ich sie jedoch hätte fragen können, hatte der eine sie bereits weggezogen und die anderen beiden mir den Weg versperrt.

Die haben nur ein kleines Beziehungsproblem zu lösen!

Auf dem Weg zu meinem Auto zwei Straßen weiter quälte mich die Frage, ob ich hätte bleiben sollen. Aber sollte ich mich wirklich in einen Paarstreit einmischen? Fuck, vielleicht war das ihr Ex, der es nicht verkraftete, dass sie ihn abserviert hatte. Verständlich wäre es. Eine Frau wie Caitlyn wollte man nicht verlieren, schon gar nicht, wenn sie einem wirklich gehört hatte. Und was wäre, wenn er ihr gegenüber gewalttätig werden würde? Vom Aussehen her konnte man ihm alles zutrauen, und das führte mich zu meiner letzten Frage: Wie konnte sich Caitlyn auf solch einen Typen einlassen? Diese kleine hübsche, unschuldige Person und dieser Schlägertyp? Allein der Gedanke gruselte mich.

Weil mich diese Fragen löcherten, lenkte ich mein Auto zurück. Jetzt saß ich in meinem McLaren auf der anderen Straßenseite im Halteverbot und starrte auf das *Moccachino*. Kein Gast war mehr zu sehen. Nur eine Gestalt konnte ich im Dunkeln ausmachen. Caitlyn.

Beziehungsprobleme. Familiärer Notfall.

Das alles war doch sehr merkwürdig. Ich kramte nach meinem Handy und wählte die Nummer von *Smith & Smith*. Ohne Begrüßungsfloskel kam ich ungehalten gleich zum Punkt.

»Sie haben Ihre Arbeit schlampig gemacht. Wofür habe ich Sie bezahlt?«

Zuerst herrschte einen Moment Stille, dann schien Smith mich erkannt zu haben, ob an der Nummer oder an meiner Stimme, war egal.

»Alexander! Was ist los?«

»Caitlyn Phillips ist los! Vor einer halben Stunde musste ich erfahren, dass sie in einer Beziehung zu sein scheint«, bellte ich in das Handy.

»Alexander, wie viele Jahre arbeiten wir schon für Sie?«, fragte er verhalten zurück.

Konnte diesen Mann jemals etwas aus der Fassung bringen? Anscheinend nicht.

»Und haben wir Sie je enttäuscht oder Ihnen falsche Fakten präsentiert?«

»Nein, aber drei Russen tauchten auf, einer zerrte sie weg und die anderen behaupteten, dass sie ein klärendes Gespräch unter *Liebenden* führen müssten.«

Allein der Gedanke daran, wie der Kerl seine Finger um ihren Oberarm geschlungen hatte, brachte mein Blut in Wallung. Ich konnte gar nicht weiter erzählen, weil mich Smith mit einem tiefen Lachen unterbrach. Er war unbeugsam und ließ sich von nichts und niemandem einschüchtern oder unter Druck setzen. Selbst von mir nicht. Und das gefiel mir an ihm.

»Und nur weil so ein Russe das behauptet, schenken Sie ihm mehr Glauben als mir?«, fragte er amüsiert.

»Gerade Sie, Alexander, sind doch sonst nicht so leichtgläubig. Nach unseren Recherchen war ihre letzte Beziehung ein Elliot Taylor, durch und durch englisch, und servierte sie vor sieben Monaten wegen einer Rothaarigen ab. Seither ist sie Single. Sollte sie wirklich mit diesem Russen liiert sein, dann können die beiden erst vor knapp zwei Wochen zusammengekommen sein. Wenn es jetzt schon kriselt, dann dürfte das für Sie doch kein Hindernis darstellen.«

Ich konnte das verschmitzte Grinsen auf seinem Gesicht durch den Telefonhörer wahrnehmen. Er kannte mich zu gut, denn Smith erstellte bereits seit Jahren Backgroundchecks in meinem Auftrag. Eine Frau war bisher nur einmal darunter gewesen. Eine windige Geschäftspartnerin, mit der ich zu tun hatte. Caitlyn war die erste Frau, die er für mich privat durchleuchtete und – schlau wie er war – konnte er sich denken, wieso. Meine Escort-Damen oder One-Night-Stands kamen nicht in solch einen Backgroundcheck.

»Was ist mit der Familie? Gibt es da Neuigkeiten oder etwas, das ich hätte wissen müssen?«

»Nein, nichts, was Sie nicht schon wissen. Die Eltern starben auf dem Weg zu ihrem Abschlussfest der Universität durch einen betrunkenen Autofahrer. Keine weiteren Verwandten, außer ihrem Bruder Reece, der aber derzeit keinen festen Wohnsitz hat. Wir konnten ihn nicht lokalisieren. Wie vom Erdboden verschluckt. Keine Ahnung, wo der sich herumtreibt.«

»Familiäre Probleme?«

Alles erschien plötzlich nur noch falsch zu sein. Die Russen, die Art und Weise, wie sie mit Caitlyn umgegangen waren und wie sie das Café geräumt hatten. Meine Eifersucht, die meinen Jähzorn beflügelte, hatte mich blind werden und nichts hinterfragen lassen.

»Nichts, was auf der Hand zu liegen scheint. Es sei denn, es hat was mit ihrem Bruder zu tun. Aber wie gesagt, der war zum Zeitpunkt unserer Recherche nicht auffindbar.«

Die Stille zwischen uns wurde kurz unangenehm.

»Vielleicht steckt etwas anderes dahinter«, sagte Smith plötzlich mit ernstem Tonfall.

»Ja, das vermute ich mittlerweile auch. Also danke nochmals und ...«, normalerweise entschuldigte ich mich nicht, aber Smith war Smith und seine Arbeit bisher immer tadellos, also war eine Entschuldigung hier wohl angebracht, »... sorry.«

»Keine Ursache. Holen Sie sich die Dame und fragen Sie sie selbst.«

Genau das würde ich jetzt tun. Ich steckte das Handy wieder weg und blickte zum Café. Ich brauchte Gewissheit, musste sichergehen, dass es Caitlyn gutging.

Kurzerhand beschloss ich auszusteigen und zum Café zurückzugehen. Kaum hatte ich die Straße überquert, sah ich sie. Caitlyn wirkte verwirrt, durcheinander und verheult. Als sie die Tür hinter sich schloss, war sie so in Gedanken, dass sie mich noch nicht einmal bemerkte und gegen mich stieß. Ein panischer Schrei drang aus ihrer Kehle, und sie taumelte rückwärts. Ich konnte sie gerade noch festhalten, sonst wäre sie gestürzt. Als sie mich erkannte, blitzte etwas in ihrer Miene auf. Enttäuschung? Erleichterung?

»Lass uns reingehen«, befahl ich sanft.

Ich nahm ihr den Schlüssel aus der Hand, öffnete die Tür und schob sie zurück ins Café. Ein kurzer Blick genügte, um zu wissen, dass Smith recht hatte. Etwas stimmte hier ganz und gar nicht. Die Tische, die vorher noch mit Gästen besetzt gewesen waren, standen voller Geschirr. Caitlyn war nicht der Typ, der so ein Chaos hinterlassen würde, es sei denn, etwas hatte sie dazu bewogen, das Café überstürzt zu verlassen.

»Was ist los, Caitlyn?« Ich dirigierte sie zu einem leeren Tisch und drückte sie auf den Stuhl, bevor ich mich ihr gegenübersetzte.

Sie wich meinem Blick aus und wischte sich immer wieder über die Augen. Darin glitzerten erneut Tränen. Der Wunsch, sie zu mir auf den Schoß zu ziehen und ihr die Tränen von den Wangen zu küssen, überkam mich.

»Ich ... ich«, stotterte sie mit zittriger Stimme.

»Sag mir einfach, was das vorhin war. Wer waren diese Typen?« Mein Blick durchbohrte sie.

In ihren Augen lagen plötzlich so viel Traurigkeit und Hoffnungslosigkeit, dass es mir wehtat. Was war passiert? Wo war die lebensfrohe Caitlyn hin?

»Ich kann es dir nicht sagen.«

»Wieso nicht?«

»Weil ...«, sie sah mich an und schüttelte den Kopf, »... es ist kompliziert.«

»Wie gut, dass ich schlau genug bin, um komplizierte Sachen zu verstehen.«

Man konnte förmlich sehen, wie es in ihrem Kopf zu arbeiten begann.

»Ich stecke in Schwierigkeiten«, begann sie schließlich leise und zögerlich, »beziehungsweise mein Bruder. Er hat mich da mit reingezogen.«

»Dein Bruder?« Der Bruder, den Smith nicht finden konnte, der momentan abgetaucht zu sein schien? Waren die Schwierigkeiten der Grund für sein Verschwinden?

Beschämt senkte sie den Blick und nestelte an ihren Fingern herum.

»Caitlyn! Sieh mich an und rede mit mir«, ermahnte ich sie behutsam, aber nachdrücklich.

Seufzend fing sie an zu sprechen. »Mein Bruder hat sich Geld bei einem Mann namens Ivan geliehen und nicht zurückbezahlt. Jetzt will der das Geld von mir ...«

»Wie viel?«

Caitlyn konnte die Steinlawine nicht hören, die gerade von meinem Herzen gepoltert war. Alles, was mir gerade zu Ohren gekommen war, spielte mir in die Karten, ließ das Monster in mir innerlich triumphieren.

Ein Plan formte sich in meinem Kopf, und ich musste mich anstrengen, eine ausdruckslose Miene beizubehalten. »Wie viel, Caitlyn?«

»Zweihundertfünfzigtausend Pfund«, flüsterte sie.

Eine Zahl, die für mich nichts, für sie aber wohl alles bedeutete. Gut so, dann wäre der Rest nur noch ein Kinderspiel.

»Hast du ein Schriftstück, einen Schuldschein dazu?«

Caitlyn holte einen gefalteten Zettel aus ihrer Handtasche und reichte ihn mir. Ich überflog das Dokument.

»Ich kann das Geld nicht auftreiben«, sagte sie verzweifelt, »die Banken geben mir keinen Kredit, weil das Café nicht so viel abwirft. Wo soll ich das Geld hernehmen?« Eine weitere Flut von Tränen rollte über ihre Wange.

»Wie lange haben sie dir Zeit gegeben?«

»Zwei Wochen.«

»Ich gebe das jemandem zum Prüfen. Gib mir dein Handy.«

Sie reichte mir ihr veraltetes Handy, und ich notierte gedanklich, ihr schnellstmöglich ein neues zu kaufen. Dann speicherte ich meine private Nummer ein, ließ es bei mir klingeln und machte dasselbe mit ihrer bei mir.

»Sobald ich mehr weiß, melde ich mich. Wenn diese Typen noch einmal bei dir aufkreuzen, dann ruf mich an. Sofort.«

Ich sah sie eindringlich an. Sie sollte sich nicht mit so einem Abschaum abgeben müssen. Nicht, solange ich das zu verhindern wusste. Das Schicksal hatte mir gerade einen Jackpot beschert oder anders ausgedrückt: Caitlyn wurde mir durch eine glückliche Fügung auf dem Silbertablett serviert.

»Vertrau mir, ich kümmere mich darum.« Ich stand auf, steckte das gefaltete Dokument ein und hielt ihr meine Hand hin. »Komm, ich fahr dich nach Hause.«

Zögerlich ließ sie ihre Hand in meine gleiten und folgte mir.

Drei Stunden später war Smith mit einem neuen Auftrag betraut. Ivan Petrow.

Außerdem hatte ich Oliver Sterling, meinen Anwalt, eingeschaltet, der für mich als Privatperson zuständig war. Er hatte nichts mit den Anwälten unserer Firma oder den anderen Familienangehörigen zu tun. Auf ihn konnte ich mich uneingeschränkt verlassen, er war loyal und verschwiegen. Alles, was ich über ihn abwickelte, würde meine Familie nur dann erfahren, wenn ich es wollte.

Entspannt saß ich in meinem Wohnzimmer und trank einen alten Single Malt aus Wales, der mir schwer und rauchig auf der Zunge lag. Die Flasche hatte ich mir für besondere Fälle aufbewahrt, und heute fand ich, dass genau so ein Anlass zum Feiern gegeben war. Caitlyn Phillips gehörte mir, auch wenn sie das noch nicht wusste. Sicher war nur, dass sie zu meinem Angebot nicht nein sagen konnte. Ich würde sie erbarmungslos in mein Leben zerren und nie wieder gehen lassen. Ich hatte sie vom ersten Augenblick gewollt, war ihr von der ersten Minute an verfallen und hatte mir in meinen Träumen bereits ausgemalt, wie es wäre, wenn sie zu mir gehörte. Ich wollte sie. Nur sie.

Und ich bekam immer, was ich wollte.

Jetzt hatten mir ihr Bruder und die Russen die Vorlage für mein Angebot geebnet. Mit diesem Deal würde ich zwei Fliegen mit einer Klappe schlagen. Ich bekam die süße blonde Barista und unser Familienimperium vollständig überschrieben. Wenn das kein Grund zum Feiern war. Ich nahm mein Kristallglas, ging zu dem großen Fenster und blickte hinaus in den beleuchteten Garten.

Bereits am Freitagabend hatte ich eine ausgiebige kalte Dusche nehmen müssen, weil meine Härte nicht nachlassen wollte und nach Erlösung schrie. Heute würde es mir nicht anders ergehen. Bisher hatte ich bei keiner Frau das Bedürfnis verspürt, sie näher an mich herankommen zu lassen, sie in mein Haus zu holen und sie zu meiner zu machen. Caitlyn war die erste Frau, die ich so sehr begehrte, dass sich jegliches Blut in meiner Mitte sammelte und mir einen schmerzhaften Dauerständer bescherte.

Verflucht, mir fielen tausend Dinge ein, die ich mit ihr anstellen wollte. Aber noch musste ich mich in Geduld üben. Leider war ich kein geduldiger Mensch. War es nie gewesen.

9. Caitlyn

Der gestrige Tag war wie in Trance an mir vorbeigezogen. Morgens hatte ich das Café gesäubert, dann geöffnet und mich durch den Tag gearbeitet. Immer wieder starrte ich auf mein Handy, in der Hoffnung, dass sich Alexander mit der ultimativen Idee melden würde. Dass in seinen Augen meine Schulden nur Peanuts waren, brauchte ich mir nicht schönzureden. Für mich waren sie existenziell, für ihn bedeutungslos. Dennoch erstaunte mich sein Verhalten. Ich hielt ihn eigentlich nicht für den Mann, der sich um andere sorgte. Dennoch tat er es, fragte, was passiert war, wollte die Dokumente sehen und mir helfen. Mir – einer Fremden. Dass ich in seiner Nähe darüber nachdachte, was das Knistern zwischen uns zu bedeuten hatte und wie sich wohl seine großen Hände auf meinem Körper anfühlten, machte es auch nicht leichter.

Mittlerweile wusste auch Anna von meinem Dilemma. Es war zu schwierig gewesen, es zu verheimlichen. Sie hatte mir jedoch hoch und heilig versprochen, mit keiner Menschenseele darüber zu reden. Nicht weil es mir peinlich war, was natürlich der Fall war, weil ich im tiefsten Herzen auch nicht wollte, dass jemand schlecht von meinem Bruder dachte, aber als Vorsichtsmaßnahme. Anna sollte nicht in den Fokus von

Ivan geraten. Wie Anna nun einmal war, hatte sie mich einfach fest in die Arme genommen, getröstet, einen Tee gekocht und mich bemuttert. All das fühlte sich wie Balsam auf meiner aufgewühlten Seele an. Natürlich hatte sie sich auch tierisch über Reece aufgeregt, ihm die Pest und Schlimmeres an den Hals gewünscht. Leider konnte sie mir auch nicht helfen. Ihr Gehalt reichte gerade mal für ihre Miete und ihren Lebensunterhalt, und sie hatte noch den Kredit ihrer Studienzeit abzubezahlen.

»Vielleicht könntest du diesen heißen Stammgast, Alexander, fragen, ob er dir einen Privatkredit gibt«, sinnierte sie.

Ich sah sie streng an, schüttelte den Kopf, musste aber eingestehen, dass mir die Idee auch schon gekommen war. Wollte ich das wirklich? Nein. Nur derzeit fragte mich keiner nach meinen Wünschen. Aber mit Gewissheit wollte ich nicht mein Café verlieren.

»Du könntest ihm einen Rückzahlungsplan hinlegen.«

»Wieso sollte er mir Geld leihen? Wir kennen uns doch nicht einmal.«

»Keine Ahnung. War nur ein Vorschlag. Ach Scheiße. Wieso passiert dir das?«

»Frag mich was Leichteres.«

»Und dieser Wichser von deinem Bruder kommt damit durch!«

»Hey, du redest hier von meinem Bruder!«, tadelte ich.

»Er verdient deine Loyalität nicht!«

Bevor wir anfangen konnten, darüber zu diskutieren, was Reece verdient hatte und was nicht, klingelte mein Handy.

Alexander Moore.

Ich starrte auf den Namen, und mein Herz fing unweigerlich an, wie wild zu pochen.

»Nimm ab!«, kreischte mir Anna ins Ohr, als sie über meine Schulter blickte und sah, wer anrief. Mit zitternden Fingern nahm ich den Anruf an.

»Ja?«

»Caitlyn, Alexander hier. Ich hol dich in einer Stunde ab.« Seine tiefe Stimme drang zu mir durch und jagte mir einen Schauer über den Rücken, brachte jeden Winkel meines Nervensystems zum Vibrieren. Wieso hatte dieser Mann so eine Wirkung auf mich?

»Okay, ich warte unten.«

»Bis dann.«

Alexander war wirklich kein Mann der vielen Worte, sondern der kurzen, knappen Anweisungen. Ich fragte mich, ob jeder immer tat, was er verlangte. Unter normalen Bedingungen würde ich ihm den Mittelfinger zeigen und mich aus dem Staub machen, selbst wenn meine Libido dabei Zeter und Mordio schrie.

»Und? Was wollte er?«, fragte Anna wissbegierig.

»Er holt mich in einer Stunde ab.«

»Na dann ... husch, husch in die Dusche. Ich such dir was Passendes zum Anziehen raus.« Mit einem Grinsen im Gesicht schob mich Anna in das kleine Bad.

Ich konnte mir denken, welches Kleidungsstück nachher auf meinem Bett liegen würde, denn so viele Klamotten besaß ich ja nicht. Sicherlich das kleine Schwarze.

Eine Stunde später stand ich vor dem Haus und zupfte mir verlegen am Saum des Kleides herum. Die

Jeansjacke gab dem eleganten Kleid einen sportlichen Touch.

Überpünktlich kam der schwarze McLaren vor mir zum Stehen. So elegant, wie das enge Kleid es mir ermöglichte, glitt ich auf den Ledersitz.

»Hallo, Alexander«, begrüßte ich ihn und sah in tiefe dunkle Augen, die mich zu verschlingen drohten.

»Caitlyn«, seine Stimme klang rau und beherrscht. »Meine Assistentin hat uns einen Tisch reserviert.«

Langsam wurde es zur Gewohnheit, aber auf der Fahrt sprach keiner von uns, und dennoch war die Stille nicht unangenehm. Ich besaß kein Auto und genoss den Blick nach draußen, bestaunte die Skyline von London. Vor einem sehr edel aussehenden Restaurant hielt Alexander an. Er stieg aus. Ein Valet stand schon parat und übernahm den Schlüssel. Dann umrundete Alexander das Fahrzeug und öffnete mir die Beifahrertür. Galant hielt er mir die Hand hin, die ich sofort ergriff. Sanft umschlossen seine Finger die meinen. Kaum war ich aus dem Auto gestiegen, scannten seine Augen meinen Körper ab. Mit jeder Sekunde, in der er mich musterte, wurde sein Blick weicher, und die goldenen Sprenkel in seinen Augen loderten wie Bernsteine.

Er beugte sich zu mir, und seine Lippen streiften mein Ohr. »Zieh die Jacke aus und lass sie im Wagen.« Seine Worte waren dunkel und gebieterisch.

»Ich denke, ich lass sie lieber an«, erwiderte ich ruhig.

»Du wirst dich ohne wohler fühlen, glaub mir.« Sein Atem streifte meine Haut, und in mir explodierte die Hitze. Ein kurzer Blick auf den Eingang des Restaurants und den Türsteher, der davor stand und mich mit einem merkwürdigen, fast schon missbilligenden Blick musterte, genügte. Gehorsam zog ich die Jeansjacke aus und reichte sie Alexander. Der warf sie auf den Sitz, schloss die Tür und nahm wieder meine Hand. Entschlossen zog er mich Richtung Eingang.

»Mr Moore, darf ich Sie zu Ihrem Platz geleiten?«, sprach der Mann und führte uns durch die geöffnete Tür in den Gastraum zu unserem Tisch.

Hätte mich Alexander nicht so fest gehalten, hätte ich auf dem Absatz kehrtgemacht und wäre aus diesem Nobelschuppen wieder geflüchtet. Blicke taxierten mich, verfolgten uns durch den Raum bis zu dem kleinen Tisch am Rande. Verunsichert starrte ich auf meine schwarzen High Heels, die auch schon bessere Tage gesehen hatten.

»Du siehst umwerfend aus, also mach dir keine Sorgen«, sagte Alexander.

Perplex schaute ich ihn an. Wie konnte er meine Gedanken lesen? Oder stand mir das Unbehagen ins Gesicht geschrieben? Steif setzte ich mich auf den Stuhl und vermied es, mich umzublicken. Immer noch hatte ich das Gefühl, dass mich duzende Augenpaare durchbohrten.

»Darf ich Ihnen schon etwas zu trinken bringen?«, fragte der Kellner unterdessen.

Alexander bestellte einen Rotwein und Wasser. Normalerweise bestellte ich mein Getränk selbst, aber ich war noch nie im Leben in einem solchen Etablissement gewesen, und der herbeigeeilte Kellner wäre wahrscheinlich in Ohnmacht gefallen, hätte ich eine Cola Zero geordert. Bereits der Blick in die Karte überforderte mich. Unschlüssig besah ich mir die Namen der

Gerichte. Ich war zwar des Französischen mächtig, kannte aber die dortige Küche nicht. Ich würde mich nicht unbedingt als blöd oder weltfremd bezeichnen, aber gerade war mir das einfach zu viel. Welcher normal sterbliche Bürger konnte mit den ganzen französischen Ausdrücken etwas anfangen?

»Fleisch oder Fisch?«, fragte Alexander, als hätte er mein Dilemma erkannt.

»Fleisch.«

»Rind oder Lamm?«

»Rind bitte.«

Alexander nickte. Er wandte sich an den Kellner und bestellte unser Essen auf Französisch. Natürlich. Dann gab er dem jungen Mann die Karten und wandte sich wieder mir zu.

»Ich hab …«, wollte er mir erklären, aber ich unterbrach ihn gleich.

»Ich hab verstanden, was du gesagt hast.«

Einige Sekunden musterte er mich, ehe er dann seine Stirn in Falten zog. »Du sprichst Französisch? Nun, du steckst anscheinend voller Überraschungen.«

»Ja, tue ich.«

Und dazu noch Deutsch, Spanisch und etwas Italienisch, aber das würde ich ihm jetzt nicht auf die Nase binden. Vielleicht hätte ich lieber Russisch lernen sollen. Aber die romanischen Sprachen hatten es mir eher angetan, auch wenn ich noch keines der Länder hatte bereisen können. Dennoch standen sie ganz oben auf meiner Wunschliste. Irgendwann würde ich das tun, jedes Land für sich erkunden. Träume durfte man schließlich haben.

»Warum dann das Problem mit der Karte?« Da war ein Unterton in seiner Stimme, der etwas in meinem Inneren zum Klingeln brachte.

»Es ist ein Unterschied, einer Sprache mächtig zu sein oder zu wissen, was sich hinter den Ausdrücken in deren Küche verbirgt.«

Seine Stirn zog sich noch mehr zusammen, und er schüttelte verdattert den Kopf. »Sonst noch was, das ich wissen müsste?«

Ich zuckte mit den Schultern.

10. Alexander

Die Schönheit vor mir überraschte mich. Ich wusste ja, dass hinter ihrer unschuldigen Miene eine Frau steckte, die gebildet war. Nicht umsonst hatte sie ein Vollstipendium für die Cambridge University erhalten und mit exzellenten Noten abgeschlossen. Jetzt eröffnete sie mir auch noch, dass sie Französisch sprach. Eine Wundertüte in hübscher Verpackung. *Was verbirgst du noch vor mir? Dunkle Geheimnisse?*

Aber eines konnte sie nicht verheimlichen. Ihre Herkunft. Bürgerlich. Normal.

Seit wir mein französisches Lieblingsrestaurant mit Haute Cuisine betreten hatten, konnte ich spüren, wie unwohl und fehl am Platz Caitlyn sich fühlte. Aber ich würde ihr nicht entgegenkommen. Sollte sie mein Angebot annehmen, dann musste sie sich daran gewöhnen, in anderen Kreisen zu verkehren als denen, die sie gewohnt war. Ich würde sie aus ihrer Komfortzone reißen, ob ihr das behagte oder nicht. Je schneller sie lernte, mit hocherhobenem Kopf an meiner Seite die neidischen und abschätzigen Blicke auszuhalten, desto besser für sie. Frauen, die gerne ihren Platz innehätten, würden sich auf jeden Fehler, jeden Patzer stürzen wie die Hyänen. Neid war ein fieser Gegner.

Ich würde sie ins kalte Wasser werfen, sobald sie dem Vertrag zustimmte. Und dass sie ihn unterschrieb, war mir zu neunundneunzig Prozent klar. Sie hatte schließlich keine andere Wahl. Ich würde ihr keine lassen. Selbst wenn ich jemanden einstellen müsste, der sie für das Leben in meinen Kreisen fit machte.

Mein Blick wanderte wieder zu ihr. In dem schwarzen eng anliegenden Minikleid sah sie umwerfend aus. Der Stoff schmiegte sich wie eine zweite Haut an ihre Kurven, und die dünnen Träger und der weite Rückenausschnitt gaben den Blick auf ihre Schultern und die gebräunte Haut frei. Die blonden Haare trug sie zu einer verspielten Hochsteckfrisur, die ihre sanften, anmutigen Gesichtszüge besonders gut zur Geltung brachte. Der Gedanke, wie sich ihre Haut unter meinen Fingern anfühlen würde, brachte mich kurzzeitig aus der Fassung. Mein Schwanz freute sich bereits.

»Du kommst öfter hierher?«, fragte Caitlyn mit fester Stimme.

»Ja, das Essen ist hervorragend.«

»Und die Gäste sehr speziell.«

»Speziell?«

»Die Frauen schauen mich an, als hätte ich ihnen den letzten Happen vom Teller geklaut, und die Männer haben alle einen Stock im Arsch oder taxieren mich, als wäre ich ihr Steak.«

Ich musste lachen. Caitlyn war so süß direkt. Aber sie hatte recht, die Gäste hier waren speziell und genau so, wie sie sie beschrieben hatte.

»Gewöhn dich daran.«

Ihre Augen verengten sich zu Schlitzen. »Warum sollte ich? Es schreit nicht nach Wiederholung, und wir wissen beide, dass ich ohne dich nie einen Fuß hier reingesetzt hätte.«

»Weil du sicherlich nicht das letzte Mal hier sein wirst.«

»Wie kommst du darauf?«, wollte sie mit hochgezogenen Augenbrauen wissen.

»Lass uns erst essen, dann reden wir über dein kleines Problem.«

»Klein?«, höhnte sie. »Na dann möchte ich in deinen Augen kein großes Problem haben.«

»Caitlyn.«

»Nenn mich doch bitte Lyn.«

Ich konnte ihre Verärgerung heraushören. Sie hatte mir bereits im Club das Lyn angeboten. Aber nein, ich würde sie nicht so nennen. Caitlyn war ein schöner Name und verdiente keine kindliche Abkürzung.

»Nein, ich werde deinen Namen nicht verhunzen.«

»Verhunzen?«

»Caitlyn ist ein wundervoller Name und passt perfekt zu dir. Also nein, ich werde dabei bleiben«, beendete ich die Diskussion.

Caitlyn öffnete ihren Mund, um zu widersprechen, aber ein Blick von mir genügte, und sie schloss ihn tonlos. Der Kellner brachte die Vorspeise. Bevor sie nach dem Löffel griff, warf sie mir noch einen bösen Blick zu.

»Ich bin neugierig. Wie kommt eine junge Frau dazu, ein Café zu eröffnen?«, fragte ich sie. Natürlich konnte ich mir die Zusammenhänge aus den Recherchen ableiten, aber ich wollte es aus ihrem Mund hören.

Ihr Blick wurde traurig und verschlossen. »Manchmal führt das eine zum anderen. Es war das Café meiner Mutter. Nach ihrem Tod habe ich es übernommen und etwas modernisiert.«

Der Schmerz des Verlustes ihrer Eltern lag ihr noch schwer auf der Seele, und das tat mir leid. Keiner sollte so früh seine Eltern verlieren müssen – und schon gar nicht auf so tragische Art und Weise.

»Wie starb sie?«

»Bei einem Autounfall. Beide. Meine Mutter und mein Vater.«

»Das muss hart gewesen sein.«

»Ja, war es.« Sie legte den Löffel zur Seite und versteckte ihre Hände unter dem Tisch. Ich konnte wetten, dass sie nervös an ihren Fingern herumnestelte. »Aber so ist das Leben nun mal. Man kann es sich nicht immer aussuchen.«

Eine alte Bekannte näherte sich unserem Tisch. Abigail Lee, eine Freundin von Chloé.

»Alexander, welche Freude, dich hier zu sehen.« Sie ignorierte Caitlyn völlig, und dennoch konnte ich ihren unauffällig prüfenden Blick in ihre Richtung erkennen. Abigail war eine Schlange, genau wie Chloé. Beide passten perfekt zusammen. Ich grinste innerlich. Sobald sie sich vom Tisch entfernen würde, würde Chloé bereits von meinem Essen mit einer ihr fremden Frau wissen.

»Abigail«, hielt ich die Begrüßung so nüchtern wie möglich. Belustigt nahm ich wahr, wie sich Caitlyns Augen vergrößerten und sie beobachtete, wie Abigail sich zu mir herunterbeugte und mir einen Kuss auf die Wange hauchte. Ich hätte darauf verzichten können, nicht aber auf Caitlyns Gesichtsausdruck. Es war niedlich, zu sehen, wie sie argwöhnisch reagierte, ohne sich darüber bewusst zu sein.

»Sehen wir dich am Wochenende beim Polospiel?«, fragte Abigail.

»Wahrscheinlich eher nicht.«

Mein Blick ruhte auf Caitlyns Miene.

»Schade, aber grüß deine Eltern und Chloé von mir.«

Caitlyns Miene verfinsterte sich noch ein Stück mehr. Ich behielt meine eiserne Miene und jubelte innerlich.

Der Kellner brachte unseren Hauptgang, und ich würde ihm heute für seine Punktlandungen ein Extra-Trinkgeld zustecken.

Als wir mit dem Dessert fertig waren, kam ich zum eigentlichen Grund dieses Treffens.

»Ich habe mir die Dokumente von Ivan Petrow angesehen. Natürlich bist du vorrangig nicht für die Schulden deines Bruders verantwortlich. Nur ... sind wir ehrlich, es handelt sich bei dem Gläubiger um einen Kriminellen, und ihm wird es egal sein, ob du zurückzahlen willst oder kannst. Er fordert sein Geld, und er wird nicht locker lassen, bis er es hat.«

»Könnte ich nicht zur Polizei gehen?«

»Könntest du, aber ob du es lebend bis dorthin schaffst, sei dahingestellt. Mit dieser Art von Abschaum ist nicht zu spaßen.«

»Das hab ich mir schon gedacht.« Sie sah mich ratlos an. »Ich war bei fünf Banken, und keine will mir einen Kredit geben. Meine Freunde haben nicht so viel Geld, um mir ...«, brach sie ab. Ihr Blick schweifte in die Ferne. »Ich bin am Arsch. Stimmt's?«

Ich musste über ihre Wortwahl schmunzeln. »Um ehrlich zu sein ... ja.«

Ich konnte sehen, dass sich eine Frage in ihrem Kopf formte, sie aber nicht den Mut hatte, sie mir zu stellen. Die Sache lag so klar auf der Hand. Bevor sie doch noch die ultimative Anfrage stellen konnte, ob ich ihr einen Kredit gewähren könnte, würde ich meinen Vorschlag vorbringen.

»Caitlyn, ich werde dir jetzt einen Vorschlag machen. Ich möchte, dass du ihn dir, bevor du vorschnell ablehnst, durch den Kopf gehen lässt.« Meine Stimme war tief und nachdrücklich.

Mit großen Augen sah sie mich an und knabberte auf ziemlich bezaubernde Art und Weise an ihrer Unterlippe herum.

»Ich kann dir das Geld geben ...«

»Du würdest mir wirklich helfen?«

Ich hob die Hand und ließ sie verstummen. »... wenn du meine Frau wirst, und unsere Ehe ein Jahr bestehen bleibt.«

»Was?« Sie schüttelte ihren Kopf. Sie war sich wohl nicht sicher, richtig gehört zu haben. »Du willst ... ich verstehe nicht ... wieso?«

»Es ist unwichtig, warum«, antwortete ich harscher als beabsichtigt. »Sagen wir, es würde mir in die Karten spielen. Wir heiraten, du bekommst das Geld und ich eine Ehefrau an meiner Seite.«

»Aber ich ... nein ...«

»Bevor du ablehnst, überleg es dir gut. Schlaf eine Nacht drüber.« Ich suchte ihre blauen Augen, in denen gerade ein Sturm tobte, der ihr Inneres widerspiegelte.

»Es wäre eine Win-win-Situation. Jeder von uns würde von diesem Deal profitieren.«

Sie lachte bitter auf. »Win-win? Ich weiß nicht, Alexander. Wir kennen uns kaum, und jetzt sitzt du hier und unterbreitest mir den Vorschlag, dich zu heiraten, als wären wir beim Schuhe kaufen.«

»In diesem Fall ist es auch nichts anderes als ein Geschäft.«

»Du erkaufst dir eine Ehefrau? Du machst einen Witz, oder? Weswegen?«, schleuderte sie mir gereizt entgegen. »Dir laufen die Frauen haufenweise hinterher, wie diese Abigail oder auch jede andere im Café oder hier. Für dich wäre es ein Leichtes, eine willige Person zu finden, die dich heiratet, ohne Geld dafür zu kassieren.«

Ja wäre es, aber die will ich alle nicht. Ich will dich und dich bekomme ich auf die normale Art nun einmal nicht. Das war mir am Freitagabend bereits klar geworden. Aber so schon, so würdest du mir gehören. Ganz offiziell.

»Wenn ich eine von denen gewollt hätte, dann wäre ich längst verheiratet.«

Was ich ihr nicht sagte, war, dass ich nie vorgehabt hatte, mein Singleleben aufzugeben, nicht bis zum ersten Aufeinandertreffen mit ihr. Die Frauen, die sich mir an den Hals warfen, würde ich nie wieder loswerden.

»Wieso dann jetzt? Wieso mich?«

»Du brauchst das Geld und ich eine Ehefrau bis spätestens Ende des Jahres. Also warum nicht?«

»Weil ich nicht käuflich bin!« Caitlyn straffte ihre Schultern und reckte mir trotzig das Kinn entgegen.

»Jeder ist käuflich!«, rutschte es mir heraus, was dazu führte, dass Caitlyn ihren Stuhl betont ruhig nach hinten schob und aufstehen wollte. »Caitlyn, setz dich wieder«, knurrte ich leise.

Sie sah zu mir herunter, schüttelte den Kopf und wandte sich Richtung Ausgang.

Mit wenigen Schritten war ich bei ihr, griff nach ihrem Oberarm und drehte sie zu mir. »Du wirst keine bessere Lösung finden, nicht in zwei Wochen. Das weißt du selbst. Sei vernünftig.«

»Ich bin vernünftig und beende diese Farce hier. Sorry, Alexander, aber ich bin keine H...«

Ich zog sie noch ein Stück näher an mich heran, bevor sie das besagte Wort aussprechen konnte. Sie war alles andere als das für mich. Ihr Duft benebelte mich, und meine Härte drückte schwer gegen meine Hose.

»Sprich dieses Wort nie in Zusammenhang mit dir aus«, befahl ich ihr dunkel. »Du bist alles, nur das nicht. Zwischenzeitlich wird dir mein Anwalt einen Entwurf der Schriftstücke in den Briefkasten geworfen haben. Sieh sie dir an und entscheide nicht aus dem Bauch heraus, sondern klug.« Meine Stimme war tief, rau und klang durch und durch nach Autorität. Caitlyn sollte es wissen. Wissen, dass ich die Macht hatte, ihr Problem zu beheben. Nur ich.

11. Caitlyn

Wutentbrannt war ich mit einem Cab nach Hause gefahren. Selbst auf der Fahrt hatte ich mich nicht beruhigen können, hatte leise vor mich hin geflucht, sodass der Fahrer immer wieder seltsame Blicke in den Rückspiegel geworfen hatte.

Daheim fischte ich den besagten Umschlag aus meinem Briefkasten und lief die Treppen hoch in die fünfte Etage. Der ganze Wohnblock schrie außen bereits nach Renovierung, obwohl er noch der am besten aussehende in der Straße war. Aber im Treppenhaus war es noch schlimmer. Kaum dass ich meine Wohnung betreten hatte, pfefferte ich den Umschlag in die Ecke und die Schuhe hinterher.

Ich schälte mich aus dem Kleid und zog mir eine bequeme Jogginghose und ein leichtes Sweatshirt an. Meine Wohnung bestand eigentlich nur aus einem Zimmer und dem angrenzenden Duschbad. Ich hatte versucht, es so gemütlich wie möglich einzurichten, ohne dass es beengend wirkte. Die Küchenzeile nahm komplett eine Wand ein, und am Fenster stand ein kleiner runder Tisch mit zwei Stühlen, wobei ich einen immer nur zu Besuchszwecken vom Wandhaken nahm. Die Couch war klein und durch eine halbhohe Schrankwand vom Bett getrennt, welches eigentlich nur aus einem Lattenrost und einer Matratze bestand. Alles war bescheiden und zweckmäßig, aber eben auch bezahlbar und meins. Eine Seltenheit in London.

Kaum machte ich es mir auf meiner Couch bequem, klingelte mein Handy, und Alexanders Nummer erschien. Verärgert drückte ich ihn weg und schaltete auf stumm.

So ein Macho! Echt! Allein der Gedanke an seinen Vorschlag machte mich rasend. Hätte er mir nicht einfach nur einen privaten Kredit, von mir aus mit horrenden Zinsen, anbieten können? Nein, er wollte mich zu seiner Hure, sorry Ehefrau, machen. Was für ein Witz! Ja, ich fand ihn heiß und konnte die Anziehungskraft zwischen uns nicht wegdiskutieren oder leugnen. Aber das Schicksal wollte mir wohl scheinbar einen Streich spielen. Der Mann, den ich hätte heiraten wollen, wollte mich nicht, und der Mann, den ich im Leben nicht mit Heirat in einem Satz verbinden würde, schlug mir eben dies vor. Lächerlich! Mister Reich, Sexy und was kostet die Welt.

Jeder ist käuflich!

Anna. Ich musste unbedingt Anna anrufen. Ich entsperrte den Bildschirm. Drei verpasste Anrufe. Zwei SMS. Alle von Alexander.

21:43 Bist du gut angekommen?

21:45 Überleg es dir.

Nein, ich brauchte mir das nicht zu überlegen. Ich würde eine Lösung finden. Meine Finger flogen über die Tasten und ich antwortete auf seine SMS.

Ja.

Nein.

Dann drückte ich auf Senden und rief Anna an.

»Und Süße, wie war dein Essen?«, flötete sie ins Telefon.

»Hilfst du mir, eine Bank zu überfallen?«, presste ich frustriert hervor.

»Oh je, so schlimm?«

»Nee, schlimmer. Wir könnten uns auch als lesbisches Pärchen ausgeben und den Juwelier bestehlen. Was meinst du?«

»Sorry Süße, aber dir würde man das schon beim Hereinkommen an der Nasenspitze ansehen«, entgegnete sie sanft, »aber was ist passiert? Hast du ihn fragen können?«

»Nein, er hat mich gefragt.«

»Wo ist dann das Problem? Sind seine Rückzahlungskonditionen so fürchterlich?«

»Die gibt es nicht.«

Stille am anderen Ende.

»Verstehe ich jetzt nicht«, gab Anna zu.

»Ich soll mich an den sexy Teufel im Anzug verkaufen«, brachte ich mit zusammengepressten Zähnen hervor.

Anna hustete wie verrückt. Wahrscheinlich hatte sie gerade einen Schluck getrunken, als ich die Bombe platzen ließ. Als sie ihre Fassung wiedergewonnen hatte, erklärte ich ihr Alexanders Vorschlag.

»Du sollst ihn heiraten und für ein Jahr seine Frau spielen?«

»Spielen oder was auch immer. Aber das ist doch ein Witz. So etwas passiert in Groschenromanen, aber doch nicht im wirklichen Leben.«

»Wieso braucht er eine Ehefrau?«

»Keine Ahnung. Er meinte, das wäre nicht wichtig und nur, dass es ihm in die Karten spielen würde. Eine sogenannte Win-win-Situation.«

»Und was sind die Bedingungen?«

»Keine Ahnung. Ich habe ihm gesagt, dass ich nicht käuflich bin und bin gegangen.«

»Okay ...« Dabei zog sie das O besonders in die Länge. »Und was jetzt?«

»Irgendwo im Schrank muss noch eine Flasche Rum sein. Ich werde mich einfach betrinken. Am Arsch bin ich so oder so«, kicherte ich leicht hysterisch, während mir vereinzelt die Tränen über die Wangen liefen.

»Soll ich zu dir kommen?«

Anna war doch einfach die Beste.

»Nein, ich denke, das schaffe ich alleine.«

»Was? Dich zu betrinken?«

»Ich betrinke mich, spiele Lotto, oder vielleicht fällt mir ja noch was anderes ein.«

»Melde dich, wenn ich kommen soll oder etwas tun kann. Okay, Lyn? Mach keine Dummheiten!«

»Nein, ich schaff das. Ehrenwort.«

Ich legte auf. Mein Blick fiel auf den Umschlag, der mich höhnisch aus der Ecke anlachte. Kurz überlegte ich, mir tatsächlich die Flasche Rum zu schnappen, aber es würde am Ergebnis nichts ändern. Nur dass ich morgen, zusätzlich zu meinem Problem, einen fetten Kater und mächtige Kopfschmerzen haben würde. Also, was blieb? Kaffee oder Tee und viel Schokolade.

Erneut leuchtete mein Handy auf. Ich wollte weder rangehen noch nachsehen, wer es war. Ich verbannte es in meine Handtasche und würde es ignorieren, bis ich wieder dazu bereit war.

12. Caitlyn

Geschlagene zwanzig Minuten harrte ich vor dem gläsernen Gebäude inmitten von Canary Wharf aus und fand nicht den Mut, hineinzugehen. Hoch über mir ragte das Bauwerk wie ein Mahnmal empor, das mir in Erinnerung rief, wie klein und unbedeutend ich doch war.

Ich fühlte mich inmitten duzender vorbeieilender Geschäftsleute mutterseelenallein und war im Begriff, meine Seele zu verkaufen. Nein, nicht meine Seele, mich selbst. Die letzten beiden Tage und Nächte hatte ich gegrübelt und nach Lösungen gesucht. In meinem Kopf türmten sich Fragen über Fragen auf, aber es gab keine befriedigenden Antworten. Ich hatte alle meine Freunde angerufen und um einen Privatkredit gebeten, aber wie ich es auch drehte und wendete, ich bekam die Summe nicht so schnell zusammen. Die Banken hatte ich bereits abgeklappert. Mein letzter Anruf hatte einem Immobilienmakler gegolten, um nachzufragen, wie schnell man das Café neu verpachten könnte.

Nun blieb mir lediglich der Deal, den mir Alexander Moore vorgeschlagen hatte. Ich müsste ihn nur annehmen. Aber ganz so einfach war das nicht. Jeder Schritt hierher hatte mich Überwindung gekostet, und das ungute Gefühl in mir wurde immer lauter. Mit flauem Magen und zitternden Knien näherte ich mich der Drehtür.

Das Foyer von Moore Investment war genauso luxuriös und beeindruckend wie Alexander selbst. Mit meinen Jeans, Sneakers und der hellen Bluse war ich hier definitiv nicht angemessen genug gekleidet. Die Dame am Empfang blickte mich skeptisch und abschätzig an, und ich wurde noch nervöser.

»Kann ich etwas für Sie tun?«, fragte sie mich mit einer kühlen, unsympathischen Stimme. Ihre dunklen Haare waren zu einer strengen Hochsteckfrisur gebunden, und ihre Augen taxierten mich scharf durch die Brille hindurch.

»Ich möchte bitte zu Mr Alexander Moore.«

»Haben Sie einen Termin?«

»Äh ... nein. Nicht wirklich.«

»Dann tut es mir leid. Mr Moore empfängt keine Besucher ohne Termin.«

»Aber ...«

»Keine Ausnahmen«, unterbrach sie mich schroff. »Machen Sie einen Termin aus, und kommen Sie dann wieder.«

»Würden Sie ihn dennoch kurz anrufen und ihm mitteilen, dass ich hier bin? Bitte. Er ...«

»Das geht nicht. Er ist ein vielbeschäftigter Mann, und ich glaube nicht, dass es etwas bringen würde, wenn ich ihn jetzt behellige. Tut mir leid.«

Unschlüssig, was ich jetzt tun sollte, blieb ich stehen und überlegte kurz. Vielleicht war das der Wink mit dem Zaunpfahl, dass sich eine andere Lösung, eine viel bessere, auftun würde und all dies hier nur ein übler

Scherz war. Ich sollte den Hinweis ernst nehmen und gehen. Wenn sich eine Tür schloss, ging immer eine andere auf.

»Okay, trotzdem danke.«

Ich drehte mich um und lief Richtung Ausgang. Den Blick der Empfangsdame konnte ich förmlich in meinem Rücken spüren. Das *Ping* des Fahrstuhls kündigte das Eintreffen des Aufzuges an, und dann ertönte eine tiefe, mir bekannte Stimme im Foyer.

»Caitlyn!«

Wie angewurzelt blieb ich stehen. Alexanders schwere Schritte hallten durch den Eingangsbereich, dann legte sich seine Hand auf meine Schulter. Langsam drehte ich mich um. Der Blick seiner dunklen Augen war auf mich gerichtet, und um seine Mundwinkel zuckte es verdächtig.

»Wolltest du schon wieder gehen?«, fragte er mich amüsiert.

»Man sagte mir, dass ich ohne Termin nicht zu dir könne. Also ja, ich war gerade wieder dabei, zu gehen.«

Ohne ein weiteres Wort zu verlieren, packte er meinen Oberarm und zog mich zurück zur Empfangsdame.

»Miss Peters. Wenn Miss Phillips hierherkommt und nach mir fragt, dann informieren Sie mich oder meine Assistentin unverzüglich darüber! Miss Phillips braucht keinen Termin.« Seine Stimme war kühl und befehlend, und mir tat Miss Peters beinahe schon leid. Sie hatte wahrscheinlich so gehandelt, wie die Anweisungen der Geschäftsführung es vorgaben. Aber ein klein wenig Schadenfreude gönnte ich mir dennoch, schon deshalb, weil sie so unfreundlich gewesen war.

»Caitlyn, komm bitte mit mir mit.« Alexander schob mich in den Aufzug und drückte die oberste Taste. Nach einer halben Ewigkeit hielt der Lift, und die Türen öffneten sich. Alexander legte seine Hand in meinen Rücken, und wir betraten ein Vorzimmer mit einer modernen Theke. Dahinter saß eine junge dunkelhaarige Frau mit einem freundlichen Lächeln. Wahrscheinlich seine Assistentin.

»Willkommen«, begrüßte sie mich.

»Samantha, bitte sorgen Sie dafür, dass wir nicht gestört werden.«

Neugierig sah sie mich an. Ich lächelte nervös, was sie freundlich zurücklächeln ließ. Wenigstens eine nette Person hier ...

Mit jedem Schritt, den Alexander mich weiter in sein Reich führte, fühlte ich mich mehr und mehr wie ein Opferlamm auf dem Weg zur Schlachtbank. Mit wackligen Beinen betrat ich sein Büro. Eine Flucht war definitiv ausgeschlossen, weil er genau hinter mir stand und das Schließen der Tür gerade mein Schicksal besiegelte.

»Ich hoffe, die richtige Entscheidung führt dich zu mir.« Alexander umrundete den Schreibtisch und nahm in seinem Ledersessel Platz, während er mich neugierig musterte. »Setz dich. Möchtest du etwas trinken? Kaffee? Wasser?«

»Nein, danke.« Meine Stimme war nur noch ein leises Flüstern. Meine Handflächen waren verschwitzt, und mein Brustkorb fühlte sich an, als säße ein Schwergewicht darauf. Wieder deutete er auf den Stuhl, und ich ließ mich zögerlich darauf nieder.

»Also dann ... wie hast du dich entschieden? Wirst du mein Angebot annehmen?«

»Ich habe nicht viele Optionen, das weißt du.« Ich ärgerte mich darüber, dass er mir mit so einem selbstgefälligen Lächeln gegenübersaß und mir das Gefühl gab, eine Wahlmöglichkeit zu haben, die nicht vorhanden war. »Allerdings habe ich ein paar Bedingungen.«

»Bedingungen?« Zwischen seinen Augen bildete sich eine Falte, und seine dunklen Augen wurden noch eine Spur dunkler.

»Ja, Bedingungen. Zunächst möchte ich klarstellen, dass ich meinen Job im Café nicht aufgeben werde. Das heißt, ich werde dort weiterarbeiten und weiterhin meine Einnahmen haben.« Schweigend hörte er mir zu, aber seiner Körperhaltung konnte ich entnehmen, dass er nicht sonderlich erfreut war, mit mir über Bedingungen sprechen zu müssen. »Des Weiteren werde ich die Wohnung behalten, und wir werden in getrennten Zimmern schlafen. Außerdem weigere ich mich, immer und überall verfügbar zu sein. So hat es in den Unterlagen gestanden, und dem werde ich nicht zustimmen. Und ich werde auch keinen Sex mit dir haben, nur weil es Bestandteil des Vertrages ist.«

Wie ein wütender Tiger sprang er auf und umrundete seinen Schreibtisch. Seine Augen waren auf mich gerichtet, mit dem unnachgiebigen Blick eines Raubtieres, das seine Beute im Visier hat. Rohe Kraft, furchteinflößend und dennoch voller Ehrfurcht, strömte mir entgegen. Mit einer anmutigen Bewegung drehte er meinen Stuhl zu sich und stützte seine Hände auf die Lehnen. Er beugte sich nach vorn, sein Gesicht nur noch Zentimeter von meinem entfernt. Sein männlicher Duft drang in meine Nase. Ich konnte meine Augen nicht von seinen abwenden. Wie zwei Magnete zogen sie mich in ihren Bann.

»Das ist nicht verhandelbar!«, knurrte er verstimmt.

»Quatsch!«, entgegnete ich mutig und straffte die Schultern. »Alles ist verhandelbar. Es hängt nur davon ab, zu welchen Zugeständnissen du und ich bereit sind.«

Wut und noch etwas anderes blitzte in seinen Augen auf. Verlangen.

»Punkt eins: Du wirst nicht in dem Café weiterarbeiten, weil es sich als meine zukünftige Frau nicht ziemt. Außerdem wirst du mich auf Reisen begleiten, und wenn ich dich kurzfristig brauche oder sehen möchte, dann hast du da zu sein.«

»Ich werde nicht daheim herumsitzen und auf dich warten. Vergiss es. Ich werde arbeiten, und für den Fall, dass ich dich auf eine Reise begleiten muss, werde ich eine Aushilfe einstellen, die mich in der Zeit ersetzen kann.«

»Punkt zwei und drei: Du wirst in meinem Haus wohnen, also ist deine Wohnung nicht mehr von Belang. Und du wirst in meinem Schlafzimmer und in meinem Bett schlafen.«

»Ich werde keinen Sex mit dir haben!«, widersprach ich ihm.

»Werden wir. Nicht nur einmal. Seit ich dich das erste Mal gesehen habe, will ich nichts anderes als dich. Du machst mich verrückt. Ich werde nicht mit einem Dauerständer rumlaufen und mir täglich in der Dusche einen runterholen.« Mit seinen Fingerkuppen strich er mir über die Wange hinunter zu meinem Brustansatz. Eine Gänsehaut überzog meine Haut, und dort, wo er mich anfasste, brannte sie lichterloh.

»Du kannst dich belügen, aber dein Körper lügt nicht. Diese Anziehungskraft, die zwischen uns besteht ... diese Funken, die von dir auf mich und umgekehrt überspringen, kannst du nicht verleugnen. Ich werde einen Teufel tun und die nächsten Monate wie im Zölibat leben. Wir werden Sex haben, fantastischen Sex, und das nicht zu wenig. Versprochen.«

»Dieser Deal existiert nur auf dem Papier. Ich habe nicht vor ...« Weiter kam ich nicht, da zog er mich mit einem Ruck hoch und drehte mich mit dem Rücken zu seinem Schreibtisch. Eine Wand aus stahlharten Muskeln hielten mich gefangen. Sein Knie zwängte sich zwischen meine Beine, und ich konnte die Ausbeulung seiner Hose sehen. Schon drückte er seine harte Männlichkeit gegen meinen Oberschenkel.

»Ich würde dich am liebsten sofort auf diesem Schreibtisch nehmen! Eins muss dir klar sein: In der ganzen Zeit gehörst du mir. Nur mir. Mit allem, was dazugehört. Du wirst tun, was ich dir sage. Und wage es nicht, dich von einem anderen Mann anfassen zu lassen. Ich teile nicht. Niemals.«

Er machte mir Angst, und dennoch verursachten seine Worte in mir ein Feuer des Verlangens. Er legte seine Hand bestimmend in meinen Nacken und zog mich zu sich. Seine Lippen prallten auf meine, und er küsste mich hart und gierig. Ich legte meine Hände auf seine Brust, um ihn von mir wegzudrücken, aber ich schaffte es nicht. Sein Kuss wurde leidenschaftlicher, heißer und machte mich weich, butterweich. Er hatte mich in seiner Gewalt. Mein Körper reagierte nicht mehr auf meinen Verstand, sondern hatte die Führung an ihn abgegeben. Seine Zunge verlangte Einlass, und ich gewährte sie ihr. Er drang forschend vor und plünderte meinen Mund. Er sog an meiner Unterlippe, biss hinein, und ich konnte ein Stöhnen nicht mehr unterdrücken. Dieser Mann war pure, animalische Lust. Unsere Lippen trennten sich, aber er hielt meinen Nacken immer noch fest umklammert und streifte mit seinem Mund mein Ohr.

»Punkt zwei bis vier: nicht verhandelbar«, raunte er mir zu. Als er sich von mir abwandte, musste ich mich erst einmal sammeln und tief Luft holen. Mit einem siegessicheren Lächeln im Gesicht reichte er mir eine Mappe mit Unterlagen.

»Den Rohentwurf hast du bereits. Diese Unterlagen sind von meinem Anwalt fertig ausgearbeitet worden. Lies sie durch, nimm dir einen eigenen Anwalt deines Vertrauens.«

Mein verzweifeltes Lachen blieb mir im Halse stecken. Welcher Anwalt, von welchem Geld? Mit zitternden Händen nahm ich die Mappe entgegen. Schamesröte schoss mir in die Wangen. Ich konnte seinem Blick nicht standhalten.

»Sobald du unterschrieben hast, bekommst du das Geld und kannst den Schuldner auszahlen. Ab Freitag beginnt der Deal. Ich hol dich ab. Bring deine Sachen mit, die du brauchst. Ebenso die Unterlagen und den geforderten Gesundheitstest. Meiner liegt in der Mappe. Unsere Verlobung werde ich dann bekanntgeben.«

Das war es. Zack. Ein paar Unterschriften und ich hätte mich verkauft, wäre verlobt mit einem Fremden.

Innerlich schüttelte es mich, aber nach außen hin ließ ich mir nichts anmerken. Ich nickte ihm kurz zu und verließ sein Büro.

»Caitlyn ...«, hielt mich seine tiefe Stimme auf, »... ab Freitag gehörst du mir!«

Ich drehte mich nicht zu ihm um. Brauchte ich nicht. Ich konnte mir vorstellen, wie sein Triumph ihm ins Gesicht geschrieben stand. Mit flauem Magen und immer noch zitternden Knien, aber erhobenen Hauptes lief ich an seiner Assistentin vorbei, die die letzten Worte gehört haben musste und mich jetzt mit fragendem Blick musterte.

Ab Freitag gehörst du mir!

Seine Worte hallten in mir nach. Auch dann noch, als ich vier Straßenblöcke von seinem Büro entfernt war. Ich gehörte niemandem. Auch mit diesem Heiratsdeal nicht. Ich war ein Mensch, keine Sache. Aber gerade fühlte sich das alles nicht so an. Verdammt noch mal!

13. Caitlyn

Einige Tage später – genau genommen am Freitag – drehte ich mich in meinem kleinen Zuhause im Kreis und packte eine Tasche mit Kleidung, Kosmetikartikeln, meinem Laptop und sonstigen Dingen, die man auf eine vierwöchige Urlaubsreise mitnehmen würde.

Nur leider fuhr ich nicht in den Urlaub, sondern begab mich in eine ungewisse Zukunft. Auf einen Pfad, den ich freiwillig so nie eingeschlagen hätte. Okay, ich ging aus freien Stücken – aber irgendwie auch wieder nicht. War es freiwillig, wenn man keine andere Möglichkeit hatte? Wahrscheinlich eher nicht.

Ich würde in ein Haus und in die Nähe eines Fremden ziehen. Zwei Tage hatte ich mir die Unterlagen immer wieder aufs Neue durchgelesen. Alles war vertraglich festgelegt, auch, wo ich die nächste Zeit verbringen musste: In seinem Haus und, was noch viel schlimmer war, in seinem Bett. Na ja, okay, wenn man genauer darüber nachdachte, sollte ich das eher als Sahne auf der Torte sehen, denn als unmoralisches Beiwerk dieser Vereinbarung. Aber schlimm, nein, schlimm eher nicht. Die Verlobung und die Hochzeit sollten echt sein. Witzig, dass ich neben der echten, gefakten Hochzeit auch gleich die Blanko-Scheidungspapiere unterzeichnen musste. Sobald ich den Deal brach oder eine Vertragsklausel missachtete, konnte er die Scheidung einreichen und das Geld zurückfordern. Den Passus, dass ich in dieser Zeit nicht im Café arbeiten durfte, strich ich durch. Anna kannte einen Studenten, der gerne dort aushalf und sich in meiner Abwesenheit darum kümmern würde.

In wenigen Tagen würden die Geldeintreiber wieder vor meiner Tür stehen. Sie erwarteten eine Zahlung, keine Ausreden, kein Zeitschinden, sondern Bares. Ich war verloren, was sollte ich tun? Die komplett aufgestaute Frustration überkam mich wie ein Tornado.

»Ich verkaufe mich!«, heulte ich ungehemmt. Ich warf mich zu Anna aufs Sofa, die mir seit einer Stunde schweigend beim Packen zusah. Sie nahm mich in die Arme und strich mir beruhigend über den Rücken.

»Nein, Süße, du verkaufst dich nicht, sondern du verteidigst deinen Traum. Dein Café, deine Zukunft.«

»Das ist doch das Gleiche!«

»Du siehst das aus dem falschen Blickwinkel. Andere Frauen würden ihm Geld bieten, um ihn vögeln zu dürfen. Du bekommst es, und er zahlt noch drauf! Er will etwas von dir, und diese Dienste bezahlt er. Das andere ist eine angenehme Zugabe.«

»Angenehme Zugabe?«, wiederholte ich sarkastisch und schniefte in das nächste Taschentuch.

»Mein Gott, Lyn, der Mann ist heiß, richtig heiß, und sieht aus wie ein Sexgott.«

»Er ist arrogant, dominant und nimmt sich, was er will.«

»Ein Mann eben.«

»Anna!«

»Lyn. Zähl mir die Alternativen auf, die du hast.«

»Keine«, gab ich zerknirscht zu.

»Siehst du. Also mach dir das Leben nicht schwerer, als es ist und verabschiede dich von der Meinung, dass er deinen Körper gekauft hat. Das hat er nicht. Er hat deine Gesellschaft und eine Ehefrau erkauft. Verstanden?«

»Du meinst, wenn man die Tatsachen verdreht, hört sich das nicht mehr so schlimm an?«

»Genau richtig erkannt.« Anna strahlte mich mit einem Lächeln im Gesicht an.

Ich konnte nicht anders und musste loskichern. »Sexgott? Ehrlich?«

»Jepp. Und was für ein heißer. Ich hab dir schon im Café gesagt, dass er ein Auge auf dich geworfen hat. Früher oder später wärt ihr eh in der Kiste gelandet. Wetten? Tja, und jetzt bezahlt er eben dafür.«

»Du weißt, dass ich dir nach meiner Unterschrift nichts mehr erzählen darf. Weder von unserer Ehe, noch von ihm oder sonst irgendwas davon.« Ich deutete auf meine Sachen. »Kein Sterbenswort darf ich sagen. Die Verschwiegenheitsklausel ist knallhart. Eigentlich dürftest du noch nicht einmal von dem Deal und selbiger wissen.«

»Ich weiß, Süße. Aber er weiß, dass ich es weiß, und ich werde einen Teufel tun und es ausposaunen. Wir werden uns treffen und zusammen ausgehen. Wir werden weiterhin Freundinnen sein. Was du erzählen darfst, erzählst du mir und was nicht, bleibt bei dir.«

Dankbar sah ich meine beste Freundin an. Sollte es mir schlecht gehen, wusste ich, dass ich bei ihr immer ein offenes Ohr fand. Sie würde mich nicht fallenlassen. Verschwiegenheitsklausel hin oder her, ich musste mit Alexander reden, dass ich Gefühle, Ängste und Freuden mit ihr teilen durfte. Er hatte doch auch enge Freunde, Connor zum Beispiel und seine Familie. Man konnte mir nicht weismachen, dass er mit keinem über unsere Beziehung sprach.

»Außerdem muss ich dir noch etwas gestehen ...« Anna sah mich mit großen dunklen Augen an, in denen das schlechte Gewissen stand.

»Was? Sag nicht, du hast es schon jemandem erzählt!«

»Nein, aber ich werde London verlassen.«

»Was?«, kreischte ich entsetzt. »Nein, das kannst du nicht machen.«

»Ich hab ein Angebot von meinem Chef bekommen, das ich kaum ablehnen kann. Ich soll mit nach New York und dort mit ihm zusammen die neue Geschäftsstelle aufbauen.«

»Oh Mann. Davon hast du immer geträumt.« Tränen rannen mir übers Gesicht, als ich sie zu mir zog und fest umarmte. Ihr Duft nach Himbeershampoo setzte ich mit dem Duft nach Zuhause gleich. Er erdete mich, und jetzt sollte ich auch sie verlieren? Alles Beständige schien auseinanderzubrechen und mich im Chaos versinken zu lassen.

»Wann?«

»Ende November soll es losgehen.«

»Schon so bald?«

»Hey, ich bin nicht aus der Welt.«

»Genau, nur der Atlantische Ozean und ein paar tausend Meilen dazwischen.«

»Dank Handy und Skype ist die Welt viel kleiner geworden. Lyn, ich bin immer für dich da, so, wie du für mich da bist. Ein Flug, und ich bin bei dir.«

Ich drückte meine beste Freundin noch fester und wollte sie gar nicht mehr loslassen. Auch nicht, als es an der Tür klingelte.

»Dein sexy Teufel im Anzug«, nuschelte mir Anna ins Ohr.

»Ist offen«, rief ich zur Tür. Ich vergrub meine Nase in Annas Haaren.

Die Tür öffnete sich, und aus den Augenwinkeln sah ich Alexander in seiner vollen Pracht hereinkommen. Mit einem merkwürdigen Gesichtsausdruck beobachtete er die Szene vor sich. Als ich mich zu ihm umdrehte, wurde seine Miene weicher und sorgenvoll. Meine verheulten Augen waren nicht zu übersehen. Verstohlen wischte ich mir übers Gesicht.

»Alles gut?« Seine tiefe Stimme hallte in dem mittlerweile fast leeren Raum wider. Die Möbel hatte ich einer Nachbarin geschenkt. Außer dem Sofa und der Küche standen nur noch meine zwei Koffer und zwei Kisten herum. Meine ganzen Habseligkeiten passten in diese beiden Gegenstände. Schon armselig.

»Ja.«

So gut, wie es einer Frau gehen konnte, die sich gerade für die Schulden ihres Bruders verkauft hatte.

Alexander deutete auf die Sachen. »Ist das alles?«

»Ja, mehr hab ich nicht.« Ich zuckte mit den Schultern.

Hinter Alex tauchten zwei Männer auf, die etwas verhalten auf die vier Dinge blickten. Ungläubig schauten sie von mir zu Alexander und wieder zurück. Ich prustete los, als ich in die verdatterten Gesichter der Männer blickte. Wahrscheinlich hatte er sie angeheuert, weil er mit wesentlich mehr Umzugssachen gerechnet hatte. Jetzt wirkte das alles vollkommen lächerlich. Die paar Sachen hätten Anna, Alexander und ich auch gemeinsam in den Wagen tragen können.

»Du hättest auch einfach fragen können, bevor du ein Umzugsteam bestellst«, lachte ich. »Das hätten wir auch so geschafft.«

»Normalerweise haben Frauen allein fünf Koffer Schuhe«, murmelte Alexander vor sich hin. »Packen Sie die Sachen in mein Auto. Sorry für das Missverständnis. Schicken Sie mir einfach die Rechnung.«

Die Männer verkrümelten sich mit meinen Habseligkeiten.

»Anna, kannst du mich und Caitlyn für einen Moment allein lassen?«, wandte sich Alexander an meine Freundin. Anna zwinkerte mir zu, als sie den Umzugsmännern ins Treppenhaus folgte.

Mit zwei Schritten war er bei mir.

»Caitlyn, komm her«, raunte er mir zu, wobei ein Lächeln in seiner Stimme mitschwang.

Ich trat einen Schritt zu ihm, und er zog mich in seine Arme. Seine Wärme schloss mich ein und schenkte mir zum ersten Mal seit Tagen Geborgenheit. Fort war der mürrische, überhebliche und dominante Kerl, den er sonst an den Tag legte. Seine Hände umfassten mein Gesicht, und seine Daumen strichen die Reste meiner Tränen weg. Sanft legte er seine Lippen auf meine und küsste mich zärtlich und leidenschaftlich. Dieser Kuss war weit weg von dem, den er mir in seinem Büro gegeben hatte. Ich schmolz dahin und vergaß all die negativen Gedanken, die mir im Kopf herumschwirrten. Gerade hatte ich wirklich das Gefühl, dass er mich wollte und nicht nur den Deal.

»Wir haben heute noch einen Termin.« Seine Baritonstimme und die Bedeutung seiner Worte hallten tief in meinem Inneren. »Und danach bring ich dich nach Hause.«

Nach Hause. Ein Ziehen und Flattern in meinem Magen lenkte mich von dem Abschiedsschmerz ab. Die Haustürschlüssel ließ ich auf der Küchenzeile liegen, so, wie ich es mit dem Vermieter ausgemacht hatte.

Erneut küsste er mich innig, schlang seine Finger in meine und zog mich aus der Wohnung.

14. Alexander

Es beruhigte mich, Caitlyn neben mir im Auto sitzen zu haben. So nah, so verführerisch und bald meine Ehefrau.

Als ich sie weinend in den Armen ihrer Freundin vorgefunden hatte, hatte mir das einen tiefen Stich ins Herz verpasst. Sie war so zerbrechlich, wie ein Schmetterling auf meiner Hand. Ich sollte sie gehen lassen, bevor ich sie zerstören konnte, aber das Monster in mir wollte sie genau da, wo sie gerade saß. An meiner Seite.

Ich fuhr uns direkt zu Harrods und parkte dort. Am Eingang wartete bereits meine gebuchte Shoppingassistentin. Sie würde Caitlyn durch die Boutiquen führen, um das passende Hochzeitskleid sowie eine kleine Garderobe für diverse Anlässe auszuwählen. Nachdem ich gesehen hatte, was sie besaß, war ich froh, diesen Termin in weiser Voraussicht bereits vor Tagen reserviert zu haben. Ich war ein pragmatischer Mensch und hatte im Vorfeld bereits Wünsche geäußert und darauf aufmerksam gemacht, dass sie eher bescheiden war und das Angebot sie eventuell überfordern könnte. Die Dame wirkte kompetent, war mittleren Alters und begrüßte Caitlyn freundlich. Während ich ein paar wichtige Telefonate tätigte, führte sie sie gekonnt durch die riesige Anzahl von Läden. Am Ende traf ich die beiden im hauseigenen Friseurladen wieder, wo mich eine strahlende Shoppingassistentin in Empfang nahm.

»Und? Hat alles geklappt?«, fragte ich sie und suchte mit den Blicken den Raum nach Caitlyn ab.

»Ja, Ihre zukünftige Frau ist wirklich ein Goldstück. Es war, wie Sie gesagt haben. Leider waren die von Ihnen vorgeschlagenen Designer nicht unter den ausgewählten Stücken«, sagte die Dame fast schon entschuldigend, »aber ich kann Ihnen versprechen, Sie hat einen hervorragenden Geschmack. Die Stücke, die Miss Phillips ausgewählt hat, stehen Ihr perfekt. Ich habe noch nie eine Frau kennengelernt, der man die Dinge regelrecht aufschwatzen musste.«

Wahrscheinlich hätte ich mitgehen sollen. Caitlyn war nicht die Sorte Frau, die Kleider kaufte, nur weil diese von bekannten Designern stammten. Leider wurde in der High Society nur darauf geachtet. Ich hätte ihr nicht so viel Spielraum gelassen wie die Assistentin, sondern einfach bestimmt, was gekauft wird.

»Ich habe mir erlaubt, ein paar der Kleider, die ich an ihr besonders toll fand, sie aber nicht dazu bringen konnte, sie zu nehmen, auf die Seite zu legen. Vielleicht wählen Sie selbst noch das eine oder andere passende Stück daraus aus.«

»Gut. Ja, sie ist es nicht gewohnt, umgarnt zu werden.«

»Nein«, lachte die Dame, »überhaupt nicht, aber das machte den Termin heute so spannend, außerdem ist sie einfach ...« Sie suchte nach den richtigen Worten, aber für Caitlyn gab es keinen passenden Ausdruck.

»Sie ist einfach Caitlyn«, vollendete ich den Satz.

»Sie sagen es, Mr Moore.«

»Wo ist sie jetzt?«

»Sie kommt gleich, nur noch einen kleinen Augenblick Geduld.«

Und dann sah ich sie, mit strahlend funkelnden Augen. Ihre Haare waren am Hinterkopf teils zusammengesteckt, und ihre blonde Mähne ergoss sich über ihren Rücken. Perfekt in Szene gezupfte Haarsträhnen umrahmten ihr natürlich geschminktes Gesicht, welches ihre Augen besonders betonte. Sie trug einen eleganten weißen ärmellosen Jumpsuit mit einem tiefen Ausschnitt vorne und freiem Rücken, der mir fast die Sprache verschlug. Es würde mir heute Abend Freude bereiten, ihn ihr auszuziehen. Während sie auf mich zukam, knabberte sie auf ihrer Unterlippe. Auch ich hatte mich in der Herrenabteilung umgezogen, allerdings war mein Anzug bereits vor drei Wochen bestellt und angepasst worden. Dass ich ihn jetzt zu diesem Anlass tragen würde, war ursprünglich so nicht geplant gewesen. Aber gut. Ich beugte mich zu ihr herunter und hauchte ihr einen Kuss auf die Wange.

»Du siehst atemberaubend aus.«

»Gefällt es dir?«, fragte sie. Die Unsicherheit schwang in ihrer Stimme mit.

Als Antwort knurrte ich ihr ins Ohr: »Noch besser würdest du mir nackt gefallen.«

Es war amüsant, zu sehen, wie sie unter meinen Worten errötete.

»Aber etwas fehlt noch«, sagte ich und reichte ihr eine Schatulle.

»Was ist das?«, fragte sie mit großen Augen. Sie wagte kaum, die Schmuckbox anzufassen. Deswegen tat ich es für sie und ließ den Deckel aufspringen. Hervor kamen kleine, zarte Perlenohrringe und die passende Halskette dazu.

»Oh mein Gott! Sind die schön«, hauchte Caitlyn und strich ehrfürchtig über die Schmuckstücke.

»So schön wie du.« Ich entnahm sie und legte ihr die Kette um. Die Ohrringe legte sie selber an. Alles passte perfekt zu ihrer Hochzeitsgarderobe.

Sie verabschiedete sich, und ich zog sie währenddessen bereits zum Ausgang. Ich wollte, nein, ich konnte nicht länger warten. Merkwürdig. Jahrelang hatte ich mich mit Händen und Füßen gesträubt, eine längerfristige Beziehung einzugehen und jetzt konnte ich es nicht abwarten, zu heiraten.

Wir fuhren direkt ins *Kensington and Chelsea Register Office*, wo wir bereits erwartet wurden. Ein Bekannter arbeitete dort als Standesbeamter und würde uns trauen, kurz und schmerzlos. Normalerweise würde das Prozedere zur Genehmigung der Eheschließung länger dauern, aber in meiner Welt brauchte es nur Kleingeld und Überzeugungsarbeit, und schon bekam ich eine Sondergenehmigung.

Am Eingang zum Standesamt wartete eine Überraschung auf Caitlyn: Anna und Connor. Ich wusste, wie wichtig ihr das wäre, dass ihre beste Freundin bei diesem Ereignis anwesend war, und es würde ihr die Nervosität nehmen, die ich schon die ganze Zeit bei ihr wahrnahm. Auch Connor wäre tödlich beleidigt gewesen, wenn ich ihn ausgeschlossen hätte. So standen beide perfekt angezogen am Eingang und warteten auf uns.

»Anna!« Caitlyn wäre ihrer Freundin wohl um den Hals gefallen, hätte ich ihre Hand freigegeben. Tat ich aber nicht. Sie gehörte ab jetzt mir, und ich wollte sie mit niemandem mehr teilen.

Connor klopfte mir unterdessen anerkennend auf die Schulter. »Alter, ich hätte ja nicht gedacht, dass ich das noch erleben darf«, sagte er laut zu mir und fügte leise hinzu: »Glückspilz, vergeig es nicht.«

Nein, das hatte ich nicht vor.

Zügig lief ich mit Caitlyn an der Hand in den gebuchten Raum, wo uns bereits Brian Johnson, der Standesbeamte, erwartete.

Die Prozedur war wie vermutet sachlich und knapp. Kurz zögerte Caitlyn, als ich ihr die Papiere und den Stift reichte. Ihre Finger zitterten, und sie starrte auf das Dokument, als hinge ihr Leben davon ab. Tat es irgendwie ja auch.

Plötzlich überkam mich die Angst, sie könnte einen Rückzieher machen und einfach aus diesem Raum verschwinden. Für immer. Das durfte nicht passieren. Ich legte meine Finger über ihre, brachte sie dazu, mich anzusehen und lächelte ihr ermutigend zu. Wie gerne würde ich ihre Bedenken und die Panik aus ihren Augen wischen. Aber das konnte ich nicht. Stattdessen drückte ich zärtlich ihre Hand und nickte in Richtung des Papiers. Sie wirkte verloren, als sie schließlich unterschrieb. Nach meiner Unterschrift erklärte Brian uns zu Mann und Frau.

Es raschelte, als ich meine Hand in die Jackentasche schob und das kleine Kästchen herausholte. Ich klappte es auf, zog den Ring hervor und hielt ihr die Hand hin. Ich bemerkte die Gänsehaut, die ihr über den

Arm schlich. Sie legte ihre linke Hand in meine und blinzelte mich fassungslos an, als ich ihr unseren Ehering an den Finger steckte. Der Ring war schlicht in Weißgold gehalten und mit einem wunderschön geschliffenen Diamanten in einem zarten Blau besetzt. Der Diamant selbst war in Tränenform gearbeitet, nicht zu ausladend, und betonte ihre schlanken Finger.

»Ich wollte dir eigentlich etwas anderes kaufen, aber als ich den gesehen habe, fand ich ihn absolut perfekt für dich.«

»Der ist perfekt«, hauchte sie. »Aber es ist zu viel. Ich meine, wir ...«

»Du bist eine bezaubernde Frau und verdienst einen ebenso schönen Ehering. Das Blau passt zu deinen Augen, und der Ring zu meinem. Jeder soll wissen, dass diese schöne Frau vergeben ist.«

Ich hielt ihr meine Hand hin und reichte ihr den zweiten Ring. Meinen. Er war schlicht und elegant. Sie schob ihn auf meinen Finger, und es fühlte sich gut an. Richtig.

Ohne Vorwarnung zog ich Caitlyn Moore zu mir und drückte besitzergreifend meine Lippen auf ihre. Sie schmeckte so süß, so köstlich, und ich konnte es kaum erwarten, die Ehe heute noch zu vollziehen.

»Gratulation«, kam es vom Standesbeamten. Die Glückwünsche von Connor und Anna fielen herzlicher aus, aber im Grunde war es mir egal. Ich hatte bekommen, was ich begehrte, und das war Glück genug.

15. Caitlyn

Nach der Trauung hatte Alexander mich nicht eine Sekunde aus den Augen gelassen. Jedes Mal, wenn er mich berührte, lief mir ein Schauer über den Rücken.

Jetzt stand ich inmitten eines fremden Wohnzimmers, mit einem mir fast völlig fremden Mann, meinem Ehemann. Was hatte ich getan? Panik überkam mich. Dieses Gefühl hatte ich schon den ganzen Tag, immer unter der Oberfläche brodelnd, darauf wartend, dass ich meine Fassung, meine Nerven verlor. Ich sollte stark sein und keine Angst vor dem haben, was kommen würde. Mein Ehemann wollte mich, das konnte ich mit jeder Faser meines Körpers spüren, und bei seinen Küssen wurde ich zu Wachs in seinen Händen.

»Willkommen in deinem neuen Zuhause, Caitlyn.«

Neues Zuhause. Alles hier war neu, aber bestimmt war es nicht mein Zuhause.

Zögerlich sah ich mich um. Alexander wohnte in einem dieser aparten, freistehenden Häuser im Bezirk Kensington mit der typischen Backsteinfassade und dem weißen Sockel. Neben dem Eingang lag die offene Küche mit Essbereich und der Lounge mit Blick in den hinteren Garten, der abends durch die Beleuchtung in ein warmes Licht getaucht war. Daneben befanden sich das große Wohnzimmer und ein Zimmer, durch dessen offene Tür ich erahnen konnte, dass es sich um ein Arbeitszimmer handeln musste. Die anderen Etagen hatte Alexander mir noch nicht gezeigt. Alles war sehr modern eingerichtet. Männlich. Es dominierten unterschiedliche Grautöne und Holz. Kurz dachte ich an meine alte Wohnung. Sie war voll mit alten Möbeln gewesen, zusammengestückelt, aber eben auch voller Farben, Kissen, bunter Bilder und Pflanzen. Ein Teil dieser Dinge lagerten jetzt in meinem Café zwischen. Oft war es unordentlich, weil Ordnung zu halten in einer so kleinen Wohnung schwer war. Bei Alexander dagegen war alles absolut akkurat, alles hatte seinen festen Platz.

Alexander trat hinter mich. Seine Präsenz, seine Körperwärme waren so Raum füllend.

»Willst du noch etwas trinken?« Sein Atem streifte meine nackte Schulter, und ein Feuer breitete sich in meinem Unterleib aus. Mir war heiß und kalt zugleich. Er küsste mich zwischen Hals und Schulter, und ein wohliger Schauer lief mir über den Rücken. Seine Hand wanderte zu meinem Bauch, und sein muskulöser Oberkörper presste sich gegen meinen Rücken. Ich konnte spüren, wie sein Herz pochte. Seine Lippen wanderten über meinen Hals und hinterließen eine heiße Spur. Mit einem Ruck drehte er mich zu sich und eroberte meine Lippen. Ich ließ ihn gewähren, öffnete mich und genoss seine stürmische Art.

»Seit du bei Harrods in diesem Teil auf mich zugekommen bist, frage ich mich, wie du darunter aussiehst«, keuchte er in meinen Mund.

Er hob mich auf seine Arme und trug mich die Treppen zwei Etagen höher in das Schlafzimmer. Es war merkwürdig, so getragen zu werden, als wiege man nichts. Sein einnehmender Charakter riss mich völlig vom Hocker, erstickte jeden Widerspruch im Keim.

Wieder auf meinen eigenen Beinen stehend, sah ich mich staunend um. Das Schlafzimmer war ähnlich eingerichtet und farblich abgestimmt wie der Wohnbereich. Dezente Farben, hochwertige Materialien und eine Spur Luxus. Der Geruch seines teuren Aftershaves lag in der Luft.

»Kannst du dir vorstellen, wie sehr ich dich will?« Sein Blick verhakte sich in meinem. Quälend langsam schob er die Träger des Jumpsuits von meinen Schultern. Der seidige Stoff glitt hinunter und entblößte meine nackten Brüste. Durch den Rückenausschnitt war an einen BH nicht zu denken gewesen. Nur die eingearbeiteten Körbchen im Vorderteil hatten bis jetzt alles verdeckt.

Vor Schreck stockte mir der Atem. Ich fühlte mich seinen Blicken so ungeschützt ausgeliefert, fühlte mich so verletzlich wie noch nie. Instinktiv bedeckte ich mich mit dem Arm und erntete prompt ein missbilligendes Knurren.

»Du bist so schön, so perfekt.« Seine Hand umschlang mein Handgelenk und zog es weg auf die Seite. »Versteck dich niemals vor mir. Seit ich dich das erste Mal gesehen habe, drehen sich all meine Gedanken nur um dich.«

Der Jumpsuit blieb einen Augenblick lang an meinen Hüften hängen, bevor er schließlich zu Boden fiel und ich nackt – bis auf den Slip aus weißer Spitze und den High Heels – vor ihm stand.

»Alles an dir ist pure Verführung.« Seine Hände wanderten von meiner Schulter zu meinem Busen. Ich konnte ein Aufkeuchen nicht verhindern. Zärtlich umkreisten seine Finger meine Brustwarzen, und ich fühlte, wie sie unter seiner Berührung hart wurden. Sein Blick war auf mich gerichtet, beobachtete jede meiner Gefühlsregungen. Noch nie hatte mich ein Mann so angesehen, auch Elliot nicht.

Alexander legte seine Jacke ab, warf sie achtlos auf den Boden und knöpfte sein Hemd auf. Er küsste mich und knabberte an meiner Unterlippe, während er sein Hemd zur Jacke warf. Erneut hob er mich hoch, trug mich, an seinen nackten Oberkörper gepresst, zu dem riesigen Kingsize-Bett und legte mich behutsam darauf ab. Er streifte mir die Schuhe von den Füßen und taxierte mich, dass ich mir vorkam wie das Reh, das gleich vom Wolf verschlungen werden würde. Im Nu hatte er sich seiner Schuhe und Hose entledigt und stand nur noch in einer schwarzen Boxershorts vor dem Bett. Ich erhaschte einen Blick auf seine breiten Schultern, den durchtrainierten Körper, und starrte auf seine kräftigen Arme und die hervorstechenden Adern auf seinem Unterarm. Sexgott. Das waren Annas Worte gewesen. Sie kamen der Wahrheit ziemlich nahe.

»Gefällt dir, was du siehst?«, fragte er mich mit einer rauen, lustvollen Stimme, seine Mundwinkel amüsiert nach oben gezogen. Ich war so sehr von der Ausbeulung seiner Boxershorts abgelenkt, dass ich nicht gleich antwortete.

»Fürs Erste nicht schlecht«, kicherte ich nervös.

»Fürs Erste?« Sein Auflachen erfüllte den Raum.

Kaum war er über mir, glitten seine Hände, seine Lippen an meinem Körper entlang und erforschten jeden Zentimeter meiner Haut. Bebend und zitternd lag ich unter ihm. Er erfasste jede Reaktion, jede Empfindung und jeden Schauer, den er hervorrief. Er war zärtlich und liebevoll. Mit jeder Berührung wurde ich ruhiger und entspannter und fing an zu genießen. Seine Küsse wanderten über meinen Busen zu meinem Bauch und noch weiter hinunter. Keuchend und wimmernd griff ich in sein Haar und zog ihn wieder zu mir hoch. Er hatte ein Feuer in meinem Unterleib entfacht, das sich ausbreitete und nach mehr schrie. Ich wollte mehr. Ich wollte ihn plötzlich ganz in mir, nicht den Alexander, der sich zurückhielt, sondern den, der mich ausfüllte. Ich strich ihm über den Rücken, fühlte seine warme, weiche Haut und die harten Muskeln.

»Was willst du, Caitlyn?«, hauchte er mir ins Ohr, während er an meinem Ohrläppchen knabberte.

»Dich«, gab ich zu und bäumte mich ihm entgegen.

Alexander entfernte sich kurz von mir und zog mir den Slip aus. Keine Sekunde später verschmolzen unsere Lippen wieder miteinander. Jetzt gab es keine Barriere mehr zwischen uns, keinen störenden Stoff, nur noch meine Hitze und seine Härte. Seine Hände umschlossen meinen Kopf, zwangen mich, seinen dunklen Blick auszuhalten, als er sich mit einem tiefen, festen Stoß komplett in mich versenkte. Ich stöhnte unter der plötzlichen Dehnung und seiner Größe auf.

»Fuck, du fühlst dich so verdammt gut an.« Er gab mir kurz Zeit, mich an seine Länge zu gewöhnen und sah mich derweil mit einer Vehemenz an, die mir einen weiteren Schauer über den Rücken jagte. Dann zog er sich wieder zurück, um sich erneut in mich zu schieben. Seine Bewegungen waren erst langsam und intensiv, aber bald schon konnte er sich nicht mehr zurückhalten. Seine Stöße wurden schneller, härter und auch etwas schmerzhafter. Allerdings ein wohliger Schmerz, der mit meiner steigenden Lust verschmolz. Neben unserem Aufstöhnen und Keuchen war nur noch das Aufeinanderklatschen der nackten Haut zu hören. In meinem Unterleib baute sich eine Spannung auf. Ich schlang die Beine um seinen Rücken und bewegte meine Hüften im Rhythmus seiner festen Stöße. Ich kippte mein Becken, dass er noch tiefer in mich eindringen konnte.

»Komm für mich, Caitlyn«, brummte er. Als seine Finger meine Klit fanden, er sie rieb, zwickte und neckte, explodierte die aufgestaute Lust in mir und sendete elektrische Stöße in alle Körperregionen. Noch zweimal pumpte er sich in mich, als er seinen Kopf in den Nacken warf und sich mit einem zufriedenen Knurren in mir entlud und meine Enge seinen zuckenden Schwanz umschloss. Zitternd rangen wir nach Luft.

16. Alexander

Fuck, ich war am Arsch.

Aber so richtig, das wurde mir schlagartig bewusst. Vom ersten Moment an, als ich in diese blauen Augen gesehen hatte, wollte ich sie unter mir haben, mit dem Gedanken, dass es mir wahrscheinlich bei ihr genauso ging, wie bei all den anderen Frauen und mein Hunger nach dem ersten Mal gestillt war. Fehlanzeige. Bei ihr war im Umkehrschluss passiert, dass ich mich gleich wieder und wieder in sie versenken wollte. Meine Gier, sie überall zu markieren, zu meinem Besitz zu machen, sie zu schmecken und ihr süßes Wimmern zu hören, wenn sie kam, wurde unersättlich. Sie machte mich süchtig.

Ich legte mich neben die Frau, die ich erst vor ein paar Stunden geheiratet hatte. Sanft strich ich ihr die verschwitzte Haarsträhne aus dem Gesicht und legte meine Hand besitzergreifend auf ihren Bauch. Sie sah mich mit müden Augen an, und ein zufriedenes Lächeln umspielte ihre Lippen. Sie hatte heute nicht viel gelacht. Ihre sonstige Unbekümmertheit war im Stress der letzten Tage und der Hochzeit verloren gegangen. Eigentlich sollte es mir egal sein. Ich war nicht die Art Mann, der auf den Komfort einer Frau achtete und sich viele Gedanken darum machte, aber bei Caitlyn war es mir aus unerklärlichen Gründen wichtig. Sie sollte sich hier bei mir wohlfühlen. Sie sollte die vier Wände, in denen sie jetzt leben würde, als ihr neues Zuhause ansehen. Und wenn es nur für ein Jahr war.

Ich griff nach ihrer Hand und zog sie zu mir, schlang meine Arme um sie und presste meine Vorderseite an ihren Rücken. Der Duft ihres blumig leichten Parfüms stieg mir in die Nase, und mein Schwanz erwachte erneut zum Leben. Ich rieb mein Becken an ihrem nackten, knackigen Po und vergrub meine Nase in ihrem Haar. Die Hochsteckfrisur hatte sich mittlerweile aufgelöst, und ihr standen die Haare wild vom Kopf ab, was ihr ein niedliches Aussehen verlieh. Alles an ihr war natürlich, nichts puppenhaft oder künstlich. Einfach zum Vernaschen.

»Das war ...«, flüsterte sie immer noch etwas atemlos, »... unglaublich, aber ich glaub nicht ...«

»Und ob«, unterbrach ich sie, »das war erst der Anfang. Ich werde dich so oft vögeln, bis du an nichts anderes mehr denken kannst, als an meinen harten Schwanz in deiner süßen feuchten Pussy.« Ich legte meine Hand auf eine ihrer Brüste. Sie hatte genau die richtige Größe und passte perfekt in meine Handflächen. Ich rieb mit dem Daumen über ihre Warze, neckte sie, bis sie sich hart aufrichtete. Sie stöhnte unter meiner Liebkosung.

Ich drehte sie auf den Bauch, hob ihr Gesäß an und drang erneut von hinten in sie ein. Sie stöhnte unter mir auf und ich biss ihr vorsichtig in den Nacken und die Schulter.

»Alexander ...«, hauchte sie meinen Namen.

Es war verdammt geil. Langsam bewegte ich mich in ihr, zog mich wieder aus ihr heraus, um noch härter in sie einzudringen. Ich wickelte ihr seidiges Haar um meine Faust, und zwang sie, den Rücken durchzudrücken. Das Kippen ihres Beckens ermöglichte mir, noch tiefer und fester in sie zu stoßen. Ihr Wimmern und Stöhnen war Musik in meinen Ohren. Ich konnte spüren, wie sich in ihr der nächste Höhepunkt aufbaute. Ihre Pussy zog sich um meinen Schaft, und ich musste mich zügeln. Meine Hand wanderte zu ihrer Perle, rieb an ihr, ohne meine Stöße zu verringern.

»Komm mit mir«, schnaufte ich. Kaum hatte ich die Worte ausgesprochen, überrollte mich der Orgasmus während ihre Enge mich melkte. Erschöpft sackte ich auf ihr zusammen und vergrub ihren verschwitzten Körper unter mir.

Am nächsten Morgen erwachte ich und fühlte mich ausgeruht wie noch nie, obwohl wir nur ein paar Stunden Schlaf gefunden hatten. Neben mir lag meine Schönheit und schlief tief und fest. Mein Hunger nach ihr hatte ihr heute Nacht viel abverlangt, und ich ließ sie schlafen, auch wenn ich sie liebend gerne mit meinem Schwanz in ihr geweckt hätte. Ich war nicht nur im wahren Leben ein dominanter Bastard, sondern auch im Bett. Nicht jede Frau konnte damit umgehen, aber Caitlyn war mein perfektes Gegenstück. Normalerweise konnte ich meine raue Art, Sex zu haben, nur bei meinen Escort-Frauen ausleben. Dass ich auch mit ihnen keine wahrhafte Erlösung und Erfüllung gefunden hatte, war mir erst jetzt bewusst geworden ... erst, seit ich Caitlyn hatte kosten dürfen. Wer hätte gedacht, dass meine unschuldig wirkende Ehefrau meine Bedürfnisse im Bett vollständig erfüllte, nein, sogar absolut übertraf? Das Knistern zwischen uns entlud sich wie eine Naturgewalt. So schnell würde ich sie nicht gehen lassen können.

Ich streifte mir eine Boxershorts, Jogginghose und ein T-Shirt über und ging hinunter ins Esszimmer. Mein Siebträger war, dank der Zeitschaltuhr, bereits heiß gelaufen, und ich ließ mir meinen ersten doppelten Espresso ein. Der Geruch des starken Kaffees erfüllte den Raum und weckte meine Lebensgeister. Mit der Tasse in der einen und dem Laptop in der anderen Hand schlenderte ich zur Terrasse und ließ mich auf der Lounge draußen nieder. Für Anfang Oktober war das Wetter noch recht warm und angenehm. Ich nippte an meinem Espresso und las die Nachrichten, konnte mich aber nicht konzentrieren. Immer wieder wanderten meine Gedanken zu der Frau, die zwei Stockwerke über mir in meinem Bett schlief. Sie war die erste, die ich mit hierher gebracht hatte und die ich nicht sofort am nächsten Morgen wieder verbannen wollte. Üblicherweise traf ich mich mit meinen One-Night-Stands in Hotels, wo ich schnell wieder verschwinden konnte. Bei den Escorts war das alles unkompliziert und von vornherein geregelt. Chloé war ein paarmal hier gewesen, aber der Sex war unterirdisch und die Frau nicht zu ertragen. Meistens hatte ich mich zur Arbeit verkrümelt, bevor sie überhaupt aufwachen konnte.

Aus dem Augenwinkel sah ich, wie Caitlyn frisch geduscht, mit noch nassen Haaren in die Küche kam. Sie hatte sich eines meiner Hemden übergezogen und kam unsicher zu mir auf die Terrasse.

»Morgen. Gut geschlafen?« Ich schenkte ihr ein aufrichtiges Lächeln und musste mich zügeln, nicht sofort wieder über sie herzufallen.

»Ja, danke und du?«

»Bestens.«

»Ich habe mir ein Hemd von dir ausgeliehen. Ich hoffe, das geht in Ordnung, aber ich finde nichts von meinen Sachen und wollte nicht unhöflich sein und danach suchen. Weißt du, wo sie meinen dunklen Koffer hingestellt haben?« Verlegen biss sie sich auf die Unterlippe.

Ich stand auf und verringerte den Abstand zwischen uns. »Deine Sachen sind noch in meinem Auto. Ich kümmere mich gleich darum, solange genieße ich deinen Anblick ...«

Ihre Augen wurden immer größer, je näher ich ihr kam. Ich machte mir nicht die Mühe, mein Verlangen vor ihr zu verbergen. Sie wich vor mir zurück, bis der Esstisch ihr den Weg versperrte. Ich platzierte meine Hände rechts und links von ihr auf der Tischplatte und beugte mich zu ihr herunter.

»... in meinem Hemd. Noch besser hast du mir gestern Nacht gefallen. Nackt. Verschwitzt.« Mein Atem streifte ihre Wangen, und es war belustigend, zu sehen, wie sie errötete. Sie legte ihre Hand auf meine Brust und sah mich bittend an.

»Kann ich auch erst einen Kaffee bekommen, bevor du ... keine Ahnung ... wie kann man so unersättlich sein?«

»Nein, du bist einfach unwiderstehlich.« Mit einem Grinsen im Gesicht wandte ich mich von ihr ab und lief zur Kaffeemaschine. »Wie willst du ihn?«

»Kann ich einen Cappuccino bekommen?«

»Was du möchtest.« Ich bereitete ihr das Gewünschte zu und reichte es ihr. »Frühstück?«

»Gerne.«

Ich öffnete den Kühlschrank und reichte ihr die hergerichtete Platte mit Aufschnitt und Käse. Meine Haushälterin hatte meine Küche und den Kühlschrank gut bestückt. Fragend nahm Caitlyn den Teller entgegen. Ich deutete auf den Esstisch. Zusammen deckten wir ihn ein. Wir hätten auch auswärts essen können, aber ich hatte nicht vor, das Haus heute zu verlassen.

Morgen mussten wir zu meinen Eltern, und bis dahin wollte ich so viel wie möglich von Caitlyn genießen und zwar allein. Das Aufeinandertreffen mit ihr und meiner Mutter würde aufreibend genug werden.

17. Caitlyn

»Was?«, schrillte die Stimme von Alexanders Mutter durch den Saal.

Schon beim Hereinkommen hatte sie mich mit einem überheblichen, bösartigen Ausdruck im Gesicht bedacht. Aber der Blick, den sie mir gerade zuwarf, war tödlich, triefend vor Feindseligkeit und Abneigung. Seine Mutter hasste mich, und die Wut, die sie mir entgegenschleuderte, ließ mich erzittern. Am liebsten hätte ich mich umgedreht und wäre erhobenen Hauptes aus diesem wunderschönen, aber von furchtbaren Menschen bewohnten Haus stolziert. Doch die Hand in meinem Rücken verhinderte dies. Alexander ließ es nicht zu. Er hatte mir bereits auf der Fahrt mitgeteilt, dass seine Eltern nicht begeistert sein würden und ich mit Gegenwind rechnen müsste. Gegenwind? Das hier war kein einfacher Gegenwind, sondern ein ausgewachsener Orkan.

»Wir haben am Freitag geheiratet«, wiederholte Alexander mit einer Gelassenheit, die ich bewunderte.

Sein Vater verzog kurz die Miene und schwieg, aber seine Mutter flippte vollkommen aus.

»Wie konntest du nur?«, schrie sie und griff sich theatralisch ans Herz. Bei diesem Wutausbruch versteifte ich mich automatisch.

»Das waren doch eure Bedingungen. Ich sollte bis Ende des Jahres heiraten. Warum regst du dich so auf?«

»Weil du nicht irgendeine daher gelaufene Sch... «

Zwar sprach sie das besagte Wort nicht zu Ende, dennoch war klar, was sie meinte. Mir wurde eiskalt, und ich versuchte, meine zitternden Hände zu verstecken.

Eine Schlampe. Eine Hure. Das war ich in ihren Augen.

»Pass auf, was du sagst Mutter! Du sprichst hier von meiner rechtmäßig angetrauten Ehefrau«, knurrte Alexander. Die Fassade seiner Ruhe bekam langsam Risse.

»Eliza! Alexander!«, ertönte nun die Stimme von Alexanders Vater durch den Raum und ließ mich zusammenzucken. »Können wir uns setzen und in Ruhe darüber sprechen?«

»Ich werde mich nicht setzen, und ich werde dieser Farce von einer Ehe nicht zustimmen!«, sagte seine Mutter bissig. Es fehlte nur noch, dass sie mit den Füßen aufstampfte. Wenn die Situation nicht so beängstigend gewesen wäre, hätte ich vielleicht darüber gelacht.

»Du musst dem nicht zustimmen. Ich bin dreiunddreißig Jahre alt und kein Kind mehr.«

»Dann benimm dich nicht wie eines!«, entgegnete Eliza kaltschnäuzig. »Wir werden morgen mit den Anwälten sprechen und das Ganze annullieren lassen.«

»Mutter!«, wurde nun auch Alexander lauter. »Caitlyn und ich sind verheiratet und bleiben es. Finde dich damit ab oder lass es.«

Eine ältere Dame huschte ins Zimmer und legte noch ein Gedeck auf. Meins vermutlich. Dann holte sie eine Kanne Kaffee und Gebäck. Jacob, Alexanders Vater, setzte sich an den Tisch und ließ sich seelenruhig einschenken. Die Haushälterin sah scheu zu mir und versuchte mich aufmunternd anzulächeln, wurde aber sofort von Eliza mit einem Blick abgestraft, der es in sich hatte. Alexander führte mich nun auch zu Tisch, hielt mir den Stuhl hin und ließ sich dann seufzend neben mir nieder. Der Kaffee duftete herrlich, aber ich war mir sicher, keinen Schluck und keinen Bissen hinunterzubekommen.

Die Stimmung im Raum war eisig. Als Eliza sich neben ihren Mann setzte, wurde es noch ein paar Grad kälter. Nervös wischte ich meine feuchten Hände an meiner Stoffhose ab. Stoffhose und Seidenbluse, zwei von den Kleidungsstücken, die jetzt mit den anderen neuen Sachen im begehbaren Kleiderschrank, gegenüber von Alexanders Seite, hingen. Mir wären meine Jeans und eine meiner Blusen lieber gewesen. Im Moment fühlte ich mich verkleidet und verletzlicher denn je. Das war nicht ich, Lyn Philipps. Das war eine andere Frau. Die Frau von Alexander Moore. Caitlyn Moore.

Ich nippte an meiner Tasse Kaffee. Er schmeckte bitter auf meiner Zunge. Jedoch getraute ich mich nicht, nach Zucker oder Milch zu fragen. Die frostige Stille war schon so kaum auszuhalten. Ich wollte nicht noch mehr Öl ins Feuer gießen und die Aufmerksamkeit auf mich lenken. Alexander sprach mit seinem Vater über ein paar geschäftliche Angelegenheiten, während ich von seiner Mutter missbilligend gemustert wurde. Die Zeit nahm der Stimmung ein wenig an Schärfe.

»Alexander, können wir kurz unter vier Augen sprechen?« Sein Vater erhob sich und machte eine einladende Bewegung in Richtung Tür.

»Vater!«, protestierte Alexander.

»Bitte!«

»Es dauert nicht lange. Versprochen!« Alexander erhob sich und küsste mich auf den Scheitel. Kurz wunderte ich mich über diese Geste. Ich wusste nicht, was ich sagen sollte. Am liebsten hätte ich ihn angefleht, mich mit dieser Furie nicht alleine zu lassen – fand es dann aber kindisch. Was sollte passieren, außer ein paar bissigen Bemerkungen?

»Mutter!«, ermahnte er sie mit einem kurzen Blick auf mich. Ich schluckte schwer.

»Alexander, ich werde sie in einem Stück lassen. Keine Sorge.«

Ich wollte ebenfalls aufspringen und aus dem Raum fliehen. Der Gedanke, mit dieser Frau auch nur eine Sekunde alleine zu sein, verursachte mir Kopfschmerzen und Herzrasen.

Alexander verließ mit seinem Vater den Salon. Kaum hatte sich die Tür hinter ihnen geschlossen, veränderte sich der Gesichtsausdruck seiner Mutter. Die aufgesetzte ausdruckslose Maske wich einem angewiderten Ausdruck, der kaum in Worte zu fassen war. Ich wappnete mich innerlich und wich ihrem Blick aus. Unruhig knetete ich meine Hände in meinem Schoß und wartete darauf, dass sie ihre Krallen ausfuhr.

»So, Sie haben also geheiratet«, fing sie mit eiskalter Stimme an. »Schauen Sie sich um. Das alles hier ist schon sehr lange in Familienbesitz, seit Generationen. In unserer Familie heiratet der Erstgeborene immer – und ich meine immer – standesgemäß in eine Familie des gleichen oder eines höheren Standes ein.« Eliza stand auf und wanderte vor mir auf und ab. Keine Sekunde ließ sie mich aus den Augen, als hätte sie Angst, ich könnte das Silberbesteck vom Kaffeegedeck einstecken.

»Egal was mein Sohn sagt, wir werden dieser Ehe nie zustimmen, geschweige denn sie akzeptieren. Sie werden niemals Teil dieser Familie.«

Ich schluckte und wagte einen kurzen Blick nach oben. Arrogant und wütend starrte sie mich an. Klar hatte ich damit gerechnet, dass seine Eltern nicht begeistert wären, vor vollendete Tatsachen gestellt zu werden. Aber mit so viel Abneigung hatte ich nicht gerechnet. Unverständnis ja. Wut auch. Aber dieser blanke Hass?

»In unserer Familie und an Alexanders Seite gibt es keinen Platz für Sie, eine ...«, sie suchte kurz nach passenden Worten und schleuderte sie mir dann voller Ekel ins Gesicht, »... geldgierige, dahergelaufene Schlampe.«

Ich keuchte kurz auf.

»Seien Sie versichert, Sie bekommen keinen Cent von diesem Vermögen. Ich werde alles in die Wege leiten, damit Alexander sich wieder von Ihnen scheiden lässt, bevor Sie unseren Ruf auch nur im Geringsten beschmutzen können. Er hat etwas Besseres verdient. Jemand Niveauvolleren, Gebildeteren und keine dumme Kaffeeausschenkerin.«

»Barista!« Ich hatte meine Sprache wiedergefunden und war nicht länger gewillt, mir diesen Unsinn anzuhören.

»Wie?«, fauchte sie mich an.

»Barista«, wiederholte ich ruhig. Innerlich zitterte ich vor Scham und Wut. Sie hatte keine Ahnung von mir, meiner Vergangenheit, meinem Leben. Und noch weniger hatte sie das Recht, über mich zu urteilen.

»Wollen Sie mich jetzt auch noch belehren?«, zischte sie mir entgegen.

»Nein, aber das Wort lautet eben Barista. Außerdem bin ich die Geschäftsführerin dieses Cafés und keine kleine Angestellte.« Ich straffte meine Schultern und sah sie kampfbereit an.

»Sie sind ein Nichts«, zeterte sie weiter, »wer weiß, mit welchem Trick Sie ihn dazu gebracht haben, Sie zu heiraten.«

»Es war seine Idee«, konterte ich unterkühlt. Langsam wurde mir das hier zu bunt. Ich musste mich nicht niedermachen und beschimpfen lassen.

»Wenn Ihre Eltern auch nur einen Funken Ehre hätten, dann würden ...«

»Meine Eltern sind tot«, erwiderte ich mit Tränen in den Augen. »Sie können gerne mich angreifen, aber wagen Sie es ja nicht, schlecht über meine Eltern zu sprechen.«

Meine Eltern waren liebevolle, ehrbare Menschen gewesen, die ihr Leben wegen eines besoffenen Jünglings des Landadels verloren hatten. Keiner hatte das Recht, sie in den Dreck zu ziehen. Ich vermisste sie jeden Tag, und der Schmerz ihres Verlustes war – auch nach all den Jahren – nicht kleiner geworden. Eliza konnte mich nennen, wie es ihr beliebte, aber keiner sprach ein schlechtes Wort über meine Eltern.

Ich stand auf und atmete innerlich kurz ein. Langsam schritt ich zur Tür und ging hinaus in den Flur.

»Wo wollen Sie hin?« Eliza folgte mir.

Sie weiter ignorierend, lief ich den Gang entlang Richtung Eingangshalle. Von dort fand ich die Tür und lief ins Freie. Kaum dass mir die frische Luft entgegenströmte, atmete ich tief ein und schloss für einen Moment die Augen. Ich wischte mir die Tränen weg und setzte einen Fuß vor den anderen.

»Miss Caitlyn«, ertönte die Stimme eines älteren Mannes. Er hatte uns hereingelassen. Edward hieß er, glaubte ich. Ich drehte mich zu ihm um, und das erste Mal, seit ich dieses Haus betreten hatte, begegnete mir jemand freundlich. »Warten Sie, ich hole Mister Alexander.«

»Nicht nötig. Vielen Dank. Ich werde einfach schon mal loslaufen. Er wird mich schon irgendwann einholen.«

Ungläubig sah er mich an. Aber in seinen Augen war ein Aufblitzen zu sehen, und das verräterische Zucken seiner Mundwinkel gab mir Recht. In diesem Hause ging man zum Lachen in den Keller – den tiefsten, den es überhaupt gab.

Der Kies unter meinen Füßen knirschte bei jedem Schritt und gab mir das Gefühl, geerdet zu sein. Mittlerweile war ich nicht nur bestürzt, sondern wütend. Alexander kannte seine Mutter. Trotzdem hatte er mich in die Höhle des Löwen geworfen und dort alleine gelassen. Ohne Vorwarnung.

Frustriert und verärgert lief ich immer weiter. Ich hörte das Auto, noch bevor es neben mir zum Stehen kam. Kies spritzte nach allen Seiten. Alexander ließ die Scheibe herunter und sah mich finster an. »Steig ein.«

Ich umrundete das Fahrzeug und kam seiner Aufforderung schweigend nach.

Die ganze Fahrt nach London über herrschte Stille – eine spannungsgeladene, bedrückende Stille. Alexander kochte sichtlich vor Wut. Seine Kiefermuskeln mahlten, und er umklammerte das Lenkrad so fest, dass die Knöchel weiß hervorstachen. Mir war nur nicht klar, ob er meinetwegen wütend war oder wegen seiner Mutter. Mittlerweile war es mir aber auch egal.

Kaum hatte er seinen Sportwagen vor dem Haus abgestellt, war er aus dem Wagen Richtung Eingang gestürmt. Ich war zwar ebenfalls ausgestiegen, blieb aber auf der Straße am Auto stehen. Gefrustet starrte ich auf den breiten Rücken meines Ehemanns und fragte mich, was ich hier tat. Dieses Haus, das Anwesen seiner Eltern, seine Machtposition in der Geschäftswelt, all das zeigte mir, dass wir aus zwei verschiedenen Welten kamen. Wir hatten nicht aus Liebe geheiratet. Abgesehen von unserer sexuellen Anziehung gab es zwischen uns keine Gemeinsamkeiten. Diese Ehe bestand nur auf dem Papier, weil ich Geld und er eine Ehefrau, aus welchen Gründen auch immer, brauchte. Aber war es das wert? Die Schulden meines Bruders war ich mittlerweile los. Alexander hatte Ivan Petrow das Geld in meinem Namen zukommen lassen, und die unterzeichnete Quittung lag jetzt in seinem Safe. Ich war ihm dankbar. War froh, dass ich diesen gruseligen russischen Bullen nie wieder sehen musste, aber der Preis dafür war hoch. Eventuell zu hoch.

Alexander hatte wohl gemerkt, dass ich ihm nicht gefolgt war und drehte sich um. Er starrte zu mir und strich sich die eine dunkle Strähne, die so widerspenstig war, aus der Stirn. Ich mochte dieses aufsässige Ding, vielleicht sollte ich mir ein Beispiel an ihr nehmen ...

»Kommst du, oder willst du dort Wurzeln schlagen?« Seine Stimme donnerte zu mir und klang wirklich verärgert. »Caitlyn!«

Lyn. Verdammt noch mal. Einfach nur Lyn. Ich verdrehte die Augen und schlenderte absichtlich langsam auf ihn zu. Ungeduldig hielt er mir die Tür auf, und ich ging an ihm vorbei ins Haus. Kaum hatte er die Tür hinter uns geschlossen, nagelte er mich an der Wand fest.

»Mach das nie wieder!« Mit düsterem Blick sah er mich an. Sein warmer Körper presste sich an meinen. Sein Gesicht war nur Zentimeter von meinem entfernt. Dieser Mann war selbst wütend verdammt anziehend und sexy.

»Was?«, fragte ich unschuldig und sah ihm aufmüpfig in die Augen.

»Einfach abhauen!«

»Wäre es dir lieber gewesen, ich hätte deine Mutter mit der Kuchengabel erstochen?«

Seine Mundwinkel zucken verräterisch.

»Mit der Kuchengabel ...«

»Wahlweise wäre noch der Löffel möglich gewesen.« Ich sah ihn herausfordernd an. »Von mir aus kann deine Mutter mich beleidigen und als geldgierige, dahergelaufene Schlampe bezeichnen.«

Ich machte eine kurze Pause, um die Worte bei ihm sacken zu lassen.

»Damit hätte sie ja vielleicht nicht so unrecht. Aber keiner, absolut keiner, wagt es, meine Eltern zu beleidigen und schlecht über sie zu reden. Glaub mir, da werde ich zur Furie.«

»Zur Furie ...« Nun erschien ein klitzekleines Lächeln auf seinem Gesicht.

»Ja, zur Furie.«

Alexander griff in meinen Nacken und zog mich zu sich. Seine Lippen prallten auf meine, und sein Kuss war aggressiv und leidenschaftlich. Diese explosive Mischung aus Wut und Enttäuschung entluden wir beide in diesem Kuss.

»Geldgierigen, dahergelaufenen Schlampe«, rang er nach Atem, als er sich wieder von mir löste. Seine dunklen Augen taxierten mich anklagend.

»Ihre Worte, nicht meine«, klärte ich ihn auf. Wobei mich diese Worte nicht so verletzten, wie die über meine Eltern. Im Grunde war Eliza nicht so weit weg von der Wahrheit, daran gab es nichts schönzureden.

»Du hättest vielleicht jemanden aus deinem Stand ehelichen und mir nur einen Privatkredit gewähren sollen.«

Für einen kurzen Moment fochten wir ein Blickduell aus.

»Ich habe dich gewählt, keine andere.«

»Warum mich?«

»Weil ich dich wollte. Nur dich. Punkt.« Da war er wieder, dieser tonangebende arrogante Mann. Aber irgendwie taten seine Worte gut, beruhigten meine zwiegespaltene Seele.

Seine warme Hand umschloss meine, und wir liefen gemeinsam die Treppen hoch. »Und jetzt kannst du deinen ehelichen Pflichten nachkommen.«

Innerlich musste ich grinsen. Dieser Mann war einfach unmöglich, aber der Sex mit ihm himmlisch-teuflisch.

18. Caitlyn

Müde schloss ich das *Moccachino* ab, um zu Alexanders Haus zu fahren, wo ich mich auf ein heißes Bad freute. Vorher wollte ich aber noch T. und Harry ihren Kaffee und etwas zum Essen zu bringen. Das Herbstwetter schlug langsam in Winter um, und ich wollte mir nicht ausmalen, wie es sein musste, auf der Straße zu leben.

Ich fand die beiden in einer Seitengasse neben dem Café. Harry sah nicht gut aus und er hustete stark. T. sah zu mir. Ein Grinsen huschte über ihr Gesicht, als sie die beiden Becher in meinen Händen sah. Ich reichte ihr den mit dem Smiley und Harry seinen. Danach griff ich in meine Tasche und zog die beiden – extragroßen – belegten Baguettes hervor. Eigentlich bräuchten die zwei eine warme Mahlzeit und nicht so etwas.

»Ihm geht es nicht gut«, sagte ich leise zu T. und deutete zu Harry. »Seit wann hustet er so stark?«

»Seit ein paar Tagen. Er hat sich den in einem zugigen Eingang geholt«, nuschelte sie.

Der obligatorische Zahnstocher wechselte dabei von einem Mundwinkel zum anderen. Harry nippte an seinem Kaffee und hustete erneut.

»Gibt es keine Anlaufstelle, wo ihr hinkönnt? Wo ihr etwas Warmes zum Essen bekommt und medizinisch versorgt werdet?«

»Ja, aber da will er nicht hin.«

»Und wenn du ihn zwingst?«

T. lachte schallend und spöttisch auf.

Okay, das war wohl keine so gute Idee gewesen. Harry war eigenbrötlerisch und würde sich wohl zu nichts drängen lassen.

»Gut, ich hab mich falsch ausgedrückt. Nicht zwingen, eher überreden.«

»Ich schau, was ich machen kann«, sagte T. ein wenig geknickt. Plötzlich klingelte mein Handy in meiner Tasche. Ich zog es hervor. Alexander. Ich drückte ihn weg, weil ich mir sowieso gleich ein Cab rufen würde, und dann könnte ich ihn in Ruhe zurückrufen.

»Solltest lieber rangehen«, meinte T., als es erneut anfing zu klingeln. Ich nickte und nahm das Telefonat an.

»Alexander?«, fragte ich.

»Caitlyn, wo bist du?«, fragte er mit tiefer, rauchiger Stimme und einem Unterton, aus dem Unmut klang.

»Hab gerade das Café abgeschlossen und will mir ein Cab rufen.«

»Ich stehe am Café und ... hier bist du jedenfalls nicht«, erklang es streng.

»Ja, ich hab noch jemandem etwas gebracht. Bin etwa eine Straßenecke entfernt. Ich komm gleich.«

»Wo?«

T. zog ihre Augenbraue hoch und sah mich neugierig an.

»Schick mir deinen Standort«, forderte Alexander mich auf.

»Ich komm zum Café zurück. Warte kurz. Ich bin gleich da.«

»Schick mir den verdammten Standort, Caitlyn!« Seine Stimme war nur noch ein tiefes Grollen.

Etwas stimmte nicht. Er war verärgert, aber wieso? Ohne zu überlegen, schickte ich meinen Standort und griff noch einmal in meine Tasche. Ich holte den Geldbeutel heraus und entnahm ihm zwanzig Pfund.

»Kauf ihm etwas gegen den Husten, und wenn du was brauchst, dann weißt du, wo du mich findest.«

Ich blieb neben T. stehen und sah zu, wie sie genüsslich ihr Baguette aß und ihren Kaffee trank. Harry hatte sich ein wenig von uns entfernt.

»Dein Typ scheint angepisst zu sein.«

»Mein Mann, ja, das kommt vor.« Ich versuchte ein Lächeln, aber irgendwie gelang es mir nicht so überzeugend, denn T.'s Miene verzog sich abfällig.

»Ich meinte, so richtig angepisst.« Sie sah an mir vorbei.

Ich drehte meinen Kopf in die Richtung, in die sie sah.

»Falls das dein Mann ist.«

Ja, das war Alexander, mein Mann, wie er leibte und lebte. In seinem teuren Anzug stand er an der Straßenecke und sah finster zu uns herüber, während er sich langsam auf uns zubewegte.

»Ich muss los«, sagte ich schnell und lief ihm entgegen. Ich hatte keine Lust, dass er vor den beiden einen blöden Kommentar abgab. Kaum dass ich nahe genug bei ihm war, krallte er sich meinen Oberarm und zog mich an seine Brust. Kurz keuchte ich erstaunt auf. Seine Augen sprühten Funken und waren zu Schlitzen verengt.

»Bist du von allen guten Geistern verlassen?«, fragte er wütend.

»Alexander, du tust mir weh!«

Sofort ließ er meinen Oberarm los und legte eine Hand an meine Wange. »Was glaubst du, was du hier tust?«

»Wieso? Ich kenne T. und Harry schon eine Weile.«

»Von denen rede ich noch gar nicht, aber diese Gegend hier ist für dich nicht sicher.«

»Nicht sicher? Durch diese Gegend bin ich noch vor ein paar Wochen täglich gelaufen, um nach Hause zu kommen, und es ist nie etwas passiert.«

»Es wimmelt hier nur so von Abschaum und Gesindel.«

»Alexander. Mir passiert hier nichts«, redete ich auf ihn ein. Er umschloss meinen Oberarm und zog mich enger an sich.

»Hör einfach auf mich und meide diese Ecke.«

»Aber das geht nicht«, protestierte ich leise. »Ich bringe den beiden hin und wieder etwas zum Essen und einen warmen Kaffee. Oft ist es das Einzige zum Essen, das sie bekommen.«

»Wir spenden Geld an Obdachlosenheime, plaudern aber nicht so offen auf der Straße mit ihnen.«

»Nun, ich spende kein Geld, aber einen warmen Kaffee. Was ist schon dabei?«

»Dein großzügiges Herz in Ehren, aber ich möchte meine Frau nicht in dieser Gegend wissen. Wenn dir etwas zustoßen würde, dann ... verstanden?«

Seine Miene war ernst und sorgenvoll. Konnte es wirklich sein, dass er sich Gedanken darüber machte, ob mir etwas passieren könnte oder nicht?

»Außerdem ... was glaubst du, was passiert, wenn dich hier jemand sieht?«

»Was soll passieren?«

»Es ziemt sich nicht als meine Frau«, gab er salopp zur Antwort. »Das wäre ein gefundenes Fressen für meine Mutter.«

»Aber ...« Mit dieser Erwiderung hatte ich nicht gerechnet und wusste nichts Passendes dagegenzuhalten.

Alexander beugte sich zu mir herunter. Sein Atem streifte mein Ohr. »Ich hab mir Sorgen gemacht«, brummte er mir etwas besänftigter ins Ohr. Dann presste er seine Lippen mit einem Knurren auf meine und küsste mich roh und leidenschaftlich. Als er sich wieder von mir löste, vermisste ich sofort die Berührung seiner Lippen. Seinen Zorn hingegen vermisste ich nicht.

»Ich habe für einen kurzen Moment geglaubt, dass dir etwas passiert wäre, als du nicht im Café warst.«

»Aber wieso? Wir waren doch gar nicht verabredet, und ich fahre doch immer mit dem Cab heim.«

»Ich hab dir eine Nachricht geschickt, dass ich dich abholen komme. Als du nicht geantwortet hast, bin ich etwas früher hergefahren, um dich nicht zu verpassen. Aber du warst nicht da.«

»Sorry, aber die Nachricht hab ich dann nicht mehr gelesen, weil ich noch alles saubergemacht habe und dann noch die Sachen zu ihnen bringen wollte.«

»Ich will nicht, dass du dich mit diesen Leuten abgibst und schon gar nicht in diesen dunklen Ecken. Du weißt nie, was passieren könnte.«

»Das sind nur zwei Gestrandete. Harmlos, heimatlos. Ich hab ihnen schon öfter Kaffee und Essen gebracht.«

»Öfter?«

»Ja, schon bevor du in mein Leben getreten bist. Also beruhig dich.«

»Ich will das trotzdem nicht. Ich kann mir derzeit keinen Klatsch leisten, schon gar nicht die Frage, was meine Frau mit zwei Pennern zu schaffen hat.«

Das verschlug mir die Sprache, aber er schien auch nicht zu erwarten, dass ich daraufhin etwas sagen würde, denn er zog mich einfach mit sich – zurück zum *Moccachino*, wo sein McLaren vor der Tür stand.

»Warum holst du mich ab?«, fragte ich nun auch ein wenig eingeschnappt.

»Wir sind bei Connor zum Essen eingeladen.«

»Aha. Na dann …«

Mir war mittlerweile der Appetit vergangen. Man spendete großzügige Beträge an die Bedürftigen, ließ sich aber nicht mit ihnen blicken. Während die einen auf der Straße hungerten und froren, machte sich mein Mann Gedanken über den Tratsch der Boulevardpresse. Die Ironie dieses Umstandes ließ mich den Kopf schütteln.

Schweigend fuhren wir zu Connor, der in einer schicken Penthousewohnung mit Blick auf die Themse lebte. Eigentlich wäre ich lieber in die Badewanne gestiegen, die ich – seit ich bei Alexander wohnte – häufig nutzte. Es war auch eine echte Versuchung, schließlich hatte ich in meiner alten Wohnung keine, und diese Ausführung war einfach Luxus pur. Aber ich wollte ihn nicht weiter verärgern und sah das Positive in Connors Einladung. Ich mochte ihn, und auch wenn ich darum gekämpft hatte, dass ich abends für uns kochte und seine Angestellte das nicht tat, war ich heute froh, mich an einen gedeckten Tisch setzen zu dürfen. Der Pförtner begleitete uns zum Aufzug und gab die obere Etage mit einem Code frei. Als der Lift dort hielt und sich die Türen öffneten, standen wir in einer Art Vorraum zum Wohnzimmer. Alexander griff nach meiner Hand und zog mich in das Penthouse.

Connor stand in der offenen Küche und kam auf uns zugelaufen. »Da seid ihr ja«, begrüßte er uns fröhlich in seinem Wohnzimmer und drückte mir einen Kuss auf die Wange, was Alexander mit dem Heben einer Augenbraue quittierte. Connor konnte es nicht sehen, weil er mit dem Rücken zu ihm stand, aber ich, und es belustigte mich. Dann drehte er sich zu seinem Freund um und klopfte ihm freundschaftlich auf die Schulter.

»Was ist dir denn über die Leber gelaufen?«, fragte er sofort. Connor schien Alexander gut zu kennen. Ich verdrehte die Augen in seine Richtung und er grinste zurück.

»Nichts«, grummelte Alexander und schlenderte zu einem offenen Barschrank.

»Aha, nichts«, wiederholte Connor.

»Ich bin ihm über die Leber gelaufen«, sagte ich offen und zuckte mit den Schultern. »Ich hatte nicht brav an meinem Café gestanden, als er kam, sondern habe mir erlaubt, einen Akt der Nächstenliebe zu starten.«

»Akt der Nächstenliebe«, schnaufte Alexander und goss sich eine bernsteinfarbene Flüssigkeit in ein Glas. »Sie verköstigt Penner in einer dunklen Gasse, wo sich noch ganz andere dunkle Gestalten herumtreiben.«

»Ah, daher weht der Wind«, flüsterte mir Connor zu und zog mich zum Esstisch. »Er war ja immer schon ein wenig herrisch, aber seit du in sein Leben gestolpert bist, hat das eine ganz andere Dimension angenommen. Bei dir entwickelt er ein Territorialverhalten, das schon fast an Besitzgier grenzt. Aber man muss ihm zugutehalten, dass er wohl nur Angst um seine Kleine hat.« Dann fügte er noch etwas lauter hinzu, damit es auch Alexander hörte: »Seit die Russen bei dir aufgetaucht sind, ist er ein bisschen phobisch.«

»Das ist doch schon Wochen her.«

»Er kann es aber immer noch nicht vergessen, wie dich dieser Ivan vor seinen Augen ins Büro gezerrt hat und er glauben musste, das wäre dein Lover.«

»Du hast nicht allen Ernstes geglaubt, dass ich mit so einem Typen was haben könnte?«

»Ich kannte dich zu dem Zeitpunkt noch nicht richtig. Und ja, solche Typen stehen auf Unschuldslämmer«, knurrte er zurück.

Das Essen verlief dann noch ganz entspannt. Ich musste zugeben, dass Connor ein außerordentlich guter Koch war. Hätte ich ihm nicht zugetraut.

19. Caitlyn

In den nächsten Wochen schlich sich eine gewisse Routine in unseren Alltag ein. Alexander war Frühaufsteher und schon wach, wenn ich aus dem Bett kroch. Meistens hatte er bereits Sport getrieben oder las die Nachrichten oder E-Mails, wenn ich zu ihm stieß. Er reichte mir wortlos eine Tasse Kaffee oder Cappuccino, und wir frühstückten schweigsam. Schnell hatte ich herausgefunden, dass er nach dem Aufstehen seine Ruhe brauchte. Kein Geplapper, keine Gespräche, einfach Stille. Es sei denn, er weckte mich mit dem Bedürfnis, seinen Morgen mit gutem Sex zu starten, was ich nicht ablehnte.

Nach dem Frühstück verschwand er ins Büro und kam erst spät abends oder nachts nach Hause. Ich hatte in der Zeit mein Café, machte die Buchhaltung und traf mich mit Anna, die langsam Torschlusspanik bekam bei dem Gedanken, nach New York zu gehen. Daheim, wenn ich das jetzt so bezeichnen sollte, obwohl es sich nicht so anfühlte, kochte oder bereitete ich eine Kleinigkeit zum Abendessen vor, das wir selten zusammen einnahmen. Alexander schien rund um die Uhr zu arbeiten. Freizeit war für ihn ein Fremdwort. Ich beneidete ihn um seine Energie. Wahrscheinlich wäre ich

nach einem halben Jahr mit Burn-out zusammenge-
klappt. Woher er die nahm, war mir schlichtweg ein
Rätsel.

Gespräche zwischen uns fanden nur wenige statt und
wenn, dann eher über Belanglosigkeiten oder Alltägli-
ches. Über sein Geschäft sprach er nie. Außer letzte Woche, da hatte er mich kurz vor knapp angerufen und
mir mitgeteilt, dass mich in einer halben Stunde ein
Fahrer zu einem Geschäftsessen abholen würde. So
schnell hatte ich mich wohl noch nie geduscht und hergerichtet. Genau dreißig Minuten später klingelte es an
der Tür und der Fahrer stand davor. Ich hatte mir einen
kurzen Rock, eine Seidenbluse und hohe Schuhe angezogen. Wohin es ging, wurde mir weder von Alexander
noch von dem Fahrer mitgeteilt. Nach einer kurzen
Fahrt standen wir vor einem nobel aussehenden Restaurant. Alexander kam aus der gläsernen Schwingtür.
Er sah in seinem dunkelgrauen Anzug einfach nur zum
Anbeißen aus. Galant öffnete er die Tür und hielt mir
die Hand entgegen. Seine Augen scannen kurz meinen
Körper. Ein anzügliches Lächeln erschien auf seinen
Lippen.

»Gut gewählt, du siehst wie immer umwerfend aus.«

»Verrätst du mir, was ich hier soll?«, fragte ich direkt.

»Ein Geschäftsessen, bei dem deine Begleitung erfor-
derlich ist.«

»Und das erfährst du eine halbe Stunde vorher?«

»Nein, aber es hat für dich gereicht. Also, lass die anderen nicht warten.«

Ohne weiter auf meinen Einwand einzugehen, zog er
mich ins Restaurant zu einem Tisch, an dem bereits

zwei weitere ältere Pärchen und ein einzelner Herr saßen und uns neugierig entgegenblickten.

»Darf ich Ihnen meine Frau vorstellen? Caitlyn Moore.«

»Sehr erfreut, Mrs Moore«, sprach der Herr mich an und hielt mir die Hand hin. Reihum wurde kurz die Etikette gewahrt und sich begrüßt.

»Seien Sie mir nicht böse, Mrs Moore, aber wenn ich es nicht mit eigenen Augen sehen würde, dann wäre ich der Meinung gewesen, Mr Moore hat uns an der Nase herumgeführt.«

»Da gebe ich ihnen Recht, Mr Lawrence. Wir hätten nie damit gerechnet, dass Alexander je in den Hafen der Ehe einläuft. Aber Sie sind wohl der lebende Beweis dafür, dass man sich in Menschen täuschen kann«, sagte Mrs Cooper, die neben Mr Lawrence saß und mich freundlich anlächelte.

Das Essen verlief eher ruhig. Die Männer sprachen über Geschäfte, und die beiden Frauen über ihre Erfahrungen in Sachen Kreuzfahrten. Ich war noch nie über die Grenze von England hinausgekommen, mal abgesehen von einem Urlaub in Schottland und einem Kurztrip nach Irland. Auch wenn ich mir immer gewünscht hatte, reisen zu können, war es mir finanziell einfach nie möglich gewesen. Reece dagegen flüchtete regelmäßig in andere Länder. Kurz drifteten meine Gedanken zu meinem Bruder. Wo er wohl gerade war? Ob es ihm gutging? Ich hatte immer noch seine Nummer blockiert. Vielleicht sollte ich das aufheben. Immerhin waren seine Schulden getilgt, und es drohte ihm von Ivan kein Unheil mehr.

»Wo waren Sie denn schon überall, Mrs Moore?«, riss mich die grauhaarige adrette Frau neben mir aus meinen Gedanken.

»Oh, ich habe leider noch nicht so viel von der Welt sehen können, aber ich werde das bald nachholen.«

Es war mir peinlich, zeigte es doch, aus welchen Kreisen ich stammte. Somit versuchte ich, den Ball geschickt zurückzuspielen. »Welches Ziel würden Sie denn empfehlen?«

»Das kommt darauf an. Ich fand die Karibik wunderschön, nicht überall, aber es gibt schon einige schöne Inseln.«

»Ja, und Australien und Neuseeland sind auch immer eine Reise wert«, erklärte Mrs Cooper.

Wie wäre es mit einem etwas näheren Ziel, nicht einem, deren Anreise die halbe Welt zu umrunden bedeutete? Schon bald hörte ich nicht mehr zu, weil die Damen Reiseziele ansprachen, von denen ich teilweise nur entfernt etwas gehört hatte. Alexander drückte mir unter dem Tisch die Hand und lächelte mir aufmunternd zu.

»Ich werde dir die Länder zeigen, die auf deiner Liste ganz oben stehen«, flüsterte er mir ins Ohr. Diese Geste verursachte Flattern in meinem Bauch. Es war schön, zu wissen – auch wenn ich nicht daran glaubte – dass er sich nach meinen Wünschen richtete und nicht einfach einen Flug oder eine Reise buchte. So war Alexander eben.

Bis auf diese gesellschaftlichen Anlässe gab es keine Unterbrechung unseres Alltages. Alexander arbeitete, ich arbeitete, wir trafen uns zum Sex und das war's.

Mittlerweile konnte ich anhand der Art, wie wir Sex hatten, entnehmen, wie sein Tag, sein Geschäft gelaufen war. Nahm er mich hart und rücksichtslos, dann musste er Stress abbauen. Liebte er mich die Nacht über leidenschaftlich und sanft, dann war es eher ruhig gewesen. Ich mochte beides, die roh-dominante und die zärtlich-fürsorgliche Seite an ihm.

Was mir fehlte, war Kommunikation. Ein Heim, gefüllt mit meinen Sachen, mit meinem Leben. In diesem Haus lebte ich wie aus dem Koffer. Ein Zimmer hatte Alexander zu meinem Arbeitszimmer umfunktioniert, in dem auch ein Regal mit meinen Büchern und ein Lesestuhl aus weißem Leder standen. Der Stuhl kam von ihm, war kalt und unpersönlich. Nirgends war eine Note von mir, wenn man von den Toilettenartikeln im Bad und den Kleidern, die wohlgemerkt zu neunzig Prozent auch nicht wirklich mir gehörten, im Schrank mal absah.

Meine Gefühle konnte man kurzfassen: Ich fühlte mich fremd in diesem Haus – auch dann, wenn er mal anwesend war.

Heute war es besonders schlimm. Ich tigerte durch das stille, leere Haus und wusste nichts mit mir anzufangen. Ich hatte Lasagne gekocht und schließlich ein Stück allein in der Küche gegessen und den Rest in den Kühlschrank gestellt. Ich nahm mein Telefon in die Hand und rief Anna an.

»Hey, Süße«, keuchte sie in den Hörer.

»Was ist mit dir los, machst du beim Marathon mit?«, lachte ich.

»Nein, bin nur gerade dabei, die letzten Sachen aus der Wohnung zu räumen.«

»Warum hast du nichts gesagt? Ich hätte dir doch geholfen.«

»Als ob du nichts Besseres zu tun hättest, als mir beim Umzug zu helfen.«

»Ich bin in einer Stunde bei dir.«

Kurz überkam mich Traurigkeit. Ich hatte Anna nichts gesagt, wollte sie nicht beunruhigen. Sie wusste nichts davon, dass Alexander kaum anwesend und ich einsam war.

»Ich nehme mir ein Cab und komm zu dir.«

Kaum hatte ich aufgelegt, bestellte ich mir eins und schrieb Alexander eine kurze SMS.

Hey, bin zu Anna gefahren. Brauchst nicht auf mich zu warten. Lasagne steht im Kühlschrank. Lyn.

Dann fügte ich noch ein Smiley hinzu.

Ich zog mir eine meiner alten Jeans und meinen Lieblingspulli über und stand knapp eine Stunde später vor Annas Haustür. Freudig zog mich meine beste Freundin in die Arme, und es fühlte sich so entsetzlich gut an. Mit Mühe unterdrückte ich die aufkeimenden Tränen. Was sollte ich machen, wenn Anna weg war? Wohin sollte ich fliehen, wenn mir wieder die Decke auf den Kopf fiel und mich die Einsamkeit einhüllte wie der Nebel im November?

»Mister Sexgott hat dir ernsthaft freigegeben?«, lachte Anna und reichte mir ein Glas Rotwein.

»Alexander musste heute länger arbeiten. Also, kein Problem, er wird mich kaum vermissen.«

»Na dann, lass uns den letzten Krempel in Kisten packen.«

Die nächste Stunde verbrachten wir damit, Dinge, die Anna einlagern wollte, in Umzugskartons zu verpacken, zu beschriften und zuzukleben. Aus dem Bluetooth-Lautsprecher ertönten die neuesten Hits aus den Charts. Wir sangen lautstark mit, alberten rum und tranken Rotwein. Wie in alten Zeiten. Irgendwann saßen wir zerzaust und verschwitzt auf dem Boden und aßen frisch gemachtes Popcorn. Allein der zuckrige Duft, der den Raum erfüllte, rief Erinnerungen unserer gemeinsamen Filmabende hervor.

»Das werde ich vermissen«, gestand ich Anna.

»Ich auch, aber wir werden einfach Videokonferenzen einberufen. Jeder macht sich seine eigene Schüssel Popcorn, wir suchen gemeinsam einen Film aus und chatten per Skype.«

Wenn das Leben nur so einfach wäre. In mir zog sich alles zusammen. Der nahende Verlust von ihr schmerzte mich ungemein. Anna sah mich neugierig an. »Wie läuft es wirklich?«

»Wie meinst du das?«

»Du weißt, wie ich es meine. Glaubst du allen Ernstes, ich merke nicht, dass dich etwas bedrückt?«

»Es ist alles neu, ungewohnt und nicht ganz einfach«, gab ich zu, »aber ich werde das schon schaukeln.«

»Du hast schon andere Schwierigkeiten gemeistert. Das wird ein Klacks«, versuchte sie mich aufzumuntern.

Aber es war wie es war. Ich hatte mir das selbst eingebrockt, na ja nicht ganz, aber ich hätte nein sagen können. Nun, auch nicht ganz.

Ich wischte die düsteren Gedanken weg und hob mein Glas. »Krieg ich noch etwas?«

»Nein. Ich denke, du hattest genug«, bestimmte Anna. Sie kannte mich zu gut.

Nickend gab ich ihr recht. »Okay, dann werde ich gleich mal ein Taxi rufen und zum sexy Teufel im Anzug zurückkehren.«

Anna und ich prusteten los und bekamen uns fast nicht wieder ein.

Als ich auf mein Handy sah, verging mir das Lachen. Alexander hatte zehnmal angerufen. Ich verdrehte die Augen und zeigte Anna mein Display.

»Wow, zehn Anrufe. Du solltest ihn zurückrufen.«

»Sollte ich das?«

Er hatte sich bisher auch keine Gedanken gemacht, was ich den ganzen Tag machte. Er rief nicht an, um sich einfach zu melden, wie es Paare normalerweise machten. Er sagte nicht Bescheid, wann er später nach Hause kommen würde. Warum jetzt bei mir? Trotzig beschloss ich, ihn warten zu lassen, bis ich zurück war. Ich war eine erwachsene Person, hatte ihm eine Nachricht hinterlassen und ihm mitgeteilt, wohin ich gegangen war. Das musste reichen.

»Nein, ich ruf jetzt ein Cab, und dann sehen wir weiter.«

20. Alexander

Gereizt lief ich mit dem leeren Glas Whiskey in der Hand in meinem Wohnzimmer umher. Als ich nach dem Meeting nach Hause gekommen war, hatte ich mir nicht viele Gedanken darüber gemacht, was in den letzten Wochen anders gewesen war. Aber heute hatte ich es zu spüren bekommen. Etwas hatte gefehlt. Caitlyn. Zu schnell gewöhnt man sich an den Luxus, etwas für selbstverständlich zu halten.

Normalerweise war Caitlyn bereits da, wenn ich kam. Wartete im Wohnzimmer auf mich, lesend oder fernsehend, eingekuschelt in eine Decke vor dem Kamin oder – wenn es wirklich spät wurde – schlafend im Bett. Heute war ich nach Hause gekommen, und es war bedrückend leer. Nie hätte ich es für möglich gehalten, dass mir die Anwesenheit einer Frau so vertraut werden würde, dass ich sie sofort vermisste, wenn sie nicht da war.

Zuerst war ich enttäuscht gewesen, danach wütend. Darauf, dass sie einfach gegangen war, ohne mir etwas zu sagen. Später hatte ich ihre SMS gelesen und hatte mich darüber aufgeregt, dass es mir etwas ausmachte, dass sie Zeit mit ihrer Freundin verbrachte. Wie oft war ich in den letzten Wochen nach der Arbeit mit Connor noch einen trinken gegangen, ohne dass Caitlyn überhaupt davon erfahren hatte. Ich musste ihr das gleiche Recht zugestehen wie mir. Wann war ich vom Arschloch zum Chauvinisten mutiert, der seine Frau im Bett und am Herd haben wollte? Allerdings musste ich zugeben, dass mir die Vorstellung gefiel.

Beim letzten Treffen hatte mir Connor sogar vorgeworfen, dass ich vor meinen Gefühlen weglaufen würde. Dass ich mir etwas vormachte, wenn ich glaubte, dass diese Anziehungskraft zwischen uns nur rein körperlich wäre. Dass ich die Distanz zu Caitlyn aufrechterhielt, weil ich Angst hatte, mich in diese Frau zu verlieben, die ich geheiratet hatte. Echt jetzt. Verlieben? Ich?

Aber etwas von seinen Worten hallte in mir nach. Hatte ich mich nicht längst in sie verliebt? Solche Gefühle kannte ich bisher nicht und noch weniger konnte ich sie mir leisten. Dennoch kostete es mich all meine Kraft, mich von ihr emotional und körperlich fernzuhalten. Körperlich klappte gar nicht. Wenn wir in einem Raum zusammen waren, konnte ich meine Finger nicht von ihr lassen. Deswegen vermied ich es ja auch, zu viel Zeit mit ihr am gleichen Ort zu verbringen.

Aber was wäre, wenn ich mich ernsthaft verlieben würde und sie mich dann verließ, nachdem die offizielle, vertraglich vereinbarte Zeit abgelaufen war? Ich wollte sie nicht gehen lassen. Nicht heute, nicht morgen und schon gar nicht in naher Zukunft. Sprach das nicht bereits für Connors Worte?

Das Schloss der Haustür kündigte Caitlyns Kommen an. Ich stellte mein Kristallglas auf dem Küchenblock ab und lehnte mich dagegen. Verdrossen sah ich zur

Tür und umklammerte die Tischkante. Ich sollte mich beruhigen. Ich konnte ihr schließlich nicht verbieten, ihre Freundin zu besuchen.

»Hey, alles gut?« Caitlyn blieb in der Tür stehen und betrachtete mich eingehend. Meine verärgerte Stimmung war wohl nicht zu übersehen.

»Wo warst du?«, fragte ich schärfer als beabsichtigt. »Ich hab dich angerufen und mir Sorgen gemacht.«

»Ja«, schmunzelte sie plötzlich. »Zehnmal. Sorry, aber ich hatte das Handy stumm. Hast du meine Nachricht nicht bekommen?« Sie sah mich mit ihren blauen Augen an, in denen es belustigt aufblitzte. »Ich hatte dir geschrieben, dass ich bei Anna bin. Sie musste die letzten Sachen einpacken, damit sie die zum Einlagern bringen kann.« Seelenruhig schlenderte sie an mir vorbei.

Reflexartig griff ich nach ihr und zog sie zu mir. Ihr warmer Körper drückte sich gegen meine Brust, und wie immer, wenn sie in meiner Nähe war, erwachte mein Schwanz zum Leben. Ich beugte mich zu ihr und knabberte an ihrem Ohr. Sie roch so sagenhaft gut.

»Ich mag es nicht, wenn du nicht zu Hause bist, wenn ich komme«, murrte ich und presste meine Lippen auf ihre. Meine Zunge drang tief in ihren sinnlichen, weichen Mund ein. Caitlyn legte ihre Handfläche auf meine Brust, um sich von mir zu entfernen, aber ich ließ es nicht zu und drückte sie noch enger an mich. Meine Zunge umspielte ihre, und bald schon schmiegte sie sich an mich und gab sich mir hin. Ihr Körper verlangte genauso nach meinem wie umgekehrt. Unser Kuss wurde wilder, inniger, und ich konnte nicht genug von ihr bekommen. Meine angespannten Nerven beruhigten sich, meine Verärgerung verpuffte. Diese Wirkung hatte Caitlyn immer wieder auf mich. Atemlos trennten sich unsere Lippen.

»Alexander«, japste sie nach Luft, »ich kann nicht jeden Abend bis spät in die Nacht hier auf dich warten.«

»Doch, kannst du und solltest du.«

»Nein!« Sie sah mich an, und in ihren Augen tobte ein Sturm. »Ich habe auch ein Leben.«

»Das ist jetzt dein Leben, dein Zuhause.«

»Mein Zuhause?« Kurz lachte sie verbittert auf. »Nein Alexander, das ist dein Zuhause, in dem ich vorübergehend wohne.«

Hatte sie gerade *vorübergehend* gesagt? Das Wort verpasste mir einen schmerzhaften Stich, und schlagartig kehrte die Verärgerung zurück. Was war nur heute los mit mir?

»Vorübergehend?«, knurrte ich und sah sie finster an. »Dann dürfte es ja auch kein Problem darstellen, dass du *vorübergehend* hier bist, wenn ich nach Hause komme.«

»Das ist nicht dein Ernst.«

»Todernst.« Wieder zog ich sie zu mir und erstickte ihre Worte mit meinem nächsten Kuss. »Morgen hab ich eine Abendveranstaltung, bei der du mich begleiten wirst.«

»Das geht so nicht. Alexander, wir müssen reden!«

»Worüber?«, fragte ich süffisant. »Ich hätte da einen besseren Vorschlag, was wir mit unserer Zeit anstellen könnten.«

Caitlyn drückte sich von mir fort, und der Sturm in ihren Augen wurde größer.

»Du kannst nicht kommen und mir vorschreiben, wie ich meine Abende verbringe. Schon gar nicht, wenn du größtenteils mit Abwesenheit glänzt.«

Ich legte meine Stirn in Falten und neigte meinen Kopf. Meine hinreißende Ehefrau probte den Aufstand.

»Auch kannst du nicht kommen und mir sagen, morgen musst du dort oder dort sein. Was ist, wenn ich selbst einen Termin habe oder verabredet bin?«

»Du hast dir den Vertrag aber schon genau durchgelesen?«, fragte ich genervt. »Darin steht, dass meine Termine vor deinen Vorrang haben. Immer!«

»Verdammt, Alexander. Ich hab keine Probleme mit deinen Terminen ...«

»Gut.«

»... aber ich habe ein Problem, wenn du das so kurzfristig erwähnst. Kannst du mir da nicht etwas entgegenkommen?«

»Wie viele solcher kurzen Termine hatten wir bisher?«

Okay, die Frage war etwas dumm und bescherte mir ein Eigentor, denn alle Termine hatte ich Caitlyn immer erst kurz vor knapp mitgeteilt.

Mit verschränkten Armen sah sie mich kampfbereit an. »Lass mal überlegen: den Termin fürs Standesamt am gleichen Tag. Den Termin für den netten Kaffeeklatsch bei deiner reizenden Mutter eine Stunde vorher. Den Termin zum Abendessen mit Connor gar nicht. Den Termin zum letzten Geschäftsessen, eine halbe Stunde vorher ... soll ich weitermachen?«

Ich war so dicht davor, sie wieder in meine Arme zu ziehen und zum Schweigen zu bringen. Caitlyn sah heiß aus, wenn sie sich aufregte, und ich fand, sie könnte Besseres mit ihrem Mund anfangen, als mir Vorhaltungen zu machen.

»Ich kann die nächsten Monate nicht auf Abruf parat stehen, wenn du mich als Alibi-Frau brauchst. Den Rest der Zeit ignorierst du mich, oder ...« Eine zarte Röte erschien auf ihren Wangen. Sie sog scharf die Luft ein. »Ich bin nicht dein Betthäschen!«

»Caitlyn, das zwischen uns ...«, ich winkte zwischen uns hin und her, »... kannst du verleugnen, aber dein Körper spricht eine eindeutige Sprache, oder willst du mir mitteilen, dass du den Sex, die kleinen Quickies zwischendurch und das ganze andere nicht genießt?«

»Arrgh! Himmel noch mal«, schimpfte sie nun los, »wir sind erwachsene Menschen, die zusammen leben, da muss es doch noch mehr geben als Sex!«

»Von Gefühlen war nie die Rede!«

»Wer redet von Liebe, falls du das mit Gefühlen meinst. Ich rede von Akzeptanz. Kommunikation, Freundschaft.«

»Freundschaft?«

Frustriert wischte ich mir die Haare aus der Stirn. Ich wollte nicht mit Caitlyn befreundet sein. Vielmehr gehörte sie mir. Wenn ich ehrlich war, würde ich sie liebend gern in meinem Haus einsperren. Ich wollte sie besitzen und nicht teilen – nicht mit Anna, nicht mit anderen, die ihr am Herzen lagen. Jeder, der ihr nahestand, stellte in meinen Augen eine Barrikade zwischen uns dar. Aber das war natürlich Blödsinn, ich war schließlich kein Psychopath. Das schlechte Gewissen meldete sich bei mir.

»Okay, verstanden. Ich werde dir zukünftig die Termine früher sagen und versuchen, abends früher zu Hause zu sein. Zufrieden?«

Sie nickte schweigend. Wahrscheinlich glaubte sie meiner Aussage nicht. Ich konnte es ihr nicht verdenken, glaubte ich doch selbst nicht daran. Ich legte niemandem Rechenschaft über mein Handeln ab. Ich regierte mein Unternehmen mit eiserner Hand und war es gewohnt, dass man tat, was ich sagte. Caitlyn war eine Ausnahme. Bei ihr funktionierte das nicht so wie erhofft.

Das Kribbeln und das wohlige Gefühl, welches sie in mir hervorlockte, waren neu für mich. Ich wusste nicht wirklich damit umzugehen. Überhaupt forderte Caitlyn mich, allerdings auf eine angenehme und spannende Weise. Distanz ihr gegenüber wahren zu wollen, funktionierte zu meinem Leidwesen nicht. Dazu war sie zu einmalig, zu sinnraubend, zu präsent.

21. Caitlyn

Seit Alexander mit ein paar Geschäftsmännern aus dem Saal verschwunden war, stand ich etwas verloren da. Seine Assistentin Samantha gesellte sich zu mir und reichte mir eine Sektflöte.

»Sie sehen aus, als könnten Sie das gebrauchen«, sagte sie mit einem Augenzwinkern.

Ich mochte sie. Sie war eine fleißige, bodenständige Person mit dem Herz am rechten Fleck. Ihre Brille verlieh ihr ein kluges Aussehen, und sie hatte ein hübsches, rundliches Gesicht. Insgesamt war ihr Erscheinungsbild eher klein und rundlich. Alles an Samantha war stimmig und passte zu ihr, stand aber im Gegensatz zu den vielen Frauen um uns herum, die in ihren eng anliegenden Abendkleidern aussahen, als wären sie gerade der Vogue entsprungen.

»Sieht man mir das so an?«, fragte ich und nahm einen Schluck von dem Getränk.

»Ich erkenne Gleichgesinnte.« Sie grinste mich an und nahm ebenfalls einen Schluck. »Das hier kann ganz schön anstrengend sein, wenn man es nicht gewohnt ist. Ich will Ihnen nicht zu nahetreten, aber Sie sehen nicht danach aus, als würden Sie sich wohlfühlen.«

Ich musterte Samantha neugierig. Sie hatte zweifels-
ohne eine gute Menschenkenntnis.

»Nein, da haben Sie recht. Das ist nicht ganz meine
bevorzugte Freizeitgestaltung. Und Sie?«

»Es gehört zu meinem Job. Ich werde dafür bezahlt,
hier zu sein«, erklärte sie achselzuckend.

Alexander war noch nicht wieder aufgetaucht, und
ich kannte hier niemanden, mit dem ich Small Talk
hätte führen können. Abgesehen davon, dass ich auch
nicht wüsste, über was. Gut, dass seine Assistentin nun
an meiner Seite stand.

Wir unterhielten uns eine Weile. In ihrer Gesellschaft
verlor ich meine Nervosität und fühlte mich nicht
mehr ganz so alleine gelassen.

Wenn ich an den gestrigen Streit mit Alexander
dachte, versetzte es mir einen leichten Stich. Ich musste
erneut feststellen, dass mein Ehemann sich nicht wirklich Gedanken um mich machte. Er verfolgte streng
seine Linie und führte mir deutlich vor Augen, wo ich
in seiner Welt stand. Wären wir ein echtes Paar, hätte
er mich dann auch so einfach allein gelassen? Oder
hätte er sich bemüht, es mir hier so angenehm wie möglich zu machen, wenn er schon Termine und Gespräche
wahrnehmen musste und gleichzeitig wusste, dass ich
mich unwohl fühlte? Okay, er hatte mich immerhin seiner Assistentin vorgestellt und es ihr überlassen, mich
zu bespaßen. Dennoch schmerzte mich sein unter-
schwelliges Desinteresse an meinen Gefühlen.

Samantha und ich stellten uns ein wenig abseits. Sie
nickte immer wieder in Richtung bestimmter Personen, nannte mir deren Namen und Positionen in dieser
Gesellschaft und erzählte mir, ob sie für Alexander

wichtig waren oder nicht. Manchmal gab sie mir einen kurzen Abriss der Persönlichkeit. Auch wenn sie versuchte, um unangenehme Dinge herumzureden, stellte ich eines fest: Es gab nicht wirklich eine Person in diesem Raum, die ich näher kennenlernen wollte. Nicht eine.

Ich starrte auf drei Frauen, die sich uns näherten. Die eine kam mir bekannt vor. Als sie nur noch ein Stück von uns entfernt war, erkannte ich in ihr die Frau aus dem französischen Lokal.

»Oh, das sind Chloé Cherleton und ihre Freundin Abigail Lee. Die dritte kenne ich auch nicht«, hauchte mir Samantha zu. »Chloé ist eine gute Freundin von Alexander und – aber sagen Sie ihm das bitte nie – eine durch und durch unsympathische Schlange, auch wenn er mit ihr ...«

Ich sah sie an. Sie schüttelte nur unmerklich den Kopf. Der Ausdruck in ihren Augen war dennoch deutlich genug gewesen. Chloé war seine Ex-Freundin. Die Erkenntnis traf mich ein wenig. Aber gut zu wissen. Chloé war im Gegensatz zu mir eine wirkliche Laufsteg-Schönheit. Sie war groß, brünett und mit einem grazilen, schlanken Körper gesegnet. Warum hatte er nicht sie an meiner Stelle gewählt? Aber hinter der Maske der Schönheit vermutete ich eine hochnäsige, verzogene Zicke. Schlange, das war Samanthas Bezeichnung für sie gewesen.

Froh, sie als Verstärkung neben mir zu haben, begrüßte ich die Damen genauso kühl wie sie uns.

»Nun, da haben sich zwei gefunden«, sagte Chloé von oben herab. Sie musterte mich auffällig direkt, und ihrem Blick schien nichts zu entgehen. Dann kam sie ganz nah an mich heran und flüsterte mir ins Ohr: »Keine Ahnung, was Alexander an Ihnen findet, aber Sie sind – wie Ihr Kleid – nur ein billiger Abklatsch von den Frauen, die sich ihm sonst an den Hals werfen. Schon bald wird er das erkennen.«

»Also, das Kleid geht wirklich nicht«, pflichtete Abigail Chloé bei.

Ich zuckte unter ihren Worten zusammen, versuchte aber meine Gesichtszüge im Griff zu behalten. Ihre Worte waren verletzend, aber Gift konnte man bekanntlich nur mit Gift bekämpfen.

»Sie hoffen, dass er zu Ihnen zurückkommt?«, fragte ich Chloé emotionslos.

Ihr arrogantes Lächeln verrutschte ein wenig. »Wir waren jahrelange ein unzertrennliches Paar«, gab sie bekannt.

An dem kratzigen Unterton erkannte ich die Lüge dahinter.

»Schon bald wird er erkennen, dass Sie nur hinter seinem Geld her sind und zu mir zurückkommen. Ich brauche sein Geld nicht, ich habe genug davon – ganz im Gegensatz zu Ihnen. Das sagt im Übrigen auch seine Mutter.«

Die Worte hatte sie so laut ausgesprochen, dass sich neben ihren beiden Begleiterinnen noch weitere Umstehende zu uns umdrehten und mich anstarrten, als wäre ich das Allerletzte. Ich richtete mich auf. Ich würde mich nicht von ihnen einschüchtern lassen, auch wenn sie das verdammt gut hinbekamen. Gott sei Dank drehten die anderen sich bald wieder um. Nur Abigail und die andere Frau beobachteten uns eindringlich.

»Da Sie ja jahrelange ein Paar waren, wissen Sie ja auch, dass Alexander neben dem Geld noch ganz andere Vorzüge hat«, sprach ich so ruhig wie nur möglich. »Ich kann Ihnen versichern, dass ich ihn nicht nur wegen des Geldes geheiratet habe, sondern weil er einfach der Hammer im Bett ist«, kicherte ich gespielt affektiert bei der Zweideutigkeit des Wortes. »Der Hammer. Ein wahrer Sexgott – aber wem erzähl ich das?« Ich gab Chloé einen kleinen Stups mit dem Ellbogen und verdrehte gekonnt die Augen.

Während die drei mit ihrer Schnappatmung zu kämpfen hatten, biss sich Samantha auf die Lippen, um nicht laut loszuprusten. Zuckersüß wandte ich mich an die dritte Giftspritze, Abigail. »Und was mein Kleid betrifft ...«

Ich strich sanft über den seidigen Stoff. Ich liebte dieses Kleid. Es war nachtblau, und ich hatte es erst gestern mit Anna zusammen gekauft. Ich wollte nichts von den Sachen tragen, die mir Alexander gezahlt hatte. Anna kannte einen kleinen netten Designer, der sich erst noch einen Namen machen musste und mir das Kleid heute für einen Spottpreis überlassen hatte.

»... Sie haben recht, kein namhafter Designer – noch nicht. Dafür ein junger, dynamischer und in meinen Augen sehr talentierter Mann, der Wert auf Ausgefallenes und Einmaligkeit legt. Nicht so wie ...«

Mein Blick wanderte von ihrem Gucci-Kleid zu der Frau, die ein paar Meter hinter uns stand und dasselbe Modell trug. Ich kannte mich zwar nicht in diesen Kreisen aus, aber egal wo man war, es gab wohl nichts Peinlicheres, als wenn zwei Frauen das gleiche Kleid trugen. Und dies war definitiv das gleiche Modell.

Ihr Blick folgte meinem. Als sie das Desaster sah, zog sie scharf die Luft ein und wurde puterrot.

Volltreffer, du Hexe!

Mit einem siegessicheren Lächeln drehte ich mich um und stolzierte davon. Samantha folgte mir kichernd.

»Denen haben Sie es aber ganz schön gezeigt. Endlich. Wird auch mal Zeit. Die beiden gehen mir schon so lange auf die Nerven.«

In diesem Moment wurde mir klar, dass auch Samantha unter den bösartigen Weibern zu leiden hatte. Als persönliche Assistentin wurde sie von ihnen wahrscheinlich wie eine Dienstmagd behandelt. Außerdem entsprach sie äußerlich nicht dem Erscheinungsbild dieser Grazien und war deswegen ihrem offenen Gespött ausgesetzt. Dabei war ihr Charakter einfach zum Dahinschmelzen.

»Wir müssen doch zusammenhalten, oder?« Ich hakte mich bei ihr unter und steuerte die Bar an. »Ich glaube, wir haben uns einen härteren Drink verdient.«

22. Alexander

Connor hatte mir erneut den Kopf gewaschen. Eigentlich hatte er ihn mir abgerissen, durchgeschüttelt und wieder gerade draufgesetzt.

Ich hatte Caitlyn gestern fast den ganzen Abend allein gelassen, in der Hoffnung, meine Assistentin Samantha würde ihr Gesellschaft leisten. Ich war es nicht gewöhnt, mich um die Belange von jemandem zu kümmern, auch nicht um die meiner Ehefrau. Caitlyn würde das schon meistern, so meine Gedanken. Ich hatte ihr Anweisungen gegeben. Vor allem die, sich von den männlichen Gästen fernzuhalten, damit kein Gerede aufkommen und meine eifersüchtige Seite gar nicht erst zutage kommen konnte. Sie sollte an meiner Seite sein oder sich im Hintergrund halten. Als dann ein ehemaliger Geschäftspartner in ein Separee einlud, hatte ich nicht lange überlegt und Caitlyn allein gelassen. Es war eine Männerrunde mit guten Möglichkeiten, neue Geschäfte und Kunden zu gewinnen. Im Vorfeld war diese Veranstaltung nicht dafür gedacht, mir oder Caitlyn einen schönen Abend zu gönnen, sondern Business zu machen.

Als Connor mir aber mitteilte, dass sich Chloé zusammen mit Abigail wohl auf die beiden Frauen gestürzt hatte, kam mein schlechtes Gewissen zum Vorschein.

Ich kannte Chloé und ihre spitze Zunge. Caitlyn war ein gefundenes Fressen für sie, und mit dem Rückhalt meiner Mutter – der ihr garantiert war – konnte sie sehr anmaßend, nein, verletzend werden.

Ich hatte Caitlyn zusammen mit Samantha an der Bar angetroffen. Ein Blick in ihr Gesicht genügte, um zu erkennen, dass etwas vorgefallen war. Sie hatte sich dazu nicht äußern wollen, und ich hatte es dabei belassen.

Nach unserer vorangegangenen Auseinandersetzung und dem gestrigen Abend merkte ich, dass Caitlyn sich von mir zurückzog, sich einigelte. Das gefiel mir nicht. Natürlich hatte ich durch meine Distanziertheit dazu beigetragen. Und die Diskrepanz zwischen dem, dass ich meine Gefühle zu ihr nicht zeigen wollte, im Gegenzug aber von ihr genau dies verlangte, war auch mir nicht entgangen.

Als Wiedergutmachung und Überraschung hatte ich einen Kurztrip nach Paris gebucht und ihr das gerade eröffnet. Skeptisch sah sie mich an.

»Paris? Heute Abend schon?« Sie drehte gedankenverloren ihren Kaffeebecher in den Händen.

»Ja. Der Flieger geht um achtzehn Uhr.«

Leider waren die Suiten im Four Seasons bereits ausgebucht. Deswegen mussten wir uns mit einem großen Doppelzimmer begnügen. Aber wie ich Caitlyn einschätzte, fühlte sie sich dort wahrscheinlich sowieso wohler.

»Wann hast du das geplant und gebucht?«, fragte sie misstrauisch. »Hatten wir nicht ausgemacht, dass du mir solche Termine mit einer gewissen Vorlaufzeit mitteilst?«

»Hatte ich, aber das ist eine Überraschung«, fing ich an, mich zu entschuldigen.

Es stimmte, dass ich ihr versprochen hatte, es zu probieren, aber ich hatte nie behauptet, es auch immer zu tun. Ich grinste sie ein wenig ertappt an.

»Was wäre das denn für eine Überraschung, wenn man sie schon vorher wüsste?«

Damit hatte ich gewonnen, das konnte ich an ihrer Miene ablesen, die nun weicher geworden war.

»Ich muss Jo fragen, ob er im Café einspringen kann.«

»Und wenn nicht, dann lass ihn einen Zettel an die Tür hängen, dass das Café aus privatem Anlass geschlossen ist.«

»Du stellst dir das echt immer so einfach vor. Ich könnte meine Stammkunden verlieren, wenn sie vor verschlossener Tür stehen. Ich brauch den Umsatz, um die Fixkosten und die Pacht zu zahlen«, merkte sie frostig an.

»Sieh es als verspätete Hochzeitsreise an.«

Mit wenigen Schritten war ich bei ihr, nahm ihr die Tasse aus den Händen und stellte sie auf den Tresen hinter ihr. Ich umgriff ihre Taille und zog sie zu mir, senkte meine Lippen auf ihre und unterbrach diese sinnlose Diskussion mit einem leidenschaftlichen Kuss. Ein Kurztrip, bei dem uns keiner störte, sie mir allein gehörte – wann hatte ich mir das letzte Mal drei Tage am Stück freigenommen? In dieser Zeit würde ich mich nur um sie kümmern, mich in ihr vergraben und das auskosten. Ich würde sie auf jedem Zentimeter ihres Körpers brandmarken, zu meiner machen. Alles andere zählte nicht.

»Warst du schon einmal in Paris?«, fragte ich, während meine Hände auf Entdeckungstour gingen.

»Nein.«

»Es wird dir gefallen. Ich habe uns eine Tour gebucht, damit du das Wichtigste sehen kannst. Den Rest machen wir spontan und zu Fuß.«

»Du und deine Spontanität bringen mich an den Rand eines Nervenzusammenbruchs.«

»Das weiß ich zu verhindern. Außerdem gibt es viel angenehmere Tätigkeiten, dich an den Rand von was auch immer zu bringen«, sagte ich mit rauer Stimme. Hätten wir heute nicht so einen straffen Zeitplan, dann würde ich jetzt ganz andere Dinge mit ihr anstellen, als hier zu stehen. Bei meiner Andeutung und meinen Fingern, die sich unter ihren Pulli schoben und ihre nackte Haut liebkosten, musste Caitlyn kichern. Ich war ein Glückspilz. Nicht nur dass ich die Frau meiner schlaflosen Nächte geheiratet hatte, sondern sie außerdem wenig nachtragend war und grundsätzlich unter meinen Berührungen dahinschmolz.

Spät in der Nacht kamen wir dann in Paris im Hotel an. Ich durchschritt mit Caitlyn an der Hand die beeindruckende leere Hotellobby. Ein Page hatte uns die Koffer bereits am Taxi abgenommen, und die Rezeptionistin reichte uns die Zimmerschlüssel.

Oben angekommen, stürmte Caitlyn zum Fenster und blickte mit riesigen Augen auf die Kulisse von Paris. Für einen Novemberabend hatten wir Glück mit dem Wetter und eine unglaubliche Sicht. Der beleuchtete Eiffelturm war zum Greifen nahe. Ich gesellte mich zu ihr und drückte meinen Körper an ihre Rückseite.

Mein Arm umschloss ihren Oberkörper, und meine Nase versenkte ich in ihrem duftenden Haar. Allein die Wärme und ihr betörendes Aroma erweckten meine Mitte zum Leben. Würde ich je genug von ihr bekommen? Egal. Solange ich es konnte, würde ich es ausnutzen und genießen. Nicht umsonst hatte ich auf ein Kingsize-Bett bestanden.

»Habe ich dir zu viel versprochen?«, raunte ich ihr ins Ohr.

»Nein, es ist wunderschön.«

»Du bist wunderschön, Süße.«

»Süße?«, kicherte Caitlyn und lehnte sich an mich.

»Darf ich meine Frau nicht so nennen?«

»Doch, aber es hört sich aus deinem Mund so merkwürdig an.«

Ich knabberte an ihrem Ohrläppchen und küsste mich ihren Hals hinunter.

»Können wir uns morgen den Eiffelturm ansehen?«

»Den und noch vieles mehr. Aber jetzt will ich dich ganz für mich allein.«

Nach einer unglaublichen Nacht und einem französischen Frühstück standen wir nun im Foyer und warteten auf unseren privaten Chauffeur. Samantha hatte ihn für mich gebucht. Er stand uns den ganzen Tag zur Verfügung, fuhr uns zu den größten Sehenswürdigkeiten und wartete auf uns, während wir den Eiffelturm, die Basilika Sacré-Cœur, den Louvre oder andere interessante Orte oder Gebäude besichtigten. Für einige der Touristenattraktionen hatte er im Vorfeld VIP-Eintrittskarten besorgt, sodass wir nie lange anstehen mussten. Caitlyn war beeindruckt vom Eiffelturm, liebte den Blick, der sich uns bot und bewunderte ehrfürchtig die Kuppel der Basilika. Es war erstaunlich, zu hören, wie sie sich in der Landessprache unterhielt und mir bezüglich des Französischen das Wasser reichen konnte.

»Welche Sprachen beherrschst du noch?«, fragte ich sie direkt, als sie dem Angestellten bei einer der Sehenswürdigkeiten ein kleines Gespräch aufs Auge drückte.

»Deutsch, Spanisch und ein wenig Italienisch.«

»Wie kommt das?«

»Als Jugendliche war mein größter Traum, ferne Länder zu bereisen. Wir hatten nicht das Geld, richtig Urlaub zu machen. Auch wenn meine Eltern hart arbeiteten, reichte es einfach nicht. Um meinem Wunsch ein Stückchen näherzukommen, lernte ich die Sprachen.«

»Ist das deine erste große Reise?«, wollte ich erstaunt wissen.

Caitlyn nickte nur und blickte beschämt auf ihre Hände. Ich hatte schon in jungen Jahren die Hälfte des Erdballs erkundet und konnte mir nicht vorstellen, dass jemand noch nie aus England herausgekommen war – auch wenn ich wusste, dass mein Leben ein Privileg war, was den meisten Menschen verwehrt blieb.

»Wir waren in Schottland, Irland und haben einige Gegenden in England bereist. Aber mehr war nicht möglich.«

»Dann werde ich dir wohl als nächstes Europa zeigen müssen. Vor allem Berlin und Rom sind sehenswert.«

»Oder München?«, Caitlyn sah mich fragend an. »Da würde ich gerne hin.«

Im Geiste notierte ich mir ihren Herzenswunsch und fügte noch ein paar Städte und Länder hinzu, die ich für unbedingt sehenswert hielt.

Unser Chauffeur war sein Geld wert, fuhr uns durch die schönsten Straßen und Alleen zu ausgewählten Orten. In einem kleinen französischen Restaurant aßen wir zu Mittag, um dann mit der Sightseeing-Tour weiterzumachen. Den gesamten Tag genoss ich Caitlyns Anwesenheit. Ich ließ ihre Hand nur ungern los, küsste sie, wann und wo auch immer ich das wollte oder mich das Bedürfnis überkam. So fröhlich und gelöst hatte ich sie seit unserer Hochzeit nicht mehr erlebt. Sie blühte förmlich auf, staunte, freute sich wie ein Kind und steckte mich mit dieser Unbekümmertheit an. Jeden Augenblick vermochte sie in etwas Besonderes zu verwandeln und zog mich in ihren Bann. Caitlyn war eine ganz besondere Frau, facettenreich und begeisterungsfähig. Aus ihr sprühte das Leben. Sie war das Leben.

Als wir uns vor der Kathedrale Notre Dame kurz auf die Bänke setzten und verschnauften, lehnte sie sich an mich. Der Wind spielte mit ihrem Haar. Es bedurfte keiner Worte. Ich zog sie enger an mich und küsste sie sanft auf den Hinterkopf.

»Gefällt es dir?«, fragte ich sie und wusste die Antwort bereits.

Mit einem Leuchten in den Augen sah sie mich an und nickte. »Es ist noch schöner, als ich es mir vorgestellt hatte. Danke.«

»Für was? Es ist unsere Hochzeitsreise, und ich könnte mir keinen besseren Ort vorstellen, als mit dir hier zu sein.«

»Warum kann es nicht immer so sein?«, fragte sie leise, wahrscheinlich mehr zu sich selbst.

»Wie meinst du das?«

»Na ja ... so wie jetzt. Daheim bist du anders.«

»Anders?«, fühlte ich ihr auf den Zahn.

»Nun, du bist ein vielbeschäftigter Mann, Alexander. Aber in der Zeit, in der wir zusammen sind, bist du oft distanziert und fordernd zugleich. Ich weiß manchmal nicht, was du eigentlich von mir erwartest.«

»Ich erwarte, dass du einfach da bist«, antwortete ich ihr aufrichtig. Auch wenn ich versuchte, mir das Gegenteil zu beweisen und deswegen vielleicht auch schroffer war als beabsichtigt, genoss ich ihre Nähe, ihre Anwesenheit. Zwischenzeitlich war das, was uns verband, nicht nur ein unterschriebenes Stück Papier mit einem Vertrag.

»Wieso stößt du mich dann immer von dir?«

»Tue ich das?«

»Ja, das tust du. Manchmal bist du so besitzergreifend, dass es dich sogar zu stören scheint, wenn ich mit Anna etwas unternehme, und dann lässt du mich links liegen – und das nicht nur für ein paar Stunden.«

»Ich bin es nicht gewohnt, mich um jemanden zu kümmern«, gab ich halbherzig zu. Ich löste mich von ihr, stand auf und zog sie mit mir. »Lass uns die Kathedrale ansehen und dann zurück zum Hotel fahren.«

»Ins Hotel?« Schelmisch grinste sie mich an. Das löste ein Verlangen in mir aus.

»Ja, ins Hotel«, raunte ich ihr ins Ohr und führte ihre Hand kurz an meine Härte, ließ sie spüren, was sie mit mir machte. »Damit ich dich endlich aus diesen Klamotten schälen und mit Blick auf den Eiffelturm um den Verstand vögeln kann.«

Eine Röte überzog ihre Wangen. Ohne darauf zu antworten, folgte sie mir durch das Portal der Kirche.

In unserem Zimmer setzte ich meine Versprechung in die Tat um. Kaum hatte sich die Tür hinter uns geschlossen, zog ich ihr und mir die Kleider aus und führte sie ans Fenster. Sie blickte hinaus, während ich heiße Küsse über ihren Nacken und ihrer Schulter verteilte. Meine Hand legte sich um ihren Oberkörper, verharrte auf einer ihrer Brüste, und meine Finger spielten mit ihrer Knospe, bis sie hart wurde und keck nach oben stand. Caitlyn keuchte auf. Als ich meine Härte an ihrem Po rieb, bog sie sich mir entgegen. Meine Hand wanderte zu ihrem Hals, umschloss sanft ihre Kehle und drückte ihren Kopf nach oben gegen meine Brust, während ich meine Härte an ihrem Eingang positionierte und mich mit einer fließenden, harten Bewegung in ihr versenkte. Ich nahm sie mit kräftigen, gleichmäßigen Stößen. Caitlyn wimmerte und drückte ihren Hintern gegen mich, um mir entgegenzukommen. Wir blendeten alles um uns herum aus, getrieben durch die Welle der Lust und dem nicht enden wollenden Bedürfnis, von einem perfekten Orgasmus in den nächsten überzugehen. Meine Hände hielten ihre Hüften. Ich zog mich zurück, machte eine kreisende Bewegung, um noch heftiger in sie zu stoßen und traf einen Punkt, der Caitlyn zum Schreien brachte.

In dieser Nacht liebte und fickte ich sie wortlos. Ließ meinen Körper, meine Lippen und meine Berührungen sprechen. Zeigte ihr, wie wichtig sie mir in den letzten Wochen geworden war und wie sehr ich sie begehrte. Das Feuer in mir wollte nicht erlöschen. Mit jedem Mal wurde es mehr und mehr befeuert.

Ermattet schlief sie schließlich in meinen Armen ein. Ich ließ ihr seidiges Haar durch meine Finger gleiten, strich über ihre weiche Haut und beobachtete ihre entspannten Gesichtszüge. Caitlyn war beeindruckend. Sie genoss den sanften Sex mit mir genauso sehr wie den harten. Sie war stark und zerbrach nicht gleich unter meiner dominanten Penetration, obwohl ich wusste, dass es oft eine Gradwanderung zwischen brutal und genussvoll sein konnte.

Diese Frau ging mir dermaßen unter die Haut, und das warme Gefühl, das sich bei ihrem Anblick in mir breitmachte, würden andere mit Verliebtheit in Einklang bringen.

23. Caitlyn

Paris war umwerfend. Und Alexander auch. Er hatte sich ein paar Tage Zeit für mich genommen, mir die Stadt gezeigt und mir seine volle Aufmerksamkeit geschenkt. Ich hatte es ausgekostet, sein Mittelpunkt zu sein.

Aber jetzt stellte sich der Alltag wieder ein. Er arbeitete rund um die Uhr, kam spät abends oder nachts nach Hause, und morgens war er meistens schon weg, bevor ich aufgestanden war.

Annas Abreise nach New York rückte immer näher. Deswegen wollten wir uns heute Abend auf dem Winter Market am Southbank-Ufer treffen. Jedes Jahr besuchten wir den Markt dort, tranken zusammen Glühwein und bummelten durch die Stände. Ich liebte die Vorweihnachtszeit, fürchtete mich aber vor den Festtagen – insbesondere seit dem Tod meiner Eltern.

Bevor ich mich mit Anna treffen konnte, musste ich das Mittagessen mit seinen Eltern auf deren Landsitz über mich ergehen lassen. Ich hatte ehrlich versucht, ohne Vorurteile an die Sache heranzugehen, in der Hoffnung, seine Mutter hätte sich langsam an den Gedanken gewöhnt, mich an Alexanders Seite zu sehen. Aber dem war nicht so. Das gesamte Essen glich einem Wettkampf für Pfeile abschießen, und ich hatte die fette Zielscheibe auf dem Rücken. Es war eine Katastrophe.

»Chloé hat erzählt, dass die Leute schon über uns reden. Deine Frau wüsste nicht, wie man sich anzuziehen und sich in dieser Gesellschaft zu benehmen habe.« Das waren die Worte seiner Mutter zur Begrüßung gewesen. Sie hatte mir vorgeworfen, in einem billigen Kleid von der Stange den Ruf der Familie zu diskreditieren.

»Ich konnte nichts Verwerfliches an dem Kleid finden, Mutter.«

»Natürlich nicht. Weil du von solchen Dingen keine Ahnung hast und deine Gedanken anscheinend nur in eine Richtung gehen.«

Innerlich fing ich an zu kochen. Es war schon eine Frechheit, wenn jemand in der dritten Person über einen redete, obwohl man anwesend war. Aber diese Frau schoss wirklich den Vogel ab.

»Ich weiß nicht genau, von welchem Kleid Sie reden«, versuchte ich die Situation aufzuklären. »Aber sollten Sie jenes meinen, das ich bei dem Gala-Abend dieser Investoren anhatte, dann kann ich versichern, es war von einem jungen, aufstrebenden Designer. Er hat sehr schöne Modelle, die mir alle gut gefallen und …«

»Es ist egal, was für ein Designer er ist, es war nicht standesgerecht«, fuhr sie mir über den Mund.

Standesgerecht? Gut, ich hatte wirklich keine Ahnung, was bei ihnen standesgerecht sein sollte, aber ich würde mir nicht vorwerfen lassen, dass ich billig ausgesehen hätte.

»Zwischen billig und unbekannt ist schon noch ein kleiner Unterschied.«

»Wollen Sie mich belehren?«, funkelte sie mich wütend an.

»Caitlyn, Mutter, können wir uns wieder beruhigen?« Dann eskalierte die Situation, als sein Vater sich beschwerte, dass Alexander einen langjährigen Partner, einen Immobilienmakler, entlassen hatte, weil er ein Penthouse, das Alexander unbedingt hatte haben wollen, nicht hatte erwerben können. Der Streit griff erneut auf mich über, obwohl ich zu diesem Zeitpunkt schon nur noch sprach, wenn es sich nicht mehr vermeiden ließ.

»Seit du dieses Flittchen geheiratet hast, bist du nicht wiederzuerkennen. Das Geschäft wird darunter leiden«, giftete Eliza.

Ich hatte den Atem angehalten. Flittchen. War das ein standesgemäßes Wort in der High Society?

»Mutter!«

»Entschuldigung, aber ich bin nicht für alle Entscheidungen Ihres Sohnes verantwortlich«, versuchte ich mich zu verteidigen.

»Lass gut sein, Caitlyn«, mahnte mich Alexander mit hochgezogenen Augenbrauen und strengem Blick. Seine Hand lag auf meinem Oberschenkel und drückte warnend zu.

»Nein, lass ich nicht. Sie kann ja über mich denken, was sie will, aber ich bin weder ein Flittchen, noch hab ich mit deinen Geschäften zu tun und bin für deine Entscheidungen verantwortlich.«

»Caitlyn, halt dich bitte zurück.« Seine Stimme ließ keine Widerworte zu.

»Sie hat es von Anfang an auf dein Geld abgesehen. Egal was du sagst, Alexander«, versprühte Eliza weiter ihr Gift. »Du solltest diese Farce beenden und eine Frau an deine Seite holen, die sich in der Gesellschaft zu benehmen weiß und keinen Elefanten im Porzellanladen an Land ziehen.«

»Ich …«, wollte ich mich erneut verteidigen.

»Caitlyn!«, schnitt Alexander mir das Wort ab. »Ich werde darauf achten, dass sie das nächste Mal angemessen gekleidet ist und sich zurückhält.«

Zurückhält? Verstand ich das gerade richtig? Ich hatte doch gar nichts getan.

»Sie wird unsere ganze Familie noch in die Schlagzeilen bringen, und alle unsere Bekannten und Freunde werden sich das Maul über uns zerreißen.«

»Jetzt übertreib es nicht«, versuchte Jacob die Wogen zu glätten.

»Ich übertreib es nicht. Aber die Cherletons haben uns zum letzten offiziellen Dinner nicht eingeladen, und weißt du warum? Weil unser Sohn diese Person geehelicht hat.«

»Ihr wart schon vorher nicht auf allen Partys von den Cherletons eingeladen«, stellte Alexander richtig.

»Und dennoch kommt mir von allen Seiten zu Ohren, wie wir es zulassen konnten. Sie ist und bleibt eine Person der unteren Schicht.«

Unterschicht. Arbeitsschicht. Mittelschicht. Na und? Was war daran verwerflich?

»Ich komme vielleicht aus einer Arbeiterfamilie, aber ich kann daran nichts Schlimmes finden.«

»Nichts Schlimmes finden«, äffte sie mich nach. »Aber ich. Sie sind und bleiben in meinen Augen ein geldgieriges Miststück, und das hier ist und wird nie Ihre Familie sein.«

»Muss es auch nicht«, entgegnete ich tonlos. »Aber wenn es Sie beruhigt, dann versichere ich Ihnen, dass dies mein letzter Besuch hier war.«

Alexander sah mich mit einem vernichtenden Blick an. Seine Lippen glichen nur noch einer schmalen Linie. »Caitlyn, das reicht!«

Ich hoffte so, dass er mich in Schutz nehmen, dass er sich vor mich stellen und seine Mutter in die Schranken weisen würde. Aber er tat nichts dergleichen.

Zwischen dem Hauptgericht und dem Dessert waren wir kurz allein, und ich bat ihn leise, mir doch beizustehen. Darauf erwiderte er nur: »Du musst lernen, damit umzugehen. Meine Mutter ist so und wird sich nicht ändern. Mach dir bewusst, dass wir einen Deal haben und halt dich einfach daran. Interpretier da nicht zu viel rein.«

Schlimmer als seine Worte war die Kälte in seiner Stimme. Sprachlos hatte ich nur noch genickt und den Rest des Essens über mich ergehen lassen, ohne auch noch einen Bissen hinunterzubekommen. Jeder Seitenhieb seiner Mutter, jeder tödliche Blick und jede Spitze in ihren Bemerkungen, trafen mich mit voller Breitseite. Alexanders Worte hatten mir den Rest Selbstschutz genommen. Mein Fell war nicht mehr so dick, als dass es an mir hätte abprallen können. Ich schwor mir, nie wieder einen Fuß in dieses Haus zu setzen, so masochistisch konnte kein Mensch veranlagt sein, sich dieser Hexenjagd freiwillig auszusetzen.

Auf der Heimfahrt versuchte ich, meine Wut und meine Abscheu im Zaum zu halten. Aber sie wallten immer wieder in mir hoch, drückten mir die Brust zu, sodass ich kaum noch atmen konnte. Tränen sammelten sich in meinen Augen, und ich starrte aus dem Fenster, damit er sie nicht bemerkte. Ich wollte Alexander gegenüber keine Schwäche zeigen. Es war schon so schwer genug.

24. Alexander

Connor schenkte uns jeweils ein Glas Whiskey ein und schlenderte dann zu mir ins Wohnzimmer. Sein Penthouse war ganz nach meinem Geschmack – hoch über London mit einem gigantischen Blick auf die Themse und die Tower Bridge. Auch die offene Gestaltung und die Einrichtung gefielen mir. Kurz dachte ich mit Wehmut an das Appartement, welches ich nicht bekommen hatte. Aber wenn ich ehrlich war, machte es mir derzeit nichts aus, weil ich das Leben in meinem Haus – zusammen mit Caitlyn – wirklich genoss. Allerdings war die Luft zwischen uns gerade ein wenig dick und mit Ärger gefüllt.

»Weiß Caitlyn, dass du bei mir bist?«, fragte Connor und reichte mir eines der beiden Kristallgläser.

»Ich hab nicht vor, mich daheim abzumelden, wenn ich zu dir oder wo immer auch hingehe. Also nein, sie weiß es nicht.«

Connor sah mich mit strengem Blick an, der an einen Direktor erinnerte, der vor sich einen Schuljungen hatte, den er gleich zurechtweisen würde. Nur war ich ein erwachsener Mann, der darin keine Notwendigkeit sah. Abmelden? So weit würde es noch kommen, dass ich jemandem Rechenschaft ablegte, was ich tat.

»Und Caitlyn?«, fragte Connor mahnend. »Sie soll genau das tun?«

»Das ist ja wohl was ganz anderes. Das kann man nicht miteinander vergleichen.«

»Wieso nicht?« Er lächelte mich wissend an. Auch wenn er mein bester Freund war, stand ich kurz davor, ihm das Grinsen aus dem Gesicht zu wischen.

»Das hat was mit ihrer Sicherheit zu tun. London bei Nacht ist für eine Frau wie sie nie sicher«, feuerte ich zurück.

»Aha. Sicherheit.« Mit einem arroganten Lächeln nahm er einen Schluck und ließ dann das Glas in seiner Hand kreisen. »Es geht also nur um ihre Sicherheit.«

»Ja, verdammt.«

»Sorry, Mann, aber das ist Bullshit, und das weißt du. Ist ja schön und gut, wenn du dir das selbst einzureden versuchst. Fakt ist, dass du den Gedanken nicht ertragen kannst, nicht zu wissen, wo sie ist.«

Auch wenn ich es tatsächlich nicht wahrhaben wollte, aber Connor traf mal wieder ins Schwarze. Seit Caitlyn bei mir wohnte, war da auch diese unterschwellige Furcht, dass ich eines Tages nach Hause kommen könnte und sie weg wäre. Einfach fort. Ein Gefühl, das mir bis dato unbekannt war. Knurrend nahm ich ebenfalls einen Schluck und starrte hinaus auf die beleuchtete Stadt.

»Du hast Gefühle für sie entwickelt und willst es dir nicht eingestehen – und es schon gar nicht mitteilen«, vermutete Connor.

Es tat weh, die Tatsachen so unverblümt vor Augen geführt zu bekommen.

»Gefühle? Das wird alles überbewertet«, log ich. »Wir haben fantastischen Sex, mehr nicht.«

»Mehr nicht?« Connor schüttelte missbilligend den Kopf. Er kannte mich. Wusste, dass ich kein Mensch war, der seine Gefühle nach außen projizierte. »Ist das der Grund, warum du sie bei deiner Mutter auch so ins Messer rennen lässt?«

»Sie hätte sich nicht provozieren lassen sollen.«

»Du kannst ihr das nicht übelnehmen. Wir kennen deine Mutter beide, und die kann wirklich ...«, Connor suchte nach dem passenden Wort, »... biestig sein.«

Ich lachte trocken auf. »Aber Caitlyn muss lernen, dass sie gegen meine Mutter nur eine Chance hat, wenn sie sich zurückhält. Kein Gegenwind.«

»Sie hat gegen Eliza mit und ohne Gegenwind keine Chance, aber du solltest ihr wenigstens zur Seite stehen. Es ist schon so schwer genug für sie.«

»Du stehst auf ihrer Seite«, knurrte ich. Caitlyn versprühte einen gewissen Charme und hatte Connor damit bereits eingefangen.

»Caitlyn ist etwas Besonderes, und das weißt du. Sonst würdest du nicht so besitzergreifend reagieren. So eine Frau trifft man nicht alle Tage, und du hast es geschafft – mehr oder weniger mit einem Trick – sie an deine Seite zu holen. Also verbock es nicht.«

Connor ging zum Fenster, blickte hinaus und drehte sich dann wieder zu mir um. Er deutete anklagend mit dem Glas auf mich. »Du musst sie aus der Schusslinie nehmen. Es liegt in deiner Verantwortung, für ihr Wohlbefinden zu sorgen. Und sind wir mal ehrlich ... keines deiner Flittchen hätte sich wirklich so betiteln lassen. Warum also Caitlyn?«

»Du hast ja recht«, gab ich mürrisch zu. »Ich werde versuchen, sie von meiner Mutter fernzuhalten.«

»Das reicht nicht.«

»Was dann?«

»Du musst hinter ihr stehen. Ihr den Rücken stärken und ihr zeigen, dass du sie gegen jeden verteidigst.«

»Gegen die eigene Mutter? Die eigene Familie?«

»Gegen wen auch immer. Sie ist deine Frau, ob aus Liebe geheiratet oder wegen eines Vertrages, ist zweitrangig. Wenn ihre Freundin Anna in ein paar Tagen nach New York geht, hat sie nur noch dich. Dann bist du ihre Familie.«

Der Gedanke, dass sie mir ganz allein gehören würde, ließ mein inneres Monster triumphierend aufschreien.

»Weißt du, warum diese Art von Frauen nichts für uns ist?« Abwartend sah mich mein bester Freund an.

Als ich keine Anstalten machte, zu antworten, tat er es.

»Weil sie sanftmütig sind, ehrlich und ein reines Herz haben. Eigenschaften, die wir lieben und dennoch unter unseren Stiefeln zertreten. Pass auf, dass du sie nicht zerbrichst.«

Kurz bereute ich es, ihm von dem Nachmittag erzählt zu haben, aber wenn jemand mich verstand, dann er.

Ich war wütend gewesen. Auf meine Mutter, weil sie derart ungehobelt auf meine Frau losgegangen war, auf Caitlyn, weil sie sich zu verteidigen versuchte, wo es nichts zu verteidigen gab. Genau betrachtet war ich sauer auf mich selbst gewesen, weil ich nicht Herr dieser Situation gewesen war. Caitlyn konnte am wenigsten dafür. Dennoch hatte ich es an ihr ausgelassen, hatte sie im Beisein meiner Eltern zurechtgewiesen und im Auto mit Schweigen abgestraft. Daheim hatte ich mich umgezogen und war wortlos weggefahren. Hierher, zu Connor, in der Hoffnung, einen Verbündeten in ihm zu finden. Gefunden hatte ich einen Lehrer mit erhobenem Zeigefinger, der mir meine Fehler ungeniert unter die Nase rieb.

Ich erhob mich und holte mein Handy aus meiner Jacke. Caitlyn hatte sich nicht gemeldet, dafür mein Sicherheitssystem, das mir mitteilte, dass jemand das Haus verlassen und abgeschlossen hatte. Caitlyn war gegangen.

Eine kalte Hand griff nach meinem Herzen, und mein Puls fing an zu rasen. Normalerweise hinterließ sie mir eine kurze Nachricht, wenn sie wegging oder später kam. Aber heute herrschte Funkstille.

Connor beobachtete mich, und seine Miene spiegelte meine. Mit ernstem Blick sah er mich an, sorgenvoll.

»Was ist los?«, wollte er wissen.

»Caitlyn ist gegangen.«

»Wohin?«

»Keine Ahnung, sie hat mir nichts geschrieben.«

»Oh, soll sie sich abmelden? Warum? Ist sie dir Rechenschaft schuldig?«, griff er unser Gespräch von vorhin auf und schleuderte mir genau die Argumente um die Ohren, die ich vorgebracht hatte. Nur dass sich das hier gar nicht gut anfühlte. War sie nur zu Anna gegangen, um sich, wie ich, abzulenken? Oder hatte sie ihre Koffer gepackt und war …? Nein, daran durfte ich nicht denken.

Ich tippte eine kurze Nachricht ein und sandte sie an Caitlyn.

Wo bist du?

Kurz darauf kam eine Antwort, die mein Blut in Wallung brachte.

Mich erholen! Glühwein trinken mit Anna und deine Familie in Misskredit bringen, sofern jemand mich hier erkennt!

Ich lachte bitter auf. Das war nicht ihr Ernst. Ich tippte auf ihre Nummer und ließ es unter den Argusaugen von Connor klingeln. Sie ließ es ins Leere laufen und klickte mich dann weg. Die Ader an meiner Schläfe pochte immer wilder. Ich schrieb erneut.

Wo bist du!?

Anstelle einer Antwort kam nur ein Standort.

Connor war zwischenzeitlich zu mir gekommen und schielte über meine Schulter. »Ärger mit deiner Süßen? Oder warum siehst du gerade aus, als stündest du kurz vor einem Herzinfarkt?«

Wieder wählte ich ihre Nummer, mit dem Ergebnis, dass mir eine freundliche Stimme mitteilte, dass dieser Teilnehmer derzeit nicht verfügbar sei. Sie hatte doch tatsächlich ihr Handy ausgeschaltet! Ich zeigte Connor wortlos die Nachrichten. Er sog hörbar die Luft ein und konnte sich ein fettes Grinsen nicht verkneifen.

»Das ist nicht ihr verdammter Ernst!«

»Nun, dann weißt du ja jetzt, wo du als Nächstes hinfährst.«

Ich nickte, schnappte mir meine Jacke und stürmte aus dem Appartement. Das Letzte, was ich noch hörte, war Connors Lachen. »Die Frau gefällt mir, hat dich voll in der Hand!«

25. Caitlyn

Ich umklammerte die Tasse mit beiden Händen und wärmte meine Finger daran. Der würzige Duft von Glühwein drang in meine Nase und bescherte mir ein kurzes Innehalten. Ich wagte es nicht, Anna anzusehen. Ich konnte ihren fragenden und bohrenden Blick auf mir spüren, seit wir uns an den kleinen Stehtisch gestellt hatten. Aber ich fand keine Worte, ihr zu erklären, was gerade in mir vorging. Wie sollte ich ihr das Gefühlschaos, diese Achterbahn aus Hochs und Tiefs erläutern?

Dieser putzige kleine Stand war für uns jedes Jahr die erste Anlaufstelle. Anna und ich fanden, dass es hier den leckersten Glühwein vom ganzen Winter Market gab. Früher hatten wir uns mit der Clique hier getroffen, bevor sie sich in alle Himmelsrichtungen zerstreut hatte. Selbst mit Elliot war ich hier gewesen, wenn ich im Dezember an den Wochenenden von der Privatschule nach Hause gekommen war. Wir schlenderten dann allein oder zusammen mit Anna und ein paar Freunden über den Markt, tranken Glühwein und aßen heiße Maronen. Jetzt waren nur noch Anna und ich hier.

»Was ist los?«, durchbrach Anna meine Gedanken an gute alte Zeiten. »An was hast du gerade gedacht?«

»An alte Zeiten«, antwortete ich verdrossen.

»Alte Zeiten?« Anna runzelte die Stirn. »Was ist wirklich los, Lyn?«

»Ach, nichts.« Ich zuckte mit den Achseln. Wie sollte ich ihr meine Gefühle erklären, wenn ich sie selbst nicht ganz einordnen konnte? Alles war nur noch ein einziges Durcheinander. Einem Hoch folgte ein Tief. Freude wechselte sich mit Schmerz ab. Dazwischen diese unausweichliche Frage, was ich mir dabei gedacht hatte, diesem bescheuerten Deal zuzustimmen. Hatte mich meine innere Stimme nicht von Anfang an gewarnt, die Finger von Alexander zu lassen?

»Wie lange kennen wir uns jetzt?« Anna sah mich ernst an. »Ein Jahr? Zehn Jahre?« Die Frage war eindeutig sarkastisch gemeint. »Wir kennen uns jetzt seit achtzehn Jahren. Glaubst du wirklich, dass ich nicht sehe, wie es dir gerade geht?«

Ich schluckte und blinzelte die Tränen aus meinen Augenwinkeln. Vorsichtig nahm ich einen Schluck von dem heißen Getränk, schaute an ihr vorbei und beäugte die vorbeischlendernden Menschen. Der Kloß in meinem Hals wurde dennoch immer größer.

»Es war ein Fehler«, erklärte ich traurig. »Ich hätte diesem Mist niemals zustimmen sollen. Es war von vornherein klar gewesen, dass ich für so etwas nicht gemacht bin. Dass es mir mehr Nachteile als Vorteile einbringen würde. Ja, ich bin diese beschissenen Schulden von meinem Bruderherz los, aber zu welchem Preis?« Eine Träne kullerte mir über die Wange, und ich wischte sie verstohlen weg. »Ist es zu viel verlangt, wenn ich mir wünsche, dass jemand mich liebt und für mich da ist? Ich weiß, ich bin naiv, stimmt's? Ich hatte meine Bedenken auf die Seite geschoben. Gehofft, dass ich das packen würde. Aber ich schaff das nicht. Ich bin nicht so abgeklärt, so abgebrüht, und kann Gefühle und Geschäft so knallhart trennen. Wie auch, wenn sich alles vermischt? Ich hätte mich niemals auf diesen Mist einlassen sollen und jetzt ... jetzt schmerzt es mich, dass ich nur ein Geschäft bin. Dass Alexander in mir nichts weiter sieht als einen Vertragspartner.« Ich lachte bitter auf, als ich merkte, wie weh mir die Wahrheit tat, die ungeschönte ausgesprochene Wahrheit. »Ach, und nicht zu vergessen: Das bisschen Vergnügen neben dem Deal gehört schließlich auch zum Deal.«

Anna schaute mich traurig an. »Ich hätte dir nie dazu raten sollen«, sagte sie betroffen. »Wir hätten eine andere Lösung gefunden.«

Wieder lachte ich bitter auf. »Welche denn?« Ich leerte meinen Becher und knallte ihn auf den Tisch vor mir. »Mir blieb doch keine Zeit. Sie hätten mein Café verwüstet und keine Ahnung was noch. Aber ich bin ein Narr gewesen. Er hat es mir von Anfang an gesagt, dass dies ein Deal mit Vorzügen war. Mehr nicht. Und was tu ich?« Missmutig starrte ich auf den leeren Becher.

»Du hast dich verliebt«, mutmaßte Anna und traf damit voll ins Schwarze. Sie kam um den Tisch herum und nahm mich kurz in ihre Arme.

»In ein versnobtes Arschloch. Ich Vollidiotin!« Ich wischte mir die nächsten Tränen von der Wange. »Ich will doch einfach nur ein normales Leben. Ist das zu viel verlangt?«

»Nein, aber du bist eben einfach Lyn – mit dem besten und größten Herzen, das ich kenne.«

Wir holten uns noch einen Punsch und eine Portion Pommes, dann erzählte ich ihr in Kurzform, was heute passiert war.

»Ich kann mit dieser Gefühlskälte nicht leben, Anna. Es macht mich fertig. Auf der einen Seite trägt er mich auf Händen, schenkt mir einen Trip nach Paris und kann nicht genug von mir bekommen und auf der anderen Seite ...«

Ein wissendes Lächeln huschte über Annas Gesicht, das mir die Schamesröte ins Gesicht trieb.

»... wache ich alleine auf, werde den ganzen Tag ignoriert und bekomme zu hören, dass ich zu viel verlange, ein wenig Respekt von seiner Familie zu bekommen. Und ich muss mir von seiner Mutter – in seinem Beisein – anhören, was für eine Missgeburt ich bin.«

»Hat sie das so gesagt?«, hakte Anna entsetzt nach.

»Nein, aber gemeint.«

»Versteh einer die Männer. Ich hatte eher den Eindruck, er verschlingt dich mit seinen Augen, und wehe, es kommt ein anderer in deine Nähe, oha, da bekomm sogar ich als Freundin Angst.«

»Das ist nur sein Ego mit enormem Besitzanspruch.«

»Caitlyn! Anna!«, begrüßte uns eine mir bekannte Stimme. Elliot. Was machte der den hier?

»Hey, Elliot, lange nicht mehr gesehen.« Anna wischte sich die Finger an der Serviette ab und begrüßte meinen Ex-Freund. Dann drehte er sich zu mir und gab mir auf beide Wangen ein Küsschen.

»Kann ich mich dazugesellen, oder habt ihr keinen Platz für einen alten Freund?«, zwinkerte er uns zu.

»Klar, aber nur, wenn du uns noch einen Glühwein mitbringst«, sagte Anna und drückte ihm ihren leeren

Becher in die Hand. Ich behielt meinen bei mir und schüttelte den Kopf. »Danke, ich hab noch.«

Elliot verschwand, und ich nutzte den kurzen Moment, um mich wieder zu sammeln, meine Tränen fortzuwischen und ein Lächeln aufzusetzen.

Einige Zeit später kam Elliot mit Pommes und zwei Bechern dampfendem Glühwein zurück. Zwischen dem Essen erzählte er uns, wie es ihm in der letzten Zeit ergangen war, dass er sich beruflich neu orientierte, eine größere Reise nach Amerika unternommen hatte und derzeit Single war. Das Letzte sagte er mit einem merkwürdigen Blick zu mir gewandt. Als ob das für mich eine wichtige Information wäre. Wäre es vielleicht vor ein paar Monaten gewesen, nun denn, mittlerweile war es das nicht mehr. Anna sah zu mir und lenkte die Unterhaltung mit Elliot auf ihr neues Projekt in New York. Dankbar sah ich zu ihr herüber. Ich war gerade mehr damit beschäftigt, Alexander eine Antwort auf seine Frage, wo ich sei, zu schreiben. War das echt sein Ernst? Schlussendlich schickte ich ihm meinen Standort und machte mein Handy aus. Sollte er damit anfangen, was er wollte. Was würde ihm diese Information bringen? Ich hatte die Nase so voll von dem ganzen Mist, dass es mir egal war. Sollte er denken, was er wollte.

Die Zeit schien an uns vorbeizurasen. Ich war mittlerweile auf alkoholfreien Punsch umgestiegen, weil sich der Glühwein bei mir bereits bemerkbar machte. Patrick, ein neuer Kollege von Elliot, gesellte sich zu uns. Er war nett, zurückhaltend, und man konnte sich gut mit ihm unterhalten.

»Caitlyn?«, dröhnte Alexanders Stimme plötzlich zu mir. Ich drehte mich erstaunt zu ihm um. Wie ein Kriegsgott stand er vor mir, starrte mit düsterem Blick in meine Richtung.

»Wir gehen. Mein Auto ...«

Elliot starrte verwirrt zu uns. »Wer sind Sie, dass Sie so mit Lyn reden?«, fragte er aufgebracht.

»Ihr Ehemann«, schnauzte Alexander zurück und griff nach meinem Oberarm.

»Ehemann? Du hast geheiratet?«, wiederholte Elliot ungläubig und schaute mich dabei fragend an. Dann wanderten seine Augen zu meiner Hand, und ein Schatten flog über sein Gesicht, als er den Ring bemerkte. Wieso er ihn nicht schon früher gesehen hatte, war mir ein Rätsel.

»Genau, also halt dich von ihr fern!«, forderte Alexander ihn auf und riss mich zu sich. Hart und fordernd drückte er mir einen Kuss auf den Mund. Das war kein Begrüßungskuss, sondern eine Machtdemonstration. Als er sich wieder von mir löste, flüsterte er mir ins Ohr: »Was soll das hier?«

»Nach was sieht es denn aus? Ich trinke mit Freunden einen Glühwein«, wisperte ich zurück.

Sein Körper verspannte sich, und in seinen Augen blitzte es wütend auf. »Das kannst du nicht machen. Einfach verschwinden und mich im Unklaren lassen, wohin du gegangen bist.«

»Wieso? Steht das auch im Vertrag?«, fragte ich süffisant. »Ich habe davon nichts gelesen. Also halt auch du dich an deinen Teil der Abmachung.«

Alexanders Miene verdunkelte sich, und ich konnte den Sturm in seinen Augen sehen. Aber es war mir egal. Sollte er wütend sein. Ich war es auch.

Er zog mich noch ein Stück auf die Seite. »Willst du mich jetzt vollends verärgern?«, raunte er mir zu.

»Dann sind wir schon zu zweit. Was soll's?«

»Du weißt, wie ich es bei meinen Eltern gemeint habe.«

»Nein, tue ich nicht. Und ich bin nicht mehr gewillt, mir das bieten zu lassen. Dieser ganze Mist war deine Idee.«

»Können wir das zu Hause in Ruhe bereden?«, fragte er beschwichtigend.

Ich sah in seine Augen und wusste nicht mehr, was ich tun sollte. Ich wollte ihn, wollte einen Platz in seinem Herzen haben – so wie er sich bei mir eingenistet hatte – aber ich wollte das ganze Drama drum herum nicht. Ich wollte nicht klein beigeben und schwach sein, verletzbar. Aber welche Chance hatte ich schon? Er hatte die Fäden in der Hand. Er dirigierte. Verdammt, ich hatte noch nicht einmal mehr einen Rückzugsort, an den ich für ein paar Tage flüchten könnte, um wieder zur Ruhe zu kommen. Atmen zu können. Ich hatte nichts. Nichts, außer dieser Vereinbarung, in der ich mich gefühlstechnisch an den Teufel verkauft hatte. Resigniert nickte ich.

26. Caitlyn

Die nächsten Tage bemühte sich Alexander besonders um mich. Es schien, als wäre ein Schalter bei ihm umgelegt worden, und es gäbe nichts Wichtigeres im Leben als mich. Er kam früher von der Arbeit und überraschte mich mit einem gemütlichen Filmabend, weckte mich mit einem Frühstück oder nahm mich mit an ungewöhnliche Orte in London.

Heute würde Anna den Flieger nach New York nehmen. Ich schloss pünktlich das Café und wollte noch einen kurzen Abstecher zu meinen beiden alten Bekannten machen, bevor Alexander mich abholte. Er hatte mir damals unmissverständlich mitgeteilt, was er davon hielt. Ich wollte mir aber auf der einen Seite nichts vorschreiben lassen und auf der anderen nicht in die nächste Diskussion reinlaufen. Aus diesem Grund machte ich es eben heimlich. Ich packte wie gewohnt die beiden Baguettes ein, schnappte mir die heißen Kaffeebecher und eilte zu der mir bekannten Ecke, an der T. und Harry immer herumlungerten. Auch dieses Mal traf ich sie dort an und überreichte ihnen die mitgebrachten Sachen.

»Alles gut?«, fragte ich T. Harry stand etwas abseits und sah müde und krank aus. »Ist sein Husten immer noch nicht besser geworden?«

»Nein, und ihm macht das Wetter zu schaffen.«

»Könntet ihr nicht doch in einem der Heime Unterschlupf finden? Wenigstens so lange, bis es ihm besser geht?«, fragte ich behutsam.

Dieses Thema war bei den beiden nicht sonderlich beliebt, und ich verstand warum. Im Sommer war es einfacher, draußen zu schlafen als in den stickigen Obdachlosenunterkünften. Dort war es immer voll, und T. hatte mir berichtet, dass manchmal sogar die wenigen Habseligkeiten geklaut wurden. Harry mochte keine Menschenansammlungen und das Obdachlosenheim schon gar nicht. Aber jetzt, im Winter, wo die Temperaturen nachts auch mal unter null fielen, sollten sie nicht unter Brücken oder in zugigen Hauseingängen schlafen.

»Ich pass auf ihn auf«, sagte sie schroff.

»Das glaub ich dir, aber vorübergehend solltet ...«

»Caitlyn!«, bellte jemand über die Straße.

Ich blickte zu dem Mann, der auf der anderen Straßenseite zu uns rübersah. Mist, jetzt hatte er mich doch wieder erwischt. Das roch nach Ärger.

»Ich glaub, da will jemand, dass du dich von uns fernhältst«, fasste T. zutreffend zusammen.

Ich schaute zwischen ihr und Alexander hin und her. »Sorry, ich muss gehen. Aber komm ins Café, falls ihr etwas braucht. Okay?«

»Wenn uns dein Typ dann nicht die Bullen auf den Hals hetzt.«

»Tut er nicht«, versprach ich, in der Hoffnung, dass er das wirklich nicht tun würde.

»Sieht aber ganz danach aus.«

Ich überquerte eilig die Straße. Alexander sah mich scharf an und zog mich zu sich.

»Sag mal, spinnst du?«, fragte er mit rauer Stimme. »Hatte ich mich nicht klar genug ausgedrückt, dass ich dich hier in dieser Ecke nicht sehen möchte und schon gar nicht bei den beiden?«

»Ja, hattest du, aber ich bin nicht gewillt, sie einfach fallenzulassen. Ich pass auf mich auf und schwöre, deine Mutter wird nichts davon mitbekommen.«

Er sah mich kurz streng an und griff nach mir. Seine warme Hand umschloss meine. Wieder weckte er dieses Gefühl in mir, zu ihm gehören zu wollen. Für immer.

»Wir müssen uns beeilen«, sagte er und ging zurück zu seinem Wagen.

Kurz darauf fuhren wir zum Flughafen, wo ich Anna traf. Sie war mit einem Taxi angekommen, und ich bat Alexander, dass er bitte im Auto auf mich warten sollte.

Diese Verabschiedung betraf nur Anna und mich und war tränenreich, wusste ich doch, dass ich sie eigentlich neben mir brauchte. Sie als meine Stütze nicht gehen lassen konnte und wollte. Aber die Chance, die sich dort für sie ergab, war einmalig, und ich gönnte es ihr von Herzen, wenn auch meines darunter zu bluten anfing. An der Sicherheitskontrolle übergab ich ihr mein Abschiedsgeschenk.

»Aber mach es erst im Flieger auf. Versprochen?«

Anna drückte mich fest und nickte. Die Tränen raubten ihr die Sprache, und der Abschied fiel uns beiden gleichermaßen schwer.

»Ich werde dich vermissen.«

»Und ich dich erst, Lyn.«

Es wurde Zeit für sie, zu gehen.

»Lyn, versprich mir, dass du auf dich aufpasst.«

»Mach ich.«

»Und wenn der sexy Teufel im Anzug oder seine Mutter dir auf die Nerven gehen, dann nimm den nächsten Flieger und komm zu mir nach New York. Ich werde immer einen Platz für dich haben.«

»Du bist die Beste.« Ich lachte und weinte gleichzeitig. Ein letztes Mal hauchte ich ihr einen Luftkuss zu und sah, wie sie durch die Sicherheitsschleuse in ihr neues Leben ging. Schwermütig drehte ich mich um und verließ das Flughafengebäude.

»Caitlyn!«, rief mir Alexander zu und winkte mich zu sich. Er stand vor seinem McLaren und wartete im Nieselregen auf mich. Ohne noch etwas zu sagen, nahm er mich in den Arm und rieb mir tröstend über den Rücken. Ich schmiegte mich an ihn, atmete seinen Duft ein und schloss die Augen.

»Sei nicht traurig. Im neuen Jahr werden wir zusammen nach New York reisen und Anna dort besuchen«, sagte er mit seiner dunklen Stimme, die mir einen wohligen, warmen Schauer über den Rücken laufen ließ.

Er drückte mich liebevoll von sich und umschloss mit beiden Händen mein Gesicht. Mit den Daumen wischte er mir die Tränen von meinen Wangen und küsste mich. Dieser Mann war so voller Widersprüche. Einmal dominant und beherrschend und dann wieder liebevoll und fürsorglich.

»Ich habe eine kleine Überraschung für dich. Komm, steig ein.« Er hielt mir die Beifahrertür auf. Ich war zu aufgewühlt von meinen Gefühlen für Anna, um zu protestieren.

Wir fuhren nicht weit über Land, bis Alexander in eine Parkanlage einbog, an deren Ende eine Landvilla in dunklem Backstein wartete. Mittlerweile hatte es wieder zu regnen begonnen. Typisches Novemberwetter. Zum Verkriechen – ins Bett, mit einer Tasse heißer Schokolade und einem guten Buch.

»Wo fahren wir hin?«

»In ein Hotel mit einem wundervollen Spa-Bereich. Der Witz ist, dass es den gleichen Namen trägt wie ich.«

»Moore?«

»Nein, *Alexander House und Spa*.«

»Aber ich hab nichts dabei«, widersprach ich.

»Martha war so nett und hat für dich alles eingepackt.«

»Aber wir waren doch erst in Paris.«

»Es ist Wochenende und der erste Advent, den ich mit dir feiern wollte. Also komm mit und entspann dich.«

Er manövrierte sein Auto in eine der leeren Parkbuchten, und wir stiegen beide gleichzeitig aus. Er griff nach meiner Hand und hielt sie fest, als könnte er mich auf dem Weg zum Eingang verlieren. Dort überreichte er dem Pagen den Autoschlüssel und erhielt im Gegenzug die Zimmerkarte von der Rezeptionistin.

»Die Garden Suite steht schon bereit. In den Spa-Bereich geht es dort entlang, und das Abendessen wird um neunzehn Uhr für Sie bereitstehen.« Die Dame zeigte uns die Richtung.

Als der Page mit unseren beiden Taschen kam, führte er uns den Gang zur Suite.

»Danke.« Alexander griff nach den Taschen und gab dem Mann ein Trinkgeld. »Den Rest schaffen wir allein.«

Der Raum war warm und freundlich gestaltet, mit einem schönen Blick auf eine Terrasse und den angrenzenden Garten. Wehmütig schaute ich aus dem Fenster. Als Alexander hinter mich trat, wischte ich mir eine Träne aus den Augen.

»Caitlyn, Süße. Was ist los?«, fragte er und umarmte mich zärtlich.

Ich lehnte mich an ihn und versuchte, Licht und Ordnung in das Chaos meiner Gefühle zu bringen.

»Alle sind weg. Reece ist immer noch verschwunden. Wer weiß, wo er sich aufhält und wie es ihm gerade geht«, sprach ich meine Ängste leise aus.

Es kostete mich Kraft, darüber zu reden, weil ich nicht wusste, ob Alexander mich verstehen konnte. Er hatte noch seine gesamte Familie um sich: seine Eltern, seinen besten Freund, seine Geschwister, mit denen er regelmäßig telefonierte. Alle umkreisten ihn. Es war egal, ob ihr Verhältnis anders, kühler war, als ich es in meiner Familie gewohnt war. Dennoch waren sie wenigstens physisch anwesend. Konnte er meinen Verlust, meine Ängste und meine Einsamkeit verstehen?

»Und jetzt ist auch noch Anna weg.«

Er drehte mich zu sich um und blickte mich direkt an. Seine braunen Augen waren dunkel, nur die goldenen Sprenkel schienen zu glühen.

»Du hast mich«, sagte er sanft und strich mir eine Haarsträhne aus dem Gesicht. »Ich bin jetzt deine Familie. Vergiss das nicht.«

Sie werden niemals Teil dieser Familie.

Die Worte seiner Mutter bahnten sich den Weg zurück in mein Gedächtnis und versetzten mir einen Stich. Vielleicht wollte Alexander das. Dass ich Teil seines Lebens, seiner Familie wurde. Aber ich brauchte mir nichts vorzumachen. Seine Eltern würden mich nie akzeptieren, und seine Geschwister hatte ich bis dato noch nicht einmal kennengelernt. Sei es, weil sie es nicht wollten oder nicht für nötig hielten oder weil sie wirklich noch keine Zeit dafür gefunden hatten. Das Ergebnis war das gleiche. Ich war nicht erwünscht. Ein Fremdkörper.

Ich nickte. Unfähig zu sprechen, weil der Kloß in meinem Hals stetig wuchs und verhinderte, dass ich Alexander zustimmte und etwas aussprach, was ich nicht fühlte, was mein Herz zwar herbeisehnte, wogegen mein Verstand aber sofort wetterte.

»Ich weiß, dass ich dir vielleicht manchmal einen falschen Eindruck vermittle, aber du bist mir wichtig.«

Ich musste bei seinen Worten schmunzeln. Das war die Untertreibung des Jahrhunderts. Alexander war kein Mann, der seine Gefühle nach außen hin, für jedermann sichtbar, zur Schau stellte. Von ihm konnte man kein ständiges *Ich liebe dich* erwarten.

»Ernsthaft, Caitlyn. Das Haus ist nur durch dich zu einem Zuhause geworden. Ja, ich bin ein gefühlskalter Mensch, aber das, was ich für dich empfinde, habe ich noch nie für jemanden empfunden.«

Das war mehr als eine Liebeserklärung. So klang es in meinen Ohren. Ich stellte mich auf die Zehenspitzen und hauchte ihm einen Kuss auf die Lippen. Neben unserer körperlichen Anziehungskraft war auch noch etwas anderes zwischen uns gewachsen: ein Gefühl der

Verbundenheit. Zart und erst im Aufkeimen, aber vorhanden. Eine stetige Flamme, die mit viel Zuwendung und Nachsicht wachsen könnte.

»Ich weiß.«

Seine Augen verschlangen mich. Er zog mich enger zu sich und nahm meine Lippen in Beschlag. Sein Kuss war leidenschaftlich. Alexander schmeckte nach dominantem Mann, wilder Natur und einer Rauheit, die mich jedes Mal umhaute.

Den restlichen Tag verbrachten wir im hauseigenen Spa-Bereich. Das Schwimmbad wirkte mit den Säulen und den Rundbecken orientalisch angehaucht und wurde dezent beleuchtet. Wir schwammen im warmen Wasser und ließen unsere Seele im Whirlpool baumeln. Später, als es aufgehört hatte zu regnen, machten wir einen kleinen Spaziergang, bevor wir zum Abendessen gingen.

Kaum hatte der Kellner uns die Getränke und den ersten Gang gebracht, klingelte Alexanders Handy. Genervt schaute er aufs Display.

»Da muss ich rangehen«, sagte er voller Bedauern und erhob sich.

»Klar, ich warte mit dem Essen auf dich.«

»Nein, iss du, bevor es kalt wird. Ich bin gleich wieder zurück.«

Aus dem gleich wurde mehr als eine halbe Stunde, und er war immer noch nicht wieder zurück. Ich hatte den Kellner gebeten, mit dem Auftischen der nächsten Gänge zu warten. Jetzt stand er in der Ecke und sah mit einer mitleidigen Miene zu mir. Im Grunde wusste ich nicht so recht, was ich tun sollte: warten oder das Essen beenden. Nervös nippte ich an meinem Wasser und klaubte das letzte Baguettestück aus dem Brotkorb.

Endlich kam Alexander um die Ecke und steuerte direkt auf unseren Tisch zu. Er hatte wieder seine geschäftliche, emotionslose Miene aufgesetzt. Das bedeutete nichts Gutes.

»Es tut mir leid, aber wir müssen zurück.«

»Ist was mit deiner Familie passiert?«

»Nein, ich muss ins Büro.«

Ich stand auf und versuchte mir meine Enttäuschung nicht anmerken zu lassen. Geschäft ging vor. Und dieser Ausflug war ja auch im Grunde nicht geplant, sondern war nur einer spontanen Idee von Alexander entsprungen.

27. Alexander

Ich lenkte meinen Sportwagen in die hauseigene Tiefgarage. Wut pulsierte sengend heiß und zäh durch meine Adern. Samantha hatte mich angerufen und mir mitgeteilt, dass es Probleme mit der Überschreibung der Firma auf mich gab. Mein Vater hatte mit seinem Anwalt, Phil Russell, darüber diskutiert, ob der Passus mit der Bedingung, dass ich verheiratet sein müsste, nicht doch so ausgelegt werden könnte, dass meine Frau standesgemäß sein sollte.

Caitlyn neben mir ahnte davon nichts. Ich hatte mich immer bedeckt gehalten, warum ich diesen Deal eingegangen war.

Ich stürmte aus dem Auto auf den Aufzug zu. Sie folgte mir unaufgefordert. Sie hatte gelernt, mir meinen Freiraum zu geben, wenn ich in dieser Stimmung war. Schweigend stand sie neben mir im Lift. Als wir in meiner Etage angekommen waren, betrat sie hinter mir den Vorraum.

Samantha sprang von ihrem Stuhl auf und begrüßte uns. »Sie warten in Ihrem Büro«, deutete sie an.

Ich riss die Bürotür auf und betrat mein Reich. Hier war ich Chef. Sonst niemand. Nicht mehr mein Vater – und schon gar nicht meine Mutter.

Meine Eltern standen am Fenster. Mr Russell, ihr Anwalt, strich sich nervös den Anzug glatt, als er sich erhob. Er kam auf mich zu, doch ich winkte ab.

»Was soll dieses Aufgebot?«, fragte ich angesäuert.

»Wir haben dich mehrmals darauf angesprochen«, fing meine Mutter an, »aber du willst ja nicht auf uns hören.«

»Auf was soll ich denn hören, Mutter?«

»Ihre Eltern baten mich, die Klausel für die Geschäftsübertragung zu prüfen.«

»Ach wirklich?«, spottete ich. »Mein Anwalt und sein Team haben diese bescheuerte Bedingung ebenfalls auf Herz und Nieren geprüft und das, was ihr da hineininterpretieren wollt, steht dort nicht.«

»Nein, nicht wortwörtlich. Aber dein Großvater hätte niemals zugestimmt, dass du diese Frau heiratest«, erhob meine Mutter ihre Stimme. Zwar waren meine Wände dick, aber nicht schallisoliert. Das bedeutete, sowohl Samantha als auch Caitlyn würden jedes Wort dieser Unterhaltung mitbekommen. »Eine Goldgräberin.«

»Mutter!«

»Nein«, schrie sie jetzt noch schriller. »Wir haben gesagt, dass wir dieser Heirat nicht zustimmen und sie als nicht rechtens ansehen.«

»Eliza«, versuchte mein Vater sie nun zu beruhigen.

»Was?« Sie funkelte ihn erbost an. »Du stimmst mir doch zu, dass diese Heirat eine Schande für die Familie ist.«

»Ihr habt auf diese Sache bestanden. Also regt euch nicht auf. Ich heirate, wen ich will.«

»Du hast sie nur geheiratet, um mir und Chloé eins auszuwischen.«

»Komm mir jetzt nicht mit Chloé«, knurrte ich zurück. »Selbst wenn ich Caitlyn nicht geheiratet hätte, Chloé sicherlich auch nicht.«

»Gut, Junge«, versuchte mein Vater zu schlichten, »du kannst dir eine andere Braut suchen. Es muss nicht Chloé sein.«

»Aber keine dahergelaufene Kellnerin, die nur scharf auf dein Geld ist.«

Müde ließ ich mich auf meinen Bürostuhl sinken.

»Ihre Eltern baten mich, einen Vertrag aufzusetzen, in dem Sie nur unter der Bedingung die Firma überschrieben bekommen, wenn Sie sich im Gegenzug dazu verpflichten, sich von Ihrer jetzigen Frau scheiden zu lassen und innerhalb einer angemessenen Zeit jemanden aus Ihrem Stand zu heiraten.« Mr Russell sah nervös zwischen uns hin und her. Ihm war diese ganze Angelegenheit merklich unangenehm.

Ich lachte bitter auf. »Ich werde mich nicht scheiden lassen.«

Mein Vater kniff die Lippen zusammen, und meine Mutter lief hochrot an.

»Dieses Flit..., diese Person betritt nie wieder mein Haus.«

»Gut, dann werden wir nicht mehr kommen.«

»Alexander, was soll das?«, fragte mein Vater vorwurfsvoll.

»Es reicht mir jetzt. Ich habe alle Anforderungen erfüllt und erwarte, dass die Firma noch diese Woche auf mich übertragen wird.«

»Nur über meine Leiche«, keifte meine Mutter.

»Da hast du leider nicht viel Mitspracherecht«, klärte ich sie nüchtern auf. »Diese Firma stammt aus Vaters Linie und nicht aus deiner.«

Meine Mutter schnappte empört nach Luft, doch bevor sie weiter loszetern konnte, mischte sich ihr Anwalt ein.

»Ich habe Ihnen gesagt, dass Ihr Sohn im Recht ist. Wenn er nicht möchte, dann können Sie das nicht durchdrücken, nichts dagegen tun. Auch vor Gericht würde das nicht standhalten.«

»Da würde noch nicht einmal diese Klausel rechtens sein.«

»Wahrscheinlich nicht«, pflichtete mein Vater mir bei. Er schüttelte resigniert den Kopf, während meine Mutter wütend mit den Fingern auf meinen Schreibtisch klopfte.

»Tu doch etwas«, richtete sie ihre Worte an ihn. »Ich will diese Person nicht in unserer Familie haben.«

»Dafür ist es jetzt zu spät«, sagte ich unterkühlt.

Ich zog meinen Schlüssel hervor und öffnete die Schublade von meinem Schreibtisch. Danach zog ich eine Mappe hervor, die mir mein Anwalt überreicht hatte. Dieser ganze Streit war einfach nur unnötig. »Mein Anwalt hat die Dokumente für die Übertragung der Firma vorbereitet«. Ich reichte Mr Russell die Mappe. »Prüfen Sie sie. Meine Unterschrift ist bereits drauf. Ich erwarte von dir, Vater, dass du diese Papiere unterschreibst und mir in den nächsten zwei Tagen zukommen lässt.«

Fassungslos beobachtete meine Mutter, wie Russell die Dokumente überflog und dann mit einem Nicken einsteckte.

»Ich denke, damit sind wir hier fertig«, sagte ich und strich mir müde über die Augen.

»Das letzte Wort ist noch nicht gesprochen«, spie mir meine Mutter entgegen, eilte zur Tür und riss diese auf. Mein Vater und Mr Russell folgten ihr aus meinem Büro in den Vorraum. Verdrossen ging ich hinter ihnen her.

Wie eine Furie stürmte Eliza auf die beiden Frauen zu. Samantha duckte sich, während Caitlyn mit großen glitzernden Augen starr stehen blieb.

»Sie ... Sie...« Mit dem Finger pikste meine Mutter Caitlyn in die Brust, und ihre Stimme war so voller Hass, dass selbst ich zusammenzuckte. »... sind an allem schuld. Dass mein Sohn sich von uns abwendet. Dass dieser Streit unsere Familie entzweit. Sie allein!«

Mein Vater versuchte, sie von Caitlyn weg zu ziehen, aber sie befreite sich aus seinem Griff.

»Glauben Sie nicht, dass Sie gewonnen hätten. Ich habe noch nicht einmal angefangen. Sie werden es noch bereuen. Bitter bereuen.«

Nach Caitlyns Gesichtsausdruck zu urteilen, tat sie das bereits jetzt. Tränen standen in ihren Augen, und es ging ein Beben durch ihren Körper.

»Mutter, es reicht jetzt.«

»Du hast Schande über diese Familie gebracht«, schrie sie Caitlyn entgegen, meinte aber wohl damit eher mich.

Der Aufzug kam und die drei gingen hinein. Als sich die Tür hinter ihnen schloss, atmete ich hörbar aus.

»Darum ging es also«, flüsterte Caitlyn, und ich konnte in ihrer Mimik Schmerz und Bestürzung erkennen. Ohne weitere Worte schlich sie an mir vorbei zum Restroom. Ich gab ihr die Zeit, sich zu sammeln.

Samantha sah ihr mitfühlend hinterher. Auch sie hatte schon die Wut meiner Mutter auf sich gezogen, aber nur einmal kurz, und ich war dazwischengegangen. Sie war meine Angestellte und machte eine hervorragende Arbeit, also hatte ich das nicht zulassen können.

»Das war heftig«, sagte sie dann in die Stille hinein.

»Sie hat alles mitangehört?«

»Ich habe versucht, sie zu überreden, wieder nach unten zu gehen, aber sie wollte bleiben.«

»Hab verstanden.« Kurz legte ich den Kopf in den Nacken und schloss die Augen. Am liebsten hätte ich mir jetzt einen doppelten Whiskey eingeschenkt, unterließ es aber.

»Ich wusste nicht, dass die Firmenüberschreibung an eine Bedingung geknüpft ist.« Samantha war verschwiegen, und wenn sie auch offen mit mir redete, wusste ich, dass sie nie eines dieser Details an Dritte ausplaudern würde.

»Ja, ein altertümlicher, archaischer Versuch der Bevormundung.«

»Wusste Caitlyn ... ich meine Ihre Frau davon?«

Ich schüttelte den Kopf. Nein, sie wusste nur, dass es mir in die Karten gespielt hatte.

»Wird sie damit zurechtkommen?« Diese Frage war berechtigt. Sie richtete einen sorgenvollen Blick zur Tür, durch die Caitlyn verschwunden war.

Ich hatte darauf keine Antwort. Mit meinem Grund, diese Hochzeit vorgeschlagen zu haben, konnte sie sicher umgehen. Mit der Abneigung meiner Familie eher weniger.

»Sie wird es lernen.« Ich würde ihr noch ein paar Minuten geben und sie dann nach Hause bringen. »Ich glaube, Sie können jetzt Feierabend machen, Samantha.«

»Soll ich nicht noch auf Ihre Frau warten?«

»Nein, ich kümmere mich um sie. Danke.«

Es dauerte noch einige Minuten, bevor Caitlyn wieder zu mir kam. Sie wirkte angeschlagen, traurig und verheult. Es tat mir weh, sie so zu sehen. Schweigend griff sie nach ihrer Tasche und lief zum Aufzug. Gut, sie wollte nicht darüber reden, dann würden wir das auf einen anderen Zeitpunkt verschieben.

28. Caitlyn

Der Boden, auf dem ich stand, bekam Risse. Ein ganzes Spinnennetz aus tiefen Rissen, und mit jedem Schritt lief ich Gefahr, dass alles einstürzen würde. Mein Selbstwertgefühl hatte man gerade auf einen unterirdischen Tiefpunkt befördert, mit Füßen getreten und mit Dreck beschmutzt.

Ich war keine Adlige, aber eine Frau mit Verstand und Herz, und diese Behandlung hatte ich nicht verdient. Ich fragte mich, wo ich in meinem Leben die falsche Abzweigung genommen hatte. Jetzt kannte ich die Umstände, die Alexander dazu veranlasst hatten, mir diesen Deal vorzuschlagen. Aber seine Beweggründe blieben im Unklaren. Er hätte jede andere Frau haben können. Angebote hatte es, laut der Presse, haufenweise gegeben, und wenn man die Frauen auf dem Bankett beobachtete, dann waren sicherlich auch genug aus seinem Stand dabei, die sich alle zehn Finger nach ihm geleckt hätten. Also, warum hatte er ausgerechnet mich gewählt?

Zu Hause angekommen, ignorierte ich Alexander und verzog mich in eines seiner Gästezimmer. Ich ertrug ihn gerade nicht. Weder ihn, noch sonst jemanden. Wenn ich den Tag Revue passieren ließ, dann hatte ich heute meine beste Freundin zum Flughafen gebracht und die übelsten Beleidigungen über mich ergehen lassen müssen. Selbst Alexanders Assistentin hatte sich geschämt. Der kleine Trip in dieses außergewöhnliche Hotel verlor dabei völlig an Bedeutung.

»Caitlyn, bitte, komm ins Bett«, rief Alexander durch die geschlossene Tür, kam aber nicht herein. Immerhin so viel Anstand hatte er. Als ich nicht reagierte, klopfte es vorsichtig. »Caitlyn?«

Ich zog die Bettdecke über meinen Kopf und heulte lautlos ins Kopfkissen. Wenn ich Glück hatte, dann wäre er morgen früh im Büro, bevor ich aufstehen musste. Mein Magen fing an zu rebellieren, und ich schaffte es gerade noch in das angrenzende Badezimmer. Immer wieder rappelte ich mich aus dem Bett, bis ich ermattet auf den Badezimmerboden sank und einfach dort sitzen blieb. Den Kopf legte ich auf meine Knie. Einen Vorteil gab es, wenn man sich die Seele aus dem Leib kotzte: Man hatte keine Zeit, nachzudenken.

Irgendwann öffnete sich die Tür, und Alexander kam herein. Wortlos schob er einen Arm unter meine Knie und hob mich hoch. Ich war zu schwach, um mich gegen ihn zu wehren, ließ mich in sein Schlafzimmer tragen und ins Bett bringen.

»Ich mach dir einen Tee«, sagte er mit rauer, tiefer Stimme.

Ich zog die Beine an und igelte mich ein. Die Matratze senkte sich, als Alexander zurückkam und sich auf die Bettkante setzte. Er hielt mir eine dampfende Tasse Kamillentee hin. Übermüdet rappelte ich mich hoch, nahm den Becher in beide Hände und nippte vorsichtig an dem Getränk.

»Ich entschuldige mich für das Verhalten meiner Mutter, Caitlyn.« Alexander sah mich intensiv und sorgenvoll an. »Aber du darfst dir das nicht zu Herzen nehmen. Sie ist, wie sie ist und wird sich auch nicht mehr ändern.«

Ich nickte nur. Was sollte ich darauf erwidern? Wieder nippte ich an dem Tee. Nach einer Weile des Schweigens wollte ich es doch wissen. Die Frage, die mir seither durch den Kopf geisterte.

»Warum ich? Wieso hast du mich zu deiner Frau gemacht, obwohl du wusstest, dass es deine Eltern auf die Palme bringen würde?«

»Weil ich dich wollte«, antwortete er ehrlich. »Seit unserer ersten Begegnung wollte ich nur dich. Niemand anderen.«

»Du hättest mich nicht gleich heiraten müssen.«

»Nein, das hätte ich nicht. Aber so warst du mir garantiert.«

»Garantiert?«

Er setzte sich ans Kopfende und winkte mich zu sich. Ein klares Zeichen, dass er nicht mehr über die Angelegenheit reden wollte. Ich wiederum war zu müde, um darauf zu bestehen. Ich legte meinen Kopf in seinen Schoß und schloss die Augen. Seine Finger spielten mit meinen Haaren und strichen mir zärtlich über den Scheitel, bis ich eingeschlafen war.

Einige Tage später lief ich abends durch das Shoppingcenter, auf der Suche nach einem Weihnachtsgeschenk für Alexander.

Für Anna hatte ich längst etwas gekauft. Ein Armkettchen aus Gold mit ihrem Lieblingsstein, einem Rosenquarz. Heute Morgen, noch bevor ich das Café geöffnet hatte, hatte ich es zur Post gebracht.

Bei Alexander gestaltete sich das schon schwieriger. Was sollte man jemandem schenken, der alles hatte und sich alles leisten konnte? Ich hätte Connor fragen können, aber ich wollte selbst etwas finden. In der Auslage eines kleinen Juweliers entdeckte ich eine Reihe edler Manschettenknöpfe. Besonders ein Paar mit schwarzen Steinen gefiel mir auf Anhieb. Ich öffnete die Tür und betrat den Verkaufsraum.

»Was kann ich für Sie tun?«, fragte der Verkäufer freundlich.

»Ich habe in Ihrer Auslage ein Paar Manschettenknöpfe gesehen, die mir sehr gut gefallen.«

»Ich zeige Ihnen gerne unsere Auswahl.« Er griff unter den Verkaufstresen und holte eine Schublade voller unterschiedlicher Manschettenknöpfe hervor.

Ich tippte auf den, der mir schon im Schaufenster gefallen hatte.

»Ja, das ist ein sehr ansprechendes Modell. Aus Weißgold und als Stein wurde der Onyx verwendet. Zeitlos, elegant.«

»Was sollen die denn kosten?«, fragte ich direkt.

»Siebenhundertneunundfünfzig Pfund.«

Ich verschluckte mich fast bei dem Preis. Mein Bankkonto hatte heute ein Plus von eintausenddreiundzwanzig Pfund angezeigt. Ich konnte mir dieses Geschenk nicht leisten. Nicht mal ansatzweise. Eigentlich. Aber sie würden zu ihm und zu seinen dunklen Anzügen passen.

»Für wen sollen sie denn sein?«, fragte der Verkäufer, und sein Blick ruhte auf meinem Ehering. Es war mir fast peinlich, wegen des Preises zweimal überlegen zu müssen. Vor allem, wenn man den Wert meines Eheringes betrachtete.

»Für meinen Ehemann«, gab ich zu.

»Sie würden ihm sicherlich gefallen.«

Ja, das dachte ich mir auch.

»Könnten Sie mir die vielleicht zurücklegen?«

»Sorry, aber das machen wir nicht mehr, nicht in der Vorweihnachtszeit.«

»Schade, aber das verstehe ich natürlich.«

Ich nahm sie in die Hände, drehte und wendete sie. Sie waren einfach wunderschön. Irgendwie würde ich das schon schaffen. Meine Ausgaben hielten sich derzeit ja in Grenzen.

»Okay, ich werde sie nehmen«, sagte ich und reichte sie dem Verkäufer.

»Ich packe sie für Sie ein«, freute er sich und holte eine exquisite Geschenkbox hervor.

Mit siebenhundertneunundfünfzig Pfund weniger auf dem Bankkonto, aber glücklich, verließ ich das Einkaufscenter.

Zu Hause versteckte ich das Geschenk im Ankleidezimmer. Gerade noch rechtzeitig, bevor sich die Eingangstür öffnete und Alexander hereinkam. Er legte seine Anzugjacke ab und lockerte seine Krawatte, bevor er sie über den Kopf zerrte.

»Wie war dein Tag, Süße?« Er kam zu mir und drückte seine Lippen auf meine. Sein Kuss war fordernd, hungrig.

Ich strich über seine breiten Schultern und öffnete einen Knopf nach dem anderen an seinem Hemd. Ohne unseren Kuss zu unterbrechen, schob ich meine Hände darunter und ließ sie über sein Sixpack gleiten. Seine Brust war wohlgeformt, seine Muskeln definiert und ausgeprägt. Unsere Zungen trafen aufeinander, tanzten und spielten miteinander, bis ich wohlig in seinen Mund seufzte. Meine Mitte fing an zu brennen, und ich wölbte ihm meinen Körper entgegen. Vorsichtig streifte ich ihm das Hemd über die Schultern und ließ es achtlos zu Boden gleiten. Dann griff ich nach seiner Gürtelschnalle, öffnete sie und machte mich an seiner Hose zu schaffen.

»Caitlyn, du machst mich fertig«, murmelte er vor sich hin. »Ich kann nicht genug von dir bekommen. Keine hat das bisher geschafft. Aber je mehr ich von dir schmecke, desto süchtiger werde ich nach dir.«

Alexander sah mich lustvoll an. Seine Hände lagen auf meinen Hüften, und er drängte mich nach hinten, bis ich kurz darauf mit dem Rücken auf dem Bett lag und er über mir thronte. Mit dem Lächeln eines Wolfes riss er mir meinen Pullover über den Kopf und schnippte den Verschluss meines BHs auf. Seine Hände wanderten über meinen Körper. Wieder nahm er meinen Mund in Beschlag, küsste mich fordernd, hart und dennoch sinnlich. Dem BH folgten meine Hose und meine Spitzenunterwäsche. Sein gieriger Blick verschlang mich, und ich fühlte mich begehrt und gewollt. Er fummelte an seiner Anzughose, bis er ebenfalls nackt vor mir stand. Seine Männlichkeit ragte empor und zeigte mir, wie sehr ich ihn anmachte. In sexueller

Hinsicht hatte ich die Macht über ihn. Und ich brauchte ihn jetzt. Wollte ihn in mir spüren.

»Ich will dich!« Ich befeuchtete meine Lippen und lächelte ihn an.

»Und ich erst«, raunte er mir zu und stieg aufs Bett.

Seine Lippen umschlossen meine Brustwarze und wanderten von einer zur anderen, während er immer wieder hart daran saugte, bis ich nur noch ein Wimmern von mir gab. Er bescherte mir wohlige Schauer, die meinen Rücken hoch und runter rasten.

Auch wenn wir im wahren Leben nicht zusammenpassten, im Bett harmonierten wir perfekt. Die Chemie zwischen uns explodierte jedes Mal und brachte die Luft zum Knistern. Anziehungskraft pur. Einzigartig. Animalisch.

Seine Hand wanderte nach unten, bereitete mich auf ihn vor, bevor er sich positionierte und in mich eindrang. Meine Hitze und Feuchtigkeit luden ihn ein, härter und schneller in mich zu stoßen. Wir sahen uns in die Augen. Es war so faszinierend, seine Pupillen zu beobachten, wie sie sich veränderten, als er seinem Höhepunkt näherkam. Auch ich hieß die Spannung in meinem Unterleib willkommen, und nachdem er mit seinen Fingern meine Perle umkreiste und Druck ausübte, kamen wir gemeinsam. Mit jedem Stoß trieb er uns über den Höhepunkt hinaus, bevor er auf mich sank und mich unter seinem heißen Körper vergrub.

»Ich werde dich heute nicht aus diesem Bett lassen«, brummte er, »sondern dich verwöhnen, bis du nicht mehr laufen und stehen kannst.«

Ich kicherte, küsste seine Wange und weckte erneut den Wolf in ihm.

»Unersättlich?«, hauchte ich ihm zu.

»Unersättlich nach dir«, antwortete er und drückte seine Lippen in die Beuge meines Halses.

29. Alexander

Dieser Galaabend fand immer kurz vor Weihnachten statt und wurde von einigen der mächtigsten Familien Londons unterstützt. Dennoch hasste ich diese Wohltätigkeitsveranstaltung, auf der alle so taten, als würden sie sich um ihre Mitmenschen kümmern. In Wahrheit ging es nur darum, wer den dicksten Geldbeutel besaß. Lieber wäre ich mit Caitlyn zu meinem Lieblingsitaliener gefahren und hätte mir im Anschluss zu Hause mein Dessert geholt.

Sie sah heute besonders bezaubernd aus. In diesem schlichten Kleid, das ihre zierliche Figur umschmeichelte, stach sie unter allen anwesenden Damen hervor. Unzählige Blicke von neidischen Frauen und sabbernden Männern waren ihr gefolgt. Jetzt, wo das pompöse Dinner endlich ein Ende gefunden hatte, würden wir nach einem kurzen Drink an der Bar nach Hause gehen. Ich hatte mich bei den für mich wichtigsten Personen bemerkbar gemacht, hatte Small Talk geführt und Verbindungen erneuert. Für meine Ansicht war das genug. Ich wartete noch auf Caitlyn. Endlich kam sie von der Damentoilette zurück. Ich umschloss ihre Hand und zog sie durch die Menge Richtung Bar.

Beim Dinner hatten wir am Tisch zusammen mit meinen Eltern, Chloés Familie und Connor gesessen. Den

Abend über musste Caitlyn einige spitze Bemerkungen über sich ergehen lassen, hielt sich aber weitestgehend an meine Anweisungen, nicht darauf einzugehen. Ich sah zu meiner Frau. Obwohl sie die Eleganz der anderen weit übertraf, gehörte sie nicht hierher. Nicht in diese Welt, die meine war. Sie war nicht dafür gemacht, abgebrüht und kalt über den Dingen zu stehen. Das war auch der Grund, warum Caitlyn beim Essen immer ruhiger und zurückhaltender geworden war. In sich gekehrt hatte sie dagesessen, mit einem gefassten Gesichtsausdruck, der keine Gefühlsregung gezeigt hatte, und dennoch hatte ich den Kampf dahinter gesehen. Das Glitzern der Tränen in ihren Augen, die sonst mit Herzlichkeit und Gutmütigkeit gefüllt waren. Den Blick hatte sie auf ihre Finger in ihrem Schoß gerichtet, die sie knetete. Eine Angewohnheit von ihr, wenn sie nervös war.

In den letzten Wochen hatte ich gehofft, dass sie sich ein dickeres Fell zulegen würde und meine Familie endlich anfing, sie zu akzeptieren. Aber tief in meinem Inneren wusste ich, dass das nie passieren würde. Weder das eine, noch das andere. Caitlyn war ein Gefühlsmensch, ein Herzensmensch. Meine Eltern dagegen waren ... keine Ahnung, ob es dafür ein passendes Wort gab. Ich hatte sie in meine Welt gezerrt und war mir bewusst, dass es meine Schuld war, dass sie unglücklich und einsam geworden war. Dennoch konnte ich sie nicht loslassen.

Nur eine Bemerkung meiner Mutter hallte in meinem Kopf nach.

Du wirst schon sehen, was du von dieser unmöglichen Person zu erwarten hast und welchen Schaden sie uns noch zufügen wird.

Gerade waren wir zu einem letzten Absacker an der Bar angekommen, als es hinter uns laut wurde.

»Oh mein Gott!«, schrie Chloé plötzlich aufgebracht.

Mein Blick wanderte zu ihr und dann zurück zu meiner Mutter, deren Mundwinkel kurz zu einem wissenden Grinsen hochzuckten. Was passierte hier gerade? Ich umklammerte die Hand von Caitlyn und fühlte schlagartig tief in mir, dass jetzt gleich etwas Unheilvolles über uns hereinbrechen würde.

»Ich wurde bestohlen. Schamlos bestohlen! Sicherheitsdienst! Sicherheitsdienst!«, schrie Chloé und lenkte alle Aufmerksamkeit auf sich.

Alle Gespräche um uns herum verstummten, und die Blicke waren neugierig auf die Szene gerichtet. Meine Mutter sah mich unterkühlt an und legte eine Hand auf den Unterarm von Chloé. Zwei Männer in dunklen Anzügen und Ohrstöpseln eilten zu uns.

»Miss, was ist passiert?«, fragte der ältere Sicherheitsmann ruhig.

»Man hat mich beklaut. Meine Ringe und mein Armreif sind weg.«

»Sind Sie sich sicher?«, hakte nun der Jüngere im gleichen ruhigen Tonfall nach.

»Ob ich mir sicher bin?«, kreischte Chloé erbost. »Natürlich bin ich mir sicher!«

Mit hasserfüllten Augen starrte sie auf Caitlyn. »Und ich weiß auch, wer es war! Sie!« Ihr Zeigefinger deutete auf meine Frau, die sich merklich versteifte. Jegliche

Farbe wich aus ihrem Gesicht. Leichenblass schüttelte sie den Kopf.

»Caitlyn?«, fragte ich leise.

»Ich … ich …« Ihr versagte die Stimme. Immer noch schockiert starrte sie mich an.

Caitlyn und Chloé waren gerade gemeinsam im Waschraum gewesen. Was war dort passiert? Der Gedanke, dass meine Frau dazu in der Lage sein sollte, kam mir nicht in den Sinn, dennoch flammte Wut in mir auf. Ich hatte sie gewarnt. Sie sollte sich von Ärger, und damit schloss ich Chloé mit ein, fernhalten.

»Caitlyn!« Meine Stimme war leise und rau.

Ihre Hand war plötzlich eiskalt und feucht, und ich konnte das Beben in ihrem Körper spüren. Sie zitterte am ganzen Leib. Eine innere Stimme schrie mich an, sie in den Arm zu nehmen. Sie hier wegzubringen. Eine andere, die der Unvernunft, ließ mich ihre Hand loslassen. Das war es also gewesen, was meine Mutter gemeint hatte.

Unsicher, was sie tun sollten, kamen die Sicherheitsbeamten auf uns zu und blieben vor uns stehen.

»Sie war es. Ganz sicher!«, Chloés Stimme überschlug sich fast, und meine Mutter strich ihr fürsorglich über den Rücken.

»Meine Liebe, das werden wir gleich herausfinden.« Sie wandte sich an die Sicherheitsbeamten.

»Mrs Moore?«, fragte der Ältere Caitlyn.

»Nein, ich … « Wieder versagte ihr die Stimme.

»Meine Frau hat das nicht nötig!«, donnerte ich den Mann an.

»Gut, dann wird sie ja auch nichts dagegen haben, wenn wir ihre Handtasche durchsuchen«, übernahm meine Mutter die Rolle der Sicherheitsbeamten.

Immer noch unter Schock stehend, reichte Caitlyn ihr anstandslos die Handtasche. Diese ganze Situation war surreal und peinlich. Alle sahen uns an, ein riesiger Kreis hatte sich um uns gebildet, und die Gesellschaft genoss sichtlich das Spektakel. Hinter vorgehaltener Hand wurde miteinander getuschelt, und ich stand hilflos da, gefangen zwischen der Loyalität zu meiner Familie und meinen Gefühlen zu Caitlyn.

Meine Mutter riss ihr förmlich die Tasche aus den Händen und machte sie auf. Triumphierend holte sie zwei Ringe und ein Armband hervor.

»Schande. Wie konntest du nur!«, brüllte nun auch Chloé die völlig fassungslose Caitlyn an.

Ein Raunen ging durch die Menge. Kopfschüttelnd wurde ein Urteil gefällt. Die Schuldige war gefunden, meine Frau.

Wut und Ärger überrollten mich. Wie konnte sie mich nur in eine solche Lage bringen? Seit meiner Geburt galt es immer nur den Namen und den Status unserer Familie aufrechtzuerhalten. Jetzt stand unser Ruf auf dem Spiel und damit nicht nur unser Ansehen, sondern auch geschäftliche Beziehungen. Mit dieser Aktion wurde das alles gefährdet und mittendrin Caitlyn.

»Wie konntest du?«, bellte ich sie aufgebracht an.

Sie schüttelte wortlos den Kopf. Ihr ganzer Körper zitterte, und in diesem Moment sah ich, wie etwas in ihr brach. Wie ich sie brach. Meine Worte waren der Todesstoß gewesen. Ihr Todesstoß.

»Würden Sie uns bitte an einen ruhigen Ort begleiten?« Der Sicherheitsdienst nahm sie zwischen sich. Mit hängendem Kopf folgte sie den beiden Männern.

Connor stieß zu uns. »Tu was!«, forderte er mich auf, aber ich blieb unbeweglich stehen.

Wir sahen zu, wie die beiden Beamten meine Caitlyn abführten, durch die glotzende Menge hindurch.

»Ich hab es dir gleich gesagt, dass sie nur hinter deinem Geld her ist. Jetzt hat sie Schande über unsere Familie gebracht.« Meine Mutter sah mich mit eisigen Augen an. Gefühlskalt. Frohlockend über ihren Erfolg.

»Tu was, oder ich tu etwas!«, mahnte mich Connor.

»Du wirst nichts tun!«, knurrte ich ihn an.

Ich folgte Caitlyn und den Beamten. Man brachte sie in einen separaten Raum. Tränen liefen über ihre Wangen, während sie nervös ihre Hände knetete. Widerstandslos ließ sie sich auf einen Hocker drücken, den Kopf tief gesenkt.

Im Nebenraum hörte ich die schrille Stimme von Chloé und das beruhigende Gemurmel meiner Mutter. Connor war mir gefolgt. Meine Hand schnellte vor, als er zu ihr eilen wollte. Ich hielt ihn ab, ließ es zu, dass Caitlyn allein und verloren auf dem Hocker sitzen blieb.

»Wie kannst du das zulassen?«, brüllte er mich plötzlich an. Ich schluckte und schüttelte den Kopf.

»Sie waren in ihrer Handtasche, Connor!«, rechtfertigte ich mein Nichtstun.

»Alexander, du glaubst doch wirklich nicht ...«

»Was ich glaube, steht hier nicht zur Debatte.«

In keiner Sekunde glaubte ich daran, dass Caitlyn zu einem solchen Diebstahl fähig war. Nur das zählte im

Moment nicht. Was ich dachte, was ich fühlte, war in diesem Moment unbedeutend. Jetzt stand Schadensbegrenzung an oberster Stelle. Der Name unserer Familie stand auf dem Spiel.

»Du wirfst sie den Wölfen zum Fraß vor!«, flüsterte er mir zu. Eiserne Klauen umschlossen mein Herz und drückten zu. Ja, ich warf sie den Wölfen zum Fraß vor. Nein, schlimmer: Ich hatte sie in die Höhle der Wölfe gezogen, wohlwissend, was ich tat. Egoistisch, weil ich sie haben wollte.

Wütend drehte Connor sich um und stürmte aus dem Zimmer.

Ich lehnte mich ans Fenster, blickte in den dunklen Garten der Villa und sagte keinen Ton, als die Beamten meine Frau verhörten. Sie stellten Fragen, erklärten ihr, was nun passieren würde, dass der Diebstahl zur Anzeige gebracht würde und sie besser gestehen sollte, denn das könnte strafmindernd gegen sie verwendet werden.

Caitlyn wiederholte mit gebrochener und tränenerstickter Stimme, dass sie nicht wüsste, wie die Schmuckstücke in ihre Handtasche gekommen waren. Einmal sah sie hilfesuchend zu mir hoch, aber ich blieb stumm stehen und bewegte mich keinen Millimeter.

In mir tobte ein Sturm der Gefühle. Ein Zwiespalt. Noch nie hatte ich so viel für eine Frau empfunden wie für Caitlyn, dennoch blieb ich tatenlos. Ließ den Kampf in mir drinnen zu einem Inferno werden. Wenn ich ihr beistand, verriet ich meine Familie, meinen Namen. Tief in meinem Herzen wusste ich, dass sie in eine Falle geraten war, die ihr meine Mutter und Chloé gestellt hatten. Und die Wut richtete sich nun gegen sie, gegen meine eigene Frau, dass sie nicht klug genug gewesen war, dies zu erkennen.

»Mr Moore. Mehr können wir derzeit nicht tun. Wir haben alles aufgenommen und leiten es weiter. Es tut uns leid, aber die Gegenseite beharrt auf das Recht der Anklage. Wir denken, das Beste wäre, Sie würden Ihre Frau mit nach Hause nehmen. Den Rest klären wir morgen.«

Ich nickte und stieß mich vom Fensterrahmen ab. Wortlos ging ich zu Caitlyn und packte sie gröber als geplant am Arm. Erstaunt riss sie die Augen auf und erhob sich.

»Sie können den Hinterausgang benutzen«, sprach der ältere Sicherheitsbeamte plötzlich in einem sanften Ton zu ihr und bedeutete uns, ihm zu folgen. Ich zerrte sie über die Gänge zum Ausgang, als Connor auf mich zugestürmt kam.

»Warte, Alexander!«

»Was?«, knurrte ich ihn an.

»Das musst du dir ansehen!« Er warf Caitlyn einen sanften, aufmunternden Blick zu, der mich noch rasender machte und meinen Zorn schürte, der in mir brodelte.

»Bleib hier stehen, beweg dich nicht!«, befahl ich Caitlyn unmissverständlich. Ohne Gegenwehr, ohne Reaktion lehnt sie sich erschöpft an die Wand. Kein Ton kam über ihre Lippen.

Ich lief hinter Connor her. Der jüngere Sicherheitsbeamte folgte uns ebenfalls, während der ältere bei Caitlyn blieb.

Connor führte uns eine Ebene nach unten, durch weitere Gänge hindurch, in einen kleinen Raum, der mit

Monitoren gefüllt war. Auf dem ganzen Anwesen waren Überwachungskameras installiert, die jeden Winkel, jeden Raum im Blick hatten.

»Können Sie uns nochmals die Aufnahmen zeigen?«, bat Connor den kleinen, untersetzten Mann, der hinter einem Schreibtisch saß und uns abwartend ansah. Er tippte ein paar Befehle auf seinem Laptop ein, und auf dem Monitor vor uns erschien ein Waschraum. Der Waschraum der Damen. Darauf klar zu erkennen, wie Caitlyn ihre Hände wusch. Ihre Handtasche und die Uhr, die sie zum Uni-Abschluss von ihren Eltern bekommen hatte, lagen neben dem Waschbecken. Sie nahm sie immer ab, wenn sie duschte oder sich die Hände wusch, achtete peinlichst darauf, dass sie nicht kaputtging. Eine Frau erschien neben ihr. Chloé. Sie redete auf Caitlyn ein, doch diese erwiderte nichts und blieb stumm. Plötzlich fegte Chloé wütend die Uhr vom Tisch. Sofort bückte sich Caitlyn danach. Sie hob sie hoch und strich vorsichtig über das Glas. In diesem Moment war deutlich zu sehen, wie Chloé etwas in Caitlyns Handtasche gleiten ließ. Beim Heranzoomen war zu erkennen, was es war: ihre Ringe und das Armband. Der Sicherheitsbeamte hinter mir sog scharf die Luft ein. Entsetzt starrte er auf den Bildschirm und ließ das Ganze nochmals zurückspulen und abspielen.

»Ich hab es dir gleich gesagt«, raunte mir Connor verärgert zu. »Caitlyn ist unschuldig. Und ihr führt sie wie eine Verbrecherin durch die Manege.«

»Das spielt jetzt keine Rolle mehr«, erwiderte ich unterkühlt. In diesem Moment wurde ich vor die Wahl gestellt, wen ich über die Klinge springen lassen sollte: Chloé und meine Mutter – und damit die Familie – oder

Caitlyn, die in den Augen der anderen nur eine angeheiratete Frau war.

»Es tut uns leid, Mr Moore. Wir werden die Anklage natürlich sofort fallen lassen und Schritte gegen Miss Cherleton einleiten.«

»Nein, Sie werden nichts gegen Miss Cherleton tun.« Mit diesen Worten hatte ich Caitlyns Schicksal besiegelt.

»Was?«, fragten Connor und der Sicherheitsbeamte gleichermaßen fassungslos.

Alle im Raum sahen mich bestürzt an. »Das war ein fieses, abgekartetes Spiel, und du willst den Ruf von Lyn damit ruinieren?«

»Mein Ruf hängt auch damit zusammen. Soll ich dem meiner Familie noch weiter schaden?«

Caitlyns Ruf war bereits beschädigt, und egal was ich tat, es würde immer ein Nachgeschmack bleiben. Aber sollte ich das jetzt wirklich auch noch auf unsere Familie ausdehnen? Niemals.

»Du opferst sie dafür?« Erschüttert starrte er mich an.

Jeder hat ein Opfer zu bringen. Caitlyn wusste, auf was sie sich eingelassen hatte. Sie hatte sich in meine Hände begeben. Ihr Leben gehörte mir. Ich entschied, was getan wurde und was nicht. Ich konnte das nicht aufklären, denn dann würde unweigerlich meine Mutter mit hineingezogen werden. Jeder wusste, dass Chloé nichts ohne sie machte. Unser Name war mit dieser Aktion schon genug beschmutzt worden. Mehr würde ich nicht zulassen, auch wenn das hieß, dass Caitlyn als Diebin dastehen würde. Wir würden einfach warten, bis etwas Gras über die Sache gewachsen war und es als

Missverständnis oder Verkettung übler Zufälle dastehen lassen. Mir würde schon was einfallen, um es in die richtigen Bahnen zu lenken, es unter den Tisch zu kehren. Nächsten Monat würde eine andere Schlagzeile die Gemüter erregen, und Caitlyn wäre vergessen.

Zurück bei meiner Frau, flüsterte der Sicherheitsbeamte dem Älteren etwas ins Ohr. Dieser sah mich mit zusammengekniffenen Augen an. Deutlicher im Gesicht geschrieben konnte es nicht stehen, dass er mir die Entscheidung, die Fakten nicht umgehend in der Öffentlichkeit klarzustellen, übel nahm. Caitlyn hatte etwas Zartes an sich, das bei den meisten den Beschützerinstinkt hervorlockte. Bei diesen Sicherheitsleuten war es nicht anders. Selbst nach dem Vorfall hatten die Beamten sie freundlich und fast zaghaft behandelt. Es widerte mich an, dass ich sie nicht verteidigen konnte, dass meine Mutter uns in diese Lage gebracht hatte.

Caitlyn stand immer noch an die Wand gelehnt. Ihre Augen waren geschlossen, aber ihre feuchten Wangen ließen darauf schließen, dass sie nicht aufgehört hatte zu weinen. Connor trat kurz zu ihr, und ich ballte die Hände zu Fäusten, als er sie in den Arm nahm und ihr etwas ins Ohr flüsterte. Ich sollte es sein, aber ich konnte nicht. Auch wenn es mir gegen den Strich ging, würde ich ihr diesen kurzen Trost gönnen.

»Komm, wir fahren«, richtete ich mich an sie und lief den Gang weiter.

Keiner sagte einen Ton. Keiner klärte sie auf. Nur ihre müden Schritte hinter mir verrieten, dass sie mir folgte.

30. Caitlyn

Das Wohnzimmer war von Martha seit Tagen liebevoll weihnachtlich dekoriert worden. Jetzt schien mich die Stimmung zu verhöhnen.

»Warum hast du mich nicht verteidigt?«, fragte ich leise. Ich war durcheinander und entsetzt. Alles in mir schrie verzweifelt auf. Noch nie hatte ich mich so gedemütigt und so schutzlos gefühlt. Verraten von dem Mann, dem mein Herz gehörte.

Gerade hatte Alexander mir mitgeteilt, dass es Videoaufnahmen gab, die meine Unschuld bewiesen. Chloé hatte wohl nicht damit gerechnet, dass auch die Waschräume überwacht wurden.

Doch Alexander hatte die Anschuldigungen gegen mich nicht sofort aufgeklärt. Er war nicht in den Saal zurückgegangen und hatte der anwesenden Gesellschaft meine Unschuld entgegengebrüllt. Nein, schlimmer, er hatte mich durch den Seitenausgang nach draußen bugsiert – ohne ein tröstendes oder aufmunterndes Wort. Nur Connor hatte mich kurz in den Arm genommen und mir zugeflüstert, dass alles gut werden würde. Und selbst diese kleine Geste hatte Alexander gegen mich verwendet, hatte mich mit Vorwürfen im Auto konfrontiert, dass ich Connor den Kopf verdrehen würde.

»Es hat sich doch jetzt aufgeklärt.« Sein Blick ruhte auf mir – kühl, distanziert. Wie ein Fremder. Nichts darin deutete darauf hin, dass er mich verstand oder an meiner Seite war. In diesem Moment hätte ich jeder x-beliebige Angestellte von ihm sein können, nicht seine Frau, seine Partnerin. Wahrscheinlich würde er die Angestellten besser behandeln.

Eine eisige Hand griff nach meinem Herz und drückte unbarmherzig zu, bis es auseinanderbrach. Ich bekam kaum noch Luft und kämpfte gegen die aufkeimende Übelkeit an. Konnte ich mich in ihm wirklich so getäuscht haben? Konnte ich ihm so wenig oder gar nichts bedeuten?

»Ich habe mir in den letzten Wochen all die Demütigungen angehört und geschwiegen.« Meine Stimme zitterte. Mit jedem Wort, das ich ihm entgegenschleuderte, wuchsen in mir die Enttäuschung und die Verbitterung. »Sie haben mich beschuldigt, eine Diebin zu sein und wie eine Kriminelle abgeführt. Und du? Du standest neben mir und hast es zugelassen. Du hast noch nicht einmal daran gezweifelt.« Ich sah ihn abschätzig an. »Das hat mich am meisten verletzt. Du hast nicht eine Sekunde an Chloés Worten gezweifelt.«

»Was hast du erwartet? Sie sind meine Familie.«

»Und Chloé? Wer ist sie für dich? Sie hat mich in eine Falle gelockt und das alles inszeniert.«

Plötzlich ging mir ein Licht auf, warum er mir nicht zur Seite gestanden hatte. Ich keuchte auf, als sich die Puzzleteile zusammenfügten. »Und deine Mutter hat davon gewusst! Sie war Teil des Ganzen! Deswegen hast du nichts unternommen. Stimmt's?«

»Es war klar, wer dahintersteckt. Du hast dich von den beiden vorführen lassen«, warf er mir vor. »Wem hätte ich in dieser Situation zuerst glauben sollen? Und auf welche Seite hätte ich mich stellen sollen?«

Gut, noch deutlicher konnte er es nicht ausdrücken. Sie waren seine Familie. Es stand Wort gegen Wort. In diesem ungleichen Krieg stand ich auf der einen und seine Familie auf der anderen Seite. Nur dass die Fraktion Chloé wohl mehr Gewicht hatte als meine. Wer war ich denn für ihn? Ein Niemand.

»Und ich? Wer bin ich für dich?« Ich konnte meine Tränen kaum noch zurückhalten, und das schürte meinen Zorn noch mehr. Ich wollte mich nicht noch kleiner, noch verletzlicher fühlen, als ich es bereits tat.

»Du wusstest, auf was du dich eingelassen hast.«

War das echt seine perfide Antwort, ohne auf meine Frage einzugehen? Seine Stimme klang emotionslos, nüchtern. Er schenkte sich einen weiteren Whiskey ein und schlenderte zur Couch. Wie versteinert starrte ich ihn an, während er das dicke Glas mit der dunklen Flüssigkeit stilvoll in seinen Händen hin und her schwenkte.

»Wusste ich das?«, fragte ich sarkastisch.

Hätte ich das wissen können? Oder wenigstens erahnen? Nein. Als ich diesem Deal zugestimmt hatte, war mir klar gewesen, dass es nicht leicht werden würde. Ich war über meinen Schatten gesprungen, hatte mich auf das Ganze eingelassen und meine Prinzipien über Bord geworfen. Aber gab es ihm das Recht, auf meinen Gefühlen herumzutrampeln? Mich zu diffamieren? Waren alle Gefühle, all die Zärtlichkeiten, die er mir geschenkt hatte, nur gespielt? Teil eines Geschäfts?

Konnte ich mit meiner Menschenkenntnis dermaßen falsch liegen? Anscheinend ja. Ich hatte mich, meinen Körper, verkauft. Aber meine Seele gehörte mir. Nicht ihm. Mir allein.

»Es war ein langer Abend, Caitlyn. Lass uns ins Bett gehen und das Ganze vergessen. Morgen richtest du wieder dein Krönchen und machst einfach weiter.«

Meine Enttäuschung wich einer Verbitterung, die ich so in meinem Leben noch nie gefühlt hatte. Selbst bei dem unsinnigen Tod meiner Eltern nicht.

Morgen richtest du wieder dein Krönchen und machst einfach weiter.

Ein Orkan tobte in mir, genährt durch diese Worte und meinen Frust. Konnte das sein Ernst sein? Nach alldem heute Abend sollte ich einfach schlucken, Schultern straffen und so tun, als wäre nie etwas passiert? Der Augenblick, als alle Augen auf mich gerichtet gewesen waren und sie in mir nur eine hinterhältige Diebin gesehen hatten, hatte sich tief in meine Seele gebrannt. In meinem ganzen Leben hatte ich noch nie etwas entwendet. Hatte mir nie etwas genommen, was nicht mir gehörte. Noch nie. Auch nicht als Kind. Diese Erniedrigung heute war zu viel gewesen, hatte das Fass zum Überlaufen gebracht. Und meine Gefühlswelt spielte verrückt.

»Du meinst, ich soll mein Krönchen richten, das alles einfach ertragen und so tun, als ob mich das nicht trifft?« Ich konnte kaum glauben, was er da von sich gab. War ich ihm echt egal? Waren ihm meine Gefühle so gleichgültig? »Hörst du dir eigentlich zu? Meinst du das ernst? Findest du nicht, dass das hier ein bisschen zu weit geht?«

»Zu weit? Hör zu, Caitlyn, wir haben einen Deal, ein Geschäft. Jeder profitiert davon. Auch du!«

»Ein Geschäft!« Ich fiel. Mit seinen Worten entriss er mir das letzte bisschen Boden unter den Füßen.

»Jetzt mach kein Drama draus. Ja, ein Geschäft. Erinnere dich daran, was ich über die Win-win-Situation gesagt habe. Dafür muss jeder auch mal ein Opfer bringen.«

Und welches Opfer hatte er in dieser ganzen Angelegenheit gebracht? Keines. Wie konnte ich nur so blöd sein und mich auch noch in ihn verlieben!

Für einen Mann wie Alexander gab es nur Geschäfte. Gefühle? Fehlanzeige! Ich hatte mich darauf eingelassen, und es war mein eigener Fehler gewesen, dass ich mein Herz für ihn geöffnet und mich verletzlich gemacht hatte. Er erwiderte meine Gefühle nicht. Die Bitterkeit der Erkenntnis, dass ich für ihn nie mehr als ein Geschäft war, ein Geschäft mit gewissen Vorzügen, traf mich wie ein Fausthieb in den Magen. Es traf mich mehr, als die Worte seiner Familie und Freunde.

Richte dein Krönchen und mach weiter.

Gut, das würde ich jetzt tun, aber anders, als er dachte. Mit seiner eiskalten Art, seiner Abfuhr und seiner Offenbarung machte er mir meine Entscheidung zwar klarer, aber nicht leichter. Ich hatte verloren. Mich, meine Träume, mein Leben. Aber das letzte Fünkchen Selbstachtung nicht. Meine Entscheidung war getroffen. Gewählt in der Sekunde, in der seine Worte mir den letzten Hieb verpasst und mich zu Fall gebracht hatten. Jetzt gab es kein Zurück mehr. Ab heute würde ich wieder ganz von vorne anfangen. Ganz unten. Da, wo ich eben schmerzhaft gelandet war, nach einem tiefen, tiefen Fall. Aber gut, das Positive daran war: Noch tiefer sinken konnte ich nicht mehr. Die Hölle war ein Ort, ab dem es nur noch nach oben ging.

Eine innere Ruhe überkam mich. Zusammen mit einer Traurigkeit, die sich wie ein Schleier über meine Gefühle, meine Seele legte. Mir war zum Heulen zumute, doch ich unterdrückte die aufsteigenden Tränen. Nicht vor ihm. Später, allein.

»Es ist lustig, dass du über eine Win-win-Situation redest und mich dabei behandelst, als wäre ich diejenige, die für alles, was du angeblich für mich getan hast, auf die Knie fallen und dir die Füße küssen müsste. Jeder verdammte Tag an deiner Seite war eine Herausforderung, neben der Herabwürdigung und der Abneigung, die mich deinesgleichen spüren ließ. Deine Familie hat deutlich gemacht, was sie von mir hält. Und weißt du, was das Schlimmste daran ist? Sie haben recht. Ich bin deine Hure. Deine verdammte Hure. Mein Körper ist von dir gekauft worden, mehr nicht.«

Langsam zog ich den Ehering von meinem Finger.

»Aber du bist keinen Deut besser. Du hast mit dieser Vereinbarung ein nicht zu verachtendes Millionenerbe erhalten. Ich nur zweihundertfünfzigtausend Pfund.«

Alexander sah zu mir hoch, aber kein Ton kam über seine zusammengekniffenen Lippen. Nach dem Ring nahm ich die Ohrringe und die Halskette ab.

»Eine etwas verzerrte Sicht der Dinge. Du hast mich wie eine Hure behandelt und dastehen lassen. Dieses Geschäft hat dir mehr Geld und Macht eingebracht als alles andere. Du hast gewonnen. Freu dich. Aber ich werde aus dieser *Win-win-Situation* aussteigen und meinen Stolz zurückholen. Ich sehe dieses Geschäft hiermit als beendet an. Die Scheidungspapiere liegen dir ja bereits vor. Nutze sie.«

Ich knallte ihm die Schmuckstücke vor die Nase, direkt auf den Glastisch. Eines nach dem anderen. Mit jedem klackernden Geräusch legte ich mehr von ihm ab und errichtete eine Mauer um meine gebrochene Seele, um mein gebrochenes Herz. Zog einen Schlussstrich.

»Das kannst du nicht«, erwiderte er überheblich. In seinen Augen funkelte es zornig. Er war es nicht gewöhnt, Widerworte zu hören. Schon gar nicht von mir. Glaubte er allen Ernstes noch immer, dass er über mich bestimmen konnte? Dass ich ihm weiter aus der Hand fressen würde, nach dem Motto *Die Hand, die einen füttert, beißt man nicht?* Nun, jetzt würde er lernen, dass ich nicht mehr nach seiner Pfeife tanzte. Dass er mich nicht mehr erpressen konnte. Und dass er mich nicht mehr besaß. Sein kleines Spielzeug hatte soeben gekündigt. Fristlos.

»Kann ich und tu ich!«

»Dann verlierst du alles. Dein Café, deine Arbeit!« Wieder diese arrogante, hochmütige Art. Er war sich so sicher, dass ich bleiben würde, und diese Denkweise machte mich zornig. Sie gab mir die Kraft, den eingeschlagenen Weg weiterzugehen.

»Ich habe bereits alles verloren, Alexander.« Wieder zitterte meine Stimme, und ich schluckte schwer. »Aber ich werde nicht zulassen, dass du mir auch noch das letzte Fünkchen meines Ichs nimmst.«

»Du kannst nicht einfach so aussteigen. Das erlaube ich nicht!« Seine Augen wurden eine Spur dunkler, und etwas blitzte neben dem Zorn darin auf. Verunsicherung? Verlust? Trauer? Merkte er gerade, dass er mich falsch eingeschätzt hatte? Dass er mich unterschätzt hatte?

»Ich werde dir das Geld, das ich dir schulde, zurückzahlen, jeden verdammten Penny. Ich beauftrage einen Makler, der das Café neu verpachtet und suche mir einen anderen Job. Es braucht vielleicht ein paar Wochen, bis ich alles organisiert habe, aber ich werde dir nichts schuldig bleiben. Das verspreche ich dir. Nichts.«

Ein letztes Mal sah ich ihm in die Augen. Und in diesem Moment zerbrach mein angeknackstes Herz in tausend Teilchen. Ich war mir nicht sicher, ob ich es je wieder zusammenflicken konnte.

»Ich will dich nie wiedersehen, Alexander Moore. Nie wieder!«

»Lyn ...«

»Werde glücklich in deiner kalten Welt!«

Mit diesen Worten wandte ich mich von ihm ab, verließ das Wohnzimmer und eilte ins Schlafzimmer. Zitternd schlüpfte ich aus dem teuren Abendkleid, hängte es sorgfältig auf die Stange in dem riesigen begehbaren Schrank und zog mir einen meiner alten Pullis mit meiner Lieblingsjeans an. Mit wenigen Handgriffen packe ich eine Tasche mit ein paar Dingen, die ich bereits besessen hatte, bevor Alexander in mein Leben getreten war. Alles, was er mir gekauft oder geschenkt hatte, ließ ich zurück. Das Weihnachtsgeschenk platzierte ich auf dem Bett. Ich wollte es nicht mitnehmen oder den Juwelier bitten, es zurückzunehmen. Mein Stolz erlaubte es nicht. Lieber würde ich hungern und frieren.

Mit leichtem Gepäck trat ich aus seinem Haus, ohne dass er mich aufhielt, und machte mich zu Fuß auf den Weg in die Innenstadt.

Ein winziges Fünkchen Hoffnung regte sich, und ich wünschte mir, dass er mich im letzten Moment zurückholte, aufhalten würde, sich entschuldigte und mir beteuern würde, wie viel ich ihm bedeutete. Aber nichts dergleichen passierte. Es war dunkel und kalt. Nicht nur in meinem Herzen. Einsamkeit überrollte mich, und mit jedem Schritt, den ich mich von ihm entfernte, liefen mir mehr Tränen über die Wangen. Mein Körper fing an zu zittern, während ich nicht aufhören konnte zu schluchzen. Der dumpfe Schmerz in meinem Herzen wuchs, und eine bleierne Müdigkeit ergriff von mir Besitz. Wo sollte ich jetzt hingehen?

Ich stolperte über die Straße, sah meine Umgebung nur noch verschwommen. Das Hupen und Quietschen von Bremsen riss mich aus meiner Lethargie. Bevor mich das Auto erfasste, sprang ich zurück, stolperte über den Bordstein und fiel der Länge nach hin. Dabei schrammte ich mir die Knie und die Handflächen blutig. Ohne anzuhalten fuhr der Wagen weiter und ließ mich einfach liegen.

Fassungslos blickte ich dem Auto hinterher und rappelte mich dann wieder hoch. *Mach einfach einen Schritt nach dem anderen.* Zuerst musste ich aus dieser nassen Kälte kommen und dann ...? Ich griff nach meiner Tasche und lief Richtung Innenstadt, zu meinem Café. Dort konnte ich heute Nacht bleiben.

Müde und völlig erschöpft lief ich um die Ecke in die ruhige Seitenstraße meiner Coffeebar. Ich erstarrte in der Bewegung, als ich sah, was sich vor der Tür ereignete. Dort tummelte sich eine Handvoll Leute, die bis zu mir nach Presse rochen. Einer hielt eine Kamera im Anschlag, dazu bereit, den Moment zu erfassen, wenn ich auftauchen würde. Die Meute wartete auf ihr Opfer, um es in Stücke zu reißen. Langsam wich ich Schritt für Schritt zurück und lehnte mich frustriert an die Hauswand, wo mich keiner entdecken konnte. Selbst das hatte man mir heute genommen: meinen letzten sicheren Rückzugsort. Ich ließ mich an der Wand hinabsinken und zog die Knie an meinen zitternden Körper. Tränen der Frustration, der Scham und der Einsamkeit liefen mir ungehindert über das Gesicht. Entmutigt vergrub ich mein Gesicht in den Händen und schloss die Augen.

Gefangen in meinem Schmerz und meinen Gedanken hatte ich nicht mitbekommen, dass jemand sich mir genähert hatte. Erst die Hand auf meiner Schulter riss mich aus meiner Lethargie, und ich schreckte hoch. Dunkle Augen starrten mich an.

»Keine Ahnung, was du angestellt hast«, sagte T. zu mir und hockte sich vor mich. Ihre blauen Haare sahen frisch gefärbt aus. »Aber du willst dort nicht rein. Auch wenn ich gerne einen Kaffee von dir bekommen würde.«

»T.«, sagte ich leise und sah die Punkerin mit tränenverschleiertem Blick an.

»Komm«, T. hielt mir ihre Hand hin, und ich ließ mich von ihr hochziehen. »Harry wartet dort drüben. Der Rummel ist ihm zu viel.«

»Wohin?«

»An einen wärmeren Ort«, sprach sie und schlenderte vor mir her. Weg von der Straße mit den Reportern, weg von meinem übrig gebliebenen Zuhause.

31. Alexander

Mit einem lauten Knall fiel die Haustür ins Schloss, und eine bedrückende Stille kehrte ein. Caitlyn war weg. Wirklich weg. Ich konnte es nicht fassen. Warum hatte ich sie einfach gehen lassen? Warum war ich ihr nicht nachgelaufen, um sie aufzuhalten? Warum war es so schwer, ihr meine Gefühle mitzuteilen? Mit allem, was sie heute Abend gesagt hatte, hatte sie recht gehabt. Ich war ein Arschloch und benahm mich auch so. Ich hätte ihr zur Seite stehen müssen, hätte sie vor diesen lächerlichen Anschuldigungen meiner Mutter und Chloé schützen müssen. Hätte, hätte, hätte ... stattdessen hatte ich nichts getan. Außer ihr sogar noch unterschwellig die Schuld für das Missverständnis zu geben. Auch die Seitenhiebe, die Beleidigungen, die sie über sich ergehen hatte lassen, hatte ich nur hingenommen. Wieso? Ich wusste es nicht. Jedes Mal, wenn ich die Traurigkeit in ihren Augen wahrgenommen hatte, hatte es mir im Herzen einen Stich versetzt. Wenn ich ihre Verletzlichkeit gespürt hatte, hätte ich sie am liebsten in meine Arme geschlossen und nie wieder losgelassen. Dennoch hatte ich sie gerade heute zurückgelassen. Allein, gebrochen. Und jetzt war sie gegangen. Vermutlich für immer.

Den einzigen Menschen, den ich wirklich um mich herum haben wollte, den ich vielleicht sogar liebte – wenn man davon ausging, dass ich zur Liebe fähig war – hatte ich von mir gestoßen, aus meinem Leben katapultiert.

Ich könnte jetzt noch hinter ihr herrennen, sie zurückholen. Aber an dem heutigen Galaabend war mir eines klar geworden: Caitlyn litt. Sie litt jeden verdammten Tag an meiner Seite, auf die eine oder andere Art und Weise. Meine Familie würde sie nie akzeptieren, und egal wie sehr ich sie verehrte und brauchte, ich konnte sie davor nicht schützen.

Es war besser so, auch wenn es sich nicht danach anfühlte. Sollte sie ihr Leben wieder auf die Reihe bringen, ohne mich. Sollte sie die Chance bekommen, sorgenfrei weiterzumachen. Aber machte ich mir da nicht etwas vor? Wie sollte sie ihre Träume verwirklichen? Sie würde sich nicht helfen lassen. Nicht nach dem, was geschehen war. Ihr Ruf war ruiniert. Und ihr Stolz würde es nicht zulassen. Verdammt noch mal, deswegen schätzte ich sie so sehr. Sie würde ihr Café, ihre Arbeitsstelle, einfach alles verlieren. Meinetwegen. Wo wollte sie hin? Wo sollte sie wohnen?

Ich holte mein Handy aus der Hosentasche und war kurz davor, ihre Nummer zu wählen. Immer wieder flogen meine Finger über die Taste unter ihrem Namen. *Lass sich die Gemüter erst einmal abkühlen,* riet ich mir selbst. Morgen konnte ich sie anrufen. Morgen konnten wir nach einer Lösung suchen. Morgen würde ich sie wieder zurückholen. Aber jetzt, in dem Augenblick, tat ich nichts.

Ich hatte es versäumt, ihr hinterherzurennen, sie zurückzuholen, und spürte die Konsequenzen meines Nichthandelns mit jeder Minute in dieser Stille, dieser Einsamkeit. Eine Einsamkeit, die ich früher bewusst gewählt hatte. Aber heute erschien sie mir wie eine Last und eine Bestrafung. Vielleicht sollte es meine Sühne für meinen Egoismus sein.

Am nächsten Morgen holten mich die Schuldgefühle ein wie ein Echo. Ich hatte die Nacht im Sessel im Wohnzimmer verbracht. Missmutig strich ich mir durch die Haare und rieb mir die Nasenwurzel. Die Kopfschmerzen wurden schlimmer, und ich brauchte dringend einen Kaffee. Mein Blick fiel auf mein Handy mit unzähligen eingegangenen Anrufen, darunter einige von Connor und von meiner Assistentin Samantha. Ich wählte ihre Nummer, und nach dem dritten Klingeln nahm sie ab.

»Alexander ...«

»Sie müssen etwas für mich tun«, unterbrach ich sie schroff. Egal was sie zu sagen hatte, es war nicht so wichtig wie mein Anliegen.

»Ja?«, fragte sie, eingeschüchtert durch meine herrische Stimme.

»Sie müssen zum Café meiner Frau fahren und nach ihr sehen. Sofort.«

»Okay«, stammelte sie verwirrt, »und was soll ich ihr sagen?«

»Nichts, sehen Sie einfach nach ihr. Fragen Sie, ob Sie etwas tun können, und sagen Sie ihr nicht, dass ich das veranlasst habe. Geben Sie ihr Geld oder ... verdammt, egal was, ich begleiche das später. Aber tun Sie alles in

Ihrer Macht Stehende, damit es ihr gutgeht. Und rufen Sie mich anschließend sofort an.« Ohne auf ihre Antwort zu warten, legte ich auf und machte mir einen Kaffee. Das war das Einzige, was ich derzeit für Caitlyn tun konnte.

Die nächste Stunde verbrachte ich im Arbeitszimmer, versuchte das Chaos zu minimieren und das Schlimmste von meiner Firma und meiner Familie abzuwenden. Ich telefonierte mit meinen Anwälten, meinem Vater und ignorierte alle anderen eingehenden Anrufe, bis auf einen. Als die Nummer von Samantha auf meinem Display erschien, griff ich sofort nach dem Telefon.

»Und?«

»Sie ist nicht dort«, sagte Samantha. An ihrer Stimme konnte ich erkennen, dass sie von dem gestrigen Abend erfahren hatte. »Die Presse belagert das Café, und sie ist dort nicht aufgetaucht.«

»Shit.« Unruhig stapfte ich durch mein Büro. Daran hätte ich denken müssen, dass die Presse nicht nur vor meiner Haustür, sondern auch an allen anderen Orten, an denen Caitlyn auftauchen könnte, auf eine Stellungnahme wartete.

»Ich kann mir das gar nicht vorstellen«, flüsterte Samantha, als hätte sie Angst, einen Löwen zu wecken, »dass sie so etwas wirklich getan haben soll.«

»Hat sie auch nicht!«

»Aber?«

»Es war eine Falle meiner Mutter und von Chloé.«

»Aber wieso glaubt ...?«

»Weil ich sie im Glauben gelassen habe, um den Namen meiner Familie zu schützen.«

»Sie haben *was?*«, entfuhr es ihr entsetzt.

»Ich hatte keine Wahl«, knurrte ich und beendete das Gespräch.

Hatte ich wirklich keine Wahl gehabt? War es richtig gewesen, einen Unschuldigen zu opfern, um zwei Schuldige zu schützen? Aber gestern erschien mir mein Handeln – oder besser gesagt, mein Nichthandeln – richtig zu sein. Ich hatte eine Wahl treffen müssen. Eine Entscheidung, die so irrwitzig und dennoch bedeutend gewesen war. Und ich hatte sie getroffen – gegen mein Herz, mit meinem Verstand und gegen jede Fairness. Letztendlich diente sie der Familie und unseren Geschäften. Wenn herauskäme, dass meine Mutter dahintersteckte, würden wir wichtige Kunden verlieren und mit ihnen Geld, viel Geld, weil hinter den Entscheidungsträgern immer auch Menschen standen, die selber Frau und Kinder hatten. Sie wären mit der Vorgehensweise nicht einverstanden, würden sie anzweifeln und sich fragen, ob man mit Leuten wie uns Geschäfte machen konnte. Das durfte nicht passieren. Ich hatte nicht nur Verantwortung gegenüber meiner Familie, sondern auch gegenüber meinen Angestellten. Aber ich hatte auch Verantwortung gegenüber Caitlyn, meiner Frau. Nur – welche Verantwortung wog mehr? Wem gegenüber hätte ich loyaler sein müssen?

Mittlerweile war ich mir nicht mehr so sicher. Noch schlimmer war aber die Tatsache, dass Caitlyn nun ungeschützt war, an einem mir unbekannten Ort. Ich wusste nicht, wie es ihr ging. Das war meine persönliche Hölle.

Schweren Herzens ging ich hoch und betrat unser Schlafzimmer. Alles erinnerte mich an sie, an unsere gemeinsame Zeit und den fantastischen Sex, den wir hatten. Es war wie ein Schlag in die Magengrube. Die ordentlich gemachten Betten verhöhnten mich, schrien mir entgegen, dass das hier falsch war, dass sie eigentlich zerknittert sein und nach Sex riechen müssten.

Noch schlimmer war allerdings die Tatsache, dass mir ein Blick genügte, um zu wissen, dass Caitlyn es ernst gemeint hatte. Ich hatte sie gestern endgültig verloren.

Auf dem Bett lag ein für Weihnachten eingepacktes Geschenk, daneben die Kreditkarte, die ich ihr gegeben hatte. Ich öffnete die Tür zu dem begehbaren Schrank. Sie hatte alles dagelassen, jedes Teil, das ich ihr gekauft hatte. Einzig ein paar ihrer alten Klamotten und persönliche Dinge fehlten. Frustriert stürmte ich aus dem Schlafzimmer. Ich konnte keine Minute in diesem Raum bleiben, der mich an sie erinnerte und in dem ihr Geruch noch in der Luft hing.

32. Caitlyn

Niemals im Leben hätte ich damit gerechnet, dass T. und Harry mit mir die Rollen tauschen würden. Bisher war immer ich diejenige gewesen, die half, ihnen Essen brachte oder auch mal ein wenig Geld zusteckte. Jetzt hatten mich die beiden durch halb London geschleift und waren dann vor einem unscheinbaren Gebäude stehen geblieben. Nur durch das Schild am Eingang war es als Pension erkennbar. *The Flying Horse*. Ich war müde, fertig mit der Welt und wortwörtlich am Boden zerstört.

»Ich kann mir keine Pension leisten«, gab ich niedergeschmettert zu.

»Komm«, sagte T., ohne auf meine Worte einzugehen, und zog mich zur Eingangstür.

»Es ist schon zu spät«, wurde ich mir plötzlich der frühen Morgenstunde bewusst. Wir würden die Besitzer aus dem Bett klingeln. »Du kannst jetzt niemanden mehr aus dem Bett holen. Ich werde mich einfach in einen Schnellimbiss setzen und morgen früh weitersehen.«

»Amber schläft um diese Uhrzeit nicht mehr«, widersprach mir T. und drückte mit Selbstsicherheit auf den Klingelknopf. Keine zwei Minuten später hörten wir das Entriegeln eines Schlosses, und die Tür schwang auf. Eine ältere Dame erschien. Ihre grauen Haare hatte sie zu einem strengen Dutt nach hinten gebunden, und hinter der Brille blickten mich zwei fragende, aber warme Augen an. Ein Lächeln huschte über ihr Gesicht, als sie T. erblickte.

»T.?«, begrüßte sie die Punkerin. »Wo ist Harry?«

T. nickte zur Straße, wo Harry grummelnd im Nieselregen wartete.

»Er sollte reinkommen«, sagte sie freundlich, aber eher leise zu sich selbst, als zu uns. Mit einem kurzen resignierten Kopfschütteln wandte sie sich mir zu.

»Und? Wen bringst du mir?«, fragte sie T. »Hallo, ich bin Amber«, stellte sie sich vor und streckte mir die Hand hin. Ein warmer, fester Händedruck erwartete mich und neugierige Augen, die mich musterten.

»Caitlyn ... «, wollte ich gerade erwidern, als T. mir dazwischenfunkte.

»Sie braucht einen Platz zum Schlafen«, verkündete sie unverblümt.

Amber nickte und wandte sich wieder mir zu. Sie schien T. und Harry gut zu kennen. Wegen meiner Schweigsamkeit, die mich – seit die beiden mich von der Straße aufgegabelt hatten – begleitete, übernahm die Punkerin das Reden.

»Lyn braucht für heute und vielleicht für die nächsten Tage einen warmen Platz. Allerdings kann sie nicht bezahlen.«

Mir stockte der Atem bei so viel Direktheit, und die Hitze der Scham ließ mein Gesicht erröten. Ich musste aussehen wie eine überreife Tomate.

T. zuckte nur entschuldigend mit der Schulter. »Ist doch so, oder?«, grummelte sie verstimmt. »Abgesehen davon ist sie es nicht gewohnt, bei dem Wetter draußen zu schlafen, deswegen dachte ich mir, dass sie bei dir gut aufgehoben ist.«

»Du siehst müde aus«, bestätigte nun auch Amber meinen körperlichen Zustand. »Du hast Glück, ich hab gerade noch ein Zimmer frei. Es ist zwar das kleinste und ohne Bad und Heizung, aber ich denke ...«

»Ich möchte Ihnen keine Umstände machen.«

»Papperlapapp, Kindchen. T.s Freunde sind auch meine. Bitte nenn mich Amber.«

Eigentlich war die Nacht bereits vorbei und der nächste Tag angebrochen: Chrismas Eve. Morgen war der fünfundzwanzigste Dezember – Christmas Day. Ich schluckte und nickte. Ich wollte dieser netten alten Dame nicht unnötig zur Last fallen. Vielleicht fand ich morgen eine Lösung. Ein billiges Hotel, welches mein Budget wenigstens für die nächsten zwei oder drei Nächte erlaubte.

»Danke, T.«, flüsterte ich der Punkerin zu, als Amber vorsichtig über meinen Arm strich und mich in den Eingangsbereich der Pension führte.

»Das kostet dich ein paar Becher Kaffee«, grinste sie mich an und kaute auf ihrem Zahnstocher. »Ich geh zu Harry, bevor der ohne mich weiterzieht.«

Amber ging eine schmale Treppe nach oben und brachte mich in einen kleinen Raum, der gerade groß genug war für ein Bett und eine kleine Kommode. Eine Decke lag zusammengefaltet auf dem Bett, daneben ein Kopfkissen. Es wirkte, als wäre das kein offizielles Zimmer der Pension, sondern eher ein Rückzugsort – vielleicht für gestrandete Personen wie mich?

»Das Bad ist eine Etage höher. Solltest du noch etwas brauchen, melde dich einfach. Ich bin unten in der Küche oder im Büro.« Sie lächelte mich an. Das Lächeln erreichte ihre gutmütigen Augen. »Alles okay?«

Ich nickte und unterdrückte die erneut aufkeimenden Tränen. »Danke!«

»Nicht dafür. Selten, dass T. jemanden hierherbringt, aber sie weiß, dass die Tür für jeden offen steht.« Mit diesen Worten drehte sie sich um, schloss leise die Tür und ließ mich alleine.

Vorsichtig setzte ich mich auf die Bettkante. Ich war zu müde, um mich auszuziehen und streifte nur meine durchnässten Schuhe von den Füßen. Dann rollte ich mich auf dem Bett zusammen und kuschelte mich in die Decke. Ich zog die Beine eng an mich und bettete meinem Kopf auf meine gefalteten Hände.

Ich schämte mich und fühlte mich so einsam wie noch nie im Leben zuvor. Alles war über meinem Kopf zusammengebrochen, und die Welt von gestern war nicht mehr die von heute. Plötzlich konnte ich die Tränen nicht mehr zurückhalten, und sie liefen mir ungehindert über die Wange.

An Schlaf war nicht zu denken. Nicht in einer Umgebung, die mir so fremd war. In einem Haus, zu dessen Besitzerin ich keinen Bezug hatte und die mir dennoch so freundlich die Tür geöffnet und geholfen hatte. Ich wollte niemandem zur Last fallen. Morgen würde ich eine Lösung finden. Vielleicht konnte ich in mein Café gehen. Aber für ein paar Stunden würde ich mich aufwärmen, die Augen schließen und so tun, als ob alles gut wäre.

Mein Blick fiel auf die Uhr meines Vaters. Auch wenn es mir das Herz zerriss, war dies meine einzige ernsthafte Möglichkeit. Ich würde sie zu einem Pfandbüro bringen, und wenn es mir finanziell wieder besser ging, könnte ich sie wieder auslösen.

Ich döste für eine Weile, aber die Bilder der Gala raubten mir die Ruhe und ließen mich hochschrecken. Übermüdet rappelte ich mich auf, suchte ein Stockwerk höher nach dem Bad, wusch mich und wechselte die Kleidung. Danach ging ich herunter zum Eingangsbereich und betrat den Frühstücksraum. Die ältere Dame war gerade dabei, die Tische einzudecken. Sie erspähte mich und winkte mich zu sich. Ich folgte ihr in die angrenzende Küche.

»Hier.« Amber reichte mir einen Scone und einen Becher Kaffee. Dankbar nahm ich beides.

»Woher kennst du T.? Es hat mich nur gewundert, weil sie sich nur wegen Harry hin und wieder hier blicken lässt und generell eher sehr unnahbar ist.«

»Ich bringe den beiden hin und wieder einen Kaffee oder ein belegtes Sandwich vorbei«, erklärte ich und kam mir dabei schäbig vor, obwohl ich das nicht tun sollte.

»Ah, daher.« Amber setzte sich und wies mir den Stuhl ihr gegenüber zu. »T. lässt sich nicht so gerne helfen und Harry schon gar nicht. Sie scheinen dich zu mögen, wenn sie von dir Hilfe annehmen. Wie bist du in diese Situation ... ich meine, wie ist es dazu gekommen, dass du nirgendwo hin kannst?«

Die Frage kam plötzlich und ein wenig unerwartet. Zögernd setzte ich mich. Ihre Direktheit verunsicherte und überforderte mich ein wenig. Mein Vertrauen in Menschen war seit dem Vorfall erschüttert und ins Wanken geraten. Wenn einem eine nahestehende Person das Messer in den Rücken stach, dann war es schwer, sich Fremden zu öffnen.

»Ich habe eine falsche Entscheidung getroffen, und dann kam eins zum anderen.«

»Ich frag nur, weil du nicht wirkst wie jemand, der in eine solche Lage gerät. Jemand, der niemanden hat, zu dem er gehen könnte. Du wirkst eher wie jemand, der ...« Sie suchte nach den passenden Worten.

»Nicht wie jemand, der ins Straucheln gerät?«, beendete ich ihren Satz. Ich wusste nicht, wie weit ich mich erklären sollte. »Ich hab meinen Mann verlassen und wusste nicht, wohin ich gehen sollte.«

Amber sah mich prüfend an. »Soll ich dir die Nummer von einem Frauenhaus geben?«

»Nein«, wiegelte ich ab. »So ist das nicht. Er hat mich nicht ...«

Geschlagen? Verletzt?

Hat er mich verletzt? Vielleicht nicht körperlich, aber seelisch hat er mir tiefe blutende Wunden zugefügt.

»Ich werde schon wieder auf die Füße kommen. Trotzdem danke für alles.«

Ich strich über die Uhr und sah dann wieder hoch. Der Blick der alten Dame folgte meinem.

»Soll das die Lösung sein?«

»Vorübergehend, bis ich ein paar Dinge geklärt und einen neuen Job gefunden habe.«

»Morgen ist Weihnachten, da wird kein Pfandbüro offen haben. Wo willst du über die Feiertage unterkommen?«

Ich zuckte mit den Schultern.

»Wenn du willst, dann kannst du mir hier helfen. An Weihnachten ist die Pension immer voll ausgebucht – ich könnte eine helfende Hand gebrauchen.«

»Gerne, in die Coffeebar kann ich sowieso nicht zurück«, verplapperte ich mich und biss mir sofort auf die Lippe.

»Coffeebar?« Verwundert sah mich Amber an.

Mein Blick fiel auf den Stapel Zeitungen, der auf der Küchenanrichte lag. Wenn es dumm lief, würden spätestens morgen Bilder von mir und Alexander auftauchen, und über die Schlagzeilen brauchte ich mir keine Gedanken zu machen, denn die würden vernichtend ausfallen. Wenn Amber also nicht heute schon Bescheid wusste, dann spätestens morgen, dass ich als Diebin gebrandmarkt worden war. Bestimmt würde sie mich dann nicht mehr in ihrem Haus haben wollen und hätte Angst, ich könnte auch sie bestehlen. Ganz sicher würde sie meine Hilfe nicht mehr haben wollen. Der einzige Ausweg war, ins kalte Wasser zu springen und mich zu erklären. Was könnte ich verlieren? Ein warmes Zimmer bei einer freundlichen alten Dame.

»Ich betreibe ein kleines Café, aber dort kann ich nicht hin, weil ...«

Wie sollte ich ihr erklären, dass dort die Presse auf mich wartete und Alexander nach mir suchen könnte, wenn er das überhaupt tun wollte. Wahrscheinlich aber eher nicht. Vermutlich war er eher froh, mich losgeworden zu sein.

»Schau, Caitlyn, wenn du reden willst, dann bin ich für dich da.«

Es war nur ein kurzer Moment des Zögerns, aber dann war ich es leid, mich zu verstecken. Ich hatte auch keine Kraft mehr. Ich hatte nichts Schlechtes getan. Für einen Augenblick schloss ich die Augen, sammelte meinen ganzen Mut zusammen und redete.

»Mein Mann ist Alexander Moore.«

Stille. Langsam öffnete ich meine Augen. Amber starrte mich an. Ungläubig, fassungslos und ein wenig belustigt.

»Kindchen, ich bin zu alt für solche Arten von Späßen.«

»Das ist leider weit davon entfernt. Spätestens morgen wirst du es sowieso erfahren, also kann ich es auch gleich sagen. Ich bin mit Alexander Moore verheiratet, und wir waren gestern Abend auf einer Weihnachtsgala, wo es einen unschönen Vorfall gab. Ich wurde von jemandem des Diebstahls bezichtigt und von den Sicherheitsleuten verhört. Ich hab es aber nicht getan. Ehrlich. Ich würde niemals etwas stehlen. Mein Mann hat von meiner Unschuld gewusst und dennoch nichts unternommen. Er hat die Frau geschützt, die mich beschuldigt hat. Deshalb bin ich gegangen.«

Tränen traten mir in die Augen, und ich knibbelte nervös an meinen Fingern. Das alles war einfach so aus mir herausgesprudelt, ungefiltert, ohne dass ich es hätte verhindern können. Die alte Dame vor mir hatte eine Wirkung auf mich, dass ich mich ihr anvertraute. Tief in meinem Inneren kam die Angst hoch, aber auch das Gefühl der Ruhe. Es tat gut, ihr davon zu erzählen. Es selbst auszusprechen.

»Ich bin unschuldig.«

»Warum hat er dir nicht geholfen?«

Ich konnte unterschwellig ihr Misstrauen hören. Wieso sollte sie mir auch glauben? Sie kannte mich doch gar nicht. Selbst Alexander hatte mir das Gefühl gegeben, mir nicht zu trauen. Mein Mann hatte mir die Schuld an dem Vorfall gegeben.

Ich zuckte mit der Schulter. »Er hatte die Wahl zwischen mir und seinem Familiennamen«, war das Einzige, was ich dazu sagen wollte. »Vor meinem Café wartet eine Horde von Reportern. Auf meinem Bankkonto sind noch knapp hundert Pfund, und sonst besitze ich nichts.«

»Freunde?«

Traurig schüttelte ich den Kopf. »Meine beste Freundin ist in Amerika, und die meisten anderen Freunde von mir leben nicht in London oder in der Nähe. Sie sind auf der ganzen Welt verteilt.«

»Familie?«

»Einen Bruder, aber zu dem habe ich derzeit keinen Kontakt.«

Bekümmert sah sie mich an. Ja, es gab sogar Menschen auf diesem Planeten, die weder mit einer großen Familie, noch mit einem großen Freundeskreis aufwarten konnten.

»Willst du mir über die Feiertage zur Hand gehen?«, wechselte sie geschickt das Thema. »Du scheinst ja davon Ahnung zu haben und – wie schon gesagt – ich könnte Hilfe gebrauchen. Meine alten Knochen sind nicht mehr so frisch wie früher.«

Ich nickte dankbar.

Dann ergriff sie meine Hand, drückte sie fest und lächelte mich aufmunternd an. Ihr Blick war aufrichtig.

Es tat so verdammt gut – auch wenn das erneut eine
Flut von Tränen auslöste.

33. Alexander

Egal wie oft ich es in den nächsten Tagen probierte, ich kam nie durch. Entweder hatte Caitlyn meine Nummer blockiert oder ihr Handy ausgeschaltet. Mittlerweile waren seit dem Vorfall ein paar Tage vergangen, und dennoch hatte sich nichts geändert. Caitlyn war weg, und entgegen meiner Hoffnung war sie auch nicht wieder bei mir aufgetaucht. Eigentlich hatte ich fest damit gerechnet, denn wohin sollte sie gehen?

Gestern war ich sogar an der Coffeebar vorbeigefahren. Aber sie war verwaist, leer. Nicht mal ein Zettel hing an der Tür.

In der Zwischenzeit war meine Sorge richtiger Furcht gewichen. Es machte mich wahnsinnig, nicht zu wissen, wo sie war und wie es ihr ging. Es gab kein Lebenszeichen von ihr, und außer Anna kannte ich niemanden, der ihr nahestand. Auch das war ein Zeichen meines Egoismus. Ich hatte ihr nie eine Chance gegeben, mich in ihr Leben zu lassen, aber sie gewaltsam in meins gezerrt – ohne Rücksicht auf Verluste. Jetzt stand ich hilflos da und vermisste sie mit jeder Faser meines Körpers. Wenn ich nicht wie wild arbeitete, marterten meine Gedanken mich, und die wildesten Fantasien gingen mir durch den Kopf, was ihr alles passiert sein könnte. Niedergeschlagen wählte ich Connors Nummer.

»Alexander, was ist los?« Connors Stimme war kalt. Er hatte mir nicht verziehen und ließ mich das deutlich spüren. Unsere Freundschaft stand auf Messers Schneide, kurz vor einem Bruch, das wurde mir in dieser Sekunde noch klarer.

»Du hast dich seit Tagen nicht bei mir gemeldet und jeden Anruf von mir ignoriert«, warf ich ihm vor.

»Ja, hab ich«, war seine knappe Antwort. »Und wenn du es genau wissen willst, dann hab ich auch jetzt noch keine Lust, mit dir zu reden.«

»Es ist geschlossen, und ich kann sie nicht finden.«

»Was meinst du?«

»Caitlyn.« Ich nahm noch einen Schluck von meinem Whiskey. »Sie hat die Coffeebar seither nicht wieder eröffnet, und ich erreiche sie nicht. Sie hat meine Nummer blockiert oder ihr Handy ausgeschaltet.«

»Was hast du erwartet? Ich habe dich gewarnt. Kein normaler Mensch hält das aus, was du mit ihr gemacht hast.« Connor machte keinen Hehl daraus, wie verärgert er war. »Du, nein, ihr, habt ihr das Leben zur Hölle gemacht.«

»Ich weiß, ich bin ein Arsch. Was soll ich jetzt tun?«

»Nichts.«

»Ich mach mir Sorgen. Wo kann sie sein?«

»Du machst dir Sorgen?« Connor lachte kalt auf. »Kommt ein wenig zu spät, findest du nicht auch?«

»Ich hab einen Fehler gemacht. Aber wichtiger ist doch, zu wissen, wo sie ist.«

»Sie wird sich einen Ort gesucht haben, an dem sie vor euch und der Presse sicher ist.«

»Aber wo könnte das sein?«

»Keine Ahnung. Bei Freunden? In einem Hotel?«

Kurz schwiegen wir uns an.

»Dein Deal war unfair«, fing Connor an. »Du hast sie ins offene Messer rennen lassen und dafür die Quittung bekommen. Ich bin dein Freund, auch wenn es sich derzeit nicht so anfühlt, und wahrscheinlich werde ich es auch weiter sein, aber sorry, ich muss dir einfach sagen: Du hast sie nicht verdient. Ich hab dir das schon mal gesagt, sie wäre die Frau für dich gewesen, aber du hast es vergeigt. Dein Pech. Nimm dein Erbe und beglück dich damit.«

Ich lachte bitter auf. Mein bester Freund drückte seine Finger in meine offene Wunde, sprach ähnlich wie Caitlyn.

Werd glücklich in deiner kalten Welt!

»Ich vermisse sie. Verdammt, ich weiß nicht, wie ich den nächsten Tag ohne sie überstehen soll.«

Seit sie das Haus verlassen hatte, war es nur noch eine leere Hülle. Leblos. Ein Haus wie jedes andere. Es fehlte das Leben darin. Caitlyn fehlte. Schmerzhaft wurde mir bewusst, dass ein Zuhause nur dann eines war, wenn dort jemand auf einen wartete, der einem am Herzen lag.

»Das hättest du dir vorher überlegen sollen. Du hattest auf der Gala die Möglichkeit, es aufzuklären und das Richtige zu tun. Ich verstehe, dass du deine Mutter schützen wolltest – aber sie und Chloé haben diesen Schutz nicht verdient. Caitlyn schon. Du hast die Falsche geopfert. Jetzt ist es zu spät, und ich werde dir keinen guten Ratschlag geben, wie du sie zurück in deine persönliche Hölle holen kannst.«

Verzweifelt massierte ich meine Nasenwurzel. In dem Moment auf der Gala, wo ich sie nicht verteidigt, sie nicht beschützt hatte, hatte ich eine Entscheidung treffen müssen, wessen Ruf ich wahren sollte. Ich hatte mich für die falsche Seite entschieden. Im ersten Moment dachte ich, dass ich das Richtige tue und Caitlyn später wieder rausboxen könnte. Aber ich hatte falschgelegen, sowas von falsch. Nie hätte ich damit gerechnet, dass sie mir den Rücken kehrt und mich einfach verlässt. Und dass es so verdammt wehtut.

»Ich habe Smith auf sie angesetzt. Ich muss wissen, ob es ihr gutgeht«, verkündete ich Connor und konnte immer noch nicht fassen, was dann passiert war.

»*Smith & Smith*. Gut. Was haben sie herausgefunden?«

»Sie haben den Auftrag abgelehnt.«

»Was?«, fragte Connor ungläubig. »Sie haben noch nie einen Auftrag von dir abgelehnt.«

Ich lachte bitter auf. Ja, noch so eine Neuerung. Seit Jahren arbeiteten sie für mich und hatten jeden Auftrag akzeptiert, egal wie merkwürdig oder schmutzig er gewesen war. Dieses Mal nicht.

»Sie haben am nächsten Tag angerufen und mir mitgeteilt, dass sie von dem Auftrag Abstand nehmen möchten.«

»Mit welcher Begründung?«

»Keine Begründung. Nur, dass sie sich die Videoaufnahmen des Vorfalls angesehen haben und es mit ihrer Ethik nicht vereinbaren können. Ethik! Bisher hatten sie auch keinen Skrupel.«

»Oha. Was ganz Neues. Aber bisher ging es eben auch nicht um eine unschuldige Frau, die von einem Arsch ins Verderben gestoßen wurde.«

Der Seitenhieb tat weh, aber nicht so weh wie ein verdammter Tag ohne Caitlyn.

»Kannst du mir einen Gefallen tun?« Meine Stimme war nur noch ein Flüstern, aber es war mir wichtig.

»Welchen?«

»Kannst du nach ihr sehen? Kannst du herausfinden, wie es ihr geht?«

»Für was soll das gut sein?«

»Ich muss es wissen. Bitte.«

Schweigen am anderen Ende. Connor überlegte, und man konnte das Rattern in seinem Gehirn förmlich durch das Telefon hören.

»Wo soll ich nach ihr suchen? Kennst du Freunde, oder hat sie noch einen Verwandten, bei dem sie Unterschlupf finden könnte?«

»Ich weiß es nicht. Scheiße, wo soll sie denn hin? Was, wenn sie noch nicht mal einen Platz zum Schlafen hat?« Verzweifelt sprang ich hoch und tigerte im Wohnzimmer herum. »Sie hat einen Ex-Freund. Elliot Tayler, aber mehr weiß ich nicht. Könnte sein, dass sie vielleicht zu ihm gegangen ist.«

»Und wo wohnt der?«, fragte Connor.

Ich wusste keine Antwort darauf. Aber der Gedanke, dass sie zu ihrem Ex gegangen war, bohrte sich wie ein Messer in meine Brust.

»Ich schau, was ich über ihn herausfinden kann«, sagte ich.

»Hast du ihre Kreditkarten überprüft?«

»Sie hat die Bankkarte hiergelassen. Ich hab bereits bei der Bank angerufen. Sie haben mir gesagt, dass von der Karte nie Geld abgebucht wurde. Die ganze Zeit nicht.«

»So ein geldgieriges Miststück!«, äffte er Chloés Stimme nach.

Ich erkannte die Ironie darin, bedachte man, wie viel Chloé monatlich für Wellness, Kleidung, Schmuck, Essen und alles Mögliche ausgab. Und was hatte sie im Leben bisher vorzuweisen? Nichts. Außer dass sie als Tochter einer Adelsfamilie reich geboren war. Wieder einmal wurde mir bewusst, wie irrsinnig diese Anfeindungen waren. Sie hatten Caitlyn als nichtsnutzige, dumme Schmarotzerin hingestellt. Nur eine Barista oder wie sie es ausdrückten, eine bessere Kellnerin aus einer Arbeiterfamilie. Keiner von ihnen hatte gewusst, dass sie unter den besten fünf ihres Jahrgangs einer renommierten Privatschule für europäisches Management und Technologie gewesen war. Dass sie ein Stipendium erhalten hatte, weil sie einfach hervorragende Leistungen in allen Bereichen vorzuweisen hatte und nebenbei auch noch fließend vier Sprachen beherrschte. Ich hatte es zugelassen, dass meine Familie sie als unter ihrer Würde betrachtete und sie nie darüber aufgeklärt, dass sie weit mehr wert war, als manch einer aus unserem Stand.

»Okay, ich hab's verstanden.«

»Alexander, es tut mir leid. Ihr wart ein wirklich hübsches Pärchen, und sie hat dir gutgetan. Leider beruhte das nicht auf Gegenseitigkeit. Ich schau, was ich machen kann, aber wenn du sie zurückhaben willst, dann musst du hart kämpfen, und ich werde keinen Finger dafür krumm machen.«

Es entstand eine kurze Pause, bevor Connor weiterredete. »Und wenn du sie zurückbekommst – ich sagte WENN – und du ihr noch einmal wehtust, dann war es das mit unserer Freundschaft. Dann trete ich dir in deinen versnobten Arsch, und wir sehen uns nie wieder. Verstanden?«

Ich antwortete nicht, sondern legte auf. Er würde mir helfen. Vorerst. Und ich war froh darüber.

34. Caitlyn

An Weihnachten und den Tagen danach war ich Amber zur Hand gegangen. Die Pension war ausgebucht. Es waren viele Stammkunden dort und auch andere Gäste, die Weihnachten woanders als zu Hause feiern wollten. Die Arbeit tat mir gut. Ich war beschäftigt und hatte nicht so viel Zeit zum Nachdenken.

Die Tage danach lief ich mit hochgezogener Kapuze und einem Schal vor dem Gesicht ziellos durch London – alleine mit meinen Gedanken und mit einem gebrochenen Herzen. Irgendwann versiegten auch meine Tränen. Ich hatte genug geweint. Tränen der Trauer, der Wut, der Resignation und der Einsamkeit. Ich vermisste Alexander. Seine Wärme, seine Zärtlichkeiten und auch seine dominante Art, die manchmal wie ein Fels in der Brandung auf mich gewirkt hatte. Aber ich war genauso wütend, enttäuscht und tief verletzt.

Wie zu erwarten, war mein Gesicht am nächsten Tag in der Zeitung, dazu ein rufschädigender Bericht des Geschehens, der nicht den Tatsachen entsprach. Amber entfernte die Zeitung und wir sprachen nicht wieder darüber.

Als die Feiertage vorüber waren, bat ich sie, im Büro den Computer nutzen zu dürfen und kündigte meinen Pachtvertrag vom Café. Der Makler sicherte mir zu, dass der nächste Pächter mir eine gute Ablösesumme für die Einrichtung zahlen würde. Amber erklärte sich bereit, ins Café zu gehen und die Vorräte zu holen, damit sie nicht verdarben.

Das kleine Zimmer war mittlerweile zu meinem persönlichen Rückzugsort geworden. Wieder einmal zeigte sich, dass ich den Luxus nicht wirklich brauchte. Vier Wände und ein netter Mensch um einen herum konnten schon ein Heim darstellen. Bei Alexander hatte ich mich oft alleine gefühlt. Hier war immer jemand da: Amber, der ein oder andere Gast oder das polnische Zimmermädchen. Amber hatte mir den Schlüssel für das Haus gegeben. In der Nacht zog ich die Wärme des knisternden Kamins im Aufenthaltsraum meinem ungeheizten Zimmer vor und setzte mich mit einem Buch in den einzigen Ohrensessel. Manchmal saß ich auch einfach nur da, beobachtete das Feuer und genoss die Stille, wenn alle anderen bereits im Land der Träume waren. Ich bewunderte meine Gastgeberin, die in ihrem Alter – ich schätzte sie auf Mitte, Ende siebzig – immer noch rüstig war und die Pension alleine bewältigte. Ich zeigte mich für ihre Gastfreundschaft erkenntlich und half ihr beim Schriftverkehr, beim Ausschank und beim Kochen.

»Du solltest sie anrufen«, sagte Amber wieder einmal in ihrer direkten Art und deutete auf das Handy, das ich seit einer halben Ewigkeit in meinen Händen hielt. Ich traute mich nicht, es anzuschalten.

»Ich weiß, aber ...«

»Sie wird sich Sorgen machen.«

Ja, das tat Anna sicherlich, und ich war mir nicht sicher, ob ich die Kraft hatte, mich dem zu stellen.

»Wenn du es herauszögerst, wird es auch nicht besser.«

»Willst du mich absichtlich quälen?«, fragte ich ein wenig bissig.

»Wer freiwillig bis nachts um zwei über der Buchhaltung sitzt, den wird ein Anruf nicht quälen«, lachte sie und verschwand aus dem Zimmer.

Ich schaltete mein Handy an, gab den Freischaltcode ein, danach kniff ich die Augen zu, um die aufpoppenden Nachrichten nicht zu sehen. Es waren Unmengen. Ohne auf die Anrufliste zu achten, scrollte ich durch meine Kontakte und drückte auf Annas Nummer.

»Wird auch Zeit, dass du dich meldest«, begrüßte sie mich ungehalten.

»Es tut mir leid, ich hab es vorher nicht geschafft«, gab ich zerknirscht zu.

»Nicht geschafft oder leckst du noch deine Wunden?«

»Beides. Also hast du davon gehört?«

»Wie konnte ich nicht. Connor rief mich gefühlte hundertmal an. Elliot wollte auch wissen, wie es dir geht und ob an der Sache etwas Wahres dran wäre. Und selbst dein Arsch von Göttergatte hat sich erdreistet, hier anzurufen.«

»Er hat bei dir angerufen?«

»Ja, aber nachdem ich gehört hatte, was er sich auf der Gala geleistet hat, war ich nicht gewillt, mit ihm zu reden und hab ihm das ziemlich deutlich gemacht.«

»Von wem hast du es gehört?«

»Von Connor. Der hat mir auch gesagt, was wirklich passiert ist, und er ist ziemlich sauer auf den Arsch.«

»Nenn ihn nicht so.«

»Wie dann? Volltrottel? Depp? Hohlkopf? Satan? Was hättest du denn gerne?«

Anna brachte mich zum Kichern. »Okay, ich habe es verstanden.«

»Wo bist du jetzt?«

»In einer kleinen Pension.«

»Geht es dir dort gut?«, fragte mich Anna sorgenvoll.

»Ja, ich hab alles, was ich brauche, und Amber lässt mich umsonst hier wohnen. Im Gegenzug helfe ich ihr ein wenig bei der Buchhaltung oder in der Küche.« Ich holte tief Luft und sagte dann das Unausweichliche: »Wo soll ich auch sonst hin?«

Es herrschte kurz Stille am anderen Ende.

»Elliot. Warum gehst du nicht zu ihm?«

»Ich will ihn da nicht reinziehen. Du kennst ihn, er würde zu Alexander gehen und etwas Dummes anstellen, und ich will nicht, dass sich jemand meinetwegen in Schwierigkeiten bringt.«

»Aber bei ihm wärst du gut aufgehoben. Er kennt dich, und vielleicht täte es dir gut, jemanden um dich zu haben, dem du vertrauen kannst.«

»Anna, ich kann nicht zu Elliot. Ich kümmere mich darum. Ich suche mir einen Job und eine neue WG. Bald wird sich meine Situation verbessern. Glaub mir.«

»Was wird aus dem *Moccachino*?«

»Ich werde es nicht halten können«, schniefte ich in den Hörer, weil es mir verdammt schwerfiel, mein Café aufzugeben. Nur leider hatte ich keine andere Wahl. »Ich muss das Geld zurückzahlen, und das funktioniert nur mit einem Kredit, und den bekomme ich nur mit einem Job.«

»Verdammt, Lyn, warum willst du ihm das Geld zurückzahlen, nach allem, was er dir angetan hat?«

»Weil ich ihm nichts schuldig bleiben will. Das hab ich mir geschworen.«

»Er hat dich nicht verdient, Caitlyn.«

»Warum tut es dann so verdammt weh?«

»Weil du einfach ein zu gutes Herz hast und er es dir gebrochen hat.«

»Für eine kurze Zeit dachte ich, dass er Gefühle für mich hat, dass ich ihm wichtig bin. Aber da hab ich mich wohl getäuscht. Wieder einmal.«

»Zwischen Begehren und Liebe gibt es einen Unterschied«, gab Anna ihre Meinung preis. »Aber manchmal verschwimmen die Grenzen. Ich dachte auch, dass du ihm mehr bedeutest, so wie er dich immer mit den Augen verschlungen hat, wie er eifersüchtig war und dich vereinnahmt hat. Aber so kann man sich in Menschen täuschen.«

»Es schmerzt«, flüsterte ich in den Hörer. »Verdammt.«

Anna musste ich nichts vormachen, sie konnte fühlen, wie es mir ging. Ich brauchte nicht die Starke zu spielen, wenn ich es nicht war.

»Ich würde dich jetzt gerne in den Arm nehmen.« Es entstand eine kurze Pause, und ich konnte Anna grübeln hören. »Warum nimmst du dir nicht einen Flug und kommst zu mir?«

»Das hab ich mir auch schon überlegt, aber erstens fehlt mir das Geld dazu, und zweitens muss ich hier die Dinge erst klären.«

»Kannst du das nicht in ein paar Wochen machen? Komm her und finde wieder zu dir. Danach siehst du weiter.«

Amber betrat erneut das Büro. »Sorry, Caitlyn, aber da ist ein Mann, der nach dir fragt.«

Ich nickte und gleichzeitig beschleunigte sich mein Pulsschlag. »Anna, ich muss los.«

»Wenn es der Arsch ist, dann geh ja nicht zu ihm zurück!«

»Ich melde mich wieder, versprochen. Aber ich muss das Handy ausgeschaltet lassen. Bis bald. Ich hab dich lieb.«

»Ich dich auch. Und melde dich wirklich!« Anna machte eine kurze Pause. »Halt die Ohren steif, Süße.«

Ich folgte Amber in den Eingangsbereich. Mit jedem Schritt wurde meine Furcht größer vor dem, was mich dort erwartete. Ein Polizist? Ein Reporter? Alexanders Anwalt? Alexander selbst?

Ein Mann im Anzug sah sich neugierig um.

Ich griff nach Ambers Arm. »Hat er irgendwas gesagt, was er von mir will?«, wisperte ich. »Wie hat er mich gefunden?«

»Keine Ahnung, aber er sagte mir, dass du dir keine Sorgen machen sollst.«

Ich lachte kurz auf. »Hat er das? Komisch. Ich mach mir trotzdem Sorgen.«

Mit zitternden Knien ging ich zu dem Mann und umschlag wie ein Schutzschild meinen Oberkörper.

»Sie wollten mich sprechen?«

»Caitlyn Phillips?«

»Ja.«

»Mein Name ist Smith. Ich wollte Ihnen etwas geben.«
Er reichte mir einen Stick, den ich mit zitternden Händen entgegennahm.

»Was ist das?«

»Das ist eine Aufnahme, die Sie sich ansehen sollten«,
sagte er mit seriöser Stimme. Er klang wie jemand, der
das Sagen hatte und wusste, was er tat, nicht wie ein
schmieriger Reporter.

»Warum?«

»Normalerweise nehme ich Aufträge von Mr Moore
immer entgegen, aber in diesem Fall …« Er machte eine
Pause, und mir wurde klar, was er sagen wollte.

»In meinem Fall, meinen Sie. Alexander hat Sie auf
mich angesetzt?« Ich schüttelte entsetzt den Kopf und
konnte Ambers fragenden Blick auf mir spüren.

»In gewisser Weise ja. Er will wissen, wo Sie sind und
ob es Ihnen gutgeht.«

»Will er das? Sagen Sie diesem Mistkerl, er kann mich
kreuzweise.«

»Ich kann Sie verstehen.«

»Nein, sagen Sie ihm, dass er dorthin gehen soll, wo
der Pfeffer wächst oder sogar noch ein Stückchen weiter«, polterte ich verärgert los.

Smith grinste verschmitzt. »Würde ich liebend gern,
aber ich habe den Auftrag abgelehnt.«

»Haben Sie das? Und warum kommen Sie dann dennoch zu mir? Nein, sagen Sie es nicht …« Genervt
wischte ich mir eine Strähne hinter das Ohr. »Aber was
mich brennender interessiert, ist, wie Sie mich gefunden haben.«

»Dazu kann ich Ihnen nichts sagen, außer dass das
mein Job ist und ich darin verdammt gut bin.«

»Leute zu finden.«

»Miss Phillips, ich habe den Auftrag nicht angenommen, weil auch ich meine Prinzipien habe, und aus diesem Grund gebe ich Ihnen diese Aufnahmen.«

»Werden Sie ihm sagen, wo Sie mich gefunden haben?«

»Nein, es sei denn, Sie wollen das.«

Ich schüttelte den Kopf.

»Gut, dann werde ich das für mich behalten. Machen Sie es gut. Ich wünsche Ihnen viel Glück für die Zukunft.«

Ohne ein weiteres Wort drehte er sich um und ging. Einfach so. Ich konnte es nicht fassen. Jemand kam hierher, gab mir etwas und verschwand wieder. Was war auf dem Stick?

Amber folgte mir zurück ins Büro. »Wer war das?«

Mein Blick wanderte zu der älteren Dame. Früher musste sie eine wahre Schönheit gewesen sein, mit ihren aristokratischen Gesichtszügen und dem vornehmen Benehmen.

»Keine Ahnung. Er hat sich als Smith vorgestellt und mir den Stick gegeben, den ich mir ansehen soll. Alexander hat ihn beauftragt, mich zu finden, aber er lehnte ab. Keine Ahnung wieso.«

»Schauen wir uns an, was drauf ist.« Amber nahm mir energisch den Stick aus der Hand und steckte ihn in den Laptop. Ein Verzeichnis öffnete sich – mit nur einer Datei. Ein paar Klicks später startete das Video. Es war die Sicherheitsaufnahme von der Gala. Die Aufnahme aus dem Waschraum, die ich nie gesehen hatte, die aber meine Unschuld bewies.

Die zweite Aufnahme war aus einem Raum, der aussah wie eine Computerzentrale. Man konnte Alexander und Connor sowie die Sicherheitsbeamten erkennen. Es war der Moment zu sehen, in dem mich Alexander für seine Familie an die Wölfe verfütterte. Tränen der Wut liefen mir über das Gesicht. Zu wissen und es mit eigenen Augen zu sehen, wie ein Mensch, den man glaubte zu lieben, das eigene Grab schaufelte, war hart.

Chloé hatte das Spiel angefangen, und Alexander hatte den letzten Zug gemacht. Game over. Er hatte das Video gesehen und seine Entscheidung getroffen. Er und Connor. Keiner hatte etwas unternommen. Auch Connor nicht.

»Was für ein Biest und was für ein Feigling«, stellte Amber fest. »Was willst du damit jetzt machen?«

»Nichts. Ich werde es verwenden, falls ich Probleme bei der Jobsuche bekomme. Alles andere wäre sinnlos.«

»Willst du nicht Anklage erheben?«

Ich lachte verbittert auf. »Anklage mit was? Hundert Pfund? Ich habe andere Probleme, als mich von bestbezahlten Anwälten durch den Fleischwolf drehen zu lassen. Ich muss mein Leben wieder auf die Reihe bekommen, einen Job finden, eine neue Wohnung. Ich glaube, damit bin ich vorerst gut beschäftigt.«

»Ich möchte ehrlich zu dir sein«, sprach Amber plötzlich leise und sah mich ein wenig beschämt an. »Ich habe nicht an deine Unschuld geglaubt. Es tut mir leid, weil du ... na ja, jetzt wo ich dich etwas besser kennengelernt habe, ich dir das auch nie zugetraut hätte, aber der Bericht und das alles ... es hat sich so verdammt wahr angehört.«

»Schon gut. Du wirst nicht die Einzige sein«, sagte ich resigniert. Wem sollte ich etwas vormachen? Die Presse hatte mich als Diebin dargestellt. So schnell würde sich das nicht auslöschen lassen – wenn überhaupt. Vielleicht sollte ich die Aufnahmen einer Zeitung oder einem Sender zuspielen. Einfach nur meines Rufes wegen. Aber die Angst, damit vielleicht eine Lawine auszulösen, war zu groß.

»Ich könnte dir vielleicht ein Bewerbungsgespräch bei meinem Neffen ermöglichen. Er sucht immer wieder mal fähige Leute in seiner Firma.«

»Nein, du hast schon so viel für mich getan. Trotzdem danke.«

»Ach was. Er kann mir nie einen Wunsch abschlagen, und das sollte man in meinem Alter ausnutzen«, kicherte sie mit vorgehaltener Hand. »Ich frag ihn gleich und gebe dir Bescheid.«

Amber war eine zielstrebige Frau, und es erschien mir, als habe sie eine bewegende Vergangenheit, über die sie aber nicht sprechen wollte. Wer weiß, wie das Leben ihr mitgespielt hatte. Wenn ich auch nicht viel über sie wusste, dann doch das eine: Hatte sie sich etwas in den Kopf gesetzt, war sie nicht so schnell davon abzubringen.

35. Caitlyn

Schon ein paar Abende später saß ich mit Amber zusammen am Esstisch bei ihrem Neffen. Sein Appartement war für einen Single-Mann ausreichend groß, für einen toughen Geschäftsmann fiel es jedoch eher bescheiden aus. Alles war luftig und so schön normal, ganz anders als bei Alexander oder Connor.

John Carter war ein großer, sportlicher Mann mit blonden Haaren und sanften, blauen Augen. Vom Aussehen her erinnerte er mich an Elliot, wenn auch nur im ersten Moment. Während Letzterer eher in die Kategorie Beach Boy passte, stand vor mir ein gepflegter Anzugträger. Ich schätzte ihn auf Ende dreißig, vielleicht auch Anfang vierzig.

Schon bei der Begrüßung fiel mir auf, wie herzlich er mit seiner Tante umging, sie in seine Arme zog und ihr einen Kuss auf die Stirn hauchte, während er mir nur kurz zunickte, als würde er meine Anwesenheit nur gerade so dulden. Amber hatte den Vormittag damit verbracht, in der Küche zu stehen und Unmengen – wirklich Unmengen – an unterschiedlichsten Arten von Keksen zu backen. In einer riesigen Blechdose und mit zwinkernden Augen hatte sie John die Leckereien übergeben. Während er Amber mit einem Strahlen im Gesicht anblickte, verhielt er sich mir gegenüber kühl und reserviert. Vielleicht war es wegen der Schlagzeilen oder aber er reagierte Fremden gegenüber allgemein so. Ich wusste es nicht, aber sich abgewiesen zu fühlen, steigerte nicht unbedingt mein Selbstwertgefühl.

Die Vermutung, dass John diesem Treffen nur seiner resoluten Tante zuliebe zugestimmt hatte, bewahrheitete sich sekündlich.

»Ich fand es unangemessen, in ein Restaurant zu gehen«, sagte er und sah mich durchdringend an.

Unter seinem Blick musste ich schlucken. Was er damit sagen wollte, war eher, dass es ihm unangenehm wäre, sich mit mir in der Öffentlichkeit blicken zu lassen. Ich konnte es ihm nicht verdenken. Mittlerweile berichtete die Presse dank irgendeines Prominenten jetzt von dessen Eskapaden und Enthüllungen, und ich geriet dadurch in den Hintergrund – und später hoffentlich komplett in Vergessenheit.

»Da meine Kochkünste aber eher bescheiden sind, war meine Haushälterin so nett und hat für uns das Essen vorbereitet.«

Er holte einen Auflauf aus dem Backofen und stellte ihn vor uns auf den Tisch. Dazu reichte er frischen Salat. Es duftete verführerisch, dennoch hielt sich mein Appetit in Grenzen. Immer noch schlug mir die negative Aufmerksamkeit auf den Magen.

»Nur weil meine Tante weiß, welche Knöpfe sie bei mir drücken muss, habe ich diesem Treffen zugestimmt«, gab er zu und bestätigte meine Vermutung.

»John, bitte!«, tadelte Amber ihn sofort.

»Amber, du kennst mich. Lieber lege ich die Karten gleich offen auf den Tisch und umgehe damit so spätere

Unannehmlichkeiten. Ich will niemandem falsche Hoffnungen machen, die ich nicht erfüllen kann.«

»Trotzdem. Caitlyn ist in die Sache reingeschlittert. Außerdem war das Treffen nicht ihre, sondern meine Idee.«

»Reingeschlittert?« Sein Blick wanderte von Amber zu mir, und seine blauen Augen schienen mich zu durchforsten.

»Es tut mir leid. Sie haben recht, es war nicht angebracht, hierherzukommen«, flüsterte ich niedergeschlagen und erhob mich. »Vielen Dank für das Essen, aber ich denke, ich werde jetzt lieber gehen.«

»Bleiben Sie«, sagte er nun etwas sanfter.

Aber ich konnte mich nicht dazu durchringen, wieder Platz zu nehmen und schüttelte den Kopf.

»So habe ich das nicht gemeint, aber ich bin ein offener Mensch, der sagt, was er denkt.«

»Bitte, Caitlyn. Mein Neffe ist manchmal ein wenig schroff und taktlos, meint es aber nicht so«, bat nun die alte Dame, die mir mittlerweile so ans Herz gewachsen war und sah mich bittend an. Unsicher ließ ich mich wieder auf dem Stuhl nieder.

»Amber hat von dem Vorfall gesprochen. Jetzt erzählen Sie mir, was an der Sache dran ist und wie es dazu kommen konnte. Alexander Moore und seine Firma sind nicht nur in der Geschäftswelt bekannt. Bisher hielt ich ihn für einen harten, aber fairen Geschäftspartner, jedoch habe ich persönlich noch nie mit ihm zu tun gehabt. Wie kann es sein, dass er nicht alles versucht hat, seine Frau aus der Schusslinie zu ziehen, wenn nichts an der Sache dran gewesen sein soll? Diese Frage stellte ich mir, und jetzt stelle ich sie Ihnen.«

Kurz überlegte ich, wie ich anfangen und was ich alles erzählen sollte.

»Seine Mutter war von Anfang an gegen diese Ehe und hat mit allen Mitteln versucht, ihn davon zu überzeugen, sie annullieren oder sich von mir scheiden zu lassen. Alexander wollte das aber nicht. Diese Sache auf der Gala war ein weiterer Versuch von ihr, mich loszuwerden.«

Immer noch fiel es mir schwer, darüber zu reden, und das konnte man wohl auch an meiner brüchigen Stimme erkennen.

»Hier!« Amber reichte ihm einen Stick. Ich hatte eine Kopie von den Überwachungsaufnahmen gezogen und ihn ihr gegeben, für den Fall, dass ich den Stick verlieren oder er mir geklaut werden könnte.

»Was ist das?«, fragte er und nahm ihn entgegen.

»Schau es dir selbst an.«

Mit kritischer Miene holte John sein Laptop her, schloss den Stick an und öffnete die Dateien darauf. Schweigend sah er sich die Videos an, schloss den Laptop dann geräuschvoll und schüttelte leicht angewidert den Kopf. Eine Weile lang sah er mich wortlos an.

»Ehrlich? Ich bin ein wenig sprachlos. Damit hätte ich jetzt nicht gerechnet. Wieso sind Sie damit nicht an die Öffentlichkeit gegangen? Sie hätten Miss Cherleton wegen Verleumdung anzeigen können. Warum haben Sie das nicht getan? Warum haben Sie tatenlos zugesehen, wie man Ihren Ruf beschädigt hat und sich nicht gewehrt?«

Seine Fragen waren berechtigt, aber die Antworten darauf nicht ganz so einfach, auch wenn ich mir diese Frage bereits selbst hunderte Male gestellt hatte.

Aber mit seinen harten, aber ehrlichen Worten fing etwas in mir an zu wachsen. Ein Geist, der verloren gegangen war. Mein Kampfgeist.

»Ich bin von dem Menschen verraten worden, von dem ich es am wenigsten erwartet hätte. Plötzlich stand ich auf der Straße, mit einem Kontostand, der gegen Null ging. Meine Coffeebar war belagert von Reportern, die nur darauf warteten, mich weiter in den Dreck zu ziehen. Glauben Sie mir, in diesem Moment hatte ich andere Sorgen und schon gar nicht die Kraft, gegen eine Familie wie die Moores vorzugehen. Ich habe nur versucht, die Tage zu überstehen. Amber war mir dabei eine große Hilfe.«

Ich lächelte ihr dankbar zu und sie lächelte zurück, während ich von ihrem Neffen einen neugierigen und verständnisvollen Blick erntete.

»Mein Fokus liegt derzeit eher darauf, mein Leben wieder in den Griff zu bekommen, einen Job zu finden und eine Wohnung, was schon verdammt schwer werden wird. Dieser Stick wurde mir erst vor Kurzem von einem Privatdetektiv zugesteckt und wenn ich ehrlich bin, weiß ich immer noch nicht, warum er das getan hat und was ich damit machen soll.«

»Warum hat Mr Moore das nicht richtiggestellt?«

»Weil seine Mutter mit drinsteckt und er ihr gegenüber loyaler ist als mir gegenüber. So einfach ist das. Er musste sich entscheiden, wessen Ruf er opfern. Er hat sich für mich entschieden.«

»Okay. Verstehe.«

Verstand er wirklich? Ich glaubte nicht, weil sich in seinem Gesicht die nächste Frage formierte. Wahrscheinlich hätte ich sie mir an seiner Stelle auch gestellt.

»Seine Liebe zu mir war wohl nicht groß genug.« Ich zuckte mit den Schultern.

Mehr wollte ich nicht preisgeben. Es ging John nichts an, weswegen wir geheiratet hatten und die Angst, das Brechen der Verschwiegenheitsklausel könnte mir noch mehr schaden, ließ mich diesbezüglich Stillschweigen bewahren.

»Und jetzt suchen Sie einen Job?« Er nippte an seinem Weinglas und sah mich über den Rand hinweg an. »Was haben Sie gelernt? Ich meine ...«, er suchte nach dem passenden Wort, »... als Coffeebar-Besitzerin?«

Unterschwellig hörte ich die Geringschätzung heraus, und das verärgerte mich. Jeder wollte in einem netten Café oder einem Restaurant sitzen und bedient werden. Aber die Personen, die dort arbeiteten, bekamen nicht die nötige Anerkennung, und ihr Job wurde oft nicht respektiert.

»Das Café hatte meine Mutter geführt, und nach ihrem Tod habe ich es übernommen.« Dann teilte ich ihm mit, was ich studiert und welche Referenzen ich vorzuweisen hatte, einschließlich meiner Sprachkenntnisse. Eigentlich tat ich das in diesem Moment nicht, um mich anzupreisen, sondern um ihm klarzumachen, dass nicht alles nach außen so war, wie es schien. Ich war nicht nur eine Barista. Ich tat das, weil es mir Spaß machte und ich das Erbe, den Traum meiner Mutter, weiterführen wollte.

Seine Augen wurden von Information zu Information größer, bis sich ein Grinsen über sein gesamtes Gesicht zog, das ich nicht zu deuten wusste. Ich hatte mich ein wenig in Rage geredet und rechnete jetzt eher damit, zu weit gegangen zu sein, aber da überraschte mich John.

»Nun, es scheint mir, als hätte Sie mir der Himmel geschickt«, verkündete er plötzlich.

»Was? Wie meinst du das?«, fragte Amber aufgeregt.

»Du weißt doch, dass wir ein paar Filialen in Deutschland, Frankreich und Spanien aufgemacht haben. Ich werde dort nach dem Rechten sehen müssen, beginnend in Berlin. Dafür brauche ich eine persönliche Assistentin, die sich in europäischer Wirtschaft und Finanzen auskennt. Mrs Moores Sprachkenntnisse und ihr Studium könnten hier von großem Vorteil sein. Natürlich hat sie in dem Bereich keine Erfahrungen, aber das Backgroundwissen. Alles andere kann man lernen.«

»Was ist mit deiner jetzigen Assistentin?«

»Die hat gerade geheiratet und will in London bleiben. Sie würde meinem Juniorpartner in meiner Abwesenheit den Rücken freihalten.«

»Sie meinen ...« Mir stockte der Atem. »Sie wollen mich nach Deutschland mitnehmen?«

»Ja, es wäre eine Überlegung wert. Allerdings brauche ich dazu Gewissheit, dass Sie dem Job gewachsen sind. Aus diesem Grund würde ich Sie zuerst einige Zeit bei mir Probe arbeiten lassen. Aber wenn wir gut miteinander auskommen und Sie die Qualifikationen mitbringen, die ich brauche ... warum nicht? Was hält Sie in London? Sie haben keine Wohnung und keinen Job.

In den Monaten, in denen wir im Ausland sind, wird Ihnen von meiner Firma ein Appartement gestellt oder für kürzere Aufenthalte ein angemessenes Hotelzimmer. Ich will Ihnen nichts vormachen, der Job ist hart, und ich verlange nicht hundert, sondern hundertfünfzig Prozent von meinen Angestellten. Außerdem müssten Sie gewillt sein, England für ein paar Monate zu verlassen. Sind Sie das?«

Konnte das wirklich gerade sein Angebot sein? Ich würde die Möglichkeit bekommen, in den Ländern zu arbeiten, die ich sowieso schon bereisen wollte und diesem Mist für einen geraumen Zeitraum entkommen. Dazu könnte ich einiges an Geld auf die Seite legen, weil ich keine Fixkosten wie Miete hätte. Ich könnte den Kredit an Alexander viel schneller zurückzahlen.

»Das fragen Sie mich ehrlich? Ich kann hart arbeiten und bin bereit, Ihnen das zu zeigen«, sagte ich mit bebender Stimme. »Klar bin ich bereit, London den Rücken zu kehren und mit Ihnen mitzukommen.«

»Es hält Sie also nichts mehr hier?«

»Was sollte mich hier halten? Meine beste Freundin ist in New York. Ich hab keine Familie. Also ja, ich wäre dabei.« Dass ich noch einen Bruder hatte, dessen momentaner Aufenthaltsort mir unbekannt war und den ich eigentlich auch derzeit nicht sehen wollte, verschwieg ich.

»Schön, dann stoßen wir darauf an, Mrs Moore.«

»Nennen Sie mich doch bitte bei meinem Mädchennamen Phillips oder einfach Caitlyn. Moore werde ich wohl nicht mehr lange heißen, weil ich bereits die Scheidungspapiere unterzeichnet habe.«

»Gut, dann Caitlyn.«

John ging zur Küche und holte einen Sekt und drei
Sektflöten heraus und brachte sie zu uns an den Tisch,
während Amber vor Freude in die Hände klatschte und
mich mit einem strahlenden Lächeln ansah.

Konnte es wirklich möglich sein, dass sich das Blatt
wendete?

36. Caitlyn

10 Monate später

Fast schon andächtig strich ich über den seidenen kühlen Stoff meines Abendkleides und betrachtete mich im Spiegel.

Ich wirkte erwachsener, reifer – wahrscheinlich hatte mich das letzte halbe Jahr von einem naiven Mädchen zur Frau werden lassen. In den Monaten in Europa war viel passiert. Durch die Arbeit mit John war ich in London einfach von der Bildfläche verschwunden. Diese Auszeit hatte mir gutgetan. Jetzt war ich wieder zurück und musste mich zwangsläufig meiner Vergangenheit stellen. Hier in London. In der gleichen Stadt wie Alexander.

»Du siehst toll aus«, sagte Anna und sah mich aufmunternd an.

Ich lächelte nervös. Dieser Abend heute lag mir seit Tagen im Magen und bescherte mir schlaflose Nächte.

Anna war ein paar Wochen zuvor aus New York nach London zurückgekehrt. Sie hatte zusammen mit ihrem Chef in der New Yorker Geschäftsstelle gearbeitet und es abgelehnt, dort für immer zu bleiben. New York war nicht ihre Stadt gewesen, und das Heimweh nach England hatte sein Übriges getan. Ihr Chef war zwar nicht begeistert gewesen, hatte ihr aber eine Stelle in London angeboten, die sie dankend angenommen hatte.

Bereits im Vorfeld hatten wir uns darauf geeinigt, den Neustart in London gemeinsam zu meistern und zusammenzuziehen. Neben dem Vorteil, nicht mehr alleine wohnen zu müssen, konnten wir uns auch ein etwas größeres Miet-Appartement leisten. Auch ich hatte mich in der Ferne nach der Heimat gesehnt. Wieder mit meiner besten Freundin vereint zu sein, fühlte sich an wie ein Sechser im Lotto. Ich hatte sie vermisst. Zwar hatten wir viele Stunden miteinander geskypt, aber jemanden am Bildschirm zu sehen oder ihn in den Arm nehmen zu können, war einfach anders – inniger und tausendmal besser.

»Nicht zu offenherzig?« Ich drehte meinen Rücken zum Spiegel und betrachtete den tiefen Ausschnitt.

»Nein, genau perfekt, um der Männerwelt den Kopf zu verdrehen.«

»Ich bin mir nicht sicher, ob das eine gute Idee ist«, gab ich zu.

Waren zehn Monate Zeit genug, um zu vergessen? Heute Abend würde meine Feuerprobe stattfinden. Ich würde seit damals das erste Mal wieder einen Fuß in einen Ballsaal setzen und zu einer Veranstaltung gehen. Allein der Gedanke daran bescherte mir Herzklopfen. An die Tatsache, dass Alexander Moore einer der Hauptgastgeber war, wollte ich gar nicht denken. Erinnerungen an den desaströsen Abend fluteten mein inneres Auge. Ich war mir nicht mehr sicher, ob ich stark genug dafür war.

Anna kam zu mir und nahm mich in den Arm. »Du packst das! Dieses Mal hast du John an deiner Seite. Vergiss das nicht.«

John. John Carter. Der Mann, der mir in der dunkelsten Stunde geholfen hatte, wenn auch zuerst widerwillig und nur aus Gefälligkeitsgründen seiner Tante gegenüber. Trotz alldem stand er seither an meiner Seite, baute mich auf und gab mir das Gefühl, alles überstehen und schaffen zu können. Kaum hatte Anna den Namen ausgesprochen, klingelte es bereits an der Tür.

»Wenn man vom Teufel spricht«, lachte sie und öffnete ihm.

John trug einen maßgeschneiderten dunklen Anzug, der seine sportliche Figur betonte und ihn älter aussehen ließ. Seine blauen Augen sahen mich respektvoll an, und in seinem Ausdruck war noch etwas anderes, das mich schon eine Weile begleitete, was ich aber nicht wahrhaben wollte. Verborgene Sehnsucht, Zuneigung.

»Du siehst umwerfend aus«, sagte er und drückte mir einen sanften Kuss auf die Wange. »Da werde ich dich wohl ständig im Auge behalten müssen.« Er zwinkerte Anna zu, bevor er auch sie begrüßte.

Anna sah ihn streng an. »Du lässt sie nicht allein, und halte ihr die Bestien vom Hals.« Wen sie mit Bestien meinte, bedurfte keiner weiteren Erläuterung.

»Ich werde mein Bestes tun.«

»Versprich es mir!«, forderte sie.

»Versprochen. Keine Bestien in ihrer Nähe.«

»Und auch keinen Satan namens Alexander!«

Eine Stunde später betraten John und ich Seite an Seite das *Grosvenor House*, ein Luxushotel, in dessen pompösem Ballsaal die heutige Veranstaltung stattfinden sollte. Schon der Eingangsbereich war mit feinstem Marmor und riesigen Blumenbouquets ein Augenschmaus.

John führte mich an der Rezeption vorbei in den separaten Bereich zu den Räumlichkeiten, in denen das heutige Event stattfinden sollte. Meine Hände wurden mit jedem Schritt feuchter. Es war John, der nicht zuließ, dass ich den Gedanken umzudrehen und zu flüchten, in die Tat umsetzte. Immer mehr Gäste in eleganter Abendgarderobe tauchten auf. John begrüßte den einen oder anderen Bekannten.

»Lyn, beruhig dich«, flüsterte er mir zu, als er meine aufkeimende Panik erkannte. »Alles wird gut.«

»Was ist, wenn sie mich erkennen und rauswerfen?«, fragte ich mit bebender Stimme.

»Warum sollten sie das tun? Du hast nichts verbrochen, und wenn auch nur einer einen Ton von sich gibt, werde ich ihm eine passende Antwort geben.«

Nickend stimmte ich ihm zu. Warum sollten sie mich rauswerfen? Aber tief in mir blieb ein Rest von Zweifel. Nur John gab mir in diesem Moment die Kraft und das Stehvermögen. Ich straffte die Schultern und betrat an seinem Arm den Saal.

Riesige Kronleuchter erhellten den Raum. Während in einem Bereich runde Tische zum Dinner einluden, befand sich auf der anderen Seite die Tanzfläche. Vor der Bühne mit den Sprechpulten waren Stehtische aufgestellt, die zu einem kurzen Plausch einluden. Die bereits anwesenden Gäste erfüllten den Raum mit Geräuschen und Gemurmel. Ein Bediensteter begrüßte uns. Nachdem John ihm unsere Namen mitgeteilt hatte, geleitete er uns zu einem der Tische.

Nach dem Essen wurde eine kurze Rede von einem der Gastgeber gehalten und anschließend Tanzfläche und Bar eröffnet.

Ich hatte von Weitem bereits einen Blick auf Alexander erhaschen können, war ihm aber bisher nicht näher als zehn Meter gekommen – mit immer genug Personen zwischen uns. Dennoch hatte mir sein Anblick einen Stich verpasst. Das Gefühl, etwas versäumt zu haben und etwas zu vermissen, trat an die Oberfläche. Konnte das sein? Ich hatte gehofft, über ihn hinweg zu sein, aber anscheinend war mein Herz noch nicht so weit.

»Ich hol uns etwas zu trinken«, verkündete John und sah mich dabei aufmunternd an. »Kann ich dich hier kurz allein lassen?« Ich nickte. Ich würde das schaffen. Bisher waren alle sehr freundlich zu mir gewesen. John hatte mich den Leuten als Caitlyn Phillips vorgestellt, und keiner hatte den Vorfall auch nur erwähnt oder mir das Gefühl gegeben, mich mit diesem in Verbindung zu bringen.

Kaum hatte John mich verlassen, überkam mich eine düstere Vorahnung. Das Gefühl, dass sich hinter mir Unheil zusammenbraute, stellte mir die Nackenhaare auf und überzog meine Haut mit einem unangenehmen Kribbeln. An dem abfälligen Lachen erkannte ich die Person, die sich mir näherte und dafür verantwortlich war, bevor ich sie sah. Zu wissen, dass sie auch hier war und ich ihr jetzt alleine gegenübertreten müsste, bereitete mir Übelkeit und Kopfschmerzen.

»Oh, wen haben wir denn hier?«, fragte die mir verhasste Stimme.

Ich drehte mich um und sah in das Gesicht von Chloé Cherleton, die mich herablassend ansah. Hinter ihr erschien Alexander. Sein Anblick traf mich mehr als ihrer. Seine Augen scannten mich von oben bis unten ab, als wollte er sichergehen, dass ich es tatsächlich war und sich noch alles an seinem Platz befand. Ich fühlte mich seiner Musterung schutzlos ausgeliefert. Sein Anblick tat weh. Schmerz keimte in mir auf und noch etwas anderes Undefinierbares. Ich setzte mein Lächeln auf. Jenes, welches ich in den letzten Monaten bis zur Perfektion geübt hatte.

»Chloé. Alexander.«

Mein Herz pochte, und meine Handflächen schwitzten. Ich hielt meine Clutch fest umklammert und presste sie an meinen Bauch. Alexander sah gut aus, auch wenn seine Gesichtszüge härter, abgeklärter und müder wirkten. Seine Augen suchten meine, aber ich ließ ihn nicht in meine Seele blicken, sondern schützte sie mit einer dicken Mauer aus gespieltem Desinteresse.

»Ich hätte nicht gedacht, Sie noch einmal hier anzutreffen, nach dem, was damals passiert ist«, fauchte mich Chloé leise an. Immerhin hatte sie so viel Anstand und versuchte bei den anderen Gästen keine Aufmerksamkeit zu erregen.

»Ich kann Ihnen versichern, dass es nicht meine erste Wahl gewesen ist, heute hierherzukommen.«

Nein, eigentlich war es John gewesen, der mich dazu überredet hatte, diese blöde Einladung anzunehmen. Man konnte schon fast von Zwang sprechen. Ich hatte ihm gesagt, dass ich das Theater hier nicht bräuchte. Vor allem nicht in dem Wissen, dass Alexander der Mitveranstalter war. Aber John war unnachgiebig gewesen. Er war der Meinung, dass ich ihm in naher Zukunft sowieso über den Weg laufen würde. Also trifft man sich besser vorbereitet und wissentlich als zufällig, denn das passierte dann generell zu einem gänzlich unpassenden Zeitpunkt. Damit hatte er wohl recht. Aber konnte man sich auf eine solche Begegnung wirklich vorbereiten?

»Alexander, kannst du nicht deine Verbindungen spielen lassen und diese Persona non grata von der Veranstaltung ausschließen?« Chloés falsches Lächeln umspielte ihr Gesicht, während sie einen Schritt näher zu ihm rückte.

Er reagierte darauf, indem er einen Schritt nach vorne machte – in meine Nähe.

Innerlich musste ich grinsen. So sah das also aus. Es schien, als würde das, was Anna über die beiden in der Presse gelesen hatte, nicht ganz der Wahrheit entsprechen. Dort hatten sie geschrieben, dass sie angeblich gemeinsam in einer eindeutigen Pose gesichtet worden waren und sie als Paar zueinandergefunden hätten. Ein Klatschblatt ging sogar so weit, zu behaupten, aus sicherer Quelle zu wissen, dass bald die Verlobung verkündet werden könnte. In diesem Fall glaubte ich, dass die sichere Quelle entweder Chloé selbst oder Alexanders Mutter war. Eines hatten mich der damalige Vorfall und der Verriss durch die Presse gelehrt: Glaube niemals alles, was du liest. Die Wahrheit sieht meistens ganz anders aus. Wie mir diese kleine, aber denkwürdige Geste von Alexander bewies. Mal ganz abgesehen von dem kurzen Aufflackern in seiner Miene, als Chloé versuchte, ihn am Arm zu fassen. Mehr brauchte ich nicht zu sehen. Der Ekel in seinem Gesicht war deutlich genug.

Im Grunde hätte mir das auch wurscht sein können. Es sollte mir egal sein, was Chloé gegen mich hatte, was in der Presse stand oder was wahr oder falsch war. Denn eigentlich müsste Alexander für mich Geschichte sein. Gestorben, in dem Augenblick, als er mich hatte fallen lassen. Aber was der Verstand wusste, war leider in meinem Herzen noch nicht angekommen. Das stellte ich gerade fest. Mein Herz gehörte immer noch ihm, würde wahrscheinlich immer ihm gehören. Wenigstens ein Teil davon. Möglicherweise ging es bei der Liebe um Schmerz. Meine Vernunft kämpfte gegen dieses Gefühl. Wollte die Schwäche nicht eingestehen und endlich wieder stark sein. Unabhängig. Eine Chance bekommen, mein Glück zu finden. Vielleicht sogar mit jemandem wie John. Die Tatsache, dass Alexander immer noch diese falsche Schlange an seiner Seite zuließ, tat weh.

»Halt dich zurück, Chloé«, knurrte Alexander sie an, ohne den Blick von mir zu lösen.

In seinen dunklen Augen funkelte es. Galt das mir? Oder war er wütend auf sie? Was tat er sich mit dieser Frau nur an? Warum hielt er nicht Abstand zu ihr? Innerlich verdrehte ich die Augen.

»Aber wieso?«, fragte sie spitz.

Mit aller Kraft versuchte ich, innerlich ruhig zu bleiben und mein Lächeln nicht verrutschen zu lassen.

»Weil sie die Begleitung eines persönlich eingeladenen Gastes ist!«

»Persönliche Einladung?« Chloé spie das Wort fast aus. Fassungslos sah sie erst mich, dann Alexander an. »Und dann hat sie so einen Fetzen an? Wie geschmacklos!«

Sind wir jetzt im Kindergarten? Aber ihre kindische Bemerkung bewirkte nur Kopfschütteln und Kampfgeist bei mir. Diese Frau, unerheblich, aus welchem Adelshaus sie stammte, war so weit unter meiner Würde wie nur möglich. Ich sollte mich umdrehen und die beiden stehenlassen.

Dein Kleid und dein Schmuck funkeln zwar wie ein Weihnachtsbaum, aber du bist immer noch nicht die hellste Kerze darauf.

»Pah, Sie haben ja keine Ahnung von Mode und Schmuck«, giftete Chloé weiter. Hatte ich gerade meine Gedanken laut ausgesprochen?

»Nein, aber um ehrlich zu sein: Es interessiert mich auch nicht wirklich, genauso wenig wie mich Ihre Meinung interessiert.« Nun war meine Stimme eisig und distanziert. Ich wollte hier nur noch weg. Mein Blick huschte an den beiden vorbei in der Hoffnung, John zu entdecken.

»Oh, verteilt die Gute wieder ihre Giftpfeile?« Eine weitere bekannte Stimme tauchte hinter mir auf. Ich drehte mich zu ihr um. Connor gesellte sich neben mich. Sein Blick blieb auf mir hängen. Anerkennend, freundlich. Ich sah von ihm zurück zu Alexander. Ihm schien Connors Verhalten ganz und gar nicht zu gefallen, denn sein Kiefer verkrampfte sich, und die Ader an seinem Hals pochte heftig, während seine Augen einen Tick dunkler wurden.

»Hallo, Lyn, es freut mich, dich zu sehen«, sagte Connor, und ich konnte die Aufrichtigkeit in seinen Worten hören. Er reichte mir die Hand.

Ich ergriff sie und lächelte ihn freundlich an. Connor hatte ich immer gemocht. Er stach aus diesem Kreis mit seiner Freundlichkeit, die ehrlich und nicht aufgesetzt wirkte, heraus.

»Wir haben dich lange nicht gesehen«, sagte Connor.

Ja, lange.

»Ja, die Zeit hat mich nach Deutschland, Frankreich und Spanien verschlagen.«

»Aha«, sprach nun auch Alexander. »Deswegen!«

Deswegen was? Ich konnte nur ahnen, was er damit meinte.

»Er hat dich gesucht«, flüsterte Connor mir so leise ins Ohr, dass nur ich es verstehen konnte.

»Ich wollte nicht gefunden werden«, antwortete ich genauso leise.

»Verstehe. Aber du hättest auf meine Anrufe antworten können. Ich hab mir ehrlich Sorgen gemacht.«

Ich lächelte ihn an und schüttelte den Kopf. »Nein, das hätte ich nicht, und das weißt du.«

Endlich kam meine Rettung, und ich warf einen flehenden Blick Richtung John, der sich mit zwei Champagnergläsern einen Weg zu mir bahnte. Mit einem freundlichen Lächeln nickte er allen zu, entschuldigte sich, dass er keine Hand frei hatte und reichte mir das Glas. Dann nahm er den Platz direkt neben mir ein und legte seine frei gewordene Hand beschützend auf meinen Rücken. Die Wärme seiner Berührung beruhigte mich, gab mir Schutz. Als mich allerdings der dunkle, finstere Ausdruck in Alexanders Gesicht traf, schnürte es mir den Hals zu. Er sah von Johns Arm zurück zu mir. Gut so, sollte er ruhig eifersüchtig werden und leiden.

»John, darf ich dir Alexander Moore vorstellen, seinen Freund Connor Godwins und Miss Cherleton.«

»Johannes Carter«, stellte er sich selbst vor, »angenehm.«

»John ist mein Freund, Mentor und Geschäftspartner.«

Er löste seine Hand von meinem Rücken und reichte allen einzeln die Hand. Danach legte er sie zurück auf meine nackte Haut. Beruhigende Wärme strahlte von ihr aus.

»Kam ich gerade noch rechtzeitig? Soll ich dich entführen?«, hauchte er mir ins Ohr.

Ich nickte nur. *Ja bitte, hol mich hier raus. Schnell, bevor ich meine Fassade nicht mehr aufrechterhalten kann.*

Connor beobachtete uns amüsiert, und Chloé musterte John neugierig.

»John«, flötete Chloé in einer viel zu hohen und falschen Tonart. »Ein kleiner, gut gemeinter Rat: Ich würde aufpassen, vor allem auf meine Wertsachen. Caitlyn ist nicht immer die, für die sie sich ausgibt. Das haben wir leider am eigenen Leib erfahren müssen, stimmt's mein Liebster?«

Johns Hand übte mehr Druck in meinem Rücken aus und signalisierte mir, dass ich nichts zu befürchten hatte. Er kannte nicht nur den Vorfall, sondern mittlerweile die komplette Geschichte – alles. Er wusste auch von den Schulden meines Bruders und dem Heiratsdeal. Die Verschwiegenheitsklausel war mir zwar heftig aufgestoßen, aber ich vertraute John, wusste, dass er nichts tun oder sagen würde, was mich in Schwierigkeiten bringen könnte. Mein Geheimnis war bei ihm gut aufgehoben.

Ich schwieg. John sagte zuerst auch kein Wort, sondern setzte einen harten Gesichtsausdruck auf, einen solchen, den er bei Leuten aufsetzte, die gerade auf seiner Abschussliste einen Ehrenplatz ergattert hatten. Ganz oben.

»Chloé, es reicht!«, blaffte Alexander sie plötzlich an. Er warf ihr einen drohenden Blick zu und ließ sie verstummen. Verständnislos schüttelte diese den Kopf, als wollte sie sagen: *Was? Hab ich nicht recht?*

Ich wunderte mich über sein Verhalten. Damals, als ich ihm nahe gewesen war, hatte er nichts gesagt, hatte mich verraten und im Stich gelassen.

»Wie wahr, Miss Cherleton. Da haben Sie vollkommen recht. Caitlyn ist weit mehr als das, was man auf die Schnelle erkennen kann. Eine unglaublich tolle und intelligente Frau. Was man von Ihnen leider nicht behaupten kann. Das nächste Mal sollten Sie bei Ihren feigen Spielchen vielleicht darauf achten, dass die Sicherheitskameras nicht mitlaufen. Die gibt es übrigens auch in den Waschräumen für Damen. Das Video von Ihrem kleinen Ausflug war sehr aufschlussreich. Ach, und noch etwas: Sollten Sie Caitlyn noch einmal zu nahe kommen oder ihren Ruf auch nur falsch anhauchen, werde ich diese Videoaufnahmen an die Presse weiterleiten und Ihnen meine Anwälte auf den Hals hetzen. Und glauben Sie mir, ich habe Spitzenleute an der Hand, die nur darauf warten, dass ich ihnen grünes Licht für diesen Fall gebe. Und nun entschuldigen Sie uns bitte.«

Mit einem siegessicheren Grinsen im Gesicht führte er mich weg. Weg von Alexander, der mir unendlich wehgetan hatte. Weg von der verhassten Chloé und einem Connor, der mir stumm zuflüsterte, dass es ihm leidtat.

»Atme, Lyn«, raunte John mir gutmütig zu.

Ich hatte gar nicht bemerkt, dass ich die Luft angehalten hatte. Mein Zittern konnte ich nicht mehr unterdrücken. Nur seine warme Hand an meiner Taille und seine starke Schulter an meiner ließen mich ruhiger werden. Ich stand kurz davor, zusammenzubrechen. Er zog mich in seine Arme, hielt mich fest und gab mir Sicherheit.

Ich war ihm unendlich dankbar. Nicht nur für heute, für gerade eben, sondern für alles, was er für mich getan hatte.

»Danke!«

»Nicht dafür.« Er grinste mich an. »Du hast dich tapfer geschlagen. Ich bin stolz auf dich.« Er hob sein Glas und prostete mir zu. »Auf dich.«

»Eher auf dich und deine Rettung in letzter Sekunde. Keine Ahnung, was ich mit dieser Person sonst gemacht hätte.« Meine Stimme bebte, und ich rang immer noch um Fassung.

»Dein Ex-Mann scheint ziemlich angepisst zu sein.« John sah mir tief in die Augen und strich mir eine Strähne aus dem Gesicht.

Er war mein Halt geworden. Er hatte mich am Tiefpunkt meines Lebens aufgefangen und mir eine neue Perspektive eröffnet. Wortwörtlich hatte er mich aus einer ausweglosen Situation geholt, mir ein Dach über dem Kopf und einen Job gegeben, obwohl er mich kaum kannte. Er hatte alles in die Wege geleitet, damit ich einen Kredit bei einer Bank bekam und meine Schulden bei Alexander begleichen konnte. Unser Start war holprig und nicht reibungslos verlaufen. Nach dem besagten Abendessen hatte er mich mehrere Wochen in seinem Unternehmen Probe arbeiten lassen. Ich hatte das Gefühl, dass er mich dabei auf Herz und Nieren prüfte und obendrein noch meine Belastbarkeit austestete. Selbst seine Assistentin hatte nicht nur einmal den Kopf geschüttelt, weil er fordernd und unnachgiebig gewesen war. Ich hatte von ihm zwar eine Jobaussicht bekommen, aber um den Arbeitsvertrag dingfest zu machen, hatte ich schwer schuften und mich beweisen müssen. Nichts war mir geschenkt worden. Nichts. Ich hatte mir diese zweite Chance mühsam erarbeitet, und im Nachhinein war ich froh darüber.

»Alexander hat dich nicht vergessen.«

»Wie kommst du darauf?«

»Du hättest seinen Blick sehen sollen, als ich dich angefasst habe. Am liebsten wäre er mir an die Gurgel gesprungen.«

»Quatsch. Ich hab ihm nie etwas bedeutet und tue es immer noch nicht.«

»Lyn, du belügst dich selbst. Er will dich. Immer noch.«

Ich sah ihn entsetzt an. Wieso sollte Alexander mich wollen? Nach all dem, was er getan hatte. Würde man so etwas jemandem antun, den man gerne an seiner Seite hatte oder sogar liebte? Nein, niemals.

»Seine Augen, seine Körperhaltung sprechen Bände. Er ist bei Weitem nicht über dich hinweg. Und diese Chloé? Gott bewahre, was für ein Albtraum!«

Jetzt musste ich kichern. Albtraum war noch nett ausgedrückt. »Diese Frau würde ich nicht mal mit der Kneifzange anfassen, geschweige denn für länger als ein paar Minuten ertragen.«

»Geschieht ihm recht. Er hat sie sich doch an seine Seite geholt.«

»Man muss schon masochistisch veranlagt sein, um so jemanden zu erdulden.«

»Oh, seine Mutter liebt Chloé. Aber wahrscheinlich auch nur, weil sie sich so ähnlich sind.«

John verzog angewidert das Gesicht.

37. Alexander

Den ganzen Abend über beobachtete ich die Frau meines Herzens. Caitlyn. Sie sah hinreißend aus und versprühte eine Magie, die jeden in seinen Bann zog. Sie war keines dieser Püppchen, die sich nach der angesagtesten Mode kleideten, sondern wählte das aus, was ihr gefiel und was an ihr umwerfend aussah. Die Frauen beäugten sie neidisch, während die Männer versuchten, ihre Aufmerksamkeit zu erhaschen. Sie überging das würdevoll und mit einer atemberaubenden Eleganz.

Ich hatte zugelassen, dass Caitlyn nicht mehr die Frau war, die ich damals im Café zum ersten Mal gesehen hatte – locker, fröhlich, warm. Neben mir waren diese Charaktereigenschaften eingefroren. Jetzt, wo sie wieder vor mir stand – so zum Greifen nahe – wurde mir bewusst, was ich hatte gehen lassen: die Frau meines Lebens, meines Herzens. Ich hatte sie nicht nur gehen lassen, nein, ich hatte sie vertrieben, verjagt. Wie gerne würde ich die Zeit zurückdrehen und alles anders machen.

Wochen hatte ich damit verbracht, sie zu suchen. Jeden Anhaltspunkt hatte ich verfolgt, war immer in einer Sackgasse gelandet oder auf Personen gestoßen, die mir klar ins Gesicht gesagt hatten, ich sollte mich verpissen und sie in Ruhe lassen. Irgendwann musste ich mich geschlagen geben und damit leben, dass mein Herz vor Sehnsucht schmerzte. Ich hatte ihn mir selbst zugefügt. Wie dämlich konnte man sein?

John blieb seit unserem Aufeinandertreffen immer an ihrer Seite. Als hätten sie eine stille Vereinbarung, damit sie nicht noch einmal in den Genuss von mir oder Chloé kam. Ich musste zähneknirschend eingestehen, dass sie ein tolles Paar abgaben. Wer war dieser Johannes Carter? War er wirklich nur ein Freund, oder war da mehr zwischen ihnen? Ich versuchte jede Berührung, jeden Blick zu analysieren und kam schnell zu dem Schluss: John wollte Caitlyn. Aber was wollte sie?

Chloé hatte sich verkrümelt und war mit ihren Fake-Freundinnen an die Bar abgerauscht. Echte Freundschaften waren in dieser Gesellschaftsschicht Seltenheit – abgesehen von ein paar Ausnahmen. Eine davon gesellte sich zu mir: Connor.

In den letzten Monaten hatten wir uns ausgesprochen. Er hatte deutliche Worte gefunden. Ich hatte meinen Kummer an der einen oder anderen Bar ertränkt, und Connor war es gewesen, der mich nach solchen durchzechten Nächten nach Hause gefahren hatte. Er wusste, dass ich litt, aber er nahm auch kein Blatt vor den Mund, um mir zu sagen, dass ich mir das selbst eingebrockt hatte.

Seine Augen folgten meinen und blieben dann auf Caitlyn hängen – bewundernd, warm. Zu warm für meinen Geschmack. In mir fing es an zu brodeln.

»Sie liebt ihn nicht.«

»Was?« Entgeistert schaute ich Connor an. Wie kam er jetzt darauf?

»Du hast dich gerade gefragt, was zwischen den beiden läuft«, erwiderte dieser. »Und ich sage dir, sie liebt ihn nicht. Er will sie. Aber sie? Nein.«

»Und woran machst du das fest?«, knurrte ich verstimmt. Er kannte mich einfach zu gut.

»Sie hat nicht das Strahlen in den Augen, das sie damals hatte, wenn sie dich angesehen hat.«

»Hatte?! Damals?!«

»Na ja, sorry, wenn ich das so sage«, Connor entfernte sich unbewusst einen Schritt zurück, »aber am Ende hast du das Strahlen zum Erlöschen gebracht.«

Autsch, es tat weh, die Wahrheit aus dem Munde des besten Freundes zu hören. Unwillkürlich ballte ich die Fäuste und presste meinen Kiefer zusammen.

Schweigend beobachtete ich, wie jemand John und Caitlyn begrüßte, wie der Fremde ihre Hand hielt und die andere auf ihren Unterarm legte – zu lange für eine einfache Begrüßung. Wieder durchzuckte mich ein Stich. Keiner sollte sie anfassen, keiner sollte ihr zu nahe kommen. Außer mir.

Connor musterte mich nachdenklich. Dann nickte er, als hätte er eine spontane Eingebung. »Nach heute Abend sollte dir auch klar sein, dass du sie nie wirklich hast gehen lassen. Du willst sie immer noch«, sinnierte er. »Nicht so, wie du Dinge um dich sammelst, die du besitzen willst. Sondern von Herzen.«

»Halt die Klappe!«, knurrte ich ihn wütend an. Er hatte ins Schwarze getroffen, leider.

»Ja, das hättest du gerne«, lachte er mich aus, »aber ich pack noch eins drauf.« Mit einem Grinsen im Gesicht wandte er sich mir zu. Ich musste mich beherrschen, meine Wut zu kontrollieren.

»Du liebst sie und hast genau zwei Möglichkeiten, Kumpel: Entweder, du gibst auf und überlässt John das Feld – und glaub mir, irgendwann wird sie seinem Charme und seinen Avancen erliegen. Er scheint ein netter Kerl zu sein, und sie gäben ein hübsches Paar ab. Dann verbringst du den Rest deines Lebens an der Seite von Personen wie Chloé, ertränkst deinen Kummer weiterhin im Alkohol und hast deine Millionen. Oder du kämpfst um sie und holst sie dir zurück, was dich tatsächlich glücklich machen könnte.«

Meine Chance kam kurze Zeit später, als ich sah, dass Caitlyn und John zum Ausgang und dann hinaus ins Freie gingen. Ich folgte ihnen, und als John sie allein ließ, um das Auto zu holen, näherte ich mich ihr.

»Caitlyn, warte! Können wir reden?«

Die Frau, die mir so viele schlaflose Nächte bescherte, reagierte nicht, sondern starrte weiter vor sich hin.

»Lyn?« Ich benutzte absichtlich den Namen, den sie früher lieber mochte, in der Hoffnung, sie würde dann reagieren.

»Alexander, lass mich einfach in Ruhe! Geh zurück zu deinem Gucci-Püppchen und begnüg dich mit ihr.«

Ich überhörte ihren Spott. Aber den Schmerz darin nicht.

»Lyn, bitte, lass uns reden«, versuchte ich es erneut.

Als sie weiterhin nicht reagierte, packte ich entschlossen ihren Oberarm und zog sie zu mir. Meine freie Hand wanderte zu ihrem Rücken. Ich konnte nicht anders und drückte sie näher an mich heran, sodass ich ihre Wärme spüren konnte. Ich vergrub meine Nase in ihrem Haar und inhalierte ihren feinen Duft. Sofort reagierte mein Körper auf sie, und meine Härte drückte schmerzhaft gegen meine Hose.

»Oh Gott, wie ich dich vermisst habe«, flüsterte ich ihr ins Ohr.

»Alexander, lass mich los.« Ihre Stimme war ruhig, aber bestimmt.

Ich gab sie frei und sehnte mich sofort wieder nach ihr. Es war ein bisschen übergriffig gewesen, aber ich hatte mich nicht zurückhalten können. Nicht nach Monaten der Sehnsucht nach ihr.

»Lass uns irgendwohin gehen und reden«, schlug ich vor.

»Ich wüsste nicht, über was wir noch sprechen müssten. Alles wurde gesagt. Es gibt nichts mehr zu bereden.«

»Eben doch. Du bist verschwunden und hast all meine Nachrichten ignoriert und meine Nummer blockiert. Du hast mir keine Chance gegeben.«

Sie schnaufte wütend. »Wundert dich das?«

»Nein, aber ich finde, du bist es mir schuldig, mir wenigstens zuzuhören«, versuchte ich es ein wenig sanfter. Dennoch konnte ich die Dunkelheit und Tiefe nicht aus meiner Stimme entfernen. Bei dem Gedanken, wie ich sie verloren hatte, verengten sich meine Augen.

Caitlyn stand vor mir, schützend ihre Arme um ihren Oberkörper gelegt, und blickte zu mir hoch. In ihren Augen loderte es. Neben der Wut war da noch diese tiefe Traurigkeit, und daran war ich schuld. Ich hatte sie verletzt, zerbrochen. Hatte zugelassen, dass diese Gesellschaft, in die ich sie hineingestoßen hatte, auf ihr herumgetrampelt war. Es war meine Aufgabe gewesen, sie zu beschützen, und ich hatte kläglich versagt.

»Ich bin dir gar nichts schuldig, Alexander Moore!« Sie biss sich auf die Unterlippe. Diese kleine Geste brachte mich fast dazu, sie wieder an mich zu reißen und meine Lippen auf diesen wunderschönen Mund zu pressen, um sie in Besitz zu nehmen.

»Die Frau von damals existiert nicht mehr. Als ich dachte, dass es nicht mehr tiefer ging, hast du mich eines Besseren belehrt und unter mir den Abgrund aufgerissen, um mich darin zu versenken.«

Die Erinnerung an die Zeit tat weh. Nicht nur mir. In ihrem Gesicht stand der pure Schmerz. Aber auch mir ging ein Stich durchs Herz, als sie mir nochmals vor Augen führte, wie ich sie zerstört hatte.

»Aber ich bin deinem Rat gefolgt. Kannst du dich noch erinnern?«, fragte sie sarkastisch und mit einer unterschwelligen Bissigkeit. »Ich hab mein Krönchen gerichtet und weitergemacht. Ich habe von vorne angefangen, von ganz unten, und bin jetzt an einem Punkt, an dem ich weder dich noch deinesgleichen brauche, geschweige denn um mich ertragen kann.« Ihre Augen funkelten wütend, und eine Kälte umgab sie.

»Lyn, die letzten Monate waren für mich ...«, ich sprach nicht aus, dass es die Hölle war, »... ich hab viel über dich ... über uns nachgedacht.«

»Es gibt kein uns, Alexander. Und ein mich gibt es für dich auch nicht mehr.« Ihre Augen glitzerten verdächtig. »Ich schulde dir gar nichts. Kein Gespräch, kein Entgegenkommen, nichts.«

»Du hast recht, ich war ein selbstloser Bastard. Aber ich ...«

»Aber was?«

»Ich vermisse dich. Ich brauche dich«, fügte ich verzweifelt hinzu.

»Das hättest du dir damals überlegen sollen. Du hast dich für Chloé und deine Mutter entschieden, also geh und hol dir, was dir wichtiger war als ich.«

Ein Wagen fuhr vor und John stieg aus. »Lyn, wollen wir?« Erwartungsvoll sah er Caitlyn an und öffnete galant die Beifahrertür. Sie ging auf ihn zu. Die Eifersucht packte mich.

»Danke, John, aber ich habe noch etwas mit ihr zu besprechen und würde sie dann anschließend dorthin fahren, wohin sie will.«

»Nehmen Sie es mir nicht übel, Mister Moore, aber Caitlyn kann eigene Entscheidungen treffen. Derzeit bin ich überzeugt, dass sie weder hierbleiben, noch mit Ihnen reden, geschweige denn mit Ihnen mitgehen möchte.«

Ich sah zuerst John, dann Caitlyn an. Ihr Blick war unnahbar, versteinert. Connor hatte recht, das würde verdammt schwer werden. Aber ich würde so lange kämpfen und nerven, bis sie mich anhörte.

»Lyn, gib mir nur fünf Minuten.«

Zögerlich trat sie einen Schritt zurück und sah mich an.

»Nein, Alexander, du hattest deine Zeit und hast sie nicht genutzt.«

Tatenlos musste ich mitansehen, wie sie ins Auto stieg und mit John wegfuhr.

38. Caitlyn

Mein Arbeitstag neigte sich dem Ende zu. Ich drückte seufzend auf *Senden*, um die letzte E-Mail für heute auf ihren Weg nach Berlin zu schicken. Erleichtert fuhr ich meinen PC herunter und schnappte meine Tasche. Für heute war Schluss.

Ich trat aus dem Gebäude und sog die feuchte Luft ein. Vor Kurzem hatte es noch geregnet, doch pünktlich zum Feierabend riss die Wolkendecke auf, und die Sonne blitzte hervor. Für Oktober war es noch sehr warm, und ich mochte den Regen. Er reinigte die Luft, man konnte wieder frei atmen, ohne den Smog oder den anderen Schmutz, der die Londoner City verpestete.

Mit einem Blick auf meine Uhr lächelte ich zufrieden. Ich hatte genügend Zeit, um in das italienische Restaurant an der Themse zu gelangen, wo Anna für uns einen Tisch reserviert hatte. Gemächlich überquerte ich den Vorplatz des Bürogebäudes.

Plötzlich erhob sich eine Gestalt von einer Bank, die unter einer Gruppe von Bäumen zum Niederlassen einlud. Wie angewurzelt blieb ich stehen. Konnte das möglich sein? Ich blinzelte, um sicher zu sein, ihn nicht mit jemand anderem zu verwechseln. Aber nein, er war es wirklich! Freude, Erleichterung und gleichzeitig Verärgerung strömten durch mich hindurch. Schnellen Schrittes kam er auf mich zu. Dann hielt mich nichts mehr, ich flog in seine Arme. In die Arme meines Bruders.

»Lyn!« Seine raue Stimme an meinem Ohr löste so viele Emotionen in mir aus. Er strich mir über das Haar und drückte mich fest an sich. Sein bekannter Geruch stieg mir in die Nase, weckte Kindheitserinnerung in mir. Wie lange hatte ich ihn nicht mehr gesehen? Eineinhalb Jahre? Oder waren es schon zwei?

»Reece!«, begrüßte ich ihn, von Emotionen übermannt.

Dann gewannen plötzlich Ärger und meine Stinkwut auf ihn die Oberhand. Ich löste mich aus seiner Umarmung und schob ihn von mir weg. Ihm hatte ich den Schlamassel des letzten Jahres zu verdanken – seinem unbedachten Fehler, sich von den falschen Leuten Geld zu leihen und dann in der Versenkung abzutauchen. Er musste meine Verärgerung spüren, denn er sah mich mit einem reumütigen Blick an.

»Es tut mir leid«, sagte er zerknirscht.

»Es tut dir leid?«, wiederholte ich seine Worte fassungslos. »Was von dem Ganzen? Dass ich mir Sorgen gemacht habe und schon dachte, du wärst tot? Oder dass du dir von dubiosen Leuten Geld geliehen und mich dann in die Scheiße mit reingezogen hast?«

Mit jeder Anschuldigung entfernte ich mich von ihm, nicht nur emotional, sondern auch körperlich. Ich brauchte dringend Distanz zwischen uns.

»Oder dass ich mein Café deinetwegen aufgeben musste und jetzt auf einem Berg Schulden sitze? Was von dem Ganzen tut dir leid?« Die letzten Worte spie ich ihm entgegen. All der aufgestaute Frust, der Schmerz und die Ängste vermischten sich zu einem explosiven Cocktail und sprudelten nur so aus mir heraus.

»Alles«, sagte er und griff nach mir, aber ich wich ihm aus.

»Hast du überhaupt eine Ahnung, was ich deinetwegen in den letzten Monaten durchgemacht habe?«

»Du hast recht. Egal was ich jetzt sage, ich kann es nicht rückgängig machen. Ich verstehe deine Wut.«

»Wie hast du mich überhaupt gefunden?«, fragte ich ungehalten. Ich hatte mittlerweile ein neues Handy und eine neue Nummer. Vor meiner Reise nach Deutschland war das die erste Amtshandlung gewesen, um diesem Mist entkommen zu können. Keine ungebetenen Anrufe, nur die Personen, die ich für wichtig hielt, hatten diese Nummer bekommen und konnten mich erreichen.

»Elliot.«

»Dieser kleine Scheißer«, entwich es mir. Oh Gott, ich war so in Rage. Frustriert strich ich mir die Strähnen aus dem Gesicht.

»Sei nicht wütend auf ihn. Er wollte mir nichts sagen. Kein Sterbenswort. Aber ich ließ nicht locker, und irgendwann knickte er dann endlich doch ein. Schließlich bin ich dein Bruder und nicht irgendwer.«

»Er knickte ein. Na super! Und was willst du jetzt von mir? Noch mehr Geld? Sorry, aber ich stottere noch die alten Schulden ab. Also nichts zu holen«, fauchte ich bissig.

»Nein, ich ... okay, ich hab es verdient. Ich war ein egoistisches Arschloch und kein Bruder.«

»Genau, ein Bruder hätte seine kleine Schwester vor diesen schmierigen Typen beschützt.«

»Ich will es wiedergutmachen.«

Ich konnte es gerade nicht fassen. Er wollte es wiedergutmachen? Wie denn? Mein Leben war ein Scherbenhaufen, aus dem ich gerade versuchte, das Beste zu machen – ganz abgesehen von meinem malträtierten, misshandelten Herzen.

»Weißt du was? Lass mich einfach in Ruhe«, sagte ich emotionslos.

Im Moment war ich von der Situation überfordert. Die Freude, ihn wiederzusehen, und die Wut wallten abwechselnd und in Wellen in mir hoch. Ich wollte ihn drücken, in den Arm nehmen und gleichzeitig auf den Mond schießen – okay, mit Rückfahrschein, schließlich war er wirklich mein Bruder, mein Ein und Alles, meine Familie, wenn es sich auch gerade nicht danach anfühlte.

»Lyn, bitte ...« Erneut griff er nach meinem Arm.

»Nein, lass mich einfach in Ruhe!«

Plötzlich trat jemand hinter mich. Reece sah überrascht auf. Mein Körper fing an zu kribbeln, die Luft flirrte, als würde sie elektrisch aufgeladen werden. Kein gutes Zeichen.

»Sie haben Sie gehört, also lassen Sie sie in Ruhe«, sagte eine tiefe, samtige Stimme, die ich nur zu gut kannte, weil sie mir direkt ein Flattern im Magen bescherte. Alexander trat zwischen uns und stand nun direkt auf Augenhöhe vor Reece.

»Ich glaube nicht, dass Sie sich einmischen sollten«, stieß der nun erbost hervor.

»Ich denke schon.« Alexander blieb ruhig.

»Was glauben Sie eigentlich, wer Sie sind?«, fragte Reece.

Beide standen sich wie Kampfhähne gegenüber.

»Ihr Ehemann.«

Plötzlich herrschte Stille. Als wäre die Welt um uns herum eingefroren, und jeder verharrte in seiner Position.

Ich hielt die Luft an. Die Worte sickerten langsam von meinem Gehörgang in mein Gehirn. Aber es brauchte noch etwas, um sie zu verarbeiten, sie zu verstehen.

Ihr Ehemann.

»Mein Ex-Ehemann«, berichtigte ich ihn nach einer gefühlten Ewigkeit der Stille.

»Nein, dein Noch-Ehemann«, verbesserte er mich wiederum.

Was meinte er damit? Ich sah ihn entgeistert an. *Noch-Ehemann?*

»Ich habe die Scheidungspapiere nie eingereicht, somit sind wir offiziell noch verheiratet.«

In mir brodelte es, und ich konnte körperlich spüren, wie sich der Zorn wie bei einem Vulkan an die Oberfläche drängte. Gleich würde er sich entladen.

»Also, ich sehe hier weder meinen Bruder, noch meinen Ehemann vor mir«, sprach ich mit einer nüchternen Ruhe, die mich selbst überraschte. »Was ich aber sehe, sind zwei Arschlöcher, denen ich bedingungslos vertraut habe. Die mir am nächsten standen. Aber diese zwei Arschlöcher waren es, die mich verraten, verkauft und mir am meisten wehgetan haben. Was anderes sehe ich nicht. Tut mir leid.«

Mit diesen Worten drehte ich mich um und lief davon. Dieses Mal war das Schicksal auf meiner Seite. Ein

Taxi hielt gerade vor dem Gebäude, um jemanden herauszulassen. Ohne mich umzublicken, setzte ich mich hinein und bat den Fahrer, so schnell wie möglich loszufahren. Ein Blick von ihm genügte wohl, dass er weder protestierte, noch mich aus dem Taxi warf, sondern wirklich einfach Gas gab. Erst viel später, als ich meine Fassung wiedererlangt hatte, nannte ich ihm die Adresse des Restaurants und ließ mich dorthin fahren.

»Du machst Witze«, spottete Anna und hielt sich die Hand vor den Mund.

»Sehe ich so aus?« Ich hatte ein wenig gebraucht, um mich von dem Schock zu erholen und berichtete ihr gerade von meiner Begegnung mit den beiden Herren. Kurioser ging es wohl kaum. Ich wusste nicht, was ich getan haben konnte, dass mein Karma dermaßen im Minus war.

»Also zuerst Reece und dann Alexander.« Anna schüttelte den Kopf, als wollte sie mir nicht glauben, was ich ihr gerade erzählt hatte. Kurz wunderte es mich, dass sie die Anwesenheit meines Bruders ohne Kommentar akzeptierte. Aber der Gedanke war schneller fort, als er sich in meinem Kopf zu einer Frage formieren konnte.

»Ja, und Alexander ließ dann noch beiläufig die Bombe des Tages platzen.«

»Was denn noch?« Ihre Augen beobachteten jede meiner Gefühlsregungen.

»Ich bin immer noch mit ihm verheiratet«, flüsterte ich ihr zu.

»Was zum Teufel ... nein!«, brüllte sie und sah sich erschrocken um.

Die Gäste am Nachbartisch sahen bereits neugierig zu uns herüber, und ich senkte schnell den Blick.

»Er hat die Papiere nie eingereicht. Das macht ihn offiziell zu meinem Ehemann und mich zu seiner Ehefrau.«

»Nicht dein Ernst. Aber wieso?«

»Das frag ihn selbst. Ich habe keine Ahnung.«

»Hast du das nie nachgeprüft?«, tadelte sie mich.

Ich neigte meinen Kopf und sah sie an. »Nein, hab ich nicht. Sie waren unterschrieben, und ich hatte nicht vor, ihm meine neue Adresse mitzuteilen, geschweige denn ihn anzurufen.«

Nachdenklich knabberte sie an ihrem Fingernagel herum. »Kann ich verstehen. Und?« Ihre Augen blitzten auf. »Wie fühlt es sich an, als Noch-Ehefrau von Mister Moore?«

Ich kniff die Augen zusammen und starrte sie an.

»Ich mein ja nur. Was fühlst du, wenn du Alexander siehst?«

»Willst du die Wahrheit?« Ohne ihre Antwort abzuwarten, sprach ich weiter. »Die Anziehungskraft ist immer noch da, aber genauso der Schmerz. Immer wenn ich ihn sehe, denke ich wieder an diesen Abend, an diese Enttäuschung und Erniedrigung. Ich weiß nicht, ob ich das je vergessen kann.«

»Hattest du seit Alexander überhaupt wieder … wenigstens einen guten One-Night-Stand?«

»Nope. Absolut tote Hose.«

»Tote Hose?«, prustete Anna los.

»Und du? Wie sieht es bei dir aus?«, neckte ich sie.

»Absolut trockenes Höschen.«

»Gerade du? Was hat sich geändert? Zu viele Partys gehabt?«

»Vielleicht«, antwortete sie mir kryptisch.

Der Kellner kam zu uns, um die Bestellungen aufzunehmen.

»Also, ich brauche jetzt etwas Stärkeres«, bemerkte ich und bestellte mein Essen und einen Erdbeer-Caipirinha. Anna sah mich entgeistert an, weil ich sonst nie so etwas trank und machte dann spontan aus einem gleich zwei.

Wir stießen an, und ich nahm einen Schluck von dem ungewohnten Getränk. Es lief mir scharf den Hals hinunter, und die Wärme flutete meinen Bauch. Nach unserem zweiten Cocktail sah die Welt doch schon viel bunter aus.

Das Essen kam, und ich genoss meine Pizza und Anna ihre Pasta. Die Zeit flog dahin, und während wir aßen, grübelten wir darüber nach, wo wir den nächsten Urlaub verbringen könnten. Gerade wollten wir den dritten Caipi bestellen, als hinter dem Kellner eine tiefe Stimme sagte: »Sie hat genug.«

»Wer behauptet das?«, fragte ich giftig zurück und war mir nicht sicher, ob meine Stimme mir überhaupt noch gehorchte oder schon anfing, ein Eigenleben zu entwickeln.

»Ich.«

»Und wer soll *ich* sein, wenn nicht ich selbst?«

Alexander trat hinter dem Kellner hervor und stützte sich mit den Händen am Tisch ab. Er sah mich mit zusammengezogenen Augenbrauen streng an und – wie schon so oft – erfüllte seine Anwesenheit den Raum und mein Herz.

Blödes Herz. Ich verzog mein Gesicht und hielt seinem Blick stand.

»Gut, dass du mir nichts zu sagen hast und dem Kellner im Übrigen auch nicht«, konterte ich. Ich musste mir Mühe geben, die Worte sinnvoll zu formulieren, denn der Alkohol rauschte mir durch die Adern und benebelte bereits meinen Geist. Ich war halt nichts gewohnt. »Also bitte, bringen Sie uns noch mal dasselbe.«

»Nein. Es reicht. Bringen Sie drei Kaffee.«

»Wenn Sie Trinkgeld bekommen möchten, dann ...«, drohte ich ihm.

»Drei Kaffee!«, wiederholte Alexander mit einer Stimme, die keinen Widerspruch duldete. So kannte ich ihn: dominant, weisungsbefugt, rattenscharf.

Gott, *rattenscharf,* wo kam das denn plötzlich her?

Der Kellner nickte und verschwand. Ich war gespannt, auf welche Seite er sich schlagen würde.

»Anna«, grummelte ich, »darf ich dir meinen unliebsamen Noch-Ehemann vorstellen?«

»Anna und ich kennen uns bereits«, feixte Alexander höhnisch und setzte sich zu uns an den Tisch.

»Ist mir entfallen«, nuschelte ich. »Nein ... nicht entfallen, verdrängt.«

Der Kellner schlug sich natürlich auf Alexanders Seite. Anstelle der bestellten Cocktails brachte er Kaffee und stellte die duftenden Tassen vor uns ab. Verräter! Ich würde es ja nie offiziell zugeben, aber wahrscheinlich war das doch das bessere Getränk als noch ein Caipi.

»Alexander ...«, begann Anna. Der Ausdruck auf ihrem Gesicht sollte ihm eigentlich Angst machen, weil sie den aufsetzte, wenn sie jemandem gleich den Kragen umdrehte. Aber ihm schien das nicht zu imponieren. Er lächelte sie an, während er an seinem Kaffee nippte. Wie konnte ein Mann beim Kaffeetrinken nur so sexy ausschauen?

»Ich bin mir nicht sicher, ob du unsensibel oder verblödet bist, aber eines ist sicher: Du bist an diesem Tisch, oder besser in der Nähe von Lyn, nicht willkommen.«

Wieso konnte Anna nach der gleichen Anzahl an Erdbeer-Caipis, noch sprechen, als wären das Erdbeer-Milchshakes, und bei mir fühlten sich die Zunge schwer und mein Schädel wie Watte an?

»Ich kann deinen Unmut verstehen.« Zwar wandte sich Alexander an Anna, aber seine Augen ruhten weiter auf mir und studierten mich.

»Unmut?« Anna schüttelte den Kopf. »Das ist ein klitzeklein wenig untertrieben. Wenn du gerade meine Gedanken hören könntest, würdest du schreiend aus diesem Restaurant rennen. Und zwar rápido.«

Ich musste kichern. Anna fuhr die Krallen aus, und ich liebte sie dafür.

»Würde ich das?« Er zog die Stirn in Falten. »Aber lieber würde ich ein paar klärende Worte mit Caitlyn sprechen. Vorzugsweise, wenn sie wieder nüchtern ist.«

»Also, ich hätte damals auch gerne einen Wunsch frei gehabt«, murmelte ich. »Und eine Wagenladung voll mit diesem Zeug.«

Ich griff nach dem leeren Cocktail-Glas und hob es an.

»Weißt du eigentlich, wie wir dich immer genannt haben?«, fragte ich. Der Kaffee tat augenscheinlich seine Wirkung, weil mir das irgendwie fehlerfrei über die

Lippen kam. »Sexy Teufel im Anzug. Und soll ich dir noch etwas verraten? Sexy bist du immer noch, aber leider auch ein Arsch.«

»Caitlyn, ich fahr euch jetzt nach Hause«, überging er meine Aussage schlicht.

»Nein«, grätschte Anna dazwischen. »Wir sind fähig, uns selbst ein Taxi zu nehmen.«

»Bist du auch fähig, auf sie aufzupassen?«, fragte er stichelnd.

»Das musst gerade du sagen. Hast du auf sie aufpassen können?« Wenn Blicke töten könnten, wäre ich jetzt Witwe und ohne beste Freundin, weil die im Knast verrotten würde.

»Touché!« Alexander ließ sich die Spitze nicht anmerken und setzte ein Pokerface auf. Aber ich kannte ihn, wusste, dass ihn Annas Bemerkung getroffen hatte.

»Gib mir dein Handy«, befahl er mit sanfter Stimme und hielt mir seine Hand hin.

»Wieso?«

»Weil ich keine Lust habe, vor deinem Bürogebäude Wurzeln zu schlagen, um dich anzutreffen.«

»Du wirst ihre Nummer nicht bekommen«, schritt Anna ein, ihren Blick mordlustig auf Alexander gerichtet. Der schien eine gewisse Todessehnsucht zu haben und hielt mir immer noch seine Hand entgegen.

»Ich bekomm sie sowieso raus, also ersparen wir uns den Aufwand.«

»Pah«, stieß meine Freundin hervor. »Vergiss es einfach.«

»Du entscheidest, Caitlyn. Ich kann auch jeden Tag zu dir ins Büro kommen und die Assistentinnen, oder wer auch immer in deiner Nähe ist, bequatschen.«

Ich blickte von Anna zu Alexander und war mir unschlüssig. Sollte ich sie ihm geben oder lieber nicht? Aber wie ich ihn kannte, würde er tatsächlich jeden Tag in meinem Büro auftauchen.

Anna verdrehte die Augen, schwieg aber.

Er deutete erneut auf mein Handy. Ich entsperrte es zähneknirschend, bevor ich es ihm in die Hand drückte. War ja sowieso zwecklos. Alexander würde Mittel und Wege finden. Außerdem funktionierte mein Kopf nicht reibungslos genug, um zu protestieren.

Flink tippte er eine Nummer ein. Das Klingeln seines Handys verriet mir, welche Nummer das gewesen war, und dann speicherte er diese ab.

»Und unter welchem Namen speicherst du mich ab?«, fragte ich amüsiert.

Dann rief er mein Handy an, tippte erneut etwas ein und gab es mir schlussendlich zurück.

»Ruf ein Taxi und schlaf deinen Rausch aus.« Mit diesen Worten stand er auf, nickte Anna zu und verschwand.

»Bin ich so betrunken?«, fragte ich meine beste Freundin?

»Nein, nur etwas beschwipst«, lachte sie.

Mein Handy gab ein kurzes Vibrieren von sich und signalisierte mir den Eingang einer Nachricht. Ich blickte darauf.

Morgen 18 Uhr. Ich hol dich nach der Arbeit ab.

Kopfschüttelnd reichte ich Anna mein Handy. Er hatte sich doch tatsächlich unter dem Namen *Noch-*

Ehemann abgespeichert. Sie griff danach und verdrehte die Augen. Dann tippte sie irgendetwas ein und reichte es mir mit einem schelmischen Grinsen im Gesicht.

Ein Blick auf mein Handy, und ich brach in schallendes Gelächter aus. Aus *Noch-Ehemann* hatte sie *Sexy Arsch* gemacht und ihm gleich noch geantwortet.

Nur wenn die Hölle zufriert.

Ein paar Sekunden später tauchte die nächste Nachricht von Sexy Arsch auf.

18 Uhr!! Nüchtern.

39. Caitlyn

Natürlich war ich am nächsten Tag nicht um 18 Uhr abholbereit und auch nicht am Tag drauf und am nächsten. Ich versuchte Alexander aus dem Weg zu gehen, ignorierte seine Anrufe und Nachrichten, aber mir war auch bewusst, dass ich dieses Spiel nicht lange durchhalten konnte. Egal, irgendwann mussten wir dieses Gespräch führen, oder ich müsste erneut das Land verlassen, und dazu war ich nicht bereit. Außerdem konnten wir nicht einfach weiterhin verheiratet bleiben und sollten ernsthaft über das Thema Scheidung sprechen. Das bedeutete, wir mussten uns entweder zusammenraufen und reden oder es über teure Anwälte regeln lassen. Und dafür fehlte mir das Geld.

Es war Freitag, und der Feierabend mit einem entspannten Wochenende stand kurz bevor. Noch ein Telefon-Meeting, dann noch die eine oder andere E-Mail beantworten, und schon wäre ich fertig. John war nach Wien gereist und würde erst in zwei Wochen wiederkommen. In dieser Zeit hatte ich alle Hände voll zu tun, ihn in London zu vertreten.

Plötzlich klopfte es. Johns Assistentin, die einen eigenen Arbeitsbereich bekommen hatte und während seiner Abwesenheit nun vorübergehend meine geworden war, erschien mit einem merkwürdigen Gesichtsausdruck in meinem Büro, der zwischen Erstaunen, Unglaube und Belustigung lag.

»Lyn, da ist ein Herr draußen, der sich nicht abwimmeln lässt und behauptet, Ihr Mann zu sein.«

»Nur auf dem Papier.« Ich schaute wieder auf meinen Bildschirm.

»Er sagte auch, dass – egal was Sie sagen – er im Vorzimmer bleibt, bis Sie ihn empfangen.«

»Hat er das? Gut, dann soll er warten und viel Geduld mitbringen. Bringen Sie ihm einen Kaffee, schwarz, ohne Zucker und am besten noch einen dicken Schmöker. Falls wir das nicht im Haus haben, dann eben eine langweilige Zeitschrift.«

Sie sah mich mit riesigen Augen an. Außer dass sie ein Lachen zu unterdrücken versuchte, schien sie auch gerade zu überlegen, ob ich einen Witz machte oder es wirklich ernst meinte.

»Ja, also ... ähm ...«, stotterte sie ein wenig verunsichert. »Ich wusste nicht, dass Sie verheiratet sind«, sagte sie dann so leise, als hätte sie Angst, jemand könnte sie hören.

»Nur auf dem Papier«, wiederholte ich meine Erklärung mit einem Augenzwinkern.

»Mit Alexander Moore? *Dem* Alexander Moore?«

»Wenn es nicht noch einen mit dem Namen gibt, dann ja. Lassen Sie sich nicht von seinem Äußeren täuschen, er ist auch nur ein Mann mit Ecken und Kanten. Glauben Sie mir – mit ganz vielen spitzen Ecken und noch mehr scharfen Kanten.« Ich unterstrich meine Aussage, indem ich Gänsefüßchen in die Luft malte und mit einem Grinsen.

Belustigt scheuchte ich sie aus dem Zimmer, weil ich keine Lust hatte, mit ihr über Alexander zu reden. »Bringen Sie ihm einen Kaffee. Danke.«

Kaum öffnete sie die Tür, trat jemand ein, der eigentlich hätte draußen bleiben sollen. Die Tür schloss sich hinter meiner Assistentin, aber vorher warf sie ihm noch einen anhimmelnden Blick zu – natürlich von der Seite, damit er es nicht sah, aber ich hatte es gesehen.

Alexander hatte kaum den Raum betreten, da wehte schon sein Duft zu mir, diese Kombination aus teurem Aftershave und wildem Mann, die ich immer so gerne an ihm gerochen hatte. Nach ihm hatte ich keinen einzigen Mann mehr kennengelernt oder war einem begegnet, der so gut roch. Gut, ich hatte auch nicht mehr viele in meine Nähe gelassen. Dennoch: Sein Geruch kam einem Aphrodisiakum gleich, wenigstens für mich.

»Ecken und Kanten«, raunte er und grinste mich verschmitzt an.

Die Luft zwischen uns fing an zu knistern. Sein Anzug saß wie angegossen, brachte seine sportliche, muskulöse Figur perfekt zur Geltung und ließ sicher alle Frauenherzen höherschlagen – meins eingeschlossen. Er war einfach ein verdammt attraktiver Mann. Nicht jeder füllte einen Anzug so sexy aus wie er. Mein Urteilsvermögen und mein Herz fingen an, miteinander zu duellieren.

»Was willst du, Alexander?«, fragte ich mit fester Stimme und vermied den direkten Augenkontakt.

»Ein Gespräch.«

»Das sagtest du bereits, und meine Antwort darauf kennst du auch schon. Also? Was willst du?«

»Gut, wenn du einen anderen Grund brauchst, als den eines Gesprächs, dann gebe ich dir einen. Ich will dich zurück!«

Ein freudloses Lachen entwich mir. Mich zurück? Zum Teufel, was dachte er sich eigentlich?

»Was muss ich tun, damit du deine Meinung änderst?« Seine Stimme war weich und ruhig, aber man hörte die Niedergeschlagenheit daraus.

Dennoch schrie mein Verstand, ihn rauszuwerfen, bevor ich einknicken würde. »Eine Zeitmaschine wäre ein guter Anfang. Leider gibt es die nicht, also kannst du nichts tun, um meine Meinung zu ändern.« Ich sah ihm in die Augen, und das war ein Fehler. In seinen tobte ein Sturm, der mich mitriss. Noch nie hatte ich diese Mischung der Emotionen bei ihm gesehen: Sehnsucht, Verzweiflung, Trotz, Hoffnung und Entschlossenheit. Mein Herz fing an zu rasen, das Flattern im Bauch und das verräterische Pochen in meinem Unterleib nahmen fortwährend zu.

»Ich weiß, ich habe dich verletzt, und dafür hasse ich mich. Ich kann es nicht ungeschehen machen, egal wie sehr ich mir das wünsche, aber vielleicht können wir uns aussprechen?«

»Aussprechen? Alexander, für was soll das gut sein? Wir haben es probiert. Wir passen einfach nicht zueinander.«

»Tun wir das nicht? Also, ich kann mich an Dinge erinnern, die passten perfekt zusammen.« Mit einem süffisanten Grinsen sah er mich an.

Röte schoss mir in die Wangen. Eins zu null für ihn. Auf dieser Ebene musste ich ihm zähneknirschend zustimmen.

»Sonst leben wir aber in zwei verschiedenen Welten. Nur weil wir in einem Punkt Gemeinsamkeiten haben, funktioniert der Rest nicht automatisch. Du hast bekommen, was du wolltest: Deine Firma wurde auf dich überschrieben. Ich habe das Geld an dich zurückbezahlt. Wir sind uns beide nichts mehr schuldig. Du hast dein Leben und ich habe meins. Belassen wir es dabei.«

»Ich denke, zwischen uns gab es noch mehr als das.«

»Mehr als fantastischen Sex?«

»Findest du nicht? Der Sex war das eine, aber wir ergänzten uns auch in anderen Bereichen«, sagte er und strich sich mit der Hand über das Kinn.

»Sagen wir, unsere Weltanschauung und allem voran der Stellenwert des Partners sind zu unterschiedlich. Würde dir das ausreichen, um ein Nein zu akzeptieren?«

»Ich bitte dich um ein Abendessen, um uns wie zwei erwachsene Menschen auszusprechen. Mehr verlange ich nicht. Bitte gib mir diese eine Möglichkeit.«

Bitte? Hatte er wirklich gerade *bitte* gesagt? Was wäre schon dabei? Was könnte passieren? Nichts, was ich nicht wollte.

»Ein Gespräch bei einem Abendessen? Mehr nicht?«, hakte ich noch einmal nach.

»Ein Abendessen. Ich warte draußen auf dich«, nickte er mir zu, und ein zufriedenes Lächeln zuckte um seine Mundwinkel.

Als ich wieder alleine in meinem Büro saß, atmete ich tief durch. Wieso verwirrte mich Alexander immer noch so? *Weil du blöde Kuh immer noch Gefühle für ihn hast,* brüllte mein Herz.

Ich schickte Anna schnell eine Nachricht, dass ich mich mit Alexander treffen würde, weil er sonst keine Ruhe gäbe und wir ja auch noch die Sache mit der Scheidung durchsprechen müssten. Sofort kam ihre Antwort zurück.

Wie hat er das geschafft?

Nicht locker gelassen.

Sicher, dass du das tun willst?

Nein.

Sollen wir einen Code vereinbaren, wenn ich dich retten soll?

Wird schon schiefgehen.

Ich packte noch ein denkendes und ein verrücktes Emoji hinter die Nachricht und schickte sie ab.

Als Alexander und ich zusammen aus dem Bürogebäude traten, stand sein McLaren im Parkverbot direkt vor dem Eingang. Wir steuerten darauf zu und er öffnete mir die Beifahrertür. Ein bekannter Geruch strömte mir entgegen. Als ich mich setzte und er neben mir Platz nahm, strahlte seine Wärme zu mir herüber. Er war mir zu nah, viel zu nah. Mein Herz machte einen Sprung, und meine Handinnenflächen waren feucht und klebrig. Ein Gespräch, das würde ich packen.

In dem Blick, den er mir zuwarf, lag Entschlossenheit. Für einen kurzen Moment wünschte ich mich weit weg. Weg von ihm, weg von London ... wäre da nicht diese magische Anziehungskraft zwischen uns, die mich förmlich auf den Sitz nagelte.

»Wohin?«, fragte ich, als er den Motor startete und sein Auto in den Straßenverkehr einfädelte.

»Lass dich überraschen.«

Einige Zeit später hielt er vor einem Wolkenkratzer und wartete kurz, bis ein Mitarbeiter des Parkservices mir die Tür öffnete. Dann stieg Alexander ebenfalls aus und reichte dem jungen Mann im Vorbeigehen seine Autoschlüssel. Kaum dass er bei mir war, legte er seine Hand auf meinen Rücken und führte mich zum Eingang. Alleine diese kleine Berührung löste ein wohliges Gefühl in mir aus, und ein Kribbeln zog sich durch meinen gesamten Körper. Der leichte Druck seiner Finger ließ die Haut unter meiner Bluse prickeln, und mir wurde warm ums Herz.

»Warst du schon einmal hier?«, fragte er mit dieser samtigen Stimme, die jede Frau um den Finger wickelte.

»Nein.«

Während ich an der imposanten Glasfassade des *Heron Towers* emporblickte, führte Alexander mich weiter Richtung Eingang. Ich war selbst noch nie hier gewesen, hatte aber schon einiges über dieses Gebäude gehört.

»Es wird dir gefallen. Der Blick ist einmalig und das Essen nach deinem Geschmack.«

»Nach meinem Geschmack?«

»Du wirst es mögen. Glaub mir.« Er schaute zu mir und lächelte mich wissend an.

Ein wenig skeptisch sah ich zu dem großen leuchtenden Schild hoch, auf dem ein fettes Sushi hervorstach. Das machte mir nicht wirklich Appetit. Roher Fisch war so überhaupt nicht mein Ding.

»Sushi?«

Alexander gab mir keine Antwort und hüllte sich stattdessen in Schweigen.

Die Eingangshalle mit dem riesigen Aquarium hinter der Empfangstheke war der Publikumsmagnet. Touristen bestaunten die Kulisse und machten Fotos.

In einem Glasaufzug ging es hinauf in den vierzigsten Stock. Die Enge, die Nähe von Alexander, der sich so dicht hinter mich stellte, dass mein Rücken gegen seine Brust stieß, spannten meine Nerven zum Zerreißen an. Eine Hitze wallte durch meinen Körper und hinterließ ein Prickeln.

Oben angekommen liefen wir den Gang entlang und wurden schließlich von einem freundlichen Kellner im *Duck and Waffle* begrüßt. Dieser führte uns, vorbei an den anderen Gästen, hin zu einem separaten Bereich. Wie nicht anders zu erwarten, schien Alexander keine Kosten und Mühen gescheut zu haben. Unser Tisch – in einem privaten Bereich des Lokals – stand direkt an einem der bodentiefen Fenster mit einem atemberaubenden Ausblick auf das Panorama der Skyline von London.

Kaum dass der Kellner die Speisekarten brachte und unsere Getränkebestellungen entgegengenommen hatte, durchdrangen mich seine dunklen Augen. Eine Woge von Gefühlen überrollte mich, und eine Gänsehaut breitete sich bei dieser intensiven Musterung auf meinem Arm aus.

»Was läuft da zwischen dir und John Carter?«, kam er direkt zur Sache.

»Was läuft da zwischen dir und Chloé?«, konterte ich und hielt seinem Blick stand.

Der verfinsterte sich ein wenig, dann verzog er den Mund und antwortete: »Nichts. Und das weißt du auch. Die Frage ist völlig überflüssig. Zwischen Chloé und mir läuft rein gar nichts und wird es auch nie. Wir kennen uns seit unserer Schulzeit, und dir ist auch bekannt, dass unsere Familien befreundet sind. Dass wir uns auf dem einen oder anderen Event treffen, ist unvermeidbar.«

Ich nickte. Diese Aussage anzuzweifeln, wäre anmaßend und unsinnig gewesen, vor allem, weil ich die Antwort bereits kannte und Alexander nicht ganz unrecht hatte. Dennoch hatte ich mir diesen kleinen Seitenhieb nicht verkneifen können.

»Und? Willst du mir auf meine Frage auch eine Antwort geben?«

»Eigentlich nicht«, ließ ich ihn zappeln.

Der Kellner kam und brachte uns die Getränke. Alexander gab ein klares Handzeichen, dass er gerade nicht gestört werden wollte und der Kellner in ein paar Minuten noch einmal kommen sollte. Mit einem angedeuteten Nicken ließ er uns wieder allein.

»Okay, ich habe verstanden.« In seiner Stimme war ein bekümmerter Unterton. Alexander war es immer noch nicht gewohnt, Kontra zu bekommen. »Liebst du ihn?«

Diese Frage kam dann doch etwas unerwartet. Ich verschluckte mich an meinem Wasser, das ich gerade getrunken hatte. Hustend stellte ich das Glas wieder auf den Tisch und sah Alexander nur an.

»Liebst du ihn?«, wiederholte er seine Frage. Das Mienenspiel in seinem Gesicht war faszinierend anzusehen. Es war eine Mischung aus Neugierde, Bestürzung und Ungeduld.

»Nein. John und ich sind Freunde. Er hat mich wortwörtlich von der Straße geholt, mir ein Dach über dem Kopf und einen Job gegeben. Ich verdanke ihm viel und werde immer in seiner Schuld stehen.«

Langsam nickte Alexander. Die Erleichterung sprach aus seinen dunkelbraunen Augen, aber der harte Zug um seinen Mund drückte noch viel mehr aus.

»Ich weiß, dass alles, was ich jetzt sage, nichts mehr an dem ändern wird, was ich dir angetan habe«, fing er zögerlich an. Es lag nicht in seiner Natur, sich und seine Vorgehensweise zu erklären, deswegen rechnete ich ihm das hoch an und ließ ihn reden. »Ich war damals einfach unheimlich wütend. Auf Chloé und meine Mutter, weil sie dieses ganze Affentheater veranstaltet hatten, und auf dich, weil du dich so hast überrumpeln lassen. Aber noch mehr war ich wütend auf mich selbst, weil ich dich nicht beschützen konnte. Ich hatte gesehen, dass sie dir das Leben schwergemacht haben und du darunter gelitten hast. Ich habe den Schmerz in deinen Augen gesehen. Daran war allein ich schuld.«

Ich blieb stumm, aber die schmerzhaften Erinnerungen spiegelten sich wohl in meiner Miene, in meiner starren Körperhaltung und den Armen, die ich unwillkürlich schützend vor meinen Körper schlang, wider. All das bemerkte Alexander, und seine Augen bekamen einen traurigen Ausdruck.

»In diesem Moment musste ich eine Entscheidung treffen. Dein Ruf war bereits beschädigt, egal wie ich es gedreht oder gewendet hätte. Es ging nur noch darum, den Ruf meiner Mutter und damit meiner Familie zu retten. Aber das war falsch. Es war eine falsche Entscheidung. Heute weiß ich das. Damals wurde ich zu sehr von meiner Wut geleitet.«

Ich kämpfte mit meinen Gefühlen. Alte Erinnerungen kamen an die Oberfläche, strömten auf mich ein und hinterließen einen faden Beigeschmack. Wieder an damals erinnert zu werden, tat weh, verdammt weh. Tränen schossen mir in die Augen. Dennoch hielt ich meinen Kopf erhoben und seinem Blick stand.

»Nicht die Anschuldigungen von Chloé oder deiner Mutter, nicht die vielen anklagenden Blicke der Gäste, nicht die Tatsache, zu wissen, dass ich unschuldig war und mir keiner glaubte, haben mich zerstört, sondern deine Kälte. Deine Gefühlskälte, deine Unnahbarkeit und deine Worte waren es gewesen, die mich schließlich in den Abgrund stürzten. Du hast mir damals gesagt, ich hätte gewusst, auf was ich mich eingelassen hatte. Indirekt hast du damit gemeint, dass ich gut bezahlt worden war, um das alles zu ertragen. Du hast mir klar und deutlich zu verstehen gegeben, dass wir einen Deal hatten – mehr nicht. Nie hast du von Gefühlen gesprochen. Dass ich mich in dich verliebt hatte, war dann wohl mein Problem. Also noch einmal, Alexander: Warum diese Fragerei, diese Aussprache? Was hat sich geändert?«

»Du hast mich verändert!«

»Ich?«

»Ja, du. Von Anfang an wollte ich dich, und als ich merkte, dass du mir nicht nur wichtig geworden warst, sondern ...«, er stockte kurz, doch dann sprach er weiter, »... ich ebenfalls starke Gefühle für dich entwickelt hatte, bekam ich es mit der Angst zu tun. Ich hatte mich noch nie verliebt, Caitlyn. Keine Frau vor dir hat diese Gefühle auch nur ansatzweise in mir hervorgelockt. Und dann kamst du. Hast Dich einfach in mein Herz geschlichen. Ich wollte es zuerst nicht wahrhaben, habe versucht, es zu verleugnen. Aber du hast mir gezeigt, dass ich zur Liebe fähig bin. Dass ich dich liebe.«

Alexander griff nach dem Glas und nahm einen Schluck seines Weißweins. Er ließ die Worte so zwischen uns stehen. Ich musste sie erst verarbeiten, weil ich damit nie gerechnet hatte. Nicht mit diesem schonungslosen Einblick in seine Gefühlswelt.

»Das hat sich geändert, Caitlyn. Mein zweiter Fehler war, meine Gefühle zu dir zu verleugnen. Aber den werde ich nicht wiederholen. Ich weiß, dass es viel verlangt ist, aber ich möchte eine zweite Chance. Weil ich dich will. Weil ich dich brauche. Und weil ... ich dich liebe.«

Die Tränen, die ich so tapfer versuchte zu unterdrücken und wegzublinzeln, bekamen ein Eigenleben und ließen sich nicht mehr unterbinden. Stille kehrte ein. Innerlich wünschte ich mir den Kellner herbei, aber der kam nicht. Was sollte ich darauf antworten? Was sollte ich sagen?

»Warum jetzt? Es wird sich nichts ändern, selbst wenn ich dir – und das ist nur eine fiktive Vorstellung – noch eine Chance geben würde, würde sich unser

Umfeld nicht ändern«, sagte ich schließlich niedergeschlagen.

»Doch, wird es.«

»Deine Mutter, deine Familie hat und wird mich nie an deiner Seite akzeptieren. Es wird immer zu unschönen Auseinandersetzungen kommen. Zu beschämenden Verletzungen. Zu Anschuldigungen. Ich bin nicht jemand, der hinter jeder Aktion eine Falle vermutet, der überhaupt davon ausgeht, dass jemand so hinterhältig sein kann und ...«, ich holte tief Luft, »... und ich will auch nie zu solch einer Person werden. Damit ist vorprogrammiert, dass ich wieder verletzt werde. Das würde ich nicht noch einmal überstehen.«

»Das verstehe ich.«

»Wirklich? Verstehst du das? Ich glaube nicht.«

»Doch, tue ich, und dennoch bin ich nicht gewillt, aufzugeben. Dich aufzugeben! Ich werde eine Lösung finden.«

»Welche?«

»Falls es sein muss, werde ich den Kontakt zu meinen Eltern abbrechen.«

Ich keuchte auf. Er würde meinetwegen seine Familie fallenlassen wollen? Ich schüttelte den Kopf, weil ich die Bedeutung dieser Worte nicht verarbeiten konnte. Mein Herz schrie erfreut auf, während mein Verstand nicht daran glauben konnte.

»Und genau das würde ich niemals zulassen«, flüsterte ich. »Ich weiß, was es bedeutet, eine Familie zu verlieren. Keine Mutter, keinen Vater zu haben. Niemanden. Glaubst du tatsächlich, ich würde es zulassen, dass du meinetwegen deine Familie aufgibst?«

Hier saßen wir nun. Zwei verlorene Seelen, die zusammengehörten. Obwohl uns nur ein Tisch trennte, hatte ich das Gefühl, dass uns gerade ein ganzes Universum voneinander fernhielt. Ich wollte aufstehen, mich in seine Arme werfen und seinen Duft einatmen. Aber sein Geständnis hatte ihn und automatisch auch mich verletzlicher gemacht. Wie konnte jemand so nah und doch so fern sein?

40. Caitlyn

»Und was will dein Noch-Ehemann von dir?«, fragte Anna und zeichnete mit den Fingern zwei Anführungszeichen in die Luft.

»Eine zweite Chance«, sagte ich so beiläufig, als würde es mich nichts angehen. Ich lief in die Küche und stellte meine Tasse unter den neuen Vollautomaten. Einer der wenigen Luxusartikel, die wir uns gleich zu meinem Einzug geleistet hatten.

Ich vermied es, Anna anzusehen, um nicht Gefahr zu laufen, mir meine Gefühle anmerken zu lassen. Aber allein der Gedanke an Alexander bescherte mir schlaflose Nächte und das nicht nur wegen der damaligen Sache, sondern aus ganz anderen Gründen, die mich innerlich grinsen und verzweifeln ließen.

»Was?« Anna schnaubte verächtlich. »Nicht dein Ernst!«

»Doch. Sein voller Ernst.« Ich drückte auf die Cappuccino- Taste, und schon erfüllte der Duft von Kaffee den Raum. Wie ich das vermisste. Den Duft von Kaffee, der am Abend noch in meinen Haaren gehangen hatte, wenn ich nach Hause gekommen war, und der mich begrüßte, wenn ich morgens mein *Moccachino* betreten hatte – meine kleine Wohlfühloase. Jetzt war dort anscheinend ein neuer Smoothies & Bowl Laden eröffnet worden. Ich hatte das Café nie wieder betreten. Seit dem Tag, als ich dem Makler die Schlüssel in die Hand gedrückt hatte, war ich noch nicht einmal mehr fähig gewesen, auch nur in die Nähe der Straße zu gehen. Allein der Gedanke daran schmerzte mich – was würde dann erst der Anblick mit mir machen? Wie würde ich mich fühlen, wenn ich davor stünde? Ich wollte es nicht erfahren. Nein danke, darauf verzichtete ich lieber.

»Was für ein Pferd hat den denn geritten?«, schimpfte Anna vor sich hin. »Ist der von allen guten Geistern verlassen? Was glaubt er eigentlich? Dass du mit wehenden Fahnen wieder zu ihm rennst?«

Als ich mich mit der vollen Tasse zu ihr umdrehte, sah mich meine Freundin erstaunt, nein eher entgeistert an. »Warte, warte. Du ziehst das doch nicht ernsthaft in Erwägung?« Sie schüttelte fassungslos den Kopf und wedelte wild mit der Hand in der Luft herum. »Nein, das glaub ich jetzt nicht.«

»Was? Ich hab nichts getan«, wehrte ich mich lachend gegen ihren piksenden Finger, den sie mir mit grimmiger Miene immer wieder in die Schulter rammte.

»Das will ich auch hoffen.«

»Nur weil dein Höschen gerade eine staubtrockene Periode durchmacht, muss das meins ja nicht auch tun«, stichelte ich weiter.

»Wer sagt denn, dass meine kurzweilige Enthaltsamkeit nicht bald ein Ende findet?«

»Echt? Wer ist der Glückliche? Kenn ich ihn?«

»Vielleicht«, sagte Anna und machte dabei ein geheimnisvolles Gesicht. »Aber ich werde nichts verraten.« Sie schnappte sich meine Tasse und verschwand damit ins Bad.

Mit einem Schmunzeln holte ich mir eine neue aus dem Regal und ließ mir den nächsten Cappuccino ein. Heute war Samstag. Das Wochenende hatte gerade begonnen, und bis Montag konnte ich mich ein wenig entspannen. Vielleicht sollte ich mir ein gutes Buch nehmen und in den *Hyde Park* oder in den *St. James's Park* gehen. Inmitten meiner Überlegungen, welcher Park heute nicht ganz so überlaufen sein mochte, klingelte mein Handy – Rufnummer unbekannt. Ich nahm den Anruf entgegen, meldete mich aber nur mit einem undefinierbaren Gemurmel.

»Lyn?«, fragte die bekannte Stimme meines Bruders.

»Reece«, grüßte ich ihn und fragte mich gleichzeitig, woher er meine neue Nummer hatte.

»Können wir uns treffen?«

Kurz überlegte ich mir, nein zu sagen, aber er war mein Bruder – der einzige Verwandte, den ich noch hatte. Vielleicht war es an der Zeit, sich mit ihm auszusprechen.

»Okay, ich wollte heute in den Park gehen. Von mir aus können wir uns dort treffen.«

»Ja«, sagte er und die Erleichterung über meine Zustimmung war überdeutlich in seiner Stimme zu hören. »Wo?«

»St. James's Park, wir treffen uns um zwölf Uhr am Haupteingang, beim *Diana Memorial Walk.*«

»Danke, Lyn. Ich werde pünktlich dort sein.«

Ich lief auf die zwei eisernen Tore zu, die an dieser Seite in den Park führten. Reece stand schon dort und wartete auf mich. Ich ließ mich von ihm in die Arme ziehen und genoss für einen kurzen Moment seine Nähe, seinen bekannten Geruch und die starken Arme, die mich umschlossen.

»Lass uns zum Café laufen«, schlug ich vor und schlängelte mich an den vielen Touristen vorbei, die vor den Toren Selfies schossen. Nebeneinander nahmen wir den Hauptweg Richtung See. Es brauchte eine Weile, bis das Eis zwischen uns geschmolzen war und Reece anfing zu reden.

»Ich hab nicht gewusst, dass sie dich auf dem Schirm haben. Hätte ich geahnt, dass sie dich so unter Druck setzen, wäre ich früher nach London gekommen«, sagte er und unterbrach damit die Stille zwischen uns.

»Wie kam es dazu, dass du dir Geld von so einem Abschaum geliehen hast?«, wollte ich wissen.

»Ich hatte mich mit zwei Bekannten in Thailand zusammengetan. Wir wollten dort in einer Hotelanlage eine Tauchschule mit diversen anderen Wassersportangeboten eröffnen. Das Geschäft hatte sich lukrativ angehört, und Paul, einer der beiden, hatte alles durchkalkuliert. Wir wären ziemlich schnell in die schwarzen Zahlen gekommen, also lieh ich mir das Geld bei Ivan. Leider hat uns der dritte Mann über den Tisch gezogen und war mit dem Geld abgehauen, sodass Paul und ich mit den Schulden dastanden. Als ich das Geld nicht zum vereinbarten Zeitpunkt zurückzahlen konnte, bat ich um Aufschub, was Ivan mir verwehrte.« Reece lachte bitter auf, und zum ersten Mal sah ich, dass auch er unter dieser Sache litt. »Daraufhin schickte er mir ein paar seiner Schläger auf den Hals. Ich bekam es mit der Angst zu tun. Paul konnte mir auch nicht helfen, weil er ebenfalls seine Ersparnisse in das Projekt investiert hatte. Mir blieb nichts anderes übrig, als unterzutauchen.«

Kurz schwelgten wir beide in unseren Erinnerungen, da sprach Reece weiter: »Lyn, ehrlich, nie hätte ich damit gerechnet, dass er bei dir auftauchen könnte. Ich weiß bis heute nicht, wie er an deine Adresse gekommen ist, geschweige denn wie er herausgefunden hat, dass du meine Schwester bist.«

»Du hättest mich anrufen können«, sagte ich leise.

»Wie denn? Ich hab mein Handy nicht mehr benutzt und weil ich nichts davon ahnte, auch nicht daran gedacht, dich anzurufen. Eher hatte ich Angst, dass ich dich, wenn ich es tue, mit in die Scheiße reinziehe. Ich wollte dich schützen, damit keiner eine Verbindung zwischen dir und mir herstellte. Wenn etwas Gras über die Sache gewachsen wäre, dann hätte ich ihm das Geld zurückgezahlt.«

»Ivan kam mit zwei seiner bulligen Muskelpakete ins Café und drohte mir. Er gab mir zwei Wochen Zeit, das Geld zu beschaffen. Zwei Wochen! Wie sollte ich das schaffen? Ich bin von einer Bank zur nächsten gerannt, aber ohne Erfolg.« Ich stockte, weil ich ihm nichts von dem Deal mit Alexander erzählen wollte. »Ich hab mir das Geld schließlich von jemandem geliehen, konnte aber das Café dadurch nicht mehr halten.«

»Es tut mir leid«, gab Reece kleinlaut zu.

»Es war eine harte Zeit für mich. Das Café aufzugeben und all das andere ... egal, jetzt kann man das eh nicht mehr ändern ... allerdings noch schlimmer war die Vorstellung, dir wäre etwas passiert. Ich hab mir solche Sorgen gemacht, als ich gar kein Lebenszeichen mehr von dir bekommen habe. Und dann war ich nur noch wütend.«

»Ich wollte mich melden, aber nach der Sache mit den Schlägern bin ich nach Mexiko abgetaucht. Dass er dich bereits gefunden hatte ...« Er sah mich betrübt an, und ich glaubte ihm. Manchmal lief es eben schief – und dann richtig. Auf der Vergangenheit herumzureiten, machte jetzt wenig Sinn und würde uns nur noch weiter entfremden.

»Was hast du nun vor?« Mittlerweile waren wir am See angekommen und wählten den Weg Richtung *St. James's Café*.

»Ich habe einen Job hier in London angenommen, bei einem Sportsender.«

»Das heißt, du willst sesshaft werden?« Ich zog eine Grimasse, weil ich mir bei meinem flatterhaften Bruder beim besten Willen nicht vorstellen konnte, dass er dauerhaft in London wohnen würde. Er, der niemals länger als ein halbes Jahr an einem Ort geblieben war. »Und dann ausgerechnet im verregneten England?«

»Wahrscheinlich komme ich jetzt in das Alter, wo man sich über so etwas Gedanken macht. Ich habe so viel von der Welt gesehen und finde, dass jetzt die Zeit gekommen ist, Wurzeln zu schlagen.«

»Eine Frau?«, vermutete ich ins Blaue hinein.

»Vielleicht ...« Verschmitzt sah er mich an. Das Leuchten in seinen Augen verriet mir, dass es sich um eine für ihn besondere Frau handeln musste. Kurz kam mir Anna in den Sinn. Sie hatten damals ein hübsches Paar abgegeben, bis zum Unfalltod unserer Eltern. Danach war auch für Reece nichts mehr so gewesen wie vorher.

»Wann lerne ich sie kennen?«

»Sag mir lieber erst einmal, was das mit diesem Typen auf sich hat, der behauptet, dein Ehemann zu sein«, überging er meine Frage. »Der hat ja einen ganz schönen Beschützerinstinkt an den Tag gelegt.«

»Wir haben letztes Jahr geheiratet. Danach war ich für acht Monate im Ausland und bin auch erst jetzt wieder nach London zurückgekommen.«

»Geheiratet ... meine kleine Schwester hat geheiratet, und ich hab es verpasst.«

»Das war nichts Großes. Wir haben nur im kleinsten Kreis geheiratet. Anna und Connor, Alexanders bester Freund, waren dabei. Sonst niemand.«

»Und wie heißt der Glückliche?«

»Alexander Moore. Und nein, wir sind derzeit nicht zusammen. Eigentlich dachte ich sogar ...« Ich winkte ab. Es wäre zu kompliziert, Reece zu erklären, dass ich davon ausgegangen war, dass wir bereits geschieden waren.

»Alexander Moore«, wiederholte er den Namen und dachte dabei wohl darüber nach, ob er ihm etwas sagte oder nicht. Aber das war bestimmt nicht der Fall. Hätte mich auch überrascht, weil mein Bruder nicht in diesen Kreisen verkehrte und sich auch nicht dafür interessierte. Wäre Alexander ein Sportler, sähe das schon anders aus.

»Lyn, du bist meine kleine Schwester, und ich hätte in den letzten Jahren mehr für dich da sein müssen. Es tut mir leid, dass ich dich dahingehend enttäuscht habe«, gestand er mir mit ernster Miene.

»Wir haben beide unsere Fehler gemacht und sind mit dem Unfall unserer Eltern anders umgegangen. Es tut gut, dich wieder in der Nähe zu wissen.«

Plötzlich zog er mich in seine Arme und drückte mich fest an sich. Ich schmiegte mich an ihn und genoss seine Nähe.

»Das hab ich immer schon an dir geschätzt. Du siehst grundsätzlich das Gute im Menschen und vergibst. Was andere als Schwäche ansehen würden, sehe ich als deine Stärke. Es ist viel leichter, jemanden abzulehnen und zu verstoßen, als jemandem die Hand zu reichen und ihm eine zweite Chance zu geben. Egal was die anderen sagen: Es ist mutiger, weil es einen angreifbar macht und man Gefahr läuft, wieder enttäuscht zu werden. Du bist anders, und das macht dich aus. Ich werde dich nicht wieder enttäuschen – versprochen.«

»Wie könnte ich meinen Bruder verstoßen und ihm keine zweite Chance geben? Wir sind eine Familie, wir sind die einzige Familie, die wir noch haben.«

»So würde aber nicht jeder denken, Lyn.«

»Ich schon, auch wenn ich dich wirklich, wirklich hätte erwürgen können.« Ich lachte ihn an, weil er das Gesicht verzog.

»Sagt die, die nicht mal einer Fliege etwas zuleide tun kann.«

Ich zuckte mit den Schultern. »Steckt nicht in jedem von uns etwas Diabolisches? Wer weiß, zu was ich fähig bin, wenn man mich zu sehr reizt? Aber ich bin froh, dass dir nichts passiert ist. Alles andere bekommen wir wieder in den Griff. Es tat weh, aber es ist nur ein Café, nur Geld.«

Ich dachte kurz an Alexander. Verdiente er auch eine zweite Chance? Würde er sie nutzen oder mich wieder im Stich lassen?

Mein Herz schrie *Ja, gib ihm die Chance*. Mein Verstand zeigte mir den Vogel.

Den restlichen Nachmittag verbrachten wir zusammen. Wir aßen zu Mittag, gönnten uns noch eine Runde durch den Park, und schließlich trennten sich unsere Wege mit dem Versprechen, uns bald wieder zu treffen. Ich hatte ehrlich den Eindruck, Reece wollte die Bruder-Schwester-Beziehung zwischen uns verbessern. Damit trat er bei mir offene Türen ein.

41. Alexander

Meine Geduld war am Ende.

Seit Caitlyn wieder in London war, so nah bei mir, konnte ich keine Nacht mehr schlafen. Immer wieder musste ich daran denken, wie es wäre, wenn sie wieder bei mir wäre, wenn sie die Nächte hier neben mir verbringen würde, die Tage, die Wochenenden, einfach alles.

Während ihrer Abwesenheit war es zwar auch schwierig gewesen, aber erträglicher als jetzt. Zu wissen, dass sie zum Greifen nahe war und dennoch nicht greifbar, brachte mich um den Verstand. Ich wollte sie zurück. Ich brauchte sie an meiner Seite. Nur sie konnte mein inneres Monster besänftigen, brachte Ruhe in meinen unruhigen Geist. Seit ihrem Weggang war mir das schmerzhaft klar geworden. Vor Caitlyn hatte ich das Gefühl nie kennengelernt. Erst mit ihr wurden mir die Dinge bewusst, die ein erfülltes Leben ausmachten.

Ich gierte nach ihrer Nähe, ihrem Geruch, ihrem verlockenden Körper neben mir im Bett, all dem und noch vielem mehr.

Ich liebte sie, und sie liebte mich, daran glaubte ich fest. Dass sie sich damals in mich verliebt hatte, hatte sie mir bei dem Abendessen gestanden. Also, was hielt uns voneinander fern? Wir waren erwachsene Personen. Wir waren verheiratet und gehörten zusammen.

Die letzte Woche hatte ich viel darüber nachgedacht, wie ich ihr die Entscheidung, mir noch eine Chance zu geben, leichter machen könnte. Wie ich Zeit mit ihr alleine verbringen konnte, um ihr zu zeigen, wie gut wir, neben der körperlichen Anziehungskraft, zueinander passten. Jetzt hatte ich die Lösung und freute mich darauf, sie in ein Wochenende zu entführen, nur mit mir – weit weg von London.

Nun stand ich wieder im Vorraum ihres Büros, froh darüber, dass John noch nicht wieder zurück war, und wartete darauf, dass sie Feierabend machte. Ihre Assistentin war bereits gegangen, und das Büro schien verwaist. Endlich ging die Tür auf und Caitlyn trat in den Vorraum. Erschrocken blickte sie mich an.

»Gott, du hast mich erschreckt!«

»Sorry, das wollte ich nicht.«

»Was machst du hier, Alexander?«

»Dich abholen«, antwortete ich und kam ihr entgegen.

Sie sah zu mir hoch. In diesem Moment hätte ich sie am liebsten gegen die nächste Wand gepresst und ihre Lippen in Beschlag genommen. Ich konnte mich gerade noch so zurückhalten. Dennoch zog ich sie zu mir und drückte ihr einen Kuss auf die Stirn. »Du siehst gut aus«, sagte ich und gab sie wieder frei.

»Danke«, erwiderte sie, und eine leichte Röte überzog ihre Wangen. »Wohin abholen?«

Kurze Zeit später saßen wir in meinem Auto. Caitlyn war zwar zuerst nicht so begeistert gewesen, hatte sich dann aber anstandslos von mir mitnehmen lassen. Sie warf mir immer wieder argwöhnische Blicke zu, aber solange sie davon ausging, dass ich sie nur zu einem weiteren Essen ausführen wollte, würde sie mir nicht entkommen können. Ja, das war ein wenig unfair, aber in einem Eroberungskrieg waren schließlich alle Mittel erlaubt und ich nicht gewillt, meine erfolgreichsten Geschütze hinter der Linie in Sicherheit zu wähnen. Jetzt fuhren wir durch London. Sie neben mir sitzen zu haben, nervös und verletzlich, war wie ein Déjà-vu, und dennoch beruhigte es mich ungemein.

Als ich sie damals aus ihrem Zuhause zu Harrods gefahren hatte, wusste ich, dass ich sie zerstören konnte. Weil mein inneres Monster sie aber unbedingt hatte haben wollen, hatte ich sie mir trotzdem genommen. Leider war mir nicht bewusst gewesen, dass sie die gleiche Macht über mich besaß. Sie konnte mich zerstören, würde das hier schiefgehen.

Wahrscheinlich hatte ich diese zweite Chance nicht verdient, aber würde sie mir diese gewähren, dann würde ich sie ergreifen und nutzen. Ich würde Caitlyn wieder für mich gewinnen und nie wieder loslassen. Einen anderen Weg gab es nicht. Diese Lektion hatte ich lernen müssen, als sie die Tür hinter sich geschlossen hatte und gegangen war. Nichts war mehr so wie vorher. Nichts schmeckte mehr wie einst. Nichts fühlte sich an wie zuvor. Wie ein Zombie war ich durch die Zeit ohne sie geirrt, und wenn ich mein Leben wieder lebenswert machen wollte, dann nur mit ihr an meiner Seite.

Ich wollte sie aus London bringen. Mein – zugegebenermaßen – etwas unmoralischer Plan war in dem Moment aufgegangen, als sie ihren kleinen süßen Arsch auf den Ledersitz meines McLaren platziert hatte. Ich hatte nicht vor, sie nur für ein weiteres Abendessen in ein Lokal auszuführen. Ich wollte die volle Dröhnung Caitlyn, und das ging nur, wenn sie mir nicht ganz so einfach entwischen könnte. Ja, ich war ein kleiner Bastard. Aber eine Chance war eine Chance. Und wer würde in der finalen Schlacht nicht alle Geschütze auffahren?

Connor war eingeweiht. Er würde Anna im Laufe des Abends eine Nachricht zukommen lassen, dass sie sich um Caitlyn keine Sorgen zu machen brauchte, sie aber erst am Sonntagabend wieder in London sein würde. Das war der einzige Gefallen, den Connor mir in dieser Angelegenheit tat. Klare Worte von einem konsequenten Mann.

»Wohin?«, fragte Caitlyn, und ich konnte die Nervosität in ihrer Stimme hören.

»Dorthin, wo ich dich schon lange hinbringen wollte.«

Mehr würde sie vorerst nicht erfahren. Erst am Zielort. Dort, wo sie nicht anders konnte, als mir zuzuhören und bei mir zu sein. Bis dahin mussten wir nur diese Fahrt überstehen. Einmal in meinem Auto, konnte sie mir nicht mehr entkommen. Mit einem Grinsen dachte ich an meine Vorsichtsmaßnahmen bezüglich der Kindersicherung an der Beifahrertür. Caitlyn war mit allen Wassern gewaschen. Ich allerdings auch.

Ihre Anspannung stieg, als sie merkte, dass wir uns aus London entfernten. Sie musterte mich mit zusammengekniffenen Augen, und ich konnte das Fragezeichen darin erkennen.

»Wohin fährst du?«, fragte sie misstrauisch.

»An einen ungestörten Ort«, antwortete ich ruhig.

»An einen ungestörten Ort außerhalb von London?« Ihr Blick durchbohrte mich. An der nächsten roten Ampel griff sie nach dem Türgriff. Wusste ich es doch. Aber die Tür öffnete sich nicht.

»Kindersicherung!«, beichtete ich lächelnd.

»Was?« Ihre Stimme nahm einen hysterischen Ton an.

»Du wärst nie mitgekommen, und wenn du könntest, würdest du jetzt aus dem Auto springen und wegrennen. Aber das lasse ich nicht zu. Deswegen ... entspann dich. Du wirst dieses Auto erst verlassen, wenn ich es will, und du wirst dieses Wochenende an meiner Seite verbringen – egal wie. Allerdings hoffe ich, dass es eher eine angenehme als eine unangenehme Zeit wird. Gib uns einfach diese Chance. Ich verspreche dir, wenn du danach immer noch der Meinung bist, dass du mich nie wiedersehen willst, dann akzeptiere ich das. Aber bis dahin wirst du in den sauren Apfel beißen und mir vertrauen müssen.«

Caitlyn schnaufte verächtlich.

»Das nennt man Entführung«, erwiderte sie unterkühlt und pikiert.

»Nenn es, wie du willst. Abgesehen davon ... kann man seine Ehefrau entführen?«

»Ich hab nichts dabei für ein Wochenende!«

»Doch, Martha war so gut und hat dir mit deinen Sachen, die noch bei mir waren, eine Tasche gepackt.«

»Du meinst mit den Sachen, die du gekauft hast und die somit dir und nicht mir gehören«, entgegnete sie spitz.

Geschlagene zwei Stunden brauchten wir, um an den Ort zu kommen, den ich für uns ausgesucht hatte: ein kleines renoviertes Steincottage auf dem Land. Der Besitzer, ein alter Bekannter, hatte mir die Schlüssel überlassen und alles für uns vorbereitet. Es würde uns niemand stören, auch kein Telefon. Hier waren wir ganz für uns allein.

Ich lenkte mein Fahrzeug über die geschotterte Einfahrt und parkte direkt vor dem Eingang. Große Büsche blühender Hortensien säumten das Haus, und die Kletterrosen umrankten die weißen Fensterläden im Erdgeschoss. Caitlyn riss erstaunt die Augen auf, und ich konnte das Strahlen darin sehen. Es gefiel ihr. Das kleine Landhaus gefiel ihr. Gut, wenn dieses Wochenende ein Erfolg werden würde, dann könnte ich ihr das einfach kaufen – egal was es an Überredungskünsten oder Geld kosten würde.

Zufrieden lehnte ich mich zu ihr, und meine Lippen waren so nah an ihrer Wange, dass ich die Hitze spüren konnte.

»Gefällt es dir?«

Sie nickte sprachlos.

»Gut, dann gib mir jetzt dein Handy, damit wir es uns von innen anschauen können.«

»Warum?«

»Weil ich möchte, dass wir absolut ungestört sind. Keine Anrufe.«

»Gilt das auch für dich?«

»Das gilt auch für mich.«

Unsicher kramte sie in ihrer Handtasche und reichte mir das Handy. Ich schaltete es aus, tat dasselbe mit meinem und legte beide ins Handschuhfach, das ich dann noch sicherheitshalber abschloss.

Ich stieg aus, sog die frische Landluft ein und umrundete das Auto, um Caitlyn die Tür zu öffnen. Bepackt mit zwei Taschen betraten wir das Cottage. Hinter dem Eingangsbereich erwartete uns ein großzügiges, helles Wohnzimmer mit einem offenen Kamin und einer gemütlichen Sitzecke. Dahinter ging es weiter in einen Essbereich mit angrenzender offener Küche. Der Eigentümer hatte moderne mit alten Elementen ergänzt und dem Haus dadurch Gemütlichkeit verliehen. Reinkommen und wohlfühlen war die Devise.

Etwas verloren stand Caitlyn neben dem Kamin. Ich unterdrückte den Drang, sie an mich zu reißen und nach oben zu schleppen. Mein Freund zuckte erfreut und drückte schmerzhaft gegen meine Hose.

»Hast du Hunger?«, fragte ich, um mich von ihr abzulenken. Ich drehte ihr meinen Rücken zu, richtete unauffällig meine Härte und betrat die Küche. Ein Blick in den Kühlschrank genügte mir, um zu wissen, dass alles zu meiner Zufriedenheit hergerichtet worden war. Als ich die Tür wieder schloss und mich umdrehte, stand sie verdammt nahe vor mir. Ich stöhnte, weil mein Schwanz sie einfach zu sehr wollte, zu lange vermisst hatte.

»Wenn du nicht willst, dass ich dich gleich wie ein Neandertaler über die Schulter werfe, dann solltest du einen Schritt zurücktreten und nicht so verführerisch aussehen.«

Sie verdrehte die Augen, wich aber keinen Millimeter und folterte meine Sinne so auf jede erdenkliche Art und Weise.

»Ja, man sieht es«, sagte sie süffisant und deutete auf die sich klar abzeichnende Beule in meiner Hose.

Ich zögerte keine Sekunde, griff nach ihr, zog sie zu mir und drückte meine Lippen auf ihre. Zuerst versteifte sie sich. Ihre Hand lag heiß auf meiner Brust, versuchte, sich von mir zu schieben. Meine Hände wanderten zu ihrer Taille und hielten sie fest. Ich gab ihren Mund nicht frei, knabberte an ihrer Unterlippe und forderte Einlass. Ein Stöhnen entwich ihr, und sie wurde unter meinem Kuss weich, gab ihren anfänglichen Widerstand auf. Kaum dass sie ihre Lippen öffnete, gab es für mich kein Halten mehr. Zu groß war der Hunger nach ihr, ihrem Geschmack, ihrem Geruch und ihrer Haut. Langsam ließ ich meine Finger über ihren Rücken gleiten, und sie gab sich meinen Liebkosungen hin. Doch als ich auf ihr schönes Gesicht blickte, sah ich Tränen, die ihr vereinzelt über die Wange kullerten. Sachte löste ich mich von ihr, hielt sie aber weiter in meinen Armen.

»Caitlyn?«, keuchte ich irritiert.

»Warum?«, flüsterte sie und sah mich mit diesen wunderschönen blauen Augen an, die unter den nicht vergossenen Tränen glitzerten. Darin lag eine unendliche Traurigkeit. Sie brauchte nichts weiter zu sagen, ich wusste, worauf sich die Frage bezog. Ich zog sie fester an mich. Sie vergrub ihren Kopf unter meinem Kinn und ließ an meiner Schulter ihren Tränen freien Lauf. Der bekannte Duft ihres Shampoos und die Wärme ihres Körpers – wie habe ich diese Frau nur gehen lassen können? Auch wenn ich sie jetzt lieber nach oben ins Bett gebracht hätte, um das zu Ende zu bringen, was wir gerade angefangen hatten, war die Zeit dafür nicht passend. Wir sollten reden. Endlich. Über das, was damals passiert war.

»Weil ich dich liebe, Caitlyn. Und weil ich nicht ohne dich leben möchte. Keinen einzigen Tag mehr.«

42. Caitlyn

Zwar hatte Alexander mir beim letzten gemeinsamen Abendessen bereits seine Gefühlswelt gestanden, aber hier und jetzt war es noch einmal intensiver. Die seit Monaten aufgerichtete Mauer um mein Herz hatte bereits Risse bekommen, und als er gerade *ich liebe dich* sagte, fiel sie endgültig in sich zusammen. Früher hätte er seine Gefühle zu mir nie offen ausgesprochen. Dazu war er ein zu beherrschter, zu harter Kerl. Und nun hatte er es innerhalb kürzester Zeit zweimal getan.

Ich liebte ihn auch. Diese Tatsache, diese Erkenntnis, traf mich dennoch irgendwie unvorbereitet. Schlimmer jedoch war die Sehnsucht nach ihm, nach seiner Wärme, seinen Berührungen. Sie kämpfte sich mit aller Macht an die Oberfläche und wollte endlich befriedigt werden. Konnte Sehnsucht einem körperlich Schmerzen zufügen? Wenn ja, dann war es das, was ich gerade fühlte.

Seine Hände lagen locker an meinem Hals, und sein Daumen fuhr über mein Kinn hinunter zu meiner Kehle. Ich legte meinen Kopf in den Nacken, und unsere Augen trafen sich. Sein Blick war so dunkel, dass es mir den Atem verschlug. Das Verlangen darin war zu einem animalischen Hunger geworden und jagte einen Schauer über meine Haut. Seine Augen wanderten zu meinen leicht geöffneten Lippen, und bevor ich mich versah, nahm er sie mit einem Knurren in Beschlag, küsste mich rau und tief. Seine Hände erkundeten meinen Körper, fuhren unter meine Bluse, zogen sie aus dem Bund meines Bleistiftrockes und hinterließen eine feurig heiße Spur auf meiner Haut. Ich stöhnte in seinen Mund, als er anfing, an meiner Unterlippe zu knabbern. Seine Hände legten sich auf meinen Po, und ich schlang meine Beine um ihn, ließ mich hochheben und presste meinen Körper an seine heiße Brust. Ohne von meinen Lippen abzulassen, trug er mich ins Wohnzimmer, ließ mich dort auf den weichen Teppich gleiten und öffnete die Knöpfe meiner Bluse. Obwohl ich seine Ungeduld in jeder Faser seines Körpers spüren konnte, ließ er sich Zeit. Ein Knopf nach dem anderen fiel seinen Fingern zum Opfer, dann der Rock. Er entkleidete mich, wie man ein wertvolles Geschenk auspackte. Dieses Geschenk war ich, und ich war es gerne. Danach legte er seine Kleidung ab und warf sie auf den Haufen zu meinen Sachen. Ich musste ein Kichern unterdrücken. Er sah einfach zum Anbeißen aus: durchtrainiert, dunkel, machtvoll und so verdammt sexy.

»Gefällt dir, was du siehst?«, fragte er mit tiefer, samtiger Stimme, die mein Höschen – sofern ich noch eins getragen hätte – hätte nass werden lassen. Ich biss mir auf die Unterlippe und nickte.

»Du weißt gar nicht, wie lange ich mich auf diesen Moment gefreut habe, danach gehungert habe.«

Schon war er über mir. Seine Lippen glitten über meine erhitzte Haut und hinterließen noch mehr Verlangen und Feuer. Er küsste und biss sich seinen Weg hinunter zu meinen Brüsten. Sanft umschloss sein

Mund meine Nippel und saugte so lange daran, bis sie hart emporstanden und vor Empfindungen zu explodieren drohten. Stöhnend bog ich meinen Rücken durch, doch er löste sich von mir. Sofort fehlte diese Hitze, seine Wärme.

»Bitte, Alexander«, bettele ich leise. Ich hatte das Gefühl, sterben zu müssen, wenn er jetzt seine Finger von mir nehmen würde. Wieder nahm er meinen Mund in Besitz – tief, fordernd, ungestüm.

Seine Hand wanderte hinunter zu meiner Mitte, legte sich auf meine pulsierende Wärme und strich sanft darüber, spielte mit meiner Perle, bis sich in mir eine Spannung aufbaute, die mich aufstöhnen und wimmern ließ. Er hielt die Erregung aufrecht, bis er sich an meinem Eingang positioniert hatte und seine Härte durch meine Nässe fuhr. Mit einer geschmeidigen Bewegung war er in mir und nahm mich mit langsamen, andächtigen Stößen. Jede Sekunde kostete er aus. Seine Lippen fuhren mein Kinn entlang. Sanft biss er hinein und arbeitete sich weiter den Hals hinunter.

»Bitte«, flehte ich erneut, weil die Spannung in mir zu groß wurde und nach Erlösung brüllte.

Das war sein Startschuss. Seine Bewegungen in mir wurden immer schneller, bis er anfing, mich mit tiefen, langen Stößen zu nehmen. Meine Atmung beschleunigte sich. Mein Puls raste, und ich stand kurz davor, dass mich die herannahende Orgasmuswelle mit sich riss.

»Komm mit mir«, knurrte er.

Ich schrie auf, als der Höhepunkt mich traf und er sich gleichzeitig mit mir versteifte und seinen Samen in mich pumpte. Kurz verharrte er in mir und über mir thronend, dann rollte er sich zur Seite, und ein zufriedenes Lächeln umspielte seine Lippen.

»Das war längst überfällig«, sagte er mir einem anzüglichen Grinsen im Gesicht. »Und schreit gleich nach Wiederholung.«

Ich legte meine Hand auf seine Wange, immer noch schwer atmend. Die Erkenntnis traf mich erneut überraschend. Den Sex mit ihm hatte ich vermisst. Selbst seine Dominanz, die das richtige Pendant zu mir war, hatte mir verdammt gefehlt.

Seinen Worten ließ er gleich Taten folgen – allerdings ein Stockwerk höher in einem gemütlichen Kingsize-Bett.

Das Wochenende war schneller vorbei als uns lieb war. Die meiste Zeit hatten wir im Bett, in dem tollen Bad oder im Garten verbracht. Wir hatten uns zärtlich geliebt, hatten rauen Sex und redeten über die Monate, die vergangen waren, in denen wir nichts voneinander gehört hatten. Auf der Fahrt zurück nach London mischte sich das Gefühl von Angst zu meiner Euphorie und dämmte sie schlagartig. Was hatte ich mir eigentlich dabei gedacht?

Du hattest wunderbaren Sex mit deinem Ehemann, in einem wunderschönen Haus, an einem wunderschönen Wochenende, sinnierte meine romantische Stimme durch die rosarote Brille.

Du rennst mit Vorwarnung und ungebremst in dein Verderben, schimpfte die sachliche Stimme in mir.

Was soll dir passieren? Du stehst mit beiden Beinen im Leben, bist von niemandem mehr abhängig und kannst tun und lassen, was du willst, rechtfertigte sich meine Vernunftstimme.

Verdammt. Könntet ihr nicht alle mal still sein? Ihr bringt mich total durcheinander. Ich schüttelte den Kopf, um die Gedanken fortzujagen.

»Was denkst du gerade?« Alexanders Stimme holte mich ruckartig zurück in die Realität.

»Wie soll es weitergehen?«

»Du und ich, das wird nicht enden. Wir werden einen Weg finden, diese Ehe fortzuführen. Du gehörst zu mir, und das wissen wir beide.«

Sie gehört zu mir. War das nicht einmal ein Satz gewesen, von dem ich geträumt hatte, dass er wahr werden würde?

Du gehörst zu mir. Dieser Satz könnte wahr werden, wenn ich uns noch eine Chance geben würde. Wenn ich vergeben und vergessen könnte und auf die Zukunft hoffte – dass sich so ein Drama nicht erneut wiederholen würde. Aber war ich dazu bereit?

»Ich werde nicht zulassen, dass dich nochmals jemand verletzt und werde alles in meiner Macht Stehende tun, um dich zu beschützen.«

»Wirst du das?« Die Zweifel in meiner Stimme konnte ich nicht verbergen.

»Glaub mir, die letzten Monate ohne dich waren für mich die Hölle. Ich hab nicht vor, dich noch einmal gehen zu lassen.«

Sein Blick war voller Hoffnung, und seine Hand drückte meine sanft. Möglicherweise konnte er mich vor den anderen beschützen, aber vor sich selbst? War nicht er derjenige gewesen, der mir den tiefsten Stich, den größten Schmerz zugefügt hatte?

Mittlerweile waren wir vor dem Appartementhaus angekommen, in dem Anna und ich wohnten. Alexander parkte direkt davor. Als der Motor erstarb, drehte er sich zu mir um. Sein Blick sprach Bände. Die goldenen Sprenkel in seinen dunklen Augen schienen zu brennen. Er beugte sich zu mir herüber und drückte mir einen Kuss auf die Wange. Sein Bart kitzelte dabei meine Haut, und sein Atem streifte mein Ohr.

»Komm zu mir zurück, Süße. Lass es uns noch einmal versuchen.«

Wenn er so nah bei mir war und seine Hitze mich erreichte, war es mir fast unmöglich, einen klaren Kopf zu behalten. Diese verflixte Anziehungskraft zwischen uns verflüssigte jeden vernünftigen Gedanken.

»Gib mir Zeit. Okay?« Meine Finger umschlossen den Türgriff, der sich allerdings immer noch nicht öffnen ließ. Ich musste innerlich grinsen und drehte mich wieder zu Alexander um. Kindersicherung.

Er stieg aus, umrundete das Auto, öffnete die Tür und streckte mir seine Hand entgegen: »Bis morgen.«

»Bis morgen?«

»Ja, bis morgen.«

Da war er wieder. Dieser arrogante Mistkerl, der sexy Teufel im Anzug, der einfach beschloss und nicht fragte. Dennoch flatterte es verräterisch in meinem Bauch.

Ich sagte ja. Verflixte Anziehungskraft, verflixte Liebe.

»Mal sehen, was mein Terminkalender davon hält«, ärgerte ich ihn ein bisschen und drückte ihm zum Abschied einen schnellen Kuss auf die Lippen.

43. Caitlyn

Ich war ein paar Minuten zu früh dran und hielt vor dem Eingang kurz inne. Alexander hatte mich zu einem gemeinsamen Frühstück eingeladen, allerdings nicht in ein Restaurant, sondern zu sich zu Hause. Seit meinem Weggang war ich nicht mehr hier gewesen. Es fühlte sich merkwürdig an, fremd und dennoch vertraut zugleich.

Unser Kurztrip war mittlerweile zwei Wochen her, und wir hatten uns seither regelmäßig getroffen, allerdings nie bei mir oder bei ihm, sondern immer an neutralen Orten.

Jetzt stand ich vor seinem Hauseingang. Würde ich es bereuen, wieder zurückgekommen zu sein? Würden mich die alten Gefühle wieder einholen, der Schmerz, die Erinnerung an die Einsamkeit, die ich hier erlebt hatte? Oder könnte ich das ausblenden und mich an die schönen Momente erinnern, von denen es schließlich auch viele gab? Wenn ich es nicht wagte, würde ich es nie erfahren.

Mutig drückte ich die Klingel und war überrascht, als Connor mir öffnete. Aus seiner Mimik sprachen Verzweiflung und Abscheu.

»Ich will diese Person nicht mehr in unserem Leben wissen!«, kreischte eine mir bekannte Stimme im Hintergrund.

»Das wirst du wohl oder übel hinnehmen müssen«, brüllte Alexander seine Mutter an. Ich hörte ihn zum ersten Mal so laut schreien und zuckte unwillkürlich zusammen.

»Das willst du dir nicht anhören, Lyn«, begrüßte mich Connor und wollte mich schon auf die Seite nach draußen bugsieren.

Aber ich blieb wie erstarrt stehen. Wollte ich das nicht? Oder sollte ich hören, was er dieses Mal zu seiner biestigen Mutter sagte? Ich schüttelte Connor ab, trat ein und verharrte im Eingangsbereich.

»Weil ich nicht mehr vorhabe, ohne sie zu leben.«

»Sie ist unter deiner Würde und hat den ganzen Schlamassel doch heraufbeschworen.«

»Diesen Schlamassel haben du und Chloé allein zu verantworten.«

»Lyn, komm«, versuchte Connor mich noch einmal aus der Situation zu holen. Ihm war das alles sichtlich peinlich.

Aber wenn Alexander und ich je eine zweite Chance bekommen sollten, dann mussten klare Verhältnisse geschaffen werden. Ich musste wissen, zu wem er stand, wem gegenüber er loyal war.

»Du hast sie wegen der Geschäftsübernahme geheiratet, nur deswegen ... und um uns eins auszuwischen. Du bist geschieden. Was soll das alles?«

»Ich bin nicht geschieden. Caitlyn ist immer noch meine Ehefrau, und ich habe nicht vor, das zu ändern.

Ich liebe sie. Ich werde alles tun, damit sie mir verzeiht und zu mir zurückkommt.«

»Liebe, so ein Schwachsinn!«, kreischte seine Mutter wieder.

»Ja, etwas, von dem du keine Ahnung hast. Aber in den letzten Monaten ist mir eines klar geworden: Ein Leben ohne sie ist für mich sinnlos, verloren. Dieses Haus, der Job, das Geld sind nichts wert, wenn du niemanden hast, mit dem du es teilen möchtest. Ich habe die Schnauze so voll von den gefühlskalten High Society-Ladys, denen nur wichtig ist, wer den dicksten Diamanten am Finger und das fetteste Bankkonto hat.«

»Und diese Person ist nicht hinter deinem Geld her? Komm, mach dir nichts vor«, ächzte sie, und es versetzte mir einen Stich. Seine Mutter war einfach nur unter meiner Würde. Eigentlich sollte ich mich umdrehen, gehen und nie wieder zurückkehren. Aber ich konnte nicht. Etwas hielt mich zurück, und ich wusste was – nein, wer. Alexander versuchte, aus dieser Welt auszubrechen, in der er von klein auf hatte leben müssen.

»Du hast nichts verstanden. Überhaupt nichts, Mutter.«

»Solltest du sie wieder in dein Leben holen, dann werde ich alles tun, was in meiner Macht steht, um sie wieder vor die Tür zu setzen.«

Jetzt wurde es interessant. Connor hatte es mittlerweile aufgegeben und stand nun neben mir. Sein Gesichtsausdruck wechselte von wütend zu beschämt. Ich drückte seinen Arm, um ihm zu zeigen, dass es in Ordnung war, dass ich das aushielt.

»Wenn du es wagst, auch nur ein Wort gegen Caitlyn zu sagen oder ihr in meiner Anwesenheit oder Abwesenheit das Leben schwer machst ... dann garantiere ich dir, dass du einen Sohn weniger hast und ich dir meine Anwälte auf den Hals hetze. Das gleiche tue ich mit Chloé. Haltet euch von ihr fern.«

»Was?«, die Stimme seiner Mutter hatte nun eine gefährliche Oktave erreicht.

»Du hast bereits zwei Kinder verloren. Oder warum glaubst du, kommen weder Vincent noch Katharina nach Hause? Der Einzige, der noch kommt, bin ich, und wenn du mir das mit Caitlyn vermasselst, dann bin ich auch weg.«

»Das ... das kannst du nicht machen«, stotterte seine Mutter völlig aufgebracht.

»Kann ich und werde ich. Solltest du je noch einmal wagen, Caitlyn in den Dreck zu ziehen oder ihr wehzutun, dann werde ich das Familienunternehmen verkaufen und es wie Vincent machen. Ich werde mir etwas Eigenes aufbauen ... mit Caitlyn an meiner Seite ... ohne euch.«

Ich hatte gehört, was ich hören wollte und nickte Connor zu. Wir verließen das Haus, und er führte mich zu seinem Auto. Er öffnete mir die Tür und ließ mich einsteigen. Als er auf dem Fahrersitz Platz genommen hatte, drehte er sich kurz zu mir um.

»Es tut mir leid, dass du das hören musstest. Alexander wollte, dass ich dich abfange und nach Hause bringe, bevor ...«

»Du musst dich nicht entschuldigen. Du kannst nichts dafür. Es tut mir mehr um Alexander leid. Meine Eltern waren so ganz anders als seine. Ich bin zwar in normalen, bürgerlichen Verhältnissen aufgewachsen, aber dafür mit liebenden Eltern, die uns das auch zeigten. Ich würde nicht tauschen wollen, nicht in tausend Jahren.«

»Eliza war immer schon ...« Connor suchte nach dem passenden Wort.

»Biestig? Schwierig? Kaltschnäuzig? Oh Gott, sie ist einfach ...«

»... zum Kotzen«, half mir Connor.

Das Wort hätte ich vielleicht nicht gewählt, aber wo er recht hatte, hatte er recht. Eliza war einfach zum Davonlaufen.

Er fuhr mich heim. Vor unserem Appartementhaus lenkte er den Wagen in eine Parklücke und schaltete den Motor aus.

»Alexander hat sich verändert, als du gegangen bist.« Seine Augen ruhten auf einem imaginären Punkt vor sich, als würde es ihn mehr Überwindung kosten zu reden, wenn er mich anschaute. »Er hat nach dir gesucht und sogar Smith, einen Privatdetektiv, auf dich angesetzt.«

Ich erinnerte mich an den Mann, der mir den Stick gegeben hatte, sagte aber kein Wort, sondern ließ Connor den Raum, zu sagen, was ihm auf dem Herzen lag.

»Als er dich nicht fand und merkte, was er verloren hatte, hat er rund um die Uhr gearbeitet oder sich in irgendwelchen Bars das Hirn weggesoffen.« Langsam drehte er den Kopf zu mir.

Ich konnte die Traurigkeit in seinem Blick erkennen. Diese Art von Traurigkeit, die man für jemanden empfand, der einem etwas bedeutete. Alexander war Connor wichtig.

»Ich hab ihn noch nie so verloren erlebt. Aber ich muss gestehen, dass die Zeit ihm womöglich auch gutgetan hat. Sie hat ihn von seinem hohen Ross katapultiert und auf den Boden der Tatsachen befördert. Bis dahin hatte er immer bekommen, was er wollte. Selten hatte ihm jemand die Stirn geboten und ihm seine Grenzen aufgezeigt – bis du gekommen bist. Du hast ihm in einer so deutlichen Art und Weise den Mittelfinger gezeigt – das war erstaunlich. Du, die ihm so viel bedeutete und von der er das nicht erwartet hat ... ich hätte mir für euch eine andere Zukunft gewünscht. Aber wer weiß, für was das gut gewesen ist. Ich will ehrlich sein, ich hoffe immer noch, dass ihr das kitten könnt – weil ihr euch so gut ergänzt und du ihm guttust.«

»Ich hatte mir auch etwas anderes gewünscht«, entgegnete ich leise. »Aber es hat nicht sollen sein.«

»Was nicht ist, kann aber noch werden«, grinste er mich jetzt an. Wieder einmal musste ich feststellen, dass Connor mit seinem freundlichen, aufgeschlossenen und ehrlichen Charakter so gar nicht in das normale Umfeld von Alexander passte. »Die Dinge haben sich geändert, ihr habt euch geändert. Du bist auf Augenhöhe mit ihm.«

War ich Alexander jetzt wirklich ebenbürtig? Es fühlte sich noch nicht so an, aber es stimmte, ich war nicht mehr von ihm abhängig, und das änderte einiges. Allen voran die Machtverhältnisse.

Connor umarmte mich kurz zum Abschied und fuhr dann weiter. Nachdenklich schlenderte ich zum Wohngebäude, schloss die Haustür auf und stieg die Stufen hinauf bis zu unserem Appartement in der fünften

Etage. Ein wenig außer Atem erreichte ich die Wohnungstür und öffnete sie.

Gelächter drang zu mir. Wen auch immer Anna zu Besuch hatte, sie schienen sich gut zu amüsieren. Neugierde überkam mich, wer bei ihr war. Ich überlegte, wieder zu gehen, weil ich nicht als Störfaktor dazwischenfunken wollte, als Anna meinen Entschluss mit ihrem nächsten Satz ins Wanken brachte.

»Lass das, Reece«, kicherte sie, und ich hörte, wie etwas Dumpfes gegen etwas anderes knallte. Reece? Was machte mein Bruder hier? Jetzt wurde die Neugierde doch größer als mein Anstand, und ich räusperte mich laut.

»Bin wieder da!«, rief ich ihnen zu und wartete noch eine Minute, bevor ich Richtung Wohnzimmer ging.

»Was machst du denn hier?«, fragte mich Anna mit hochrotem Gesicht.

»Schwesterherz?«, lächelte mich Reece verlegen an.

Ich warf mich neben ihn auf das Sofa. Mein Blick huschte zwischen den beiden hin und her. Irgendetwas lief hier hinter meinem Rücken.

»Alexander hat Besuch von einer Person bekommen, die nicht gut auf mich zu sprechen ist, und Connor war so nett, mich zu retten.«

»Wer?«, wollten beide gleichzeitig wissen.

»Seine Mutter.«

»Oh, die Giftspritze?«

»Genau die.«

»Ich wollte gerade einen Kaffee kochen«, sagte Anna und ging in die Küche. »Willst du auch einen?«

»Ich glaub, ich brauch eher etwas Stärkeres«, nuschelte ich vor mich hin.

Anna hob ihre Hand mit der Uhr am Handgelenk und wackelte damit herum. »So ein Pech aber auch. Zehn Uhr fünfzig. Vor elf bekommst du nichts Stärkeres als einen Espresso«, lachte sie. »Ich mach Reece einen Espresso und uns einen Cappuccino mit einer Portion Zuckerschock für die Nerven.«

Als Anna sich der Kaffeemaschine zuwandte, stellte ich meinem Bruder eine wortlose Frage mit den Lippen. *Was ist hier los?* Die Antwort bestand aus einem Schulterzucken und einem vielsagenden Lächeln. Mehr brauchte ich nicht zu wissen. Die mysteriöse Frau war Anna. Ich wünschte mir für die zwei, dass es klappte.

Anna kam mit einem Tablett und den Getränken sowie einer Schale voller Shortbread zurück. Ich liebte dieses Buttergebäck und stürzte mich darauf. Zwischen meinem Cappuccino und der Kalorienbombe erzählte ich Reece und Anna, was sich in Alexanders Haus abgespielt hatte.

Ich liebe sie. Ich werde mir etwas Eigenes aufbauen ... mit Caitlyn an meiner Seite.

Diese beiden Sätze waren bei mir hängengeblieben und füllten mein Herz.

»Und was willst du jetzt machen?«, fragte mich mein Bruder.

»Ich hab gehört, was ich hören wollte«, erwiderte ich ernst. »Was ist mit euch beiden?«

»Was soll mit uns sein?«, fragte Anna unschuldig.

»Wie lange kennen wir uns?« Mein Blick wechselte zwischen ihr und Reece hin und her. »Du brauchst nicht zu antworten, denn wir kennen uns schon zu lange, als dass du mir etwas vormachen könntest. Und du, Bruderherz, schon gar nicht. Also, was läuft da zwischen euch beiden?«

»Wir ...«, stammelte Anna, bis Reece ihr die Antwort erleichterte und ihre Hand ergriff. Zärtlich strich er mit dem Daumen über ihren Handrücken. Dieses Zeichen war mehr wert als Worte. Es drückte so ziemlich alles aus, was zwischen den beiden lief.

»Ich freu mich für euch«, sagte ich und sah dann zu meinem Bruder. »Vermassele es nicht wieder. Im Leben bekommt man manchmal eine zweite, selten eine dritte Chance!

44. Alexander

Ich war mir nicht sicher, ob meine Mutter je verstehen würde, was sie falsch machte oder in der Vergangenheit falsch gemacht hatte. Sie war der alleinige Auslöser, warum sich ihre Kinder von ihr abwendeten. Lange hatte ich die Augen verschlossen und ihre Fehler heruntergespielt. Die Tatsache, dass sowohl Vincent als auch Katharina kaum noch anzutreffen waren, hätte in mir viel früher Fragen aufwerfen müssen. Ich hätte nach Antworten und nicht nach Schuldzuweisungen suchen müssen.

»Du weißt, wo die Tür ist«, sagte ich mit frostiger Stimme. Frustration legte sich wie ein roter Schleier über meine Wut. Wenn sie nicht endlich ging, würde ich sie höchstpersönlich vor die Tür setzen. »Geh, du bist hier nicht mehr willkommen.«

»Du kannst mich nicht ...«, versuchte sie mir noch einmal zu widersprechen. Die roten Flecken an ihrem Hals und ihre hektischen Handbewegungen zeigten mir, dass sie am Ende ihres Lateins angekommen war. Sie hatte alles verpulvert, was sie an Druckmittel glaubte gegen mich anwenden zu können. Ich war nicht gewillt, sie noch länger zu ertragen.

»Ich kann und ich tue es. Dies ist mein Haus, mein Leben, und du hast dich gerade selbst daraus entfernt.

Komm nicht wieder, solange du nicht endlich aufhörst, uns deine beschissene Lebensauffassung aufoktroyieren zu wollen.«

Die Eiseskälte, die zwischen uns herrschte, konnte nicht noch weiter abkühlen. Es war alles ausgesprochen worden und mein Geduldsfaden nur noch ein Hauch vom Reißen entfernt. Ich konnte sie nicht mehr ansehen, wollte sie nicht mehr in meiner Nähe haben.

Mit einem verächtlichen Schnaufen rauschte sie davon. Ich atmete auf, als die Tür donnernd ins Schloss fiel.

Endlich Ruhe.

Die Stille brachte die Erkenntnis, aber auch die Erleichterung. Dass wir an diesem Punkt ankommen würden, war vorhersehbar gewesen. Nötig, aber auch niederschmetternd. Egal was zwischen uns passierte, sie war und blieb meine Mutter.

Es war zu früh für einen Drink, deswegen griff ich nach einer Espressotasse und stellte sie unter den Vollautomaten. Meine Nerven flatterten und benötigten dringend eine Beruhigungsspritze. Das dunkle Gebräu lief zischend in die Tasse, während meine Gedanken zu dem Abend bei Vincent wanderten. Wir hatten eine anregende und aufschlussreiche Unterhaltung geführt.

Nach dem atemberaubenden Wochenende mit Caitlyn war ich ein paar Tage später zu ihm gefahren, und er hatte mir mit überraschter Miene die Tür geöffnet.

»Alexander, was verschafft mir die Ehre?«, fragte er und lud mich in sein Wohnzimmer ein. Ich war nicht oft hier gewesen, musste aber zugeben, dass er einen hervorragenden Geschmack oder einen sehr guten Innenarchitekten beauftragt hatte. Details, die mir bisher verborgen geblieben waren, rückten in den Fokus. Eine gemütliche, fast schon feminine Note war in sein Haus eingekehrt. Hatte Vincent eine Frau an seiner Seite, von der ich nichts wusste?

Beschämt stellte ich fest, dass ich nicht wirklich viel von seinem derzeitigen Leben mitbekam, das aber ändern wollte.

Wir hatten uns in den letzten Jahren zu sehr voneinander entfernt, auseinandergelebt. Mein Vorwurf, dass er sich von der Familie abgewandt hatte, weil er niemals die Firma überschrieben bekommen hätte, hatte einen Keil zwischen uns getrieben. Nachträglich, beziehungsweise nach diesem Gespräch, musste ich zugeben, dass dieser Vorwurf unüberlegt getroffen und nicht mehr haltbar war. Vielleicht war es Caitlyns Einfluss geschuldet, dass ich anfing, meinem Gegenüber richtig zuzuhören. Auf jeden Fall trug sie dazu bei, dass ich endlich hinter die Kulissen blicken wollte und die Hintergründe erfragte.

»Reicht es nicht aus, dass ich meinen Bruder mal wieder sehen wollte?«

»Nicht, wenn der Bruder Alexander Moore heißt«, amüsierte sich Vincent und stellte mir eine Flasche Bier hin.

»Braucht es immer einen Grund?«, fragte ich und nahm einen Schluck.

»Nein, natürlich nicht«, sagte er. »Nur ist das für dich nicht typisch, hier aufzukreuzen – einfach so.«

»Ja, das sollten wir wieder öfters machen.«

»Sollten wir?«

Ich konnte die Frage hinter seiner Anmerkung heraushören und nahm es ihm nicht krumm. In den letzten Jahren hatte mein Lebensinhalt darin bestanden,
viel zu arbeiten und alles ins Unternehmen zu stecken.
Ich dachte, ich wäre es meiner Familie schuldig, wo ich
doch derjenige war, der die Firma übernehmen sollte
und schließlich auch überschrieben bekommen hatte.
Zeit für etwas anderes war nicht geblieben und somit
auch nicht, um mal für einen unverbindlichen Plausch
beim Bruder vorbeizuschauen.

»Eine Frage schwirrt mir seit geraumer Zeit im Kopf
rum. Warum bist du damals nicht mit mir zusammen
in das Familienunternehmen eingestiegen?«

Vincent sah mich überrascht an. »Wie kommt es, dass
du mich nach so vielen Jahren danach fragst?« In seiner
Miene stand ehrliches Interesse.

Ohne ihm meine Beweggründe preiszugeben, stellte
ich meine Vermutung in den Raum. »Ich ging davon
aus, dass du später nicht unter mir als deinem Boss arbeiten wolltest.«

»Das wäre zu einfach«, sprach er aus, was ich längst
befürchtete. »Aber ja, es stimmte, ich wollte nicht unter
dir arbeiten und die zweite Geige spielen. Nur war das
letztlich nicht der entscheidende, ausschlaggebende
Faktor. Sondern dass ich es satt hatte, von unseren Eltern – vorrangig von unserer Mutter – mein Leben bestimmen und vermasseln zu lassen. Egal was ich tat,
egal wen ich vorstellte, es war nie genug. Ich war nie
genug und würde es auch nie sein. Immer warst du der
Vorzeigejunge, der Erbe dieses ach so verdammt tollen
Familienimperiums. Bis ich erkannte, dass alles seinen

Preis hatte und du den größten von uns bezahlst. Ab diesem Moment wollte ich da nur noch raus.«

»Dann warst du schlauer als ich«, gab ich leicht frustriert zu. »Ich hab einen großen Fehler gemacht und bereue zutiefst ...«

Vincent hatte viel früher erkannt, dass er nur frei leben konnte, wenn er sich aus der starren Umklammerung unserer Eltern löste. Er hatte die Nase voll gehabt und frühzeitig die Reißleine gezogen.

»Es tut mir leid, ich habe dich vorschnell verurteilt. Auch wenn ich stolz und ein wenig neidisch auf das war, was du dir erarbeitet hast, hab ich dir das nie gesagt.«

»Du warst viel zu sehr von ihnen beeinflusst und geprägt. Von klein auf hat man dich dazu erzogen, dass dein Fokus ausschließlich auf der Arbeit zu liegen hat und alles andere unwichtig ist. Ein Leben neben der Arbeit existierte nicht. Wie hättest du also anders denken und handeln können?«

Die archaischen Strukturen und Traditionen in unserer Familie waren nicht mehr zeitgerecht. Was früher das Überleben, die Macht und den Zusammenhalt stärkte, brach heute alles. Unsere Familie war daran zerbrochen. Meine Ehe war daran zugrunde gegangen.

Als ich wieder gegangen war, hatte ich mir zwei Dinge fest vorgenommen. Erstens Caitlyn zurückzugewinnen, koste es, was es wolle und zweitens die Verbindung zu meinen Geschwistern wieder aufleben zu lassen.

Mein Espresso war fertig, und ich nahm einen Schluck, bevor ich zu meinem Handy griff und Connor anrief.

»Hast du sie abfangen können?«

»Nicht wirklich«, antwortete er zerknirscht.

»Was soll das heißen?«, fragte ich beunruhigt.

»Sie wollte nicht gehen und hat einen Teil eures Gespräches mitangehört.«

»Mist«, nuschelte ich in den Hörer und strich mir verzweifelt durch die Haare. Was würde jetzt passieren? Was hatte Caitlyn gehört?

»Wie hat sie darauf reagiert?« Kalter Schweiß brach in meinem Nacken aus, als ich daran denken musste, dass sie die wüsten Beschuldigungen meiner Mutter mitbekommen hatte.

»Ich würde sagen, ziemlich cool.«

»Cool?«

»Ja, zuerst dachte ich, scheiße, das wird ihr noch einmal den Boden unter den Füßen wegreißen, aber Fehlanzeige. Sie hörte nur zu, und als sie genug gehört hatte, wollte sie gehen.«

»Wo ist sie jetzt?«

»Daheim bei Anna.«

Caitlyns Heim sollte nicht bei Anna, sondern hier bei mir sein. Aber das würde ich ändern. Ich hatte nur noch ein paar Stolpersteine aus dem Weg zu räumen.

»Danke, Mann.«

45. Caitlyn

Mittlerweile war es fast schon zur Gewohnheit geworden, dass Reece bei uns herumlungerte. Demnächst
würde er wahrscheinlich seine sieben Sachen packen
und ganz bei uns einziehen. Ich gönnte ihnen das neue
wiederauflebende Glück, fragte mich aber auch, wie
wir zu dritt auf so engem Raum zurechtkommen sollten. Wahrscheinlich war es an der Zeit, dass ich mir
langsam Gedanken über eine eigene Bleibe machte.

Heute war mein Geburtstag und mein freier Tag.
Anna und ich wollten zur Feier des Tages eigentlich
eine ausgiebige Shoppingtour mit anschließendem
Mittagessen machen, und ich war ein wenig enttäuscht
darüber, dass meine Freundin kurzfristig abgesagt
hatte. Ihr Chef hatte ihr einen schwierigen Kunden
aufs Auge gedrückt, und um den musste sie sich heute
kümmern. Ich verstand das, aber dennoch nagte die
Enttäuschung an mir. Auch Alexander hatte erst heute
Abend Zeit. Er hatte mir versprochen, nicht zu spät zu
kommen und mich an einen wunderschönen Ort zu
entführen. Über die Frage, wo der denn sein könnte,
zermarterte ich mir bereits seit Tagen den Kopf. Gut,
dann würde ich eben alleine shoppen gehen und den
Tag genießen. Das Wetter spielte mit. Für Londoner

Verhältnisse sogar mit einem Geburtstagsgeschenk: Sonnenschein.

Ich schlenderte durch eine belebte Einkaufsstraße, gönnte mir ein Eis und beobachtete die Leute um mich herum. Ich genoss die quirlige Stadt und spazierte an der Themse entlang, bis ich plötzlich in einer mir so vertrauten Gegend landete. Seit meiner Rückkehr nach London hatte ich es vermieden, einen Fuß in diesen Stadtteil zu setzen, aber er schien mich heute förmlich anzuziehen. Viele der Ecken waren mir eigentlich vertraut und dennoch fremd. Ich bog in eine der Seitenstraßen ein, in der ich früher oft T. und Harry getroffen hatte. Durch Amber wusste ich, dass es den beiden gutging und Harry den Winter über häufiger in ihrer kleinen Pension Unterschlupf gefunden hatte. Sie führte das *The Flying Horse* immer noch mit eiserner Hand. Ich fand zwar nicht oft Zeit, aber wenn, dann besuchte ich sie gerne, und wir tranken einen Tee zu einem frisch gebackenen Scone. Die Seitenstraße befand sich in unmittelbarer Nähe des *Moccachinos* – meines ehemaligen *Moccachinos*. Immer noch tat der Verlust weh. Irgendwann sollte ich meinen inneren Schweinehund überwinden und schauen, was daraus geworden war. Aber den Gedanken verschob ich immer wieder geschickt auf einen späteren Zeitpunkt. Am Ende der Gasse erblickte ich die so vertraute Statur von T. Wie immer lehnte sie lässig an einer der Hauswände.

»T.!«, rief ich und eilte zu ihr. »Schön, dich zu sehen.«

Ich vernahm ein kurzes Aufleuchten in ihren Augen, ein Zucken um die Mundwinkel, das sich zu einem breiten Grinsen entwickelte.

»Hey, du wieder hier? Dachte schon, dich hätte Europa verschluckt.«

»Ich hätte mich ja gerne gemeldet, aber du weigerst dich ja immer noch, ein Handy zu nutzen – das hat mir auf jeden Fall Amber erzählt.«

»Wozu brauch ich ein Handy?«

Erleichterung durchströmte mich. T. schien es gutzugehen.

»Wo ist Harry?« Suchend blickte ich mich um, konnte ihn aber nirgends entdecken.

»Amber schleift ihn gerade zu einer dieser gemeinnützigen Vereine, damit er sich so was fürs Alter ansehen kann. Die Straße bringt ihn um.«

Ich sah sie ein wenig verwirrt an. Harry hatte sich doch immer dagegen gesträubt, auch nur in eine der Sozialeinrichtungen zu gehen, egal wie krank er war oder wie kalt es draußen gewesen war. Das Einzige, was er zuließ, war die Hilfe von Amber in Form eines warmen Bettes und einer warmen Mahlzeit. Allerdings nur für eine Nacht, dann war er wieder fort.

»Er kann nicht ewig auf der Straße bleiben. Dieser Winter hat ihm schwer zugesetzt. Dachte schon er packt's nicht.«

»Und du? Was machst du dann?«

Sie zuckte mit den Achseln.

Plötzlich kam mir eine Idee. »Sollen wir einen Kaffee trinken gehen? Geht auch auf meine Kosten.« Ich zwinkerte mit den Augen und nickte in Richtung meiner alten Coffeebar.

»Nee, lass mal. Da ist mir zu viel Trubel.«

»Trubel?«

»Die bauen das um«, presste sie hervor und taxierte mich mit geneigtem Kopf. »Hast wohl keine Ahnung, was in deinem alten Laden so vor sich geht?«

Nein, ehrlich gesagt hatte ich die nicht wirklich. Natürlich war mir bewusst gewesen, dass ein neuer Pächter nicht automatisch mein Interieur übernehmen oder behalten würde. Aber die Vorstellung, dass meine ganze Arbeit herausgerissen und durch etwas anderes ersetzt wurde, traf mich hart und schmerzhaft. Die Idee, mir das anzusehen, kam mir plötzlich bescheuert vor. Manche Dinge aus der Vergangenheit sollte man ruhen lassen und das Moccachino gehörte wohl dazu.

»Na, dann vielleicht woanders«, schlug ich vor.

»Geht nicht, hab heute noch einen wichtigen Termin«, antwortete sie mir kryptisch.

Wichtiger Termin?

»Okay, dann vielleicht mal wann anders.«

»Jederzeit. Aber lieber wäre mir, einen von deinen Kaffees zu bekommen. Aber daraus wird ja wohl nichts mehr ...«

Ja, das wäre mir auch lieber, aber dazu würde es wohl nicht mehr kommen.

Wir plauderten noch eine Weile, bis es für mich Zeit wurde, zu gehen.

Am Abend saß ich mit angezogenen Beinen auf der Couch. Ich hatte noch ein paar Stunden Zeit, bis Alexander mich abholen würde. Er hatte darum gebeten, meinen Geburtstag mit mir feiern zu dürfen. Mein Herz hatte einen kleinen Freudentanz veranstaltet und natürlich hatte ich ihm diesen Wunsch gewährt.

Anna und Reece hatten soeben das Haus verlassen, als es klingelte. Verwirrt stand ich auf. Wahrscheinlich hatte Anna wieder ihren Haustürschlüssel vergessen.

»Und?«, fragte ich in die Gegensprechanlage. »Was hast du jetzt wieder vergessen?«

»Dich!«, kam es mit dunkler Stimme zurück.

»Alexander?«

»Machst du mir auf?«

»Ja klar.«

Er war geschlagene drei Stunden zu früh da. Schnell fuhr ich mir durch die Haare und sah an mir herunter. Ausgehfertig war ich definitiv noch nicht.

Ein paar Minuten später erschien er vor der Tür und drückte mir einen Kuss auf die Lippen.

»Alles Gute zu deinem Geburtstag«, hauchte er mir ins Ohr und zog mich in eine herzliche Umarmung. Dieser Mann war einfach eine Wucht. Seine Wärme, sein Geruch hauten mich jedes Mal aufs Neue um.

»Du bist zu früh«, schalt ich ihn und deutete auf meine Kleidung, sobald er mich wieder freigab. »Ich bin noch nicht fertig angezogen.«

Seine Augen schienen mich zu verschlingen. »Du siehst in allem einfach nur zum Anbeißen aus. Für das, was wir vorhaben, reicht das vollkommen aus.«

Ungläubig schüttelte ich den Kopf. »Was? Du führst mich nicht in eines dieser Schickimicki-Restaurants aus?«

»Ich bin schwer davon ausgegangen, dass du den heutigen Tag lieber dort verbringen möchtest, wo du dich wohlfühlst. Aber wenn du danach verlangst, dann kann ich das gerne spontan ändern.« Mit einem fetten

Grinsen im Gesicht griff er nach seinem Handy und scrollte durch seine Adressenliste.

»Ach was«, winkte ich lachend ab. »Ich will heute mal nicht so pingelig sein. Ich nehme das, was du schon geplant hast.«

»Gute Wahl«, sagte er mit dunkler Stimme. Er beugte sich zu mir herunter und presste seine Lippen auf meine. Dieser Kuss war so voller Zärtlichkeit, dass die Schmetterlinge in meinem Bauch anfingen wie wild herumzuflattern.

»Dann komm. Deine Geburtstagsüberraschung wartet schon.«

Sein McLaren kam direkt vor meiner ehemaligen Coffeebar zum Stehen.

»Was willst du hier?«, fragte ich mit gepresster Stimme. Mein Brustkorb fühlte sich an, als würde eine Tonnenlast darauf drücken, und meine Hände waren feucht.

»Caitlyn, du weißt, dass ich dich zurückhaben will. Ich habe in den letzten Wochen keinen Hehl daraus gemacht, dass ich alles in meiner Macht Stehende tun werde, um in deinen Augen wieder würdig zu erscheinen, dein Partner zu sein.«

»Alexander ...«, fing ich an, aber er unterbrach mich, indem er meine Hand nahm und einen Kuss darauf hauchte.

»Ich kann meine Eltern nicht mehr ändern, und es tut mir leid, dass du vor Kurzem erneut einen Ausbruch meiner Mutter miterleben musstest. Aber ich kann, nein ich werde dich von allem fernhalten, weil ich dich in meiner Nähe haben will. Der Gedanke, dich zu verlieren, ist für mich unerträglich.«

»Du brauchst dich nicht für sie zu entschuldigen«, unterbrach ich ihn. Er war nicht für das Verhalten seiner Mutter verantwortlich, nur für sein eigenes.

»Ich war schuld, dass du deine Coffeebar verloren hast, und ich handele jetzt auch ein wenig eigennützig«, sagte er und sah mich mit einem verschmitzten Lächeln an. »Es fehlt mir, hierherzukommen und in deiner Anwesenheit zu arbeiten, meine Geschäftspartner mitzunehmen und ein wenig mit der besten und hübschesten Barista anzugeben. Also ja, ich handele definitiv eigennützig.« Er griff hinter sich und zog eine Mappe nach vorne, die er mir überreichte. »Das ist dein Geburtstagsgeschenk.«

Ein wenig überfordert starrte ich darauf. Ich wusste nicht, was ich sagen oder tun sollte. Gedanken rasten durch meinen Kopf. Einer davon hob sich von den anderen hervor, aber ich wagte es nicht, ihn ernst zu nehmen.

»Wie meinst du das?«, stotterte ich hilflos.

»Mach auf und sieh nach«, befahl er sanft.

Ich öffnete die Mappe und zog die vorbereiteten Papiere hervor. Schon einmal hatte ich solche in den Händen gehalten. Das hier sah ihm ähnlich und doch sagte mir ein Gefühl tief in mir, dass es anders war. Ich schlug die erste Seite auf. Dort prangte mir ein Wort entgegen: Pachtvertrag. Er hatte nicht ernsthaft ... oder doch?

»Was hast du getan?«

»Das, was das Richtige ist.«

»Du hast das Café gepachtet?«

»Nein«, lachte Alexander, »ich habe das Gebäude gekauft.«

»Du hast was?«, kreischte ich und sah ihn entsetzt an.

»Gekauft«, wiederholte er mit einem absolut nüchternen Unterton. »Aber ich kenne dich zu gut. Du würdest es nie annehmen, wenn ich es dir schenken würde. Deswegen verpachte ich es an dich. Du kannst also dein Café wieder eröffnen. Nicht sofort – weil die Umbauarbeiten noch nicht ganz abgeschlossen sind, aber bald.«

»Aber ich hab einen Job. Ich kann nicht einfach wieder kündigen und ...« Verwirrt wischte ich mir eine Strähne aus dem Gesicht.

Alexander nutzte die Chance und nahm mein Gesicht in seine Hände, sah mich liebevoll an und drückte mir einen Kuss auf die Stirn.

»Du kannst alles tun, was du willst. Du kannst dieses Café so fortführen, wie du es vorher getan hast. Oder du kannst jemanden einstellen und nur halbtags hier arbeiten und die andere Zeit bei John.« Sein Blick wurde dunkler und ein bisschen finsterer. »Nur kann ich nicht garantieren, dass mein eifersüchtiges Monster das lange mitmacht.«

»Ich kann John nicht einfach so hängenlassen.«

»Das versteh ich. Da kommt Connor ins Spiel.«

»Connor?« Mittlerweile hatte ich das Gefühl, dass dies ein abgekartetes Spiel war, in dem mir häppchenweise die Spielregeln erläutert wurden.

»Connor hat sich bereiterklärt, eine seiner Assistentinnen mit ähnlichen Sprachkenntnissen wie du sie hast, an John zu vermitteln. Du brauchst nur noch zuzustimmen, sie anzulernen und voilà, das *Moccachino* wartet auf dich.«

Passierte das hier gerade wirklich, oder träumte ich?

»Schenken oder pachten?«, fragte er mit samtiger Stimme.

Ich schüttelte den Kopf. Wenn er mich wirklich zu kennen glaubte, dann müsste er mir diese Frage nicht stellen. Aber als ich in seine Augen sah, wusste ich, dass er meine Antwort bereits geahnt hatte. »Pachten, dachte ich es mir doch.«

»Kommt ganz darauf an, ob mein zukünftiger Verpächter ein Halsabschneider ist oder nicht.«

»Notfalls rede ich mit ihm. Er könnte die Pacht erlassen oder sehr human ansetzen, wenn er eine gewisse Zusicherung erhält.«

»Zusicherung ... welcher Art?«

»Das ist Verhandlungssache.«

»Verhandlungssache?«, fragte ich mit hochgezogener Augenbraue.

»Alles ist verhandelbar – deine Worte. Die Frage ist eher die, was du zum Verhandeln anzubieten hast.« Ein süffisantes Lächeln erschien auf seinem Gesicht. »Komm, lass uns reingehen.«

Wir stiegen aus und gingen auf den Eingang zu. Alle Fenster waren von innen mit undurchsichtiger Folie beklebt. Diese verhinderte jeden Blick ins Gebäude. Alexander küsste mich erneut und zauberte einen Schlüssel aus seiner Tasche. Mit zittrigen Fingern und glühenden Wangen nahm ich ihn entgegen. Die Tür schwang auf. Kaum dass wir den ersten Schritt ins Innere gemacht hatten, wurde das Licht angeknipst und ließ mein Café in altem, neuem Licht erstrahlen. Noch mehr jedoch freute ich mich über die anwesenden Gäste, die mir mit erhobenen Sektgläsern zuprosteten. Ein Lachen erfüllte den Raum, und ich wusste nicht, wo ich zuerst hinsehen sollte. Neben Anna standen Reece und Connor. Amber stand neben einem Mann, der Alexander sehr ähnlich sah, und sogar Samantha war anwesend. Eine weitere mir bekannte Person trat, bewaffnet mit zwei Sektflöten, hinter den Tresen hervor: T.

»T.? Nicht dein Ernst.« Ich drehte mich zu Alexander und schüttelte ungläubig den Kopf.

Er sah mich mit einem geheimnisvollen Lächeln an. »Sie hat dir geholfen, als ich es nicht konnte«, flüsterte er mir ins Ohr. »Sie ist gar kein so schlechter Mensch, und Amber hat für sie gebürgt. Wenn du also eine Aushilfe brauchst, dann könntest du ihr eine Chance geben.«

»Könnte ich das?«

Er zuckte mit den Schultern. »Na ja, meine Zustimmung hast du auf jeden Fall.«

Würde sich dieser Mann je ändern? Wahrscheinlich nicht. Aber wollte ich das überhaupt? Eher nicht.

»Caitlyn«, begrüßte mich T. und reichte mir eines der Sektgläser, danach gab sie Alexander das zweite.

»Das war es also, was du vorhattest. Du hättest was sagen können.«

»Wo wäre sonst die Überraschung geblieben?« Sie hatte eine neue Jeans und ein schwarzes T-Shirt an. Die Haare immer noch blau gefärbt, passte sie nicht ganz zum Rest der Gesellschaft. Aber ich freute mich riesig über ihre Anwesenheit.

»Einen Toast auf meine beste Freundin«, rief nun Anna mir entgegen.

»Auf meine kleine Schwester«, folgte ihr Reece.

»Auf meine Ehefrau«, flüsterte mir Alexander ins Ohr. »Ich hoffe, du gibst uns endlich die zweite Chance.«

»Hoffst du.« Ich ließ ihn zappeln. Nachdem Anna und Reece ihre zweite Chance bekommen hatten, fragte ich mich fortwährend, ob es nicht auch möglich wäre, dass Alexander und ich eine bekämen. »Falls das mit uns noch einmal ... dann ...«

»Du gibst uns also noch eine Chance«, unterbrach er mich, und ein strahlendes Lächeln überzog seine Lippen.

»Na ja, ich dachte, wir könnten es ja langsam angehen, und deine Worte zu deiner Mutter, dass ich dir wichtig bin und so weiter, haben mir Hoffnung gemacht.«

»Langsam angehen?« Er verzog sein Gesicht zu einer Grimasse. »Du weißt, dass ich nicht für meine Geduld bekannt bin.«

Um seine Worte zu untermauern, umfasste er meine Hüfte und zog mich energisch zu sich heran. Mit einer Wildheit nahm er mich und meinen Mund in Beschlag. Seine Zunge liebkoste meine Unterlippe, forderte Einlass. Als ich ihm diesen nicht sofort gewährte, biss er vorsichtig hinein und bescherte mir einen wohligen Schauer. Er drückte mich an seine warme, muskulöse Brust, und ich konnte spüren, wie sein Herz wild pochte. Ich gab mich ihm hin, und er knurrte mir in den Mund, ohne von mir abzulassen. Dieser Mann war der pure Sex auf zwei Beinen.

Langsam und außer Atem löste er sich von mir und legte seine Stirn gegen meine. »Ich will es nicht langsam angehen. Ich will keinen Tag mehr verstreichen

lassen, ohne dich an meiner Seite zu wissen. Wir sollten keine weitere Zeit vergeuden.«

»Aber ...«, widersprach ich ihm.

»Nichts aber!« Er sah mich mit diesen dunklen Augen
an, in denen die bernsteinfarbenen Punkte zu glühen
schienen. »Caitlyn, komm zu mir zurück nach Hause.
Lass uns neu starten ... zusammen.«

Komm zurück zu mir nach Hause. War das so einfach? Wieso eigentlich nicht? Ich stand mit beiden Beinen im Leben, verdiente mein eigenes Geld. Selbst
wenn ich diesem Café wieder Leben einhauchte und
Pacht bezahlte, konnte ich immer noch eine Weile bei
John angestellt bleiben. Meine beste Freundin und
mein Bruder standen hinter mir und stärkten mir den
Rücken. Und auch ich hatte mich weiterentwickelt und
stand inzwischen selbstsicher vor Alexander. Ja, ich
wollte mit ihm eine Zukunft ... nur mit ihm. Mein sehn-
lichster Wunsch war es, ihm eine zweite Chance zu geben. Am besten sofort, nicht erst mit angezogener
Handbremse, sondern mit Vollgas.

»Ja«, wisperte ich. »Lass uns neu starten.«

»Ich liebe dich, Caitlyn«, sagte er und küsste mich
sanft.

Ein warmes Gefühl breitete sich in meinem Magen
aus, und das Flattern von hunderten von Schmetterlin-
gen konnte nicht mehr kitzeln als die Liebe, die ich in
diesem Augenblick für Alexander empfand.

Danksagung

Zuerst möchte ich meinem Verlag dp DIGITAL PUBLI-SHERS danken, der mir auch für diesen Roman die Möglichkeit einer Veröffentlichung gab und mir mit Rat und Tat zur Seite stand. Ein ganz besonderer Dank gilt dabei meiner Ansprechpartnerin Anne und meiner Lektorin Astrid, die mit ihrer konstruktiven Kritik der Geschichte den letzten Schliff gegeben hat. Deine Anmerkungen und Anregungen nehme ich gerne mit in mein nächstes Projekt.

Mein zweiter Dank geht an meine Testleserinnen, Sandra und Lea-Sophie, die eine so tolle Vorarbeit geleistet und mir ihre wertvolle Zeit geschenkt haben. Eure Anmerkungen, Verbesserungen und Vorschläge haben maßgeblich zum Erfolg beigetragen, aber vor allem haben sie mich ermutigt, meinen Weg weiterzugehen.

Ein weiterer Dank geht an meine Testleserinnen Martina, Kerstin und Natalie, die meine Geschichte vorab gelesen und mir Feedback gegeben haben. Für Autoren gibt es nichts Besseres als Testleser, die bereit sind, noch nicht ganz perfekte und unfertige Manuskripte zu lesen und zu kommentieren. Nur durch eure Arbeit und Kritik können wir uns verbessern. Ihr seid das

Echo, mit dem wir arbeiten und auf das wir hören sollten.

Aber jedes Buch kann nur dann zum Leben erwachen,
wenn es da draußen Menschen gibt, die es lesen. Ich
möchte meiner Leserschaft danken, dass ihr mich auf
meinem Weg begleitet und in meine Geschichten ein-
taucht. Ich hoffe, ihr fiebert genauso mit den Figuren
mit wie ich … und glaubt mir, es ist nicht immer leicht,
aus mehreren Möglichkeiten, wohin die Reise gehen
könnte, die passende herauszusuchen.

Und dann ist da noch der letzte und größte Dank: Der
gilt meiner ganzen Familie und meinen Freunden – ich
liebe euch. Nur durch eure Unterstützung und euren
Rückhalt ist es mir möglich gewesen, auch dieses Baby
auf die Welt zu bringen.

Danke und alles Liebe
Eure Sanja